Читайте романы мастеров закрученного сюжета
Анны и Сергея Литвиновых:

Осколки великой мечты

Быстрая и шустрая

Даже ведьмы умеют плакать

Кот недовинченный

Красивые, дерзкие, злые

Боулинг–79

Пальмы, солнце, алый снег

Наш маленький Грааль

Внебрачная дочь продюсера

Ревность волхвов

Ideal жертвы

Золотая дева

Я тебя никогда не забуду

У судьбы другое имя

Сериал «Авантюристка»

Отпуск на тот свет

Все девушки любят бриллианты

Проигравший получает все

Второй раз не воскреснешь

Предмет вожделения №1

Оскар за убойную роль

Дата собственной смерти

Парфюмер звонит первым

SPA–чистилище

Вояж с морским дьяволом

Биография smerti

Девушка без Бонда

Три последних дня

Сериал «Спецкор отдела расследований»

Эксклюзивный грех

Рецепт идеальной мечты

Коллекция страхов прет-а-порте

Ледяное сердце не болит

Одноклассники smerti

В Питер вернутся не все

Через время, через океан

Небесный остров

Несвятое семейство

Сериал «Агент секретной службы»

Звезды падают вверх

Пока ангелы спят

Прогулки по краю пропасти

Трансфер на небо

В свободном падении

Она читала по губам

Вспомнить будущее

Сериал «Паша Синичкин, частный детектив»

Заговор небес

Дамы убивают кавалеров

Бойся своих желаний

Сериал «Сага о любви и смерти»

Черно-белый танец

Предпоследний герой

Печальный демон Голливуда

Сборники детективных рассказов:

Любовь считает до трех

Все мужчины любят это

Миллион на три не делится

Плюс-минус вечность

Половина земного пути

Золотой песок времени

АННА И СЕРГЕЙ
ЛИТВИНОВЫ

звездный тандем российского детектива

ОДНОКЛАССНИКИ
SMERTI

ЭКСМО

Москва

2013

УДК 82-3
ББК 84(2Рос-Рус)6-4
Л 64

Оформление серии *С. Груздева*

Литвинова А. В.

Л 64   Одноклассники smerti : роман / Анна и Сергей Литвиновы. — М. : Эксмо, 2013. — 352 с. — (Звездный тандем российского детектива).

ISBN 978-5-699-65558-8

Блестящий журналист Дмитрий Полуянов считал свою невесту Надю Митрофанову девушкой милой, но, увы, предсказуемой. Да и чем может удивить скромная библиотекарша?.. Поэтому, когда погибла ее бывшая одноклассница, Дима не сомневался: это случайность. Непонятно только, почему невеста нервничает и умоляет, чтобы он расследовал смерть девушки. На первый взгляд никаких загадок нет: обычное бытовое убийство. Но Надя настаивала... Заинтригованный Полуянов берется за журналистское расследование и очень скоро узнает: оказывается, тихоня Надежда в прошлом вела жизнь, весьма далекую от нынешней образцовой. И нажила себе могущественных врагов — настолько серьезных, что даже сейчас, спустя десять лет, ее жизнь оказывается в опасности...

УДК 82-3
ББК 84(2Рос-Рус)6-4

ISBN 978-5-699-65558-8

Глава 1

СОВСЕМ РЯДОМ

Когда-то здесь жили почти с комфортом. По крайней мере, старались, чтобы квартира выглядела достойно. Даже сейчас, сквозь пелену пыли, было видно: линолеум подобран в тон обоям, и шторы того же оттенка, и люстра пытается гармонировать... Такую квартирку, если хорошенько отмыть, можно сдавать с пометкой: «Ремонт советский, но уютно».

Впрочем, про уют тут забыли уже давно. Коридор заставлен зимней обувью — когда за окном плюс тридцать, соляные разводы на сапогах и ботинках смотрятся гротескно. А рядом — пустые бутылки, коробки и коробочки, смятые пластиковые стаканы и сигаретные пачки, комки бумажек, окурки и иной мелкий мусор — вповалку, без всяких интеллигентных пакетов. Плюс прямо с порога гостей встречает запах — характерный, терпкий: немытого тела, перегара, разлитого дешевого портвейна... Может, это и не притон, но то, что пьют здесь без просыпа, с порога становится ясно.

Хотя Васёк всегда летел сюда словно на крыльях. Потому что встречали в квартире радушно. Хозяйка, интеллигентка Ленка, жалостливо гладила его по худым ключицам и восклицала: «Цыпленок! Настоящий цыпленок!» А потом традиционно рассказывала историю, как в далеком детстве купила себе такого в зоомагазине. На сэкономленные от школьных завтраков десять копеек. Очень птенца любила, укладывала с собой в постель, а потом решила угостить его колбаской, после чего цыпленок сдох.

Ваське не нравились сравнения с доходяжным куренком, но ради *грядущего* он всегда терпел. Потому что ждало его из раза в раз приятное: дядя Степан, Ленкин вроде как муж, без всяких разговоров наливал пришедшему стакан. И пусть с закусью было плоховато, но выпивка, по волшебному щучьему велению, всегда находилась.

А сегодня Васька был готов зуб дать: его и вовсе примут, как короля. Потому что не с пустыми руками, как часто бывало, перся, а с полным, что называется, термоском. Как раз очередную пенсию дали, да еще и с прибавкой, вот он первым делом и поскакал в магазин. Святое ж дело — с хорошими людьми финансовое поступление от доброго государства отметить. Затарился по полной программе. В пакете с изображением полуголой зубастой бабы и ноль семь водяры плескалось, и тархунчик — запить, и даже пирожных, специально для Ленки, он на лотке взял — пусть хозяйка порадуется и очередную, из своих вечных, байку расскажет. Как ей важный хрен, то ли Рихтер, то ли еще какой-то Мацуев, однажды самолично вручил коробку роскошных конфет и даже приложился к ручке.

...Звонить, упреждать о визите Васек, ясное дело, не пытался. Не принято в их кругах. Звонок на входной двери безмолвствовал, чье хулиганство — неизвестно, но давно уже торчат одни проводки.

Потому Васька «без церемониев» замолотил в дверь кулаком. Стучал от души, с жаром — и расплывался в улыбке, предвкушая, как сейчас явится на пороге Степан. Как спросит строго: «Фули ты барабанишь?» А Васька вместо ответа тряхнет пакетом, водяра с тархунчиком откликнутся мелодичным звоном, и лицо хозяина тут же расплывется в понимающей и счастливой улыбке.

Однако сколько ни стучал, а не открывали. Только бабуленция из квартиры по соседству нос сквозь цепочку просунула, недовольную рожу состроила. Васек ей в ответ тоже немалую физиономию скорчил — во весь щербатый рот. Видно, впечатляюще получилось: старуха вякать не стала, тут же спряталась, мымра. А он тем временем взялся дверную ручку дергать. Вспомнил, что она у Степана с Ленкой тоже древняя, несмазанная, только коснись — визжит циркулярной пилой. Может, хотя бы это услышат?

А дверь вдруг возьми и отворись: видно, и замку, тоже столетнему, наконец-то писец пришел.

Васька сунул нос в темный коридор, весело выкрикнул:

— Эй, вы! Ленок! Степаха! Дрыхнете, что ли?

Время вроде неподходящее, чтобы дрыхнуть, два часа дня всего, но не зря ж Ленка говорит, что она — человек творческий. Творческие — они и до шести вечера могут спать. А Степка, наверное, на шабашку пошел — он единственный кормилец, не Ленке ж своей расстроенной фортепьяной на водяру с пропитанием зарабатывать.

...Но если хозяева и дрыхли — то совсем уж без задних ног.

Потому что Васька в темнющем коридоре вешалку вместе со всем содержимым обрушил. Грохот получился страшный, а из комнат так и не раздалось родного, беззлобного матерка. Куда-то на пару слиняли, наверно. Вот и носи им после этого водку, да еще и на пирожные разоряйся!

Васька из чистого упрямства все же зашел в квартиру. В гостиной — Ленка с пафосом именовала ее «залом» — обычный кавардак. У окна россыпь осколков, бурая лужа, и портвейном тянет. Вдвойне бардак: и бутылку не уберегли, и пол после катастрофы не протерли. В уголку сплошным комком матрас, подушка и одеяло без всякого белья, — видно, кто-то в гости наведывался. Одна пианина посреди комнаты блестит чистотой. Это, Васька знал, Ленкин бзик. Хоть и не играла она толком уже давно, пальцы не слушались, а сколько ни выпьет — все равно в каждом вечеру протирала его тряпочкой. Говорила, что искусство грязи не прощает. Забавная она, эта Ленка. Может, все же дома? Нахрапывает? Счастливые сны смотрит про свои рояли?

И Васька, не выпуская из рук драгоценный пакет с полуголой бабой, двинулся в спальню. Тут у Ленки со Степаном тоже творчески: кровати нет, зато матрас почти во все двенадцать метров. И зеркало под потолком, пусть и мутное. Настоящий будуар. Правда, лежать жестко, и собственная же рожа на тебя постоянно пялится, зато места много — хоть поперек спи. Васька однажды тут дрых, пожалели его, когда слишком уж перебрал.

...Чутье его не подвело: Ленка действительно оказалась здесь. Раскинулась посреди кровати на животе, голову под подушку спрятала, а голые пятки, наоборот, из-под одеяла сверкают. И ногти на ногах, отметил внимательный Васька, накрашены. Алым. Молодец Ленка, хоть рожа и пропитая, а старается выглядеть на уровне.

Что ж, ее ожидает приятное пробуждение.

Водку Васек из самого дальнего угла холодильника вытащил — чтоб с гарантией, ледяная. И хотя на дворе жарища, а согреться бутылка еще не успела, вся холодными капельками исходит. Ее-то Васек из пакета и извлек. И, хулиганя, приложил к Ленкиной обнаженной ноге. Вот сейчас будет визгу!

Однако в ответ не раздалось ни звука. Васька прижал бутылку покрепче да еще, для пущего эффекта,

Ленкину конечность пощекотал — и только тут осознал: нога, несмотря на жару, совсем не горячая. И очень твердая. И веет от хозяйки чем-то неприятным, опасным. Как от панночки, той, что помэрла, — про нее ему в раннем детстве рассказывала мамка.

Васька неожиданно почувствовал, что замерзает.

Он одним движением перевернул Ленку на спину. Подушка, прикрывавшая ее голову, отлетела, и в лицо гостю уставились два невидящих, остекленевших глаза. Обведенный синевой рот, кончик языка неприятно выглядывает наружу. А еще — нехорошие, темноватые кругляши, проступившие вдоль крыльев носа, Васька знал, что они называются «трупные пятна».

Бутылка с водярой жалобно звякнула о пол. Ленка продолжала пялиться на него мертвыми глазами. Васька инстинктивно отпрыгнул от покойницы, вжался спиной в стену спальни и оглушительно заорал.

Надя

Они еще не женаты, но даже в их гражданской семье — куча проблем. И главная: Дима с ней скучает.

Потому что слишком они не похожи, слишком в разных плоскостях мыслят. Для нее идеал — мягкий диван, тихий лепет телевизора, интригующий аромат очередного кулинарного шедевра. А Димке подавай приключения. Скорость, риск, адреналин, мурашки по коже...

Надя и сама, конечно, любит изредка подрожать на каком-нибудь фильме ужасов или даже схватиться, когда ходят в боулинг, за самый тяжелый шар. И метнуть его — в тщетной надежде, что хотя бы так удастся выбить заветный страйк.

Только где на каждый день взять приключений? У них ведь с Димой не кино про агентов Скалли и

Малдера, а обычная семья. Да и Полуянову давно пора остепениться. Не мальчик уже, за тридцать, волосы редеют, а все рвется то на ралли, то на мотоцикл. Но разве есть более жалкое зрелище, чем, скажем, лысый, весь в морщинах байкер?..

Однако Дима, кажется, готов вести неразумную, шалую жизнь до самой пенсии. Совсем не ценит тихого домашнего счастья... Хотя Надя старается изо всех сил. Каждый вечер перед сном просматривает кулинарные книги, чтобы завтра порадовать любимого очередным изыском. И домой всегда спешит пораньше — пусть к Диминому приходу квартира сияет свежестью.

Она же видит: *ему*, ее Димочке, уютная домашняя жизнь тоже явно нравится, просто он признаться в этом не хочет, не тот, видите ли, у него *имидж*. А когда забывает, что весь из себя крутой, — и на диване с удовольствием валяется, и каналы непрерывно переключает, и Надины борщи вкупе с прочими разносолами с удовольствием наворачивает. Но время от времени все равно срывается с цепи. То часами глазеет в телеканал «Discovery» на всякую охоту за тиграми или рыбную ловлю в дальних северных морях, и видно: явно завидует продубленным ветрами и солнцем ковбоям и морякам. А то и вовсе ласково скажет Наде:

— Ты, солнышко, устала. Целый день крутишься. Хочешь, я тебе ванну наполню? Отдохни, поваляйся...

Спасибо, конечно, за заботу, только Надя один раз подглядела: покуда она покорно отмокает в пенной ванне, сердечный друг косит глазом на тощих голых красоток по кабельному телеканалу.

Вот ненасытный! Будто мало она, начитавшись женских журналов, встречала его обнаженной, в одном кружевном фартучке. А танец живота в ее исполнении — прелюдия любовной игры, на которой частенько настаивает Дима? А любовь глухой ночью на крыше их шестнадцатиэтажного дома — Надя тогда едва от холода не околела и чуть со страху не умерла, но что поделаешь, если другу захотелось экстрима?..

Да вообще — черти бы взяли тот экстрим! На третьей «Мазде», своем последнем приобретении, Димка гоняет так, что уже два раза тормозные колодки менял, хотя в сервисной книжке написано, что они аж до семидесяти тысяч дотягивают. А прыжки с парашютом? А наглое, без всякой подготовки участие в соревнованиях по аквабайку — Димку понесло на них прошлой осенью?.. Состязание, правда, непрофессиональное, съехались на него сплошь понтовые новые русские, но Дима-то, в отличие от них, водного мотоцикла прежде и в глаза не видел! Однако абсолютно бесстрашно прыгнул за руль и взревел мотором так, что дикие утки со своих гнезд посрывались. И обиделся, что Надя ему компанию не составила.

Прикажете ей тоже ледяной осенью на бешеном аквабайке кататься, за Диминой спиной? Или рисковать жизнью на переднем сиденье «Мазды»? Русские женщины — они, конечно, своей жертвенностью на весь мир славятся, но Надя в безумствах Полуянова не участвует. Из принципа. В «Мазде», когда за рулем Дима, только на заднем сиденье сидит. И с парашютом не стала прыгать даже в тандеме с инструктором. Полное сумасшествие: отстегивать две сотни долларов только за то, чтобы тебя привязали к незнакомому мужику и выбросили вместе с ним из самолета с огромной высоты.

Приходится, конечно, гордиться, что ее Дима такой бесстрашный. И хвалить его — такие уж правила игры. А когда тот на своем аквабайке к финишу первым прирулил — Надя и вовсе прослезилась. Однако постоять в рядах зрителей, покричать: «Дима, давай-давай!» — это ее потолок. Но когда сердечный друг в ее законный отпуск зовет Надю куда-то на Алтай, по горным рекам на плотах сплавляться, — это уж увольте.

Почему *она* должна тратить собственные деньги и время на совершенно ей неинтересные сплавы? Почему бы на компромисс не пойти *ему*, Диме? И не оценить наконец уют тихих семейных вечеров, тонкий аромат карпа, тушенного в семи пряных травах, и бездумный, ленивый отдых на теплом пляже?

...Но ждать, что сердечный друг возьмется за ум, — это настоящая русская рулетка. Полуянов — он непредсказуемый. То ли правда рано или поздно он одомашнится, то ли взбрыкнет и уйдет от нее к какой-нибудь тощей красотке, вокруг него их миллионы вьются.

Вот и живешь будто на пороховой бочке. Тушишь в травах очередную рыбу, а сама боишься, что пройдет вечер, наступит ночь и Дима не вернется. И ты останешься одна. Со своими несбывшимися надеждами и бесполезно остывающим карпом...

Дима

Дима Полуянов домой возвращаться не спешил. Зачем? Во-первых, все равно пробки. А во-вторых, из-за Надьки. Она, конечно, милая и готовит шикарно, но не терпеть же ее квохтанье весь вечер, с семи до полуночи, когда в родной редакции всегда дел немерено...

Сейчас он с комфортом — кондиционер на максимуме, ноги на столе — восседал в псевдокожаном кресле своего кабинета. Рядом, на гостевом стульчике, изящно скрестила стройные ножки Кирочка — молодая, перспективная, с огромными пухлыми губами журналистка-коллега.

Оба работали. Девушка перебирала стопку ярких бумажек и одну за одной перекидывала их Полуянову. Им выпало приятное задание — *шерстить турфирмы*.

«Шерстить турфирмы» в «Молодежных вестях» было бонусом, подарком за безупречную службу. Давали его, правда, только раз в год и лишь самым ценным сотрудникам. В переводе на обычный язык сутью премии было выбрать из множества предложений — а в газету их присылали десятками — самый интересный заграничный тур. Съездить в него, разумеется, на полную халяву, еще и командировочные дадут. А после — написать для «Молвестей» лихой репортаж.

Всегда бы, а не только раз в году, иметь такую работу! Газета у них известная, тираж пятничного выпуска под три миллиона — турфирмы всячески изгаляются, чтобы «Молодежные вести» о них написали. Отели ниже пяти звезд никто даже предлагать не осмеливается, а многие и на перелет бизнес-классом расщедриваются.

— Вот, по-моему, самое классное, — Кирочка зашелестела очередной пестрой бумажкой. — Арабские Эмираты, пять звездочек с плюсом, вид на океан, все включено, и три бесплатные СПА-процедуры каждый день. Шоколадное обертывание, м-м-м...

— Эмираты? В июне?! — фыркнул Дима. — Что ж, попробуй. Посмотрю я на тебя, когда плюс сорок два в тени. Всю поездку в номере под кондиционером просидишь. Никакого шоколада не захочется. — И посоветовал: — Езжай лучше на Хайнань. СПА там не хуже, а климат приятней.

— Хайнань? Но там же одни китайцы! — возмутилась Кирочка.

— Ты предпочитаешь арабов? — ухмыльнулся Полуянов. — Ну да, они же куда сексуальнее...

Обидеть коллегу Дима не боялся — знал, что Кира подобные разговоры обожает, всегда их поддерживает и даже частенько сама провоцирует. Вот и сейчас девушка мгновенно дикой кошечкой подобралась. Вперила в него наглый взгляд огромных голубых глаз. Облизнула пухлые губы и ему в тон ответила:

— Что ты, Димочка! Разве я могу думать о каких-то арабах, когда ты от меня всего в двух шагах?!

И, продолжая поедать-облизывать коллегу влюбленным взглядом, кинула на его стол следующий рекламный текст.

— А может, поедем вместе? Вот смотри: «Турция. Необычный тур, только для влюбленных. Яркая ночная жизнь, незабываемые приключения...»

— В Турции?! Знаю я их приключения: от тараканов по номеру бегать, — буркнул он.

А Кира с придыханием читала:

— «Массаж для двоих, эротическое шоу, релакс в турецкой бане, обволакивающая южная ночь...»

— Какой идиот им такие тексты пишет!

— А по-моему, шикарно. Ты только представь: ночь тебя *обволакивает*. И я... тоже.

Дима знал Кирку уже пару лет и давно решил: чтоб она его *обволакивала,* в смысле — конкретно, это увольте. Себе дороже — потом не отцепишь. И потому он четко разграничивал: мимолетный секс после бурной редакционной вечеринки охотно позволял, а вместе ехать в туристическую поездку никогда бы не согласился.

И сейчас на очередную провокацию не поддался. На похотливый Киркин взгляд не ответил, со страстными объятиями на нее не набросился. Просто терпеливо пережидал, пока той надоест дурачиться.

Кира, так и не втянув коллегу в игру, отшвырнула текст и уже без всякого придыхания произнесла:

— Да прав ты, конечно. Полный бред. Кому сказать: весь мир на халяву дают — а я в какую-то сраную Турцию поеду. Вот я лучше куда. На Багамы. Тоже пять звезд! — Она триумфально потрясла следующей бумажкой. — Ничего себе, расщедрилась турфирма! Туда один билет, между прочим, две штуки баксов стоит!

— Езжай, — кивнул Дима. — На Багамах, говорят, дайвинг мощный.

— А мужики, интересно, там мощные? — Кирочка лукаво взглянула ему в глаза. И, упорная, возобновила атаку: — Может, *сюда* вместе поедем? Ты не подумай чего, просто моим личным переводчиком будешь. А то, сам знаешь, у меня с английским проблема. Как и со всеми прочими иностранными языками.

— Не бойся, не пропадешь. Багамы давно новые русские облюбовали. Там теперь в любом отеле обязательно нашенский администратор есть, — утешил Дима. — Он тебе переведет.

— Опять отмазался, — прищурилась Кирочка. — Брезгуешь, получается, коллегой. Хотя нет, — ее лицо просветлело, — я поняла... Ты, наверно, со своей толстушкой в отпуск ехать собрался?!

— Кира... — посуровел Полуянов.

Но та не сдавалась:

— Все ясно. Решил, значит, за казенный счет свою Надю куда-нибудь на Мальдивы вывезти?! А что, ты у нас звезда-а-а, тебе все позволено. Даже девиц посторонних на халяву по курортам таскать.

И ведь угадала, проницательная! Действительно была мысль: подхватить верную Надюху, которая прежде и в жалкой Турции не бывала, и отбуксировать ее в роскошное местечко. И чтоб все, как она хочет: утром валяться на пляже, а пока жара — в прохладном номере с книжками, а вечерами — бродить, взявшись за ручки, по острову, и он ей даже пару милых ее сердцу стихов прочтет, из тех, что еще со школы в памяти остались. И никакого, так и быть, дайвинга с кайтингом. За казенный счет, правда, не получится — Кирка здесь не права. Он в «Молвестях», конечно, звезда, но не до такой же степени. За подругу придется из своего кармана платить. Но на бедную Надьку и двух штук личных баксов не жаль. Была бы ей достойная награда за все борщи, и за безответность, и за то, что танец живота специально для него разучила...

...Впрочем, Кирке быстро надоело корчить из себя обиженную любовницу. Она насмешливо изрекла:

— Ну и хрен с тобой, Полуянов. Живи как знаешь. Чую, скоро в семейных трусах ходить начнешь. И двойню родишь. А я пока что покачу на Багамы.

Подхватила буклет с багамскими картинками и царственно выплыла из Диминого кабинетика. А тот машинально проводил взглядом ее обтянутую узкой юбочкой попку и взялся досматривать рекламу. Найти предложение по Мальдивам, какой-нибудь тихий, без особых дискотек островок. Забронировать бунгало на двоих — и баста. Вот Надюха обрадуется!

А тут ему на глаза и попалось: *«Только для настоящих мужчин! Неделя приключений в Кении! Сплошной адреналин! Сафари! Восхождения! Гонки на джипах по пустыне! Прыжки с парашютом!»*

И уже придуманный рай со спокойным отдыхом на Мальдивах сразу показался тошнотворным и пресным, как советский санаторий... Да он же в таком отпуске, вместо того чтобы сил на грядущий год набраться, с тоски помрет! Эх, если б Надька согласилась поехать с ним в Кению! Пусть без всякого адреналина, он же не заставляет ее прыгать с парашютом или охотиться на слонов. Просто компанию ему составить.

Но, Дима знал, об этом подруге даже заикаться не стоит. В Кении ведь явно придется в палатках жить. Топать по пустыне в тяжеленных говноступах. А уж о *юбках* — Надькина любимая форма одежды — и подумать смешно. Сто процентов: не поедет. Да еще и обидится. И снова начнет зудеть, что пора взрослеть и остепеняться...

Права, конечно. Но до чего же сложно с этими бабами...

Дима

Хотя и посмеивается он над Надькой с ее вечными борщами, а возвращаться домой, когда там тебя ждет горячий ужин, всегда приятно. Да и всякие женские *штучки* вроде салфеточек и апельсинового сока со льдом в хрустальном бокале тоже душу грели — хотя вслух Полуянов над ними посмеивался.

Что там Надежда на сегодняшний вечер анонсировала? Кажется, некое яство под пряными травами. Хорошо бы, конечно, мясо, но можно и рыбкой удовлетвориться.

Дима наконец выбрался из неизбежной пробки, одолевшей Ярославское шоссе. Повернул в сторону Медведкова, Надькиной обители. Тоже полно машин, но здесь хотя бы они плетутся, а не стоят, как на злосчастной Ярославке, в мертвом потоке.

«Расчетное время прибытия — плюс десять минут», — оценил Полуянов. И потянулся за мобильником уведомить Надьку, что он на подходе, пусть свою рыбу, или что там у нее, на стол подает.

Однако ни домашний, ни мобильный у подруги не ответил. Диму сей факт не рассердил и не удивил. Обычное дело — в преддверии его прихода Митрофанова лихорадочно мечется по кухне, дорезая салатик или украшая готовое блюдо всякими глупостями вроде ягодок клюквы или веточек петрушки, ей в такой момент не до телефона.

Он выбрался на совсем уж свободную Широкую улицу и поддал неукротимой «Мазде» газку. Машина весело взревела всеми своими ста шестью лошадьми, а Димино лицо расплылось в улыбке.

В каком-то психологическом журнале он недавно вычитал, насколько важно жить не прошлым, не будущим, не угрызениями, не предвкушениями — но текущим моментом. Наслаждаться каждой длящейся имен-

17

но сейчас секундой. Способ ему понравился, и теперь он постоянно искал поводы для восторга. А иногда их и искать не надо было, сами находились, как, например, нынче: лето, мощь мотора, вечерняя прохлада, вырвался из пробки, впереди отпуск, а дома — милая Надюха с ее старательными ужинами.

Дима размяк до такой степени, что даже у цветочной палатки тормознул. Выбрал для подруги аж пятнадцать ослепительно белых тюльпанов. Представил, как та поставит их посреди обеденного стола в хрустальную вазу и, пока он ест, весь вечер будет поглядывать на букет и счастливо улыбаться...

Полуянов лихо, безбашенным подростком влетел в Надькин двор. Его «ракушку», к счастью, не заставили — «Мазду» он припарковал без проблем. Вбежал в подъезд, улыбнулся злому консьержу. И еще от лифта начал втягивать ноздрями воздух. Пытался угадать, что за ароматы витают вокруг. Рыба или все-таки мясо?

Однако, как ни внюхивался, пахло лишь пылью да сигаретными «бычками».

«Обоняние ни к черту, неужели придется курить бросать?» — слегка расстроился Дима. Своим ключом отомкнул дверь в Надюхину квартиру. И с удивлением понял, что ничего вкусненького не предвидится. Да еще и свет погашен, а обычно Надя все кругом иллюминацией расцвечивает. Что за ерунда? Сбежала, что ли, куда-то? Но он звонил ведь ей в обед и сказал, что приедет как обычно, то есть около половины десятого. Сейчас, допустим, дело к одиннадцати, но Надька вроде не из таковских, чтоб минутными опозданиями его укорять, к тому же сама не без глаз, видит, какие в Москве безумные пробки.

Сердце слегка екнуло. А если чего случилось? К тому же и телефоны у подруги не отвечали...

Дима швырнул тюльпаны на тумбочку в коридоре и вполголоса позвал:

— Надька! Ты дома?

С удивлением услышал, что голос — его собственный, всегда бесстрастный, чем он гордился, — предательски дрогнул.

Тишина.

— Надька! — заорал Полуянов в полную силу.

И услышал со стороны темной кухни ее жалобный всхлип:

— Ди-и-ма! Я тут!..

Он пулей метнулся туда. Уже стемнело, Надькин силуэт на фоне закрытых занавесок вырисовывался неярким пятном.

Дима первым делом врубил свет и с облегчением увидел, что Надька, по крайней мере, не ранена и не больна. Просто очень грустная, и глаза, кажется, заплаканы. Ну, девчонки, как известно, плачут по поводу и без.

На сердце сразу отлегло.

— Че это с тобой? — буркнул Полуянов.

Действительно странно: сидит на стуле у окна да еще и ноги в украденной у него манере на подоконник закинула. Больше того: в руках бокал (бесцветная жидкость, пузырьки газа плюс лимон — явно джин с тоником). А плита — холодная, стол не накрыт, и никаких аппетитных запахов в кухне не витает. Непонятный демарш...

Надька жалобно взглянула на него. Махнула рукой на соседний стул, пригласила:

— Садись.

Виновато пробормотала:

— А ужина нет.

— Ладно, обойдусь, — пожал Дима плечами. И повторил: — Что-то случилось?

— Да, — прошептала она.

Шмыгнула носом и снова прошептала:

— Я, наверно, этого не переживу...

Глава 2

ПЯТЬЮ ЧАСАМИ РАНЕЕ

Надя

Дима никак не тянул на примерного клерка, и потому Надя была далека от того, чтобы ждать его в обычные для офисных служащих семь часов вечера. Но все равно, едва вернулась из своей библиотеки (сегодня она работала в первую смену и потому освободилась уже в четыре), немедленно кинулась в кухню. На сегодняшний ужин Надя планировала рыбу под маринадом из помидорчиков черри и, пока ехала домой, вспоминала, все ли продукты есть в наличии. Филе в морозилке точно имелось, и масло тоже (а жарить рыбу лучше на смеси подсолнечного и сливочного), и все необходимые приправы. Единственное сомнение — остались ли в холодильнике пресловутые черри? Вчера — точно были, полная пластиковая упаковка. Но вчера же после полуночи, когда Надя засыпала, по спортивному каналу сражались очередные футбольные гладиаторы, асы кожаного мяча. И Дима, она сквозь сон слышала, принимал в матче самое деятельное участие: скрипел креслом, звенел пивными бутылками, хрустел чипсами. Вполне мог и бедными помидорчиками закусить. Сама когда-то любимого научила, как вкусно под пиво смешать черри, тертый пармезан и чесночок. А чесноком от любимого ночью точно попахивало...

Едва вошла в квартиру, тут же ринулась в кухню — проверять холодильник на наличие помидоров. Нашла. Обрадовалась. И над собой же усмехнулась. Какие-то *мелковатые* у нее стали радости. То ли дело раньше, десять лет назад... Может, Полуянов и прав, когда называет ее последней клушей.

Надя быстро переоделась. На собственный перекус тратить время не стала — немедленно приступила к готовке. Но едва извлекла из холодильника рыбу, как в дверь позвонили. Она метнула взгляд на часы — всего-то без двадцати шесть, совсем не Димино время. Но сердце все равно екнуло. Неужели ее расчеты не оправдались? *Мужчина*, любимый, голодный, после работы пришел, а у нее ужин до сих пор не спроворен! Бабский, позорный, домостроевский менталитет. Можно подумать, Дима когда-нибудь ее упрекал, что в доме поесть нечего. А если изредка подобное и случалось — ведь даже у скромных библиотекарей на работе бывают авралы, — Полуянов покорно перебивался бутербродами или, — что еще приятнее, в ресторан вечером ее вел.

Но все равно, пока она спешила в прихожую, на ходу придумала: если вдруг нежданно-негаданно это Дима, она его сухомяткой пытать не станет. Можно будет минут за пять пышный омлет пожарить — с болгарским перцем и теми же помидорами черри. Или еще проще: горячие бутерброды с сыром.

Однако забивала Надя голову зря: конечно, то был не Полуянов. Пришельцы, что топтались на пороге, оказались совсем иного рода, у нее аж сердце екнуло — двое мужиков. И оба — в милицейской форме.

— Ой... — еле слышно охнула Надя.

Хотя она не нарушала в последние годы никаких законов, а все равно неприятно. Да и мысли опять на пресловутого Димку переметнулись: вдруг с ним, шебутным, что-то страшное случилось? Он ведь постоянно рискует — по делу или чаще без дела. А кого первым извещают о катастрофе? Конечно, жену — пусть и не официальную, а гражданскую.

Хотела распахнуть дверь сразу, но здравомыслие взяло верх. Спросила, не отпирая:

— Вам кого?

— Надежда Митрофанова? — раздался приглушенный дверью мужской голос.

Мысли и вовсе понеслись вскачь. Раз по имени называет — значит, точно что-то ужасное. Но Дима ведь ей звонил! Всего два часа назад! Уверял, что мирно сидит в редакции и пускает слюнки в ожидании ужина!

...А мужчина за запертой дверью тем временем сунул под «глазок» свое удостоверение:

— Я Андрей Салов, ваш участковый. Мы с вами знакомы...

Наде тут же полегчало — вспомнила. Действительно, они однажды общались. Сейчас ведь у ментов новая мода: начальство обвешивает город дурацкими плакатами «Участковый — от слова «участие», а рядовой состав иногда обходит квартиры. Знакомятся с жильцами, и если застают в жилом секторе гостей с Востока, тут же и денежку с незаконно проживающих взимают — себе в карман. Вот и участковый Салов как-то к ней на огонек заглянул, вечером, когда Надя с Димой на диване перед телевизором валялись. Проверил паспорта, согласился на кофе, охотно смел четыре домашних пирожка с капустой, выспросил, где они оба работают, а когда Полуянов попытался его на очерк о буднях участковых развести, важно сказал, что подумает и в течение пяти рабочих дней сообщит. С тех пор уже, наверно, год прошел, и, хотя Салов грозился навещать их минимум раз в три месяца и выслушивать, как он выразился, «жалобы и пожелания», больше они не общались. А сейчас он вдруг явился. Да еще и в компании с каким-то вторым ментом. Ну, если опять обход жильцов, поить кофием она их не станет. И времени нет, и без Диминой защиты боязно. Мало ли что менты в форме — на вид все равно здоровые бугаи, неизвестно, что им в голову взбредет.

Надя распахнула дверь и, не приглашая гостей в квартиру, строго спросила:

— Что вам угодно?

— Сделай, Наденька, лицо попроще! — попросил Салов.

Митрофанова вспыхнула. Во-первых, она не терпела, когда ее, как Ленин Крупскую, «Наденькой» величали. А во-вторых, разве они с участковым настолько накоротке?..

Только не зря Полуянов ее — в шутку, конечно, — «тормозочком» называет. Пока она подбирала слова для отповеди, момент был упущен. Салов деловито спросил:

— Паспорт при тебе?

Ей снова захотелось возмутиться — с какой, интересно, стати он тыкает? И опять не успела, потому что второй милицейский, рангом явно повыше Салова — похож на следователя, как их в сериалах показывают, — быстро сгладил неловкость:

— Вы, гражданочка, не волнуйтесь. Никаких лично к вам претензий. Мы просто обыск должны провести в квартирке напротив...

— Короче, понятой пойдешь, — вновь влез Салов со своим разбитным тоном.

— Но... — пискнула Надя.

Ей совсем не хотелось присутствовать при обыске. Тем более у соседей. И тем паче — в компании развязного Салова. Но только... в квартире напротив живет Ленка. Ее бывшая одноклассница.

...С Ленкой они не то что закадычные подружки. И в школе на жизнь по-разному смотрели, а уж сейчас-то особенно. Но когда десять лет кряду учишься в одном классе, живешь через стенку и почти каждый день вместе едешь на уроки в лифте, это ведь что-нибудь значит?

— Что случилось? — выдохнула Надя.

— Да хорошего мало, — хмыкнул Салов.

А второй милицейский, тот, что следователь, спокойно объяснил:

— Беда с вашей соседкой. С Еленой Коренковой.

Надя машинально закрыла ладошкой рот. Теперь, когда имя прозвучало, ей стало совсем уж страшно. Ленка. Коренкова. Ей ведь — как и самой Надежде — всего-то двадцать семь лет! Или нет, двадцать восемь. Митрофанова вдруг вспомнила, как одноклассница жаловалась, что у нее день рождения неудачно выпадает. Раньше, чем у остальных в классе, — на летних каникулах. Что за уши не треплют, конечно, неплохо, а вот что «поздравляем» всей толпой не кричат и подарков не дарят — очень обидно...

— Не может быть, — прошептала Митрофанова. И еще тише спросила: — Она умерла?..

Следователь коротко кивнул. Надя перехватила его взгляд.

Тяжелый у него глаз. Потухший. Видно, как человек устал от того, что люди погибают. А еще пуще — от бесконечного общения с понятыми, родственниками, зеваками. И от постоянных объяснений, что убивают и молодых, и женщин, и совсем рядом...

— Давай, Митрофанова, пошли. Выполни свой гражданский долг, — строго, совсем не к месту приказал Салов.

Второй смягчил ситуацию. Вежливо проговорил:

— Ну что, девушка? Поможете нам? — И добавил: — Вы не волнуйтесь. Ничего там особенно страшного...

— Да я не волнуюсь, — засуетилась Митрофанова. — Сейчас. Конечно. Пойдемте.

Бестолково открыла сумочку. Вспомнила, что паспорт с тех пор, как на городских улицах перестали цепляться с пропиской, с собой не носит. Побежала в гостиную, где сервант с документами, но ящик перекосился, открываться не хотел...

Надя дергала его и вспоминала, как совсем недавно, дня, наверно, четыре назад, в Ленкиной квартире закатили очередную пьянку. Народу набилось много — местные алкаши это местечко обожали, как со знанием дела объяснил Полуянов, за то, что не подвал и не коммуналка. До трех ночи и вопили, и посудой об пол грохали, и матерились, и визжали в открытые окна. Димка уж на что демократ, и то хотел милицию вызвать, Надя его еле отговорила. Самой, конечно, от таких дебошей было тошно, но все-таки одноклассница... Вместе когда-то краситься учились — по модному журналу — мамиными тенями. И всегда друг на дружку полагались, если нужно из дому сбежать или что-то криминальное спрятать. В киношку на вечерний сеанс с Мишкой из параллельного? А маме говоришь, что с Коренковой. Из кармана куртки сигареты выпали? Да это Ленка попросила спрятать...

Потом, после школы, их пути окончательно разошлись, но все равно они всегда здоровались. И за солью или там хлебом друг к другу бегали — до тех пор, пока Ленка окончательно не пустила свое домашнее хозяйство на самотек.

А теперь ее убили. Хотя нет, почему она, Надя, так решила?! Мент просто сказал, что *беда* и Лена умерла. Допилась? Не выдержало сердце?

Надя наконец извлекла свой паспорт. Протянула душке-следователю, тот мельком взглянул на страничку с фотографией и передал документ противному Салову. Наде любезно предложил:

— Пойдемте.

Они в молчании пересекли лестничную площадку.

В Ленкиной — теперь уже бывшей — квартире царила суета. Спотыкаясь о сваленный в коридоре хлам, шныряли озабоченные люди в милицейской форме.

На кухне за хромоногим столом Надя углядела пожилого мужчину в синей форме с логотипом «Скорой помощи». Он сосредоточенно заполнял какие-то бланки, а рядом стоял второй, помоложе, с медицинским чемоданчиком.

Надя — у Ленки она не бывала уже минимум года три — поразилась, до какой степени та запустила когда-то очень аккуратную, дорого отремонтированную квартиру. Об обои, кажется, каждый гость считал своим долгом руки вытереть. Пол весь прожжен окурками. У Ленкиной школьной еще фотографии, которая зачем-то висит в коридоре, разбито стекло... Как же получилось, что ее молодая — и талантливая! — жизнь пошла наперекосяк?..

— Сюда. В спальню, — прервал Надины размышления оперативник.

Она послушалась. И увидела.

Сначала — огромный, по всей площади комнаты матрас. Мутное зеркало, жалкая пародия на плохой эротический фильм, под потолком. И Ленку, лежащую на спине. С серым лицом, вокруг губ пена, глаза закатились, и, кажется, даже трупные пятна уже проступили... Ужасно. Но все равно видно, до какой степени она юная. Утонченная. И беззащитная.

— Она? Коренкова? — коротко спросил мент.

— Да, — всхлипнула Надя.

— Тогда все. Можете забирать, — крикнул он кому-то в недра квартиры. Деловито велел Митрофановой: — Ты пока в другой комнате обожди. Сейчас труп увезут, и мы к обыску приступим.

— А что... что с ней случилось?.. — Надя никак не могла отвести глаз от обнаженного и прекрасного даже в смертельном удушье молодого тела. Ей до сих пор не верилось, что Ленкина смерть — это навсегда. Глупости в голове вертелись. Будто им по восемь лет, они за что-то обиделись на своих строгих мам и решили им в наказание умереть — конечно, понарошку...

Но оперативник окончательно развеял ее иллюзии.

— Убили, похоже, твою подружку, — поморщился он. — Задушили. — И с непонятным садизмом, а может, просто с профессиональным равнодушием уточнил: — Веревкой.

Милицейский испытующе взглянул на Митрофанову. Явно чего-то от нее ждал. Может быть, слез и выкриков: «Как же так?!» Или испуганного: «Я не убивала!» Или всего лишь оправданий, что Ленка ей совсем не подружка, а просто соседка и бывшая одноклассница?

Но, похоже, Надежда его ожидания обманула. Потому что не стала ни рыдать, ни оправдываться. А просто стояла и будто завороженная смотрела на то, что осталось от Ленки. И опять вспоминала, вспоминала. Вдруг всплыло, как они на физкультуре подглядывали за мальчишками в щелку пацанской раздевалки. Или как в восьмом классе однажды вместе в консерваторию отправились. А в антракте с Ленкой вполне по-свойски поздоровался сам Женя Кисин. И свою кассету с автографом подарил. А Ленка, едва музыкант отошел, ее об стенку разгрохала — на глазах изумленной публики. И объяснила пораженной Наде, что в «подачках знаменитости не нуждается». Мол, очень скоро свои собственные кассеты будет поклонникам раздавать...

Тогда, конечно, многие считали, что Коренкова — будущая звезда, может, еще и похлеще, чем Кисин. Что будут у нее и собственные диски, и толпы поклонников. Но после той истории с кассетой Наде показалось, что Ленка несколько преувеличивает свой талант.

А сейчас, десять лет спустя, вышло, что она действительно была права. Потому что к своим двадцати восьми одноклассница так и не записала ни единого диска. А теперь уже не запишет их никогда.

И Надя — наверно, именно подобной реакции и ждал от нее оперативник — наконец расплакалась.

Иван Адамович

Он всегда любил ночь. За ее прохладу, таинственную перекличку скрипов и шорохов, за прихотливую игру теней, беспечное мерцание звезд. И еще — за *неочевидность*. Это днем все ясно и в лоб: на коне — лишь красивые. Везет только тем, кто с большими бицепсами. И чем ярче, аляповатей цветы, тем дороже они продаются. А ночь наполняет мир загадками. В сумраке, в нечеткой игре лунного света худощавая помойная кошка может оказаться роскошным абиссинцем. А старческая фигура в старом плаще неожиданно обратится в прекрасного рыцаря.

Жаль лишь, что сейчас, в июне, ночи приходится ждать слишком долго.

...Ваня Пылеев, уже давно Иван Адамович, полюбил темноту подростком, лет в четырнадцать. Как-то сразу все навалилось: первое чувство к тоненькой Вике из параллельного класса и первые прыщи, огромные, по всему лицу, их не брали никакие спиртовые примочки и никакой марганец. А еще Вику ужасно смешили его круглые, под Джона Леннона, очки. «Мой милый Чебурашечка», — говорила она. Может, и нежно, но Ваня на такой эпитет жестоко обижался.

— Да не страдай ты. Потерпи. Все вы, подростки, в четырнадцать лет не красавцы, — неловко утешала его мама.

Странная женщина. Сама рожала, сама воспитывала, но так и не поняла, что терпеть — это не по его части. И что у ее сына хотя и внешность ребенка, но характер — уже стальной.

Ваня и решил, что в лепешку расшибется, но терпеть не будет. И найдет возможность избавиться от проклятых прыщей и ненавистных очков не когда придет абстрактное *время*, а немедленно.

Сейчас, в двадцать первом веке, никаких проблем бы с этим (кроме денег) не возникло: кругом полно и косметических салонов для мужчин, и хороших эндокринологов, и грамотных окулистов.

Но Ванина юность выпала на семидесятые, а возможностей тогда было куда меньше. Ему со своими прыщами пришлось отправиться в чуть ли не единственное существующее в те времена место, где пеклись об эстетике человечьего лица и тела, — Институт красоты на Калининском проспекте.

Конечно, его оттуда послали. С резюме, аналогичным мамашиному: идет обычная для подростка гормональная перестройка, нужно просто потерпеть, и все пройдет само.

Погнали Ваню и из известной глазной клиники, где он умолял врачей «вырезать проклятую близорукость». Сказали, что избавиться от его минус четырех никаких проблем не составит. Но только не в четырнадцать лет, когда организм еще не закончил расти, а минимум в восемнадцать. И как объяснишь дуракам-врачам, что красавица Вика однозначно не дождется его совершеннолетия?..

Но Ваня не сдался все равно. Всеми правдами и неправдами раздобыл «взрослый» читательский в Ленинскую библиотеку. Часами просиживал в газетном зале. Заказывал все новые и новые издания, в основном западные, — хорошо, у него с английским проблем не было. И вычитал-таки, что с прыщами можно бороться жидким азотом. А вместо очков носить диковину под названием «контактные линзы».

А потом, упорный, нашел косметолога, которая первой в Москве начала использовать жидкий азот. Вот стыдобища-то была ходить к ней в обычную парикмахерскую мимо рядка теток с масками из непонятного месива на лицах!

Клинику, единственное место в столице, где подбирали жесткие контактные линзы, Ваня тоже разыскал.

И косметолог, и окулист его отговаривали. Под теми же смехотворными предлогами, что организм еще не закончил формироваться и как бы не стало хуже. Но Ваня настоял на своем. Да и деньги — в них маманя ему не отказывала — свою роль сыграли.

И вот неслыханное чудо: проклятых прыщей больше не существует. И видит он без всяких очков! И можно разгрохать свои стеклышки в стиле Джона Леннона о стенку — пусть окулист и бухтит, что линзы — не панацея и нужно обязательно носить обычную оправу как минимум по полдня.

— Ты стал такой прикольный... — задумчиво сказала Викуля, когда он первый раз в новом облике заявился в школу. И преданно заглянула ему в глаза: — Это все ради меня, да?

— Да нужна ты мне двести лет! — как и положено подростку, грубо буркнул Ваня.

И на первой же перемене бросился в раздевалку, к зеркалу. Не обращая внимания на смешки одноклассников, долго рассматривал свое лицо. Пытался взглянуть на него глазами подруги. Совершенства, конечно, в мире нет, и совсем без проблем не обошлось. Там, где раньше были прыщи, красуются небольшие шрамики. А глаза — красные, будто после новогодней ночи. Тоже издержки: от жестких контактных линз постоянное ощущение, будто тебе песку в очи насыпали. Но все равно же лучше, чем было!

...Вика на него действительно теперь смотрит куда чаще, чем раньше. Только не влюбленно, а скорее виновато. А когда он подходит поболтать, всегда напряженная, дерганая, глаза бегают, лицо серьезное. Будто секунды считает, чтоб отбыть неприятную повинность и убежать. И когда он рядом, не смеется, хотя с другими парнями (кто, как и положено, в прыщах!) заливается веселым колокольчиком.

А однажды, когда они «Повесть о настоящем человеке» обсуждали и Ваня про малоизвестные ей факты из жизни летчика Маресьева рассказывал, девушка вдруг обронила:

— Во, Ваня, точно. Ты теперь как тот мужик. Груздев.

— Что? — опешил он.

Груздевым в романе звали приятеля летчика Маресьева. Он был танкист. Получил в тяжелом сражении страшные ожоги и боялся показать своей девушке изуродованное лицо.

— Я... такой же урод?.. — Ваня не сдержался, голос предательски дрогнул.

— Нет-нет, что ты! — перепугалась Викуля. — Я совсем не это имела в виду, я просто ну... как его... во, формулировать не умею! Помнишь, там, в книжке, строчка про Груздева? Что-то типа: «В сумраке его лицо было даже красивым»? Вот и у тебя та же фигня. Не бойся, ты и днем нормальный. Вполне! Но когда стемнеет — вообще офигительный! Профиль точеный, волосы вьются, глазищи огромные — класс!

...С тех пор они с Викой встречались, только когда город одевался во мрак. Летом темнело поздно, и получалось совсем ненадолго, потому что обоим, по строгим правилам тех лет, полагалось возвращаться домой не позже одиннадцати. Но Ваня всегда стремился, чтобы даже жалкие полчаса, которые они проводили вместе, были *заполнены*, и не примитивным, как у конкурентов, трепом про вечные киношки-джинсы-жвачки. Он потчевал Вику совсем другим коктейлем. Чуть-чуть биологии — сколько, оказывается, интересного в жизни банальных летучих мышей или светлячков! Немного истории — рассказывал, когда, например, в столице появились первые газовые фонари. И, чтобы занудой не сочла, даже криминальными историями пугал. Правда, давними, из прошлого века, — ему удалось в Ленинке воспоминания дореволюционного сыщика Кошко раздобыть.

Теперь, в сумраке, Вика, казалось, смотрела на него с любовью. Ну, или хотя бы с горячей симпатией, которая вот-вот перерастет в любовь. По крайней мере, внимала всегда его рассказам, едва ротик не разинув, преданно заглядывала в глаза, застенчиво улыбалась шуткам... Ваня не сомневался: назревает первый поцелуй, а за ним, пожалуй, что-нибудь еще более восхитительное.

И потому в один из поздних вечеров он даже не понял, почему подруга вдруг явилась на свидание бок о бок с рыжим Мишкой из девятого «Б». Случайно, наверно, встретились, а теперь она его отшить не может... Ваня смело шагнул им навстречу, по-хозяйски протянул Виктории руку — сейчас Мишка, конечно, все поймет, распрощается и исчезнет в наступивших сумерках.

Но получилось совсем не так. Дюжий девятиклассник велел Вике: «Постой в сторонке». Та немедленно повиновалась, а рыжий коротко и очень грубо объяснил Ване, что подходить к этой девчонке ему больше не след.

— Она моя, понял?

Иван, безусловно, боготворил Вику. Но, будучи умным человеком, быстро и трезво оценил свои возможности. Ему тут ничего не светит. И бросаться в драку, когда он на две головы ниже рыжего и раза в два худей, просто маразм. Только еще большим дураком себя выставишь. Поэтому в продолжение монолога конкурента Ваня молчал, хлопал ресницами. И изо всех сил сдерживался, чтоб не тереть глаза, отчаянно нывшие под контактными линзами.

И лишь когда Вика — худенькое плечико ухвачено хозяйской лапищей рыжего — скрылась в накрывшем столицу мраке, он не удержался и зарыдал.

...С тех пор утекло много лет. Вика давно, Ваня это знал, вышла замуж, родила, развелась, снова отправилась в загс, и снова родила, и снова осталась одна. Недавно он ее встретил. С любопытством и долго, будто перед ним забавное насекомое в энтомологическом музее, разглядывал сильно располневшую, с потухшим взглядом и пережженными перекисью волосами особу. Остался доволен. Россиянка, когда ей сорок, да без мужика, — совершенно неприглядное зрелище. Как он мог когда-то ее любить?..

Сам он так и не женился. Даже не пробовал. Зачем? Что за твари бабы, Иван, спасибо Викуле, понял еще в четырнадцать. А дети как продолжение рода его не интересовали.

Ваня Пылеев успешно окончил педагогический институт. Без проблем, по зрению — спасибо эксперименту с жесткими контактными линзами — откосил от армии. И вернулся уже учителем в родную школу.

В выборе профессии не сомневался: главное, что он *действительно* любил рассказывать интересные истории. И уж ученикам, школьникам, в отличие от ветреной Вики, приходилось его слушать — у них просто не было альтернативы.

Жизнь пошла если не счастливо, то гладко. В педагогическом коллективе Иван Адамович был на хорошем счету, дети его любили, а старшеклассницы и вовсе частенько теряли голову от романтичного, глаза под толстыми стеклами очков, историка. Но он, разумный и ответственный человек, конечно, был непреклонен. Лишь изредка — когда среди учениц оказывалась очередная светленькая, невесомая, с точеной фигуркой *Вика* — сердце слегка щемило.

...Иван Адамович бережно хранил выпускные фотографии, начиная с той, где десятиклассником был он сам. А вечерами, когда все дела переделаны и наступал и поныне любимый им сумрак, любил просматривать свои архивы. Вглядывался в напряженные и торжественные лица выпускников. Вспоминал. Усмехался. Что-то бормотал себе под нос. Они все — его подопечные. Он их всех в какой-то степени взрастил. Воспитал. Вылепил.

...Сегодняшнего вечера, очередной темноты он ждал с особенным нетерпением. И едва упорное летнее солнце растаяло за крышами близлежащих высоток, предался любимому занятию. Однако нынче Пылеев не просто просматривал — он целенаправленно искал среди карточек свой первый, где был классным руководителем, выпуск. Одиннадцатый «А» 1997 года.

Ага, вот и фотография — уже изрядно пожелтела от времени.

Он наконец выхватил карточку. Поразился, насколько далекими и почти незнакомыми кажутся лица. Да и фамилии бывших учеников в памяти уже стерлись. Ведь сколько лет прошло... Иван Адамович даже засомневался: а есть ли на фотографии *она*? Вдруг болела или, когда приходил фотограф, ездила на очередной концерт, или просто отказалась сниматься — ведь всегда была своевольной...

Но нет, девушка, которую он искал, на фотографии была. Юная, прекрасная, светловолосая, стройная. Хотя и звезда, а скромно стоит во втором ряду, с краешку.

Иван Адамович вгляделся в тонкие, благородной лепки черты. Улыбнулся в ответ на ее очаровательную, волей фотографа оставшуюся в вечности улыбку. А потом черным фломастером обвел молодое лицо в траурную рамку.

34

ДАЛЕКО ОТ МОСКВЫ

Степан

Они снова с Ленкой расстались. И теперь уже навсегда, в этом сомнений не было.

Степан, хотя и жара на улице, зябко запахнул потертую джинсовку. Он стоял на привокзальной площади райцентра К. — в двух часах езды от Воронежа — и ждал автобуса до деревни Калинки. Наверно, его принимают за наркомана: все кругом в шортах, изнывают от зноя, у бесплатного фонтанчика с питьевой водой — остались еще в провинции такие архаизмы — работают локтями распаренные граждане, а он кутается в куртку с длинными рукавами.

Но его действительно знобило — без всяких наркотиков. И даже без капли алкоголя, хотя Ленка бы хохотала как бешеная, узнай, что вчера, за целый горячий летний день, он не влил в себя ни единого глотка пива. И сегодня тоже не пил — хотя по поезду спиртное носили. Но Степа решил, когда все случилось: трезвенником он, конечно, не станет. В нашей стране такое поведение выглядит подозрительно или, по меньшей мере, глупо. Но с алкоголем — по любому поводу, мимоходом, к завтраку, потому что дождь или когда по телику фильм тяжелый — однозначно покончено. Хотя спиртное его вроде и не затягивает, иначе б давно спился за те два года, что прожил в угарной, пропитанной парами алкоголя Ленкиной квартире, но, на всякий случай, хватит уже искушать собственный организм, дурманить голову бесконечной водкой. К тому же непонятно, сколько вольных деньков ему осталось.

Степан, конечно, надеялся, что немало. По крайней мере, он сделал все, чтобы ни один, даже самый пытливый, ментяра не сумел выйти на его след.

...Когда Степа понял, что никакие чудеса подругу не воскресят — ни за что и никогда, — он просто, не теряя лишнего времени, вышел из квартиры. Спокойно, будто гуляя, двинул к магазину — пусть бабули-соседки, вечный контингент, коротающий жаркие летние дни у открытых окошек, не сомневаются: очередной, как они его называли, *местный алкаш* отправился за поправкой здоровья. Но когда он проходил «девяточку» — ближайшую к дому питейную точку, гастроном, когда-то числившийся под номером девять, — внутрь его заходить не стал, чем немало изумил их с Ленкой многочисленных приятелей, толкавшихся на пороге. Доброжелательный сизоносый Иваныч даже крикнул вслед:

— Ты чё, Степанидзе? Бабла, что ль, нет? Не ссы, угостим!

Отвечать Степа не стал. Да и как объяснишь собутыльникам, что спиртное ему за эти два года настолько обрыдло... Все равно ведь не поверят.

Он, неприметный в своих летних, выцветших джинсах, темно-синей, без всяких рисунков футболке и с джинсовой курткой, перекинутой через руку, вошел в метро. Распаренный милицейский сержант, карауливший вход, скользнул по нему равнодушным взглядом и отвернулся. Менты, к счастью, к Степану никогда не цеплялись — если только не приходилось, спасибо беспутной Ленке, допиваться до полной каши в голове. А когда Степа был трезвым, блюстителей порядка он не интересовал. Наверно, они тут же просчитывали в своих милицейских мозгах: что с такого возьмешь? Явно славянской внешности, по виду москвич, но классом куда ниже среднего, в лопатнике и пятихатки не сыщется...

Хорошо, что и в этот раз не остановили. Потому что паспорта при нем не было. Степан после недолгих размышлений оставил его в Ленкиной квартире. Какой смысл брать? Все равно подозревать будут в первую очередь его. Начнут искать, и, скорее всего, очень серьезно. Объявят во всероссийский розыск, разошлют ориентировки, а то и портрета на стенде «Их разыскивает милиция» удостоят. И зачем искушать судьбу? Нет документа — им не пользуешься, а прихватишь — обязательно сразу, и не предскажешь, в какой ситуации, появится искушение его применить. И тем самым засветить свое местопребывание. Сейчас главное — затаиться. А после, когда рвение милицейских уляжется, он потихоньку выплывет из тени. И уж как-нибудь да организует себе документы на новое имя. Может, *Лениным* назваться? В память о безвременно почившей подруге?

Степан хмыкнул. Что ж, еще получается шутить. Уже неплохо.

...Со станции «Медведково», где располагалась их с Ленкой берлога, Степан отправился на «Комсомольскую», к трем вокзалам. Из метро вместе с ним выплеснулись толпы народу — одни спешили к электричкам, другие — к кассам дальнего следования. Степа же двинул против потока — не к вокзалам, а в сторону «Красносельской». Остановился у первого же встретившегося банкомата. Интересно, что бы сказала Ленка, найди она у своего сожителя-собутыльника кредитную карточку? Да не муляж, а настоящую, действующую? Наверно, решила бы, что у нее «белочка» начинается. Или, еще хлеще, за вора бы приняла. Стала б, как правильная, орать, что надо пить на свои, а не тырить по чужим карманам. Слишком привыкла, что он — лопух. И иметь собственные средства просто не способен.

...Но пусть и удобно хранить деньги на пластике, а сейчас карточка может его здорово подвести. Степа не сомневался, что эту транзакцию — практически полное обнуление счета — следаки вычислят на раз. Одна надежда, что решат: алкаши — они дурные. Раз снимал деньги у трех вокзалов — значит, и уехал с какого-то из них. Может, для пущей конспирации купить билет на свое имя куда-нибудь до Питера? Пусть ищут его на северном направлении?

Но от этого плана Степан после недолгих раздумий отказался. Во-первых, сейчас лето, в кассах наверняка страшные толпы, и терять время на стояние в очередях просто глупо. А во-вторых, на поездах он не ездил уже тысячу лет и даже представления не имеет, по какой схеме нынче продаются билеты. Для самолета, он знал, достаточно сказать паспортные данные, а сам документ потребуют лишь на предполетном контроле. А как с поездами — хрен его знает. Вот и не будем связываться.

Степа, несмотря на жару, облачился в джинсовую куртку. Поместил наличность — банкомат порадовал пятитысячными купюрами, и пачка оказалась не такой уж и толстой — во внутренний карман. И снова спустился в метро. Теперь его путь лежал на станцию «Текстильщики». На ней он и распрощается с Москвой, сядет на ближайшую электричку. И покинет столицу без всяких глупых именных билетов: просто заплатит, как законопослушный гражданин, тариф до Тулы. И через пару часов окажется в совсем другом городке. Даже не в Московской области, а там уж его, по крайней мере сегодня, никто не будет искать. Но Тула при этом город достаточно большой, чтоб уехать уже из него в любую точку страны.

«Интересно, — почти равнодушно думал Степан, раскачиваясь в душном скрипучем вагоне пригородной электрички, — когда найдут Ленку?»

Дверь в квартиру он запирать не стал, их с подругой собутыльники — народ бесцеремонный, когда им не открывают, сами вламываются...

И еще — об этом думать не хотелось, но он не мог

ничего с собой поделать — в квартире у них очень жарко. Не только буржуйских кондиционеров не имеется, но даже шторы на окнах в спальне — драные, тюлевые. Никакой защиты от беспощадного солнца. И значит, Ленкина красота, пусть и поблекшая от пьянства, уже сейчас, когда минуло всего-то несколько часов, претерпевает роковые изменения. И ее кровь — горячая, молодая, а теперь навсегда прекратившая свой ток — проступает на совершенном теле отвратительными трупными пятнами...

Что ж, Ленка. Ты этого сама хотела! Всегда говорила, что лучше умереть молодой, на пике славы. Со славой, правда, не сложилось, но погибла ты, как и мечтала, молодой.

Хотя куда естественней было бы покинуть этот мир не в двадцать восемь, а в восемьдесят два, подремывая в кожаном кресле над талмудом собственных воспоминаний, изданных на роскошной бумаге и приличным тиражом...

Но каждый сам решает, как ему построить собственную жизнь. Тоже, кстати, Ленкины слова — так подруга отвечала, когда он пенял, что она слишком много и совсем без повода пьет.

...Электричка до Тулы — он сдуру сел не в экспресс, а в ту, что со всеми остановками, — тащилась, кажется, целую вечность. Да еще и оказалось, что до следующего поезда дальнего следования целых два часа, пришлось коротать их в мерзком привокзальном кафе за гадким, насмешка над благородным напитком, общепитовским кофе.

...А Ленке, наверно, сейчас хорошо. Хотя и стерва была, но вряд ли ее забрали в ад, черти не дураки, им такая конкурентка без надобности. Да и на истинную, расчетливую и коварную, грешницу его сожительница никак не тянула. У кого язык повернется назвать ее подлой? Скорей она дурочка — наивная и самоуверенная, а таким только в раю и место. И уж там, наверно, в такую погоду точно включают кондиционеры...

Степан утер выступивший на лбу пот рукавом джинсовой куртки. Кажется, ему удалось. Хорошо, что он может иронизировать и над собой, и над погибшей подругой, и над его некогда сумасшедшей любовью...

Он вдруг подумал, что уезжает из Москвы если не навсегда, то очень надолго. И даже не успел — да что там не успел, в голову не пришло — попрощаться с друзьями. Не с *вынужденными*, конечно, не с собутыльниками, а с немногими, но — настоящими. Как назло, вон и вывеска «Интернет-кафе» манит, можно было бы вместо того, чтобы пить мерзкий кофе в привокзальном буфете, юркнуть туда, взять ноль пять ледяного пива и черкнуть мужикам, каждому, хотя бы пару оправдательных строк...

Но Степан предпочел не рисковать. Он не очень разбирался в компьютерах, однако понимал, что даже нашим ментам труда не составит выяснить, из какого именно места он отправлял друзьям свой прощальный привет. Да и от ледяного пива он решил пока воздерживаться. Тем более что сейчас, в жаркий, полный стресса день, выпить хотелось нестерпимо. И это расстраивало. Для оставшейся свободной жизни — а она, несмотря на все его предосторожности, грозила оказаться совсем недолгой — ему нужно иметь трезвую голову.

...Наконец хриплоголосая дикторша объявила, что скорый поезд Москва—Новороссийск прибывает на третий путь, и Степан, с облегчением отодвинув недопитый кофе, поспешил на перрон. Поезд уже подошел, из тамбуров выпрыгивали разомлевшие пассажиры, толпившиеся на платформе бабки осаждали их с вареной картошкой и малосольными огурцами. Степа деловито шагал вдоль вагонов — выбирал проводницу. Попростоватей и поголодней — до денег и до мужчин.

И его план — не зря он пытался поступать в университет учиться на психолога — увенчался успехом с первой же попытки. Худенькая, вся в веснушках мадам охотно проглотила, что билетов в кассах нет, и что ехать «надо во как», и что он заплатит без звука сколько нужно. Разместила его, правда, неудобно — в своем служебном купе. Значит, придется всю дорогу выслушивать жалобы на дураков-пассажиров и подлеца—начальника поезда. Но, может, оно и к лучшему — отвлечься, нырнуть в совершенно другую, простую, без интеллигентских изысков жизнь. Степа, конечно, уважал Вивальди и немного разбирался в разных престомодерато-синкопах, но в последние годы вся эта серьезная музыка стала его бесить. Спасибо Ленке, которая начинала говорить о Вагнере только после лошадиных доз водки.

А проводница с веснушками если и включит музыку, то наверняка легкомысленного Тимати или какого-нибудь Ратмира Шишкова. К тому же ехать Степану недалеко — всего лишь до Воронежа.

А потом еще два часа на местной электричке до райцентра. И там — «всего два раза в сутки, но ходит, раздолбай, пока ходит!» — тридцать километров автобусом до деревеньки Калинки.

На хуторе в часе ходьбы от Калинок осел Мишка, его армейский кореш. Человек не от мира сего, с добрыми, всепрощающими глазами. И совсем неподходящими для армии привычками. Во взводе его считали последним чмо — потому что даже во время маршей он умудрялся наблюдать за живой природой и собирать какие-то хитрые цветочки... В общем, на взгляд *нормальных пацанов*, Мишка несчастный человек и полный дебил. Один Степан из всего взвода нескладного Мишку и защищал. Всегда думал, что просто так, по доброте души, а теперь оказалось, что пригодилось. Потому что, когда прощались на дембеле, ботаник

Мишаня всучил ему свой подробный адрес. Стребовал Степанов. Поклялся ему писать. И взял слово, что однажды Степан к нему обязательно приедет. Надолго. Отдохнуть от сумасшедшей Москвы.

— Приезжай! У нас там степи шикарные! Вместе будем лазить! Я тебе такие экземпляры покажу, Красной книге и не снились! — горячо упрашивал натуралист.

И Степа, чтобы не расстраивать дурачка, обещал — не сомневаясь, что никогда, конечно, не приедет.

Но в нынешней ситуации ему только и оставалось надеяться, что на хутор где-то в часе ходьбы от деревни Калинки.

Дима

Вместо ужина пришлось перебиваться вчерашним хлебом, колбасой и помидорами черри.

Сей факт вполне можно было пережить. Куда хуже, что весь вечер он пронянькался с Надеждой. Будто маленькая девчонка, ей-богу: увидела мертвое тело и раскисла, психологическая у нее, видите ли, травма, и руки дрожат, и нос хлюпает. Подумаешь, зрелище — труп, к тому же однодневный, свеженький. Что б с ней было, отведи он ее на экскурсию в морг, где невостребованные хранятся?!

— Но она же моя-а одноклассница-а, как ты не понимаешь? — рыдала Надька.

И что с того? *Школьницей* их соседку Коренкову Дима не знал, но то, что оставалось от нее сейчас, особенно и жалеть не хотелось. Пропитая, противная тетка и выглядела не на свои двадцать восемь, а на верные сорок. Конченая алкоголичка. Не хочется прослыть циником, но задушили — и задушили. Вполне для такой дамы типичный конец.

Но Надюхе, ранимой натуре, этого не скажешь! Вот и приходится нести пургу, что Ленка теперь на небесах и ей там хорошо, куда лучше, нежели на грешной земле.

Дима разливался соловьем, а про себя (хотя и нехорошо, конечно!) тихонько радовался, что с оргиями в соседской квартире наконец покончено. Не то чтобы он какой-нибудь моралист, просто иногда хочется выспаться. Или сосредоточиться на футболе, а не слушать пьяные вопли, доносящиеся сквозь картонные стены их панельки. И нет бы просто орали или табуретками швырялись. Эта Ленка-то, Надюха рассказывала, когда-то большие надежды подавала. Мечтала стать знаменитейшей пианисткой. Вот самый кошмар и начинался, когда покойную Коренкову вдруг давние честолюбивые мысли одолевали. И она садилась за жутко расстроенное (даже Дима со своим более чем скромным музыкальным слухом это понимал) пианино. Играть соседка всегда пыталась уже крепко выпивши, в ноты не попадала, пальцы ее не слушались, и минут двадцать жестокой какофонии всегда сменялись пьяными слезами. Ну и, конечно, громогласными обвинениями, что все кругом сволочи, погубили ее неземной талант. А при чем тут все? Бухать надо было в разумных пределах.

— А ведь она совсем другой раньше была! — всхлипывает Надюха. — Веселой. Доброй. Помогала всегда...

Тоже, наверно, вряд ли. Дима со всеми этими *подающими надежды* многократно сталкивался — злобные, себе на уме, повернутые на собственной исключительности создания. Но не спорить же с подругой!

И он попросил:

— Ладно, не квохчи. Расскажи лучше, как ее убили.

Куда полезней послушать внятный рассказ, нежели бессвязные восклицания.

— Зачем это тебе? Тоже смерть привлекает?! —

вскинулась Надюха. — Как бабку Юльку с нашей площадки?!

Да уж, *адекватной* Надькину реакцию никак не назовешь. Что поделаешь — девчонка. К тому же — библиотекарша.

Дима устало спросил:

— А при чем здесь бабка Юлька?

— Да она два часа сегодня под Ленкиной дверью толкалась! — выкрикнула Надя. — И, когда кто-нибудь выходил, все норовила в квартиру заглянуть. Любопытно ей...

— Мне, по правде, твоя Ленка до фонаря, — пожал плечами Полуянов. — Просто нам же в отпуск лететь, а с деньгами, сама знаешь, сейчас негусто. Вот я и подумал: раз само в руки идет, может, написать репортажик? Лишний гонорар не помешает.

О совместном отпуске Дима упомянул впервые. И, безусловно, рассчитывал, что Надька заинтересуется. Начнет выспрашивать, куда они летят, да еще вместе. Ну а когда он ей скажет, что есть маза в пять звезд, да на Мальдивы, то она и вовсе выкинет пьяное убийство соседки из головы.

Надюха неожиданно примолкла. Переваривает новость? Или, что хуже, готовит отповедь, что «грех наживаться на горе ближних»? И раньше-то периодически выступала, что в журналистах нет ничего святого, ради красного словца не пожалеют и отца, а сейчас, когда ее драгоценной одноклассницы дело коснулось, и вовсе может взбеситься.

Но думала подруга, как оказалось, совсем о другом. Потому что вдруг спросила срывающимся голоском и очень тихо:

— Ты что, правда готов об этом написать?

— А почему нет? — пожал плечами Полуянов. — Бытовуху у нас не особо жалуют, но что-нибудь придумаем, чтоб пропихнуть. Руки-то мастерские! Научены из любой фигни конфетку делать.

Надю его ернический беспечный тон явно задевал. И Полуянов постарался смягчить свое предложение:

— Да ты не переживай, я и про ее талант упомяну. И всякие сопли про безвременную гибель...

— Да не об этом я, Дима! — возмутилась Надька.

— Тогда о чем?

— О том... о том, что вдруг — это не бытовуха?!

Час от часу не легче. Когда хроническую алкоголичку после очередной пьянки находят задушенной в собственной постели, можно на любые деньги спорить: убийца — сожитель, с пьяных глаз приревновавший ее к зашедшему в гости собутыльнику. Или же — собутыльник, взъярившийся на сожителя. Третьего не дано.

Но высказывать все это Надежде Дима не стал, а то опять развопится. Куда грамотнее сделать, чтобы она убедила себя сама. И Полуянов спокойно сказал:

— Вот я и прошу: расскажи для начала самое важное. Ленка твоя ведь жила с этим, как его... со Степаном? Тоже вашим одноклассником?

— Да, — кивнула Надя.

— Ну и где он сейчас? Менты его уже допрашивали?

— Я точно не знаю... — вздохнула Надюха. — Но, кажется, я только обрывки разговоров слышала... Степан исчез. Его паспорт — в квартире, и все вещи тоже. А самого нет. Менты между собой говорили, что будут в розыск объявлять.

— Вот и весь бином Ньютона, — пожал плечами Полуянов. — Он, ясное дело, и убил. А теперь испугался и прячется. Но ты не волнуйся — найдется. Нужно просто подождать, когда у него похмелье начнется, а с ним и раскаяние. Тогда как раз он с чистосердечным в милицию и придет.

— Но Степка... он такой хлюпик! И лопух! Он точно не мог! — возмутилась Надежда.

— Ох, можно подумать, я этого вашего Степку не видел! — фыркнул Полуянов. — Вполне нормальный бугай. Со всеми признаками алкогольной деградации. По-трезвому, конечно бы, он не решился. А с пьяных глаз — запросто... Когда Ленку-то убили?..

Надя смутилась:

— Да я точно не знаю...

— С тебя что, подписку о неразглашении взяли? — усмехнулся Полуянов. И успокоил: — Не дрейфь, никто все равно не узнает. Если я за это дело возьмусь — не с твоих же слов буду писать! Придется в УВД обращаться, с операми базарить, с участковым. И уж время смерти мне точно скажут.

— Ну, вчера ее убили, — неохотно буркнула Надька. — Ориентировочно между двенадцатью и часом.

— А нашли когда?

— Сегодня. Около двух дня.

— Кто нашел?

— Да какой-то алкаш из их компании. Получил пенсию, накупил на радостях водки и явился... Ему не открыли, но дверь оказалась не заперта. Он и отправился хозяев искать. И нашел Ленку.

— А Степана в квартире не было? — уточнил Дима.

— Не было, — склонила голову Надя.

— Хотя обычно эта парочка неразлучна, — сказал Полуянов. — Не помнишь, что ли? Он только на работу один и ходил, а по магазинам или бухать на лавочке — всегда вместе с Ленкой.

— Ну, может, он и был на работе, — неуверенно произнесла Надя.

— А сейчас тогда где? — хмыкнул журналист. — Если уже сутки прошли?

— Вот и менты думают, что Степан ее убил... —

вздохнула Митрофанова. — Вбили себе в голову самое простое — и уперлись рогом...

— Надюшка, да не уперлись они! Просто знают контингент! Убийство с пьяных глаз — в этих кругах обычное дело.

— Нет, ты подожди, — упрямо покачала головой Митрофанова. — Сказать тебе, *чем* Ленку задушили?

— Ну, скажи.

— Веревкой. Новенькой.

— И что?

— Говорю же: новенькой. Только что из магазина. Специально, видно, принесли. Разве это не странно?

— Абсолютно, — фыркнул Дима. — Степан, верно, ее и купил. Я и сам сколько раз готов был ее придушить, когда Ленка твоя по пьяни в три часа ночи начинала невпопад Малера грохотать.

— А еще, — не сдавалась Надежда, — в спальне CD-проигрыватель нашли. Тоже «нулевый». А в нем — диск. С колыбельной Дворжака. — Она триумфально взглянула на Полуянова и добавила: — Я, между прочим, вспомнила! Ленка эту колыбельную на выпускном вечере в своей музыкальной школе играла! И получила пятерку с плюсом и рекомендацию в музучилище!

— Ну и что? — пожал плечами Полуянов.

— Как — что? Во-первых, ты видел бы их квартиру! Все грязное, ужасное, лампочки голые, и тех половина разбита. И бытовой техники никакой, даже телевизора. А тут вдруг — проигрыватель. Недешевый. Откуда он взялся?

— Пфу! Да откуда угодно! Скажем, Степан получил зарплату и не успел ее одномоментно пропить. Решил подруге подарок сделать. Он ведь любил твою Ленку? Вот и решил ее порадовать.

Спрашивал Дима без всякой задней мысли — и с изумлением заметил, как вдруг помрачнела Надежда.

Брови слетелись к переносице, губу закусила... Что это, интересно, с ней?!

И ответила Надька странно. То все защищала свою незадачливую одноклассницу, а тут вдруг сердито буркнула:

— Да не стал бы он ей такое дарить. Разве б она оценила? Сам говоришь, для таких, как Ленка, лучший презент — бутылка водки.

Так-так, подруга. А что тебе, интересно, до Степиных подарков Ленке? Не все ли равно, что тот ей презентует?

Но форсировать ситуацию Дима не стал: только *разборок* им с Надеждой сейчас не хватает. Притворился, будто ничего не заметил, и продолжил:

— И эта колыбельная, как его... Дворжака? Еще, по-моему, элементарней. Слушала ее твоя подруга и вспоминала свое блистательное прошлое. Умилялась своим давним успехам. А что, обычное дело. Даже я до сих пор свой первый «гвоздь» перечитываю. Особенно умиляюсь ему подшофе.

— Вот именно, что *ты* берешь и перечитываешь! И Ленка могла бы *взять* диск и его поставить. Своими, ясное дело, руками! — триумфально выкрикнула Надя. — Но знаешь, что странно? Ни на проигрывателе этом, ни на диске — он, кстати, тоже абсолютно новый — нет ни единого отпечатка пальцев. Ни ее, ни кого-то еще. Я случайно подслушала: менты говорили. Абсолютно чисто. Как это может быть?

— Ну, мало ли как... — буркнул Дима.

Разумного объяснения в голову, по крайней мере с ходу, не приходило. Но искать его тоже не хотелось. Уже надоело — просто смертельно! — перемывать кости безвременно почившей Елене Коренковой. А еще пуще — квохтать вокруг шмыгающей носом Надьки. Нужно десять раз подумать, прежде чем бросаться в пресловутую семейную жизнь. Женись он на Митрофановой — это ж ведь ее всегда утешать придется? И когда неприятности в библиотеке, и когда она беременной будет ходить, и когда дети станут болеть? Это ж голова распухнет от ее постоянного нытья...

И Дима беспечно предложил:

— Слушай, Надюшка! А пойдем-ка мы с тобой спать! Утро, как говорится, вечера мудренее. Завтра, на свежую голову, все еще раз обсудим...

Признаться, даже обидно, что Митрофанова так и не расспросила про совместный отпуск, хотя он и намекнул, да весьма прозрачно. А ей будто все равно... Поехать, что ли, одному на сафари?

— Значит, ты не хочешь разбираться в этом деле... — вздохнула Надя.

Дима по-прежнему не сомневался: *разбираться,* то бишь устанавливать убийцу, здесь нечего. Ежу понятно, что сожитель Степан Елену и грохнул.

А вот если, например, написать большой психологический очерк... Рассказать на Ленкином примере о том, до какой степени хрупок талант. И как часто те, кого когда-то называли гениями, заканчивают свою жизнь непризнанными, в алкогольном бреду, на грязных простынях...

Куда интересней будет и самому, и читателям. К тому же объем не жалкие двадцать строк в криминальной хронике, а верная полоса. А значит — деньги и слава. Вот она, гениальная мысль!

И он серьезно ответил:

— Может, Надька, я и возьмусь за расследование. Вычислю убийцу. Если, конечно, ты себя хорошо вести будешь.

И на душе сразу полегчало, когда подруга просияла и кинулась ему на шею.

Обманул, конечно, ее немного, но семейный покой того стоит.

Глава 3

Иван Адамович

Ему все чаще казалось, что школа вымирает. Настоящая жизнь — добрая, яркая, благородная — плавно уходит в прошлое. И остается, велением фотографов, лишь на старых снимках.

Не то чтобы Иван Адамович осуждал современные реалии. Он неплохо относился к Земфире, добросовестно прочитал обо всех приключениях Гарри Поттера и даже, по примеру продвинутых старшеклассников, приобрел сотовый телефон с МР-3 плеером, а также снабдил аппарат гарнитурой «хэндс-фри».

Историк, умный человек, понимал: каждой эпохе — свои кумиры, больше того, этих эпох за собственную жизнь переживаешь далеко не одну. Сам он взрослел на «Битлах», институт прошел уже под совсем другую музыку — беззаботных «итальянцев». Когда начинал работать, страна сходила с ума от «Кино» и «Наутилуса». А сейчас, в двадцать первом веке, и к «Фабрике звезд» пришлось притерпеться. Полный, конечно, примитив, но раз девчонки из подопечных ему классов через одну вздыхают по пустоголовым и безголосым певцам, значит, это уже *явление*. А явление никогда нельзя игнорировать — можно лишь изучать.

Но ладно примитивная музыка или «Война и мир» в виде комиксов. Беда-то в том, что молодежь и чувства упростила донельзя. Что там собственное отрочество — еще первые его школьные выпуски действительно влюблялись. По-настоящему, глубоко и горько. Страдали. Готовы были даже умереть за настоящее чувство. А нынешнее юное поколение? Вся любовь сводится лишь к двум постулатам. Во-первых, найти партнера *побогаче*. А во-вторых, подобрать надежные противозачаточные таблетки. Разве это не грустно?

И все его выпестованные годами рассказы — про Наполеона и Жозефину, Петра и Февронию, да даже про современника Горбачева с его Раисой Максимовной, все чаще и чаще наталкивались на глухую стену непонимания.

Сегодня же, когда учитель, как всегда, горячо декламировал про королеву Марго с ее страстью к Ла Молю, один из учеников и вовсе выдал:

— Иван Адамыч! А чё вы эту ботву гоните? Она что, тоже в ЕГЭ входит?

И о чем после этого с ними можно говорить? Только подготовить к пресловутому обезличенному ЕГЭ и забыть.

...Еще лет пять-семь назад Иван Адамович после уроков всегда в школе задерживался. С одним провести дополнительное занятие, другого пожурить, третьему — подсказать... А если заходят в кабинет истории девчонки-старшеклассницы, то и немного себе нервы пощекотать. Мимолетно коснуться руки, вдохнуть юный запах, случайно прижаться к молодому плечику... Адреналин! Кровь кипит!.. И — точный расчет. Выбрать такую, чтоб не к мамаше в рыданьях помчалась, а гордилась бы, что с ней на равных и тет-а-тет ведет беседу сам молодой и загадочный, а-ля Байрон, историк.

Нынче же дивчины смотрят на него, как на пустое место. В их накрашенных глазах читается: «Подумаешь! Учитель!» Калькуляторы, встроенные в молодые головки, мигом высчитывают и его зарплату (куда ниже средней по Москве), и что продукты он закупает на оптовом рынке, и живет в однушке-панельке без всяких перспектив на расширение жилплощади.

А сам Иван Адамович теперь сразу после уроков спешит домой. Только квартира в нынешней жизни и остается его крепостью, где все устроено по собственному вкусу. Где нет места ни пустоголовому телевизору, ни радио с его горе-хитами и банальным трепом, ни бездумным книжкам в мягких обложках.

Умный человек, даже если он одинок и работает лишь полдня, всегда найдет чем заняться. Качественная литература, проверенная годами музыка, задачки из занимательной математики, наконец...

И, конечно, фотографии. Его выпускников. Давних. С кем он чувствовал себя на одной волне.

Были, конечно, и среди них *паршивые овцы*. Меченые. Порочные до мозга костей. Но — Иван Адамович с каждым годом убеждался в этом все сильнее — жизнь, как и история, всегда несет в себе высшую справедливость. Потому что с каждым годом все больше и больше этих порочных лиц оказывалось в траурных рамках.

Как, например, свежая жертва *рока* Лена Коренкова. Не наглядеться на нее, не нарадоваться.

Иван Адамович сегодня даже сумрака не стал дожидаться — едва вернулся из школы, еще до обеда, извлек из папки с фотографиями выпуск 1997 года. Снова и снова вглядывался в породистое, надменное, острокулое лицо, обведенное траурной рамкой.

На фоне простоватых одноклассников Коренкова и правда выглядела инопланетянкой. Не такой, как все. Странно, что она со своим уникальным музыкальным талантом не училась в какой-нибудь спецмузшколе для особо одаренных детей, а ходила в обычную одиннадцатилетку. Сама Елена всегда объясняла, что не хочет тратить время на дорогу из Медведкова в центр, где располагались все подобные учебные заведения. Но Иван Адамович подозревал, что она не переводится в *спецуху* лишь потому, что *царить* в заказнике для юных талантов куда сложнее, чем в заурядной «районке».

Зато уж здесь, в типовом девятом-десятом-одиннадцатом «А», большей королевы не было. Коренкова — мало что талант и красавица, еще и одевалась всегда богато, стильно, с вызовом. Школьную форму в те годы как раз отменили, так что возможностей выпендриться на полную катушку у нее хватало. То явится на занятия в тунике и колготках в вызывающую клетку, плюс каблуки сантиметров десять. То еле прикроет аппетитную попку мини-юбкой. Или ошарашит одноклассников с учителями пышным веером накладных ресниц и пурпурной помадой. И если остальным старшеклассницам завуч за подобные выходки всегда делала внушение, то Лену, творческую личность, она предпочитала не трогать. И коллег на педсоветах просила повнимательней относиться к «хрупкому таланту». Вдруг Коренкова обидится и взбрыкнет?.. И кому тогда выступать за школу на бесконечных творческих смотрах и межрайонных концертах?..

Учителя юный талант послушно баловали и пестовали. Покорно ставили мирные четверки за сочинение, где Печорин без всяких, конечно, литературных ссылок и доказательств назывался «последним снобом». И за нестандартную мысль, что до Урана от Земли куда ближе, чем до Луны.

Нахальная Ленка пыталась посягать и на его любимую историю. Впрочем, в те годы, середину девяностых, на нее только ленивый не посягал. Иван Адамович на нападки привык не обижаться, но с ними боролся. Аргументированно, продуманно, серьезно. Он всегда внимательно прочитывал всякие «Огоньки» вкупе с прочими рассадниками разоблачений. Анализировал очередную «горячую» новость, как правило, абсолютно бредовую. Вроде того, что Сталин от Гитлера за развал Красной Армии миллиард немецких марок получил. Продумывал контраргументы. И вполне успешно с новоявленными демократами дискутировал. С ним и директриса боялась схлестываться, и приятели по шахматному клубу не связывались. А уж самоуверенную школьницу на место поставить образованному человеку нетрудно.

Иван Адамович справедливо гордился, что без всяких примитивных оскорблений и двоек немало притушил коренковский нимб суперзвезды.

Невозможно забыть звенящую тишину, каковая сопровождала его рассказы. Или столь жаркие диспуты, что перепуганный охранник террористов пугался, в кабинет заглядывал. Как глаза у школьников горели, как ярко розовели щеки... Уж тогда-то, в девяностые, все девчонки — кроме разве что самоуверенной Коренковой — в большей или меньшей степени вздыхали по умному, острому на язык историку.

И девочки все были — как на подбор, загляденье. Взять хотя бы Надюшку Митрофанову. Вот уж настоящая русская красавица! Типаж, правда, не его, не худышка, — щечки розовенькие, бедра крепенькие, грудь приятной полноты, чего Иван Адамович как раз не любил. Но глаза — глубокие, наивные, полные любопытства — искупали все. А как слушала она его, как, нервничая от интересного рассказа, облизывала пухлые губки...

— Ты на историка, будто кролик на удава смотришь! — однажды подколола ее жестокая Коренкова.

Но Надя хотя с виду и простушечка, а в долгу не осталась. У Ивана Адамовича, который случайно подслушал их разговор, едва слезы умиления не выступили, когда Митрофанова спокойно ответила:

— На умного человека и посмотреть приятно.

— Да что в нем умного? Неудачник, трескун и балабол! — пригвоздила его суперзвезда.

— Будто твой Степка не дурак, — пожала плечами Надя. — Удивительно ничтожная личность!

...Знала, умница, как ударить побольнее.

Степка — их одноклассник Степан Ивасюхин —

давно уже стал посмешищем в глазах всей школы. Юноша-подросток — очень похожий на самого Ивана Адамовича в этом возрасте, по крайней мере, очки, прыщи и масса комплексов у него имелись — боготворил Коренкову. Помогал с уроками. Посвящал ей стихи. Таскал ее портфель. Терпел все ее выходки и придирки. Преданно ездил на ее концерты — даже в другие города, за свой (то есть родительский, конечно) счет.

Коварная Елена, ясное дело, всерьез его не воспринимала. Но так как с юных лет была расчетлива, то и не гнала. Царственно кивала, когда он первым делом решал (в ущерб себе) вариант *ее* контрольной работы. Охотно брала букеты. И даже изредка, раз в месяц, снисходила до того, чтобы прогуляться вместе в киношку — несчастный Ивасюхин каждый раз после такой милости сиял новеньким пятаком и просто испепелял свою богиню страстными взорами. А Коренкова, нимало не стесняясь, на его глазах кокетничала с другими одноклассниками.

У Ивана Адамовича, когда он замечал эти сценки, сжимались кулаки. Он даже пытался по-мужски поговорить с Ивасюхиным, втолковать неразумному, что тот на абсолютно неверном пути... Но как объяснишь безответно влюбленному, что объект его поклонения — полный ноль?

Все и тянулось: Ленкино хамство и тоскливые взоры безответно влюбленного Ивасюхина, пока за дело вдруг не взялась простушка-толстушка Митрофанова.

Иван Адамович так и не узнал, какая муха ее вдруг укусила. Прежде-то Надежда вела себя абсолютно так же, как прочие девчонки из класса, — на Ленку поглядывала с легкой завистью, на несчастного Ивасюхина — с презрением. Но буквально в один день все изменилось. И историк с изумлением заметил, что на переменке Митрофанова с Ивасюхиным дружной парочкой стоят у окошка. Тот, горячо размахивая руками, рассказывает однокласснице про ход планет и траектории астероидов. А Надежда преданно смотрит ему в глаза и едва ли не каждую минуту кивает.

«Может, она с девчонками поспорила, что всю перемену его вытерпит», — решил тогда Иван Адамович.

Но нет. После уроков Митрофанова с Ивасюхиным тоже ушли вместе. И на следующий день все переменки болтали — точнее, он разглагольствовал, а она его преданно слушала.

Далее последовали собственного изготовления пирожки, которыми Надежда, слегка смущаясь, угостила Степана, и весь класс это видел. А пару дней спустя он даже за ее парту пересел.

Одноклассники изумлялись и хихикали. Елена, как и положено королеве, сделала вид, что ничего не произошло. Правда, глаза у нее, когда она небрежным тоном велела Степану проводить ее домой, а тот спокойно сказал, что занят, были презлые.

Иван Адамович никак не мог понять, кто в сем любовном треугольнике дурак, а кто подлец, кто искусно притворяется, а кто ведет тщательно спланированную игру. Внешне же все выглядело вполне мирно: Степан обрел благодарную слушательницу, Надежда — преданного кавалера, а прекрасная Елена, по крайней мере с виду, даже и не расстраивалась, что ее бросили, — и без Ивасюхина ей поклонников хватало.

Одноклассники посудачили по поводу новой парочки да и переключились на грядущую городскую контрольную по физике и шедшие по всей стране концерты в рамках кампании «Голосуй или проиграешь». Вроде бы *новость* сошла на нет.

Но Иван Адамович не верил, что Коренкова проглотит подобное оскорбление.

И, как всегда, оказался прав...

Учитель еще раз вгляделся в ее холеное, полное презрения ко всем и вся лицо. Коснулся рукой им же нарисованной траурной рамки. Потом перевел взгляд на русые косы Нади. Остановился на напряженном лице Степана...

И с горечью подумал: «Вот это красиво! Вот это десять лет назад была любовь! Не то что у нынешних десятиклассников...»

Дима

Полуянов давно понял, что новую интересную тему надо *копать* очень быстро. Пока есть запал. И настрой. А начнешь рассусоливать, обдумывать, сомневаться — и сам не заметишь, как перегоришь. Или начальство подсуетится, отправит тебя куда-нибудь на пресс-конференцию в мэрию. И прости-прощай острый проблемный очерк, станешь, как последний стажер, живописать успехи жилкомхоза по части озеленения столицы.

Поэтому следующим утром, едва Надюшка ускакала в свою библиотеку (за ночь ее горе по поводу смерти одноклассницы во многом благодаря Диминым постельным стараниям поутихло), он засел за телефон. Несколько звонков, часик в Интернете (свой лэп-топ Дима, как истинный семьянин, давно перевез в квартиру подруги) — и вот уже в редакции знают, что беспокоить по мелочам его нельзя, потому как на подходе очередной очерк-сенсация, а у него в руках — изрядно полезных телефонов.

К поиску информации Полуянов всегда подходил ответственно. Не жалел денег на подробнейшие, как легальные, так и левые, базы данных. Регулярно подкармливал знакомых оперов. Плюс каждый месяц выводил в кафешку простушку Аллочку из ЦАБа. Хлопотно, конечно, и затратно, зато как бы иначе он всего к полудню раздобыл столько важнейших телефонов? Здесь и бывший классный руководитель покойной Коренковой. И номера нескольких одноклассников. И координаты ее педагога по специальности из музыкальной школы. И самое, наверно, важное — адрес и телефон Елениной матери (отца у Коренковой вроде бы не имелось).

Дима заварил себе очередную чашку кофе. Вышел с ней на балкон. Уселся в пластиковое креслице — его для комфортных перекуров на свежем воздухе Полуянову презентовала Надя.

Внизу, во дворе, шел своим чередом обычный рабочий день. Шумели в песочнице дети, на лавочках устало покуривали их затюканные мамаши, деловито волочили сумки на колесиках бабули, стучали костяшками домино деды. Из трудоспособного населения представлены одни алкаши — на той же детской площадке уже сформировалась компания. Трое потасканных мужичков, несмотря на относительно ранний час, деловито разливают по пластиковым стаканчикам водку, открывают пенное на запивку. Один — видно, спонсор — говорит громче прочих, гостеприимно выкладывает на газету крупно нарезанную колбасу, ломает хлеб. Интересно, будь жива Коренкова, присоединилась бы она к сей компании? Собутыльники жалкие, зато все, что нужно для счастья, имеется: и водка, и пиво, и закусь. Или же несостоявшаяся звезда считала себя выше примитивных дворовых тусовок? И принимала горячительные напитки только в собственной квартире, в компании более продвинутых алкашей?

Дима теперь жалел, что прежде не обращал внимания на дворовых пьянчуг. Вечно спешил да и не считал нужным на них глазеть. Вроде какие-то бабы среди них крутились, но входила ли в их число покойная Ленка?

Полуянов сделал себе «зарубку» — подойти к местным алкоголикам, разговорить их, расспросить. Но только не сейчас, не утром, когда еще полно дел, а то это публика известная. Все, что знают, если грамотно, конечно, спрашивать, выложат. Но лишь своему. То есть собутыльнику. А пить с утра, да еще и сомнительную водку, Диме не хотелось. И так вчера перебрал, пока Надькины горестные излияния выслушивал.

Он поудобнее развалился в креслице, неспешно закурил... Красота! Мелочь, конечно, но куда приятнее вместо пустых кофейных банок, полных «бычков», пользоваться хрустальной пепельницей — ее на балкон поставила Надя. И наша хозяйственная каждый вечер ее вытряхивает и намывает.

Полуянов перевел взгляд с детской площадки на перспективу города, на дома, дорогу, машины. Денек явно разгорался жаркий, над столицей, несмотря на утро, уже висел смог, на относительно тихом, видном с балкона проезде Шокальского образовалась пробка. Школьный учитель Коренковой сейчас, скорее всего, на работе: горячая пора, июнь, у несчастных детей экзамены. В музыкалке, наверно, та же фигня. Вряд ли посреди рабочего дня отловишь и бывших одноклассников — небось парятся, как положено приличным людям, в офисах. Алкашей-то среди их выпуска, Надька сказала, одна Ленка и есть. Ну и Степан — алкаш наполовину.

А вот наведаться к коренковской мамашке... Без звонка, потому что, если просить об аудиенции, она явно откажет... Заглянуть под любым предлогом в ее квартиру, попытаться понять (опытному глазу и пяти минут хватит), чем та живет... Идея, кажется, вполне здравая. Прямо сейчас можно отправляться. А насчет *легенды* даже не заморачиваться. Он что-нибудь, конечно, сымпровизирует. По ходу.

ДАЛЕКО

Степан

Когда Степан без всяких интеллигентских стуков вошёл в добротную, окошки украшены резными ставнями, избу, армейский друг Мишка сидел за столом. Сосредоточенно, кончик языка наружу, перебирал какие-то тычинки-травинки.

Увидел на пороге сослуживца и безулыбчиво произнёс:

— Я знал, что ты сегодня приедешь.

В первую минуту Степан опешил. В голове вдруг прокрутилось, что хотя и страшная глушь эти Калинки, а телевизоры наверняка имеются. И «Криминальную хронику» ловят. И, пока он путешествовал, по ящику вполне могли сюжет показать о трагической гибели несостоявшейся пианистки Елены Коренковой. И о Степане, скрывшемся с места происшествия жестоком убийце.

Вот тебе и край света... Неужели весь его хитроумный, тщательно продуманный план потерпел крах?..

Но Мишка вдруг улыбнулся и позвал друга:

— Подойди сюда! Ты будто по заказу. Только глянь, что я сегодня в степи нашёл!

Степа послушно приблизился. Подозрительно взглянул на чахлую, почти убитую засухой травку. И в чём, хотелось бы знать, здесь кроется причина для восторгов?

— Это же собачья петрушка! — восхищённо доложил сослуживец. — Ты просто не представляешь, какая она редкость!

На душе у Степана отлегло. Как он мог забыть, что Мишка — чудной? Ничего сослуживец, конечно, не знает. И знать не может.

— Что мне твоя петрушка! — улыбнулся в ответ Степан. — Ты лучше огурчиков выставь. И картошечки, если есть. А выпить я привез. И колбасу сырокопченую. Из самой, между прочим, столицы.

Про колбасу, кстати, было вранье. Палку «Брауншвейгской» весьма сомнительного вида Степан приобрел в вагоне-ресторане.

Мишка наконец соизволил встать. Отодвинул свои растения. И заключил друга в объятия. Они, удивительно для такого хлюпика, оказались крепкими. Хлопал его по спине и повторял:

— Молодец, Степан! Приехал! Не наврал! И правильно: что там в твоей Москве! Клоака! А здесь — ох и красота! Чего я тебе покажу! В наших степях какие только изумительные экземпляры не попадаются!

И у Степана впервые за последние сутки потеплело на душе.

Дима

Он не сомневался, что в квартире Коренковой-старшей его ждет траур. Пусть и не в виде классических атрибутов вроде накрытой куском хлеба стопки или задернутого черным платком зеркала, но мать погибшей молодой женщины наверняка встретит его слезами. Или упреками — о, как они, особенно безосновательные, помогают в горе.

...Действительно, женщина, распахнувшая ему дверь, вид имела изможденный. Покрасневшие глаза, отчетливо проступившие морщины, затрапезный, не самый чистый халатик. Весь ее вид говорил: моя собственная жизнь, *жизнь для удовольствия*, давно кончена. И теперь *я просто несу свой крест*. Хотя на вид ей еще и пятидесяти не было. А если и было, то совсем с небольшими «копейками».

Женщина хмуро уставилась на Полуянова. На лице ни искры интереса к молодому, широкоплечему мужчине. Спасибо, что хоть дверь открыла, а не допрашивает его через цепочку.

И Дима с места в карьер начал:

— Галина Вадимовна, я хотел бы поговорить о вашей дочери.

Сейчас, может, расплачется?

Однако в лице Коренковой-старшей не дрогнул ни один мускул. Только рот дернулся в подобии саркастической усмешки:

— Вы мне можете рассказать про нее что-то новое?

У Полуянова внутри все захолодело. Ну и дела! Может быть, она еще не знает? Ей не сообщили?.. Неужели это ему сейчас придется выступить скорбным вестником?!

Дима пробормотал:

— Нет, Галина Вадимовна, ничем новым я вас порадовать не смогу...

Он чуть не впервые за журналистскую карьеру смутился. Не нашел слов, чтоб продолжить.

Смутить молодого, симпатичного мужчину для дамы постбальзаковского возраста — это полный кайф. Взгляд женщины мгновенно потеплел.

— Проходите, — скупо улыбнулась она.

И лишь когда Дима оказался в сумрачной прихожей и за его спиной захлопнулась входная дверь, поинтересовалась:

— А кто вы, собственно, такой?

— Дмитрий Полуянов, обозреватель газеты «Молодежные вести», — представился он.

И явно растрепанную дамочку изумил.

— Чем же я могу быть полезна вашей газете? — с некоторой даже долей кокетства вымолвила она.

Странное поведение для женщины, только что потерявшей единственного ребенка.

И Полуянов осторожно, словно по ледяной воде ступая, повторил свой заход:

— Меня интересует ваша дочь.

— Господи, да что же в ней может быть интересного для широкой аудитории? — всплеснула руками Галина Вадимовна. — Я имею в виду — сейчас?!

— Ну как... Ее дар. Ее победы. Ее — пусть не всегда удачная — музыкальная карьера... — тактично произнес Полуянов.

Галина же Вадимовна мгновенно погрустнела:

— А... я поняла. Вы, значит, про Ленку поговорить хотите.

И голос сразу сделался абсолютно нейтральный. Будто о совсем постороннем человеке говорит.

У Димы в памяти тут же всплыла заметка из его же газеты, из «Молодежных вестей» десятилетней давности, не далее как сегодня утром он вытащил ее из компьютерно-интернетского архива. То был бравурный отчет с всероссийского конкурса молодых пианистов. Восхваление его блистательной победительницы Елены Коренковой. И трогательное упоминание о маме юной пианистки, которая, когда дочери вручали Гранпри, не могла сдержать слез...

...А сейчас, когда дочь погибла, мама лишь сухо интересуется:

— Неужели нашли, кто ее убил?

Дима — его всегда занимали *не такие, как все,* люди — с изумлением уставился на женщину.

— Только не надо на меня вот так смотреть, — поморщилась Галина Вадимовна.

— Извините... Примите мои соболезнования... — пробормотал Полуянов.

— Не нуждаюсь, — отрезала собеседница. И добавила: — Если вы не в курсе, то объясню. С Еленой мы не общались. Вообще. Не виделись, не разговаривали. Тому лет пять как. Я ее, говоря красиво, вычеркнула из своей жизни. И ни единый человек — кто был знаком, конечно, с тогдашним поведением моей дочери — меня не осудил. — Женщина вскинула голову и раздельно произнесла: — Поэтому и весть о ее гибели, как ни жестоко сие звучит, оставила меня равнодушной.

— Во как... — не удержался Дима.

А Галина Вадимовна со все возрастающим пафосом завершила свою речь:

— У меня нет больше этой дочери.

«А голос, если она заведется, у нее сильный. Будто колокол. Могла б в оперные певицы пойти», — мелькнуло у Полуянова.

У него аж в ушах от последней громкой реплики зазвенело. А из недр квартиры вдруг раздался жалобный, тонкоголосый плач.

И Галину Вадимовну будто подменили. Только что жесткое, безжалостное лицо осветилось счастливой улыбкой.

— Маська! — радостно пробормотала она.

И со скоростью, сделавшей бы честь любой спортсменке, ринулась из коридора прочь. Удивленный Дима не стесняясь двинул за ней. И в сумрачной, на окнах плотные шторы, гостиной застал идиллическую картину: Галина Вадимовна, волшебным образом помолодевшая, глаза сияют, качала на руках маленькую девочку. Светлые кудри, худенькие ручки-ножки, пижама с россыпью сказочных медведей. В детском возрасте Полуянов не разбирался, но ребенку, кажется, было не больше двух лет.

— Баю-баюшки-баю, — пропела красивым голосом Галина Вадимовна. И на тот же мотив закончила: — Жди-те в кухне, я при-ду!

Полуянов повиновался. Прошел на кухню, плюхнулся на единственную свободную табуретку — остальные были завалены игрушками, надкушенными яблоками, перепачканной детской одеждой.

Он осмотрелся — типовые российские шесть метров. Убирать здесь, конечно, пытались, но ремонта явно не было уже лет двадцать.

Дима подавил жесточайшее желание закурить. Ну и ну, вот так семейка! Кем, интересно, эта маленькая девочка приходится Галине Вадимовне?

Его взгляд упал на прикрепленный к кухонной стене альбомный листок. Он изображал солнце — весьма кривобокое, с хаотично размещенными лучами. А под ним — еще более неуверенная надпись: «МАМАЧКЕ».

Мама? Но позвольте, уж пятьдесят-то Коренковой-старшей точно есть! А девочке — никак не больше трех!

За спиной зашелестели шаги. Журналист обернулся — на пороге стояла Галина Вадимовна. Она тут же приложила палец к губам, еле слышно попросила:

— Пожалуйста, очень тихо... У Маськи такой чуткий сон...

И Дима, тоже шепотом, потребовал:

— А кто она, эта Маська?

— Как кто? — изумилась женщина. — Дочь. — И голосом подчеркнула: — Моя настоящая дочь. Долгожданная. Любимая.

Она гордо вскинула голову и, будто не с незнакомым журналистом разговаривает, а дает клятву ей одной ведомой высшей силе, произнесла:

— И уж с ней-то все будет хорошо. Костьми лягу, но не допущу, чтоб как у Ленки!

Галина Вадимовна устало опустилась на соседнюю табуретку — прямо поверх лежащих на ней детских вещичек. Проницательно спросила:

— Вы, наверно, хотите курить?

— Мечтаю, — не стал врать Полуянов.

— Я тоже... мечтаю, — вздохнула она. — Уже больше тысячи дней как... Но — держусь. Чтоб не подавать Машеньке дурной пример...

— А давайте — пока она спит. По секрету, — ухмыльнулся Полуянов. И вытащил сигареты.

— Нет-нет, ни в коем случае! — всполошилась женщина. — Еще мне не хватало сейчас, когда столько всего позади, сорваться!

Жадно, будто алкаш на бутылку, взглянула на пачку «Мальборо» и попросила:

— Пожалуйста, уберите.

— Как скажете, — вздохнул Полуянов.

А Галина Вадимовна, будто оправдываясь, произнесла:

— Раньше... когда росла Леночка... я не сдерживалась. Считала, что имею право на личные, никому не подотчетные привычки. Что могу при дочери и курить, и выпивать. Только сейчас, к пятидесяти, я поняла: настоящая жизнь — это самоограничение...

Тут Полуянов был готов поспорить: он всегда считал, что лучше *совершить* что-нибудь порочное, нежели, как эта женщина, годами страдать и видеть запретный плод лишь во снах. Но дискуссию решил не затевать. Куда лучше воспользоваться тем, что разговор очень кстати свернул на Елену.

И Дима тихо спросил:

— Скажите... когда Лена начала пить?

— Очень рано. В пятнадцать, — жестко бросила Галина Вадимовна. И неожиданно добавила: — Все из-за нее! Ее подружки!

— Какой? — навострил уши журналист.

И в изумлении услышал:

— Да этой простушечки! Митрофановой!

— Надьки? — вырвалось у него.

— Вы ее знаете? — подняла брови женщина.

— Да нет, пока не знаю, — поспешно открестился от подруги Полуянов. — Просто списки выпускников смотрел. И слышал, что Надя с Леной были соседки. Ну и приятельницы...

— Не приятельницы — собутыльницы, — саркастически поправила его Галина Вадимовна.

Еще интересней.

— Не слишком ли крепкое определение? Для пятнадцатилетних девочек? — прищурился Полуянов.

— Для нее, Митрофановой, в самый раз, — припечатала женщина. — На ней уже тогда пробы негде было ставить.

Журналист еле удерживался, чтоб не расхохотаться. Это на Надьке-то, домашней девочке, негде ставить пробы! Да в пятнадцать лет! Ее и сейчас-то, в двадцать семь, на жалкий бокал мартини уболтать — целое дело. А не безумна ли, простите, Галина Вадимовна?

Хотя червячок сомнения, конечно, зашевелился. Как там великий Куприн писал? Что из раскаявшихся проституток получаются самые лучшие жены? Может, это правда? Может, и Надежда теперь не пьет, потому что в юности свою норму перевыполнила?

И он осторожно произнес:

— Какая там в пятнадцать лет выпивка? Все мы что-то пробовали, конечно. И я тоже. У родителей в заначке литровая бутылка анисовой водки имелась. Парадная. Болгарская. Стояла на почетном месте в горке — как, помните, в застойные времена выставляли. Ну, мы с друзьями оттуда и отливали по граммулечке. И добавляли, чтоб родители не спохватились, воды. Представляете, какой через год скандал разгорелся, когда эту водку решили наконец на стол выставить?

— Не сравнивайте, — отмахнулась Галина Вадимовна. — Одно дело по тридцать или по сколько там у вас получалось грамм водки. И другое — как Надя Елену спаивала. Покупала бутылку ликера на двоих. Крепкого. Двадцать с лишним градусов. Продавались в те годы псевдонемецкие. «Грейпфрут-лимон» или вишневый. А еще джин с тоником только появился в жестяных банках. И они, — женщина опять начала повышать голос, — по три банки выпивали! Можете себе представить: такие девочки — и по три!..

— Каждая? — недоверчиво переспросил журналист.

Первый, только что появившийся в России джин с тоником в жестяных банках он тоже прекрасно помнил: сивуха, да еще изрядной крепости. Лично его с двух банок срывало с катушек, а уж чтобы школьницы по три осилили — это и вовсе нереально. Чушь какую-то Галина Вадимовна несет.

Он решил зайти с другого бока. Заявил:

— Но позвольте... Если Митрофанова с пятнадцати лет так пьет — давно бы уже свою жизнь под забором закончила! Но она, я слышал, хорошее образование получила. Работает. Карьеру делает.

— И где же она рабо-отает? — с непередаваемой интонацией поинтересовалась собеседница.

Явно ожидала услышать, что как минимум в стриптизе или сомнительном массажном салоне.

— В библиотеке, — кротко улыбнулся Полуянов. — В историко-архивной. — И зачем-то добавил: — Между прочим, заместителем начальника зала всемирной истории.

Галина Вадимовна, кажется, была удивлена. И хотя пробормотала с сомнением: «Знаем мы этих... библиотекарей», — но задумалась. А потом вдруг произнесла:

— Значит, не зря мне всегда казалось, еще когда девочки школьницами были... — она запнулась.

— Что? — воззрился на нее Полуянов.

Женщина выдержала его взгляд. И твердо закончила:

— Что Митрофанова эта Лену специально спаивала. Она моей дочери всегда больше, чем себе, наливала. И не пьянела в отличие от Леночки...

Дима не удержался от смешка.

— А не слишком ли сложная комбинация? Для юной девочки?

— Не слишком. Потому что Митрофанова ради Степки на все готова была. Он ведь Лену мою любил! А Надежда из-за этого страшно злилась.

Полуянов в изумлении уставился на собеседницу. Неужели та не врет?.. И переспросил:

— Вы хотите сказать... что Надя была влюблена в Степана?

— Как кошка, — презрительно усмехнулась Галина Вадимовна. — На все была готова, чтоб его в свою постель затащить!

«Бред», — мелькнуло у Полуянова.

Но, с другой стороны, он только сейчас припомнил: Надя, *нынешняя*, уже взрослая, Степу не переносила на дух. Если сталкивались во дворе или в подъезде, в ответ на его приветствие она всегда бурчала что-то нечленораздельное. И очи уставляла в пол. Полуянов, наивный, всегда полагал, что чистенькой Надюшке просто алкоголики не нравятся. Неужели причина в ином? В любовном треугольнике?! Пусть давнем, школьном, но не зря ведь говорят, что у любви срока давности не бывает...

Интересные же новости он сегодня узнал про собственную без пяти минут женушку!

Впрочем, надо вытянуть из Галины Вадимовны как можно больше. И Дима спросил:

— Но где связь? Допустим, Надя действительно хотела отбить у Лены Степана. Зачем же для этого ее спаивать? По-моему, совершенно нелогично.

— А по-моему — как раз логично, — отрубила женщина. — У Степана оба родителя в бутылку заглядывали. Особенно мать. И потому он пьяных девушек просто на дух не переносил. Надя это прекрасно знала. Вот и подстраивала, чтобы Леночка, когда сильно выпивши, ему на глаза попадалась... И добилась-таки своего! Получила Степана!

«Еще хлеще!» — мелькнуло у Полуянова. Однако вслух он произнес:

— Позвольте... но разве Надя его добилась? Разве получила? Ведь Степан, насколько я знаю, жил не с Надей, а с вашей Леной?!

— Да, — склонила голову собеседница. — В конце концов он покинул Надежду. И остался с моей дочерью. — И патетически добавила: — Но какую цену ей пришлось за это заплатить!..

На ее глазах выступили слезы. «Не до конца, значит, Леночку из своей жизни вычеркнула», — мелькнуло у Полуянова.

— Расскажите, — тихо попросил он.

— Лена... она ведь, когда поняла, что Степа ее на Митрофанову променял, убить себя пыталась... — прошептала Галина Вадимовна.

— Да вы что! — вырвалось у Димы.

У него просто голова кругом шла. На языке вертелись миллионы вопросов.

Но тут плотно прикрытая дверь в гостиную отворилась, и на пороге показалась давешняя девочка. Босиком, в пижамке, трет ручкой заспанные глаза.

— Маська! — кинулась к ней Галина Вадимовна.

— Мама! — радостно откликнулся ребенок.

Женщина подхватила ее на руки, прижала к себе. И строго велела Диме:

— Вам лучше сейчас уйти.

— Немедленно? — поднял бровь Дима.

Девочка на руках Галины Вадимовны уставила в него пальчик и весело произнесла:

— Дя-дя!

— Привет, зайка! — со всей лаской, на которую был способен, улыбнулся Полуянов. И поинтересовался: — А сколько тебе лет?

— Дьва, — гордо ответила та. И уточнила: — Дьва года и девьять месяцев.

— Ой, какая ты умница! Уже сколько цифр знаешь! — фальшиво изумился журналист. — И слово «мама» умеешь писать!

Девочка просияла в ответ. Потянулась к Полуянову. И он уже был готов подхватить ее на руки, когда Галина Вадимовна вдруг отрезала вмиг заледеневшим тоном:

— Мария. Нельзя.

И малышка немедленно сникла. Отвернулась от журналиста, опустила головку.

— А почему нельзя? — удивился он.

— Все, Мария. — Галина Вадимовна опустила девочку на пол. И велела: — Немедленно иди к себе в комнату.

Ребенок покорно повиновался, а журналист, едва она вышла, удивленно спросил:

— Ну зачем вы так строго?

— Потому что. Она должна с детства знать, что такое «нельзя».

— А по-моему, в Японии детям до шести лет вообще ничего не запрещают, — возразил Полуянов.

— Хватит уже. С Леной обожглась, — поморщилась Галина.

Встала и, не оглядываясь на журналиста, отправилась в коридор. Приглашающе распахнула входную дверь.

Диме ничего не оставалось, как последовать за ней.

— Я могу зайти к вам еще раз? — поинтересовался он на прощание.

— Не думаю, что это целесообразно, — пожала плечами хозяйка.

— Тогда хотя бы скажите, — попросил он. — Машенька, эта девочка... она вам кто?

— Я уже, кажется, сказала! — возмутилась Галина Вадимовна. — Дочь! Младшая!..

— Но, простите... ей ведь всего два года? Сколько тогда вам?..

— Сорок девять, — пожала плечами женщина. — А современная медицина, если вы не в курсе, позволяет рожать до шестидесяти.

— Что ж... в таком случае вы счастливая мать, — пробормотал журналист.

А Галина Вадимовна — она уже почти захлопнула дверь — на прощание горько усмехнулась.

Глава 4

Дима

Дима покинул квартиру коренковской мамаши и немедленно совершил антипедагогичный поступок: устроился прямо в ее дворе на детской площадке и с наслаждением закурил.

Обычно он старался не развращать малышню табаком, но сегодня просто деться было некуда. Не торчать же в такую жару в подъезде или на солнцепеке. А в «Мазде» Полуянов не дымил принципиально — хотел подольше сохранить пьянящий аромат новенького пластика и деталей, не забивать его сигаретным дымом. Да и Надежда ворчала, что, когда куришь, особенно на ходу, прожечь обивку — раз плюнуть, а зашить ее невозможно.

Впрочем, Надюха, тихоня и поборница здорового образа жизни, сегодня на своем пьедестале изрядно пошатнулась. Занудствует наша красавица умело, а у самой-то, оказывается, рыльце в пушку!

Понятно, конечно, что мать Коренковой во многом предвзята. И это легко объяснимо: ей нужен *враг*, человек, кого можно обвинить в гибели дочери. Вот она и выбрала на эту роль Надежду. Наверняка несчастная женщина не знает всех деталей. И во многом на Митрофанову наговаривает. Но не зря же в народе говорят: дыма без огня не бывает!

Вот тебе и примерная девочка! Выпивала. Да еще и мужиков отбивала у подруг, а ведь Дима самонадеянно думал, что он у Надюшки чуть ли не первый.

И что теперь?

Журналист с удовольствием перемигнулся с хорошенькой молодой мамашей, гонявшей по песочнице двух малышей и, как и он, смолившей сигаретку.

Будто сам в Надькины годы не бесчинствовал. Помнится, в десятом однажды так с приятелем набрался, что их в вытрезвитель загребли. Вот потом были проблемы — в советские-то времена, которые Дима еще застал! Едва из комсомола не вылетел.

А тут, подумаешь, девчонки собирались и по-тихому бутылочку ликера распивали. Обычное дело. Не по библиотекам же им ходить в пятнадцать-то лет! А что его Надька спаивала Коренкову — конечно, полная чушь. Ленкина мамаша просто не знает, на кого всех собак повесить.

Но от очерка о *безвременно погибшем таланте* он теперь ни за какие коврижки не откажется! Интересный материал может получиться. Да еще и открывается перспектива: между делом разведать как можно больше Надюхиных секретов. Вот уж никогда бы не подумал, что его подруга может иметь какие-то тайны...

И следующим номером Полуянов решил встретиться с классным руководителем Митрофановой и Коренковой, благо все телефоны учителя, а также домашний адрес у него уже имелись. Классный руководитель, Дима еще с собственных школьных лет помнил, — фигура весьма информированная. Его классуха, например, держала в голове не только дни рождения своих подопечных, но и могла перечислить по памяти имена всех родителей. Будем надеяться, что Иван Адамович окажется не менее памятливым.

И Дима без долгих размышлений позвонил учителю на мобильный и назначил ему встречу через час.

Надя

Надежда Митрофанова сидела за стойкой своего читального зала всемирной истории и впервые за долгие годы работы готова была разнести родную библиотеку в клочья.

Бесило ее буквально все. И начальница, надменная дама с буклями крашенных синькой волос. И посетители — они в их зале, куда допускались только читатели с учеными степенями не ниже кандидата наук, сплошь нескладные, с отсутствующими взглядами, в нелепых, будто со склада Армии спасения одежках. А больше всего ее бесили книги — и уставленные энциклопедиями стеллажи, и заказанные из хранилища стопки, заполонившие все столы. Сейчас, ярким солнечным днем, они казались особенно нелепыми, далекими от жизни. Кому в нынешние времена нужны средневековые своды законов? Или переписка политических деятелей, почивших в бозе много веков назад?

Воистину в библиотеке культивируется какой-то выдуманный — или как минимум устаревший — мир. Многие посетители до сих пор величают сотрудниц «барышнями», телефон в их зале — принципиально старенький, с диском, в духе старых времен. (Надя давно добивалась, чтобы поставили нормальный, с антенной, но начальница подписывать ее требования в службу снабжения отказывалась наотрез.) И даже в буфете поныне продают пирожки за символические, из реальной жизни давно ушедшие цены — это уже инициатива директора. Он из государственных денег выдает поварам субсидии и декларирует, что таким путем взращивает у молодежи интерес к культуре. А также поддерживает, хотя бы свежей выпечкой, материально стесненных профессоров.

В буфете с почти бесплатными пирожками и правда всегда не протолкнуться. Публика, в отличие от многих библиотек, куда ходят в основном дамочки, разнополая — на *халяву* слетаются голодные студенты со всей Москвы. Но что, простите, здесь за ужасные разговоры! За одним столиком Таис Афинскую обсуждают. За соседним — дольмены. За следующим — о государственности в средневековой Франции до хрипоты спорят.

Разве нормальные люди сейчас, жарким июнем, говорят о государственности?.. Те, у кого мозги на месте, нынче погоду на курортах обсуждают. Или, укрывшись под сенью ив где-нибудь на подмосковном водохранилище, отдыхают с холодным пивком. А зануды, в чьем обществе она по воле рока вынуждена находиться, хлебают ужасный тепловатый кофе из огромного чана и выясняют генеалогическое древо давно сгнившей афинской гражданки...

И ведь раньше — не далее как вчера! — Надю все в ее жизни устраивало! Интересная работа, интеллигентная публика, да и зарплату в последний год изрядно прибавили. Ей нравилось мимолетно общаться и слегка кокетничать с маститыми профессорами. Она любила даже просто так, без дела прогуляться по огромному, прохладному, глубоко под землей книгохранилищу. Да и дешевые пирожки из буфета с удовольствием уплетала — еще и для Димки с собой брала. А сегодня вдруг ощутила себя будто в тюрьме.

Даже бывший школьный учитель Иван Адамович — он хотя и не кандидат наук, но по Надиной протекции получил читательский билет в ее зал, — едва вошел, сразу заметил, что она сегодня не в духе. Вместо того чтоб книги заказывать, сочувственно спросил:

— Плохо себя чувствуешь, Надюша?

Пришлось списать все на Ленку:

— Да из-за Коренковой переживаю. Вы ведь знаете, что ее убили?

— Знаю, — тут же погрустнел учитель. — Несчастная девушка. Трагическая судьба...

Опять, как у всей нынешней публики, лживые, насквозь *неживые* слова.

Надя, не скрываясь, поморщилась. Еще не хватало с *ним* Ленкину незадавшуюся судьбу обсуждать.

Она спешно перевела разговор на другое. Взглянула на часы — всего-то полдень — и спросила:

— А вы чего не на работе?

— Никому стал не нужен в рамках ЕГЭ, — грустно усмехнулся учитель. И объяснил: — История как экзамен теперь по желанию. У меня из всех выпускников ее только трое будут сдавать. Ну и каждый, разумеется, — очередная мученическая ухмылка, — готовится к нему со своими собственными, институтскими, преподавателями. А я оказался не у дел.

«А ты б, конечно, *готовить* их сам предпочел, — злобно подумала Надежда. — Особенно девчонок. В сумерках да в пустом классе. Какие там тебе всегда нравились? Блондинки, да чтоб скромницы, да похудее?..»

И немедленно сама себя осадила: ну что у нее сегодня за настроение? Подумаешь, нашла врага — безответного, все лицо в мелких шрамиках и очки с толстенными стеклами, историка...

Неужели это ее Ленкина смерть настолько из колеи выбила?

И чего переживать? Тем более что когда-то — в смысле, еще в школе — она *мечтала*, чтобы Коренкова погибла. И даже перед сном, валяясь в постели, рисовала в уме всевозможные варианты ее убийства...

Сейчас об этом даже вспоминать смешно — настолько они с Еленой в последние годы шли автономными, абсолютно не пересекающимися курсами. Но все равно тяжело думать, что в ослепительный летний день бывшая одноклассница, окоченевшая и теперь уж точно никому не нужная, лежит в морге.

Вон и Иван Адамович, хотя и не от мира сего, а тоже переживает. Набрал редких талмудов по Возрождению — каждый страшный дефицит, в единственном экземпляре, она их для него тоже по блату без очереди добыла, — а сам сидит, бездумно в окошко смотрит. А потом и вовсе вдруг схватился за телефон (аппарат, как и положено в библиотеке, стоял на виброрежиме) и пулей выскочил из зала. На пороге нажал на прием, и, пока за ним не захлопнулась дверь, Надя услышала:

— Кто-кто? А с какой стати вы меня беспокоите?

Но хоть он и возмущался, что беспокоят, а талмуды свои сдал тут же, как из коридора вернулся. И спешно убежал.

Даже такому книжному червю в библиотеке не сидится. А ей, Наде, — молодой, современной, мобильной девушке — каково?!

Дима

Он давно уже не видел таких квартир — будто отправился на машине времени в восьмидесятые годы прошлого века. Ни единой приметы современной жизни! Обувь на коврике в прихожей старинная, «скороходовская», зонтик на облупленной подставке — ветхий, протертый до прозрачности, и даже пахнет тут каким-то «Эдельваксом», Дима этот запах с детства помнил, мамочка им полы намывала.

Не веселее оказалось и в ванной, куда Дима с позволения хозяина отправился сполоснуть пылавшее после уличной жары лицо. Посеревшая от времени сантехника, переплетенная сеткой трещин, кусок хозяйственного серого мыла и даже зубная паста, только подумать, «Ну, погоди!».

...А Надя, помнится, когда-то упоминала, что в ее классе все девчонки были в историка влюблены. Наивные в те годы были старшеклассницы! Прекраснодушные... Интересно, способна хотя бы одна из *нынешних* выпускниц потерять голову от подобного экземпляра?

Хозяин квартиры, историк, еще с порога показался Полуянову каким-то *замшелым*. И непонятно, за счет чего такое ощущение создавалось. То ли из-за клетчатой, с явным душком нафталина ковбойки. То ли потому, что волосы у него стрижены давно и, несомненно, в социальной парикмахерской. А скорее — из-за выражения глаз. Хотя они и скрыты очками с толстыми стеклами, но все равно не ошибешься: перед тобой — неудачник. Человек, не вписавшийся в новую, динамичную и хлесткую жизнь. Дима таких за свою журналистскую карьеру повидал немало. Уволенные советом трудового коллектива собственных заводов директора. По разным причинам пропустившие раздачу слонов бывшие работники райкомов и исполкомов. Не очень удачливые артисты...

А этому Ивану Адамовичу, наверно, еще сложней, чем несостоявшемуся директору или артисту. Тем хотя бы на хлеб хватает, а у школьных учителей зарплата известно какая. И репетиторы из средней школы сейчас никому не нужны...

Хотя интереса к предмету Иван Адамович явно не утратил. Вся скромная однокомнатная квартирка усыпана журналами-книгами, шкафы переполнены, талмуды вдоль стен стопками теснятся. А на журнальном столике — таком же, как и все здесь, ветхом — Дима с изумлением заметил стопку изданий по занимательной математике. Помнится, он сам в школе, классе в восьмом, пока активно не взялся за пиво и девчонок, такими увлекался, решал прикольные задачки, ломал башку над парадоксальными примерами... Но с тех-то пор, извините, минимум двадцать лет миновало! Занимательная математика, принадлежавшая Полуянову, давно уже истлела на свалках, а историк, раз брошюрки на столь удобном месте лежат, явно продолжает кайфовать над хитроумными задачками. Интересный человек!

Дима устроился в единственном имевшемся кресле (изрядно продавленном) и широко улыбнулся:

— Большое вам спасибо, Иван Адамович, что согласились меня принять.

Историк — он разместился подле, на стульчике, — слабо улыбнулся в ответ:

— Я просто воспитан... на уважении к прессе... тем более к вашему орденоносному изданию... Очень зря вы, кстати, пошли на поводу у общественности и переименовались...

На Димин взгляд, название «Молодежные вести» звучало куда веселее, чем прежнее — «Комсомольский вестник», но спорить он не стал. Историк, впрочем, и не ждал, что журналист втянется в дискуссию. Он снял свои массивные очки. Нервно протер стекла полой ковбойки. И осторожно поинтересовался:

— По телефону вы сообщили, что хотите поговорить по поводу смерти Леночки... Лены Коренковой, моей выпускницы... — Его лицо болезненно исказилось. — Я, безусловно, поражен ее безвременной гибелью, но не совсем понимаю, чем могу быть вам полезен...

Дима молчал. Не чинясь глазел на историка и его уставленную книгами квартиру. А тот под пристальным взором журналиста терялся все больше и больше.

— Ведь Леночка... Елена закончила школу десять лет тому назад... И с тех пор мы с ней виделись от силы пару раз, на встречах выпускников...

«А ведь врешь, — отметил про себя Полуянов. — Жили-то в одном микрорайоне. Неужели никогда у метро не сталкивались? Или возле магазина, или в поликлинике?»

— Я, конечно, могу рассказать вам о ней. О той девушке, какой она была в школе в те времена, когда мы встречались почти ежедневно... Но с тех пор утекло столько воды... Да что там: весь мир изменился. — Учитель нервно хрустнул пальцами.

— Ну уж вам как историку должно быть известно, — тонко улыбнулся журналист, — что радикально мир измениться не может. И еще, что очень часто корни преступлений кроются в далеком прошлом. Давняя обида, застарелая ревность, годами взлелеянная месть...

Лицо Пылеева закаменело:

— Я не понимаю, о чем вы.

— Да пока ни о чем, — вздохнул Дима. — Просто пытаюсь разобраться...

— Хотите лично изобличить убийцу? — насмешливо поинтересовался историк.

«А ты не такой уж и тормоз!» — мелькнуло у Димы.

И он кротко ответил:

— Нет, что вы. Куда мне! С этим, я надеюсь, профессионалы из органов разберутся... Меня другое волнует: почему Елена стала такой? Почему она — давайте посмотрим правде в лицо — спилась? Ведь в школе, мне сказали, девушка подавала огромные надежды...

— А на мой взгляд, история вполне заурядная, — пожал плечами его собеседник. — Я могу вам привести массу подобных примеров. Понимаете... она, Леночка... ей, наверно, не стоило учиться в нашей школе...

— Почему? — изумился Дима.

— Да потому, что у нас она слишком рано стала

звездой. Как сейчас помню ее выступление на новогоднем школьном концерте, классе в шестом... Она, кажется, всего лишь попурри играла. Из модных тогда песенок. Но играла замечательно, молодежь, как говорится на ее языке, была в полном отпаде. Тут же дружно и окрестили ее: «Бе-ше-ный талант!» Так и стали с тех пор ее звать на полном серьезе. Первоклашки — те и вовсе подбегали автографы просить. А Елена, конечно, не возражала.

Историк вновь снял очки. Подышал на стекла, очень неспешно протер их полой фуфайки. Дима не торопил, терпеливо ждал, пока тот водрузит свои стеклышки на нос. Какая, интересно, у него близорукость? Судя по толщине окуляров, минимум минус семь. *Мальчишек* в Димины годы за такие украшения *водолазами* дразнили. А в молодых очкариков-учителей девчонки и верно в те времена влюблялись...

Иван Адамович вздохнул, задумчиво продолжил:

— Знаете... Я однажды не поленился и сходил на отчетный концерт в Гнесинскую музыкальную школу, где Леночкины ровесники учились... Я в музыке, конечно, не специалист, но рассудил, что необходимый минимум воспринять смогу. Воспринял. И сделал для себя выводы. Да. Лена, безусловно, была звездой. Ее беда лишь в том, что таких звезд на небосклоне — миллионы...

— Вы хотите сказать... — протянул Дима.

— Я хочу сказать, что, на мой непросвещенный взгляд, — историк внимательно посмотрел на журналиста, — она играла не хуже многих. И только.

— Скажите, — резко сменил тему Полуянов, — когда Лена начала пить? Я имею в виду пить серьезно. *Спиваться?*

— Утверждать наверняка не могу, — пожал плечами историк. — Но, полагаю, года в двадцать два — двадцать три. Когда закончила музыкальную школу и в очередной раз провалилась на вступительных в Гнесинское училище.

— Вот как?.. — протянул Дима.

Не стыкуется, ох не стыкуется...

Мамаша Коренковой ведь говорила, что крепко зашибать дочка начала еще в школе. С Надиной — все-таки это смешно! — подачи. И в ее компании.

Да, и еще одна неувязочка. Иван Адамович, помнится, утверждал, что с Еленой после того, как девушка закончила школу, практически не общался. Почему же тогда он столь уверенно говорит про экзамены в училище?

Что ж. Будем разбираться.

— А у меня есть сведения, — осторожно начал Дима, — что Леночка уже в старших классах хорошо выпивала. На пару с какой-то одноклассницей, не помню фамилию...

Он испытующе уставился на историка и в изумлении наткнулся на веселую, чуть мечтательную улыбку.

— Вам уже рассказали! — тонко усмехнулся Иван Адамович.

— Вы имеете в виду...

— Да эту дурацкую историю с рестораном... У нас вся школа над ней потешалась!

— Боюсь, что не понимаю, о чем вы, — пробормотал Дима.

— Ох, да обычное для подростков дело! — вновь расплылся в улыбке историк. — Они же все такие, в свои шестнадцать-семнадцать... Живут-живут спокойно, учатся, готовятся в институты, бегают по кинош-кам — и вдруг будто муха какая их кусает. Осеняет: я, мол, живу неправильно, скучно, жизнь коротка — и та проходит мимо... Тем более тогда время какое было. Девяносто седьмой год, накануне кризиса, очередное перераспределение капитала, «шестисотые» «Мерседесы», собольи шубы, билеты по тысяче долларов на группу «Скорпионс»... — Учитель задумался, замолчал.

— И что? — поторопил его Дима.

— А то, что как-то случилась в нашей школе изумительная история... Рассказать?

— Конечно, — кивнул Дима.

Доставать блокнот или диктофон он не стал — не хотелось спугнуть учителя. Но историк, казалось, его уже и не видит. Глаза Ивана Адамовича затуманились мечтательной пленкой. Он явно *улетел* в давний мир, когда был молодым, нужным и более успешным.

— Однажды после уроков две хорошие, в общем, девочки, Лена Коренкова и Надя Митрофанова, пришли к сакраментальному выводу: все вокруг примитивно и все надоело. Нужно срочно развеяться. А как? И девушки, недолго мудрствуя, решили отправиться в ресторан. Вдвоем. Словно светские дамы. Принарядились, накрасились...

Полуянов еле удержался, чтоб не хмыкнуть. Против воли представил юную, семнадцатилетнюю, но уже пухленькую Надьку в расшитых стразами джинсах, электрического цвета водолазке и с намазанными ресницами. Помнится, в то время десятиклассницы *наряжались* именно так.

А историк продолжал:

— Опыта посещения ресторанов у девушек, разумеется, никакого не было, и потому они выбрали одно из самых злачных мест у нас здесь, в Медведкове. На первом этаже жилого дома. «Три подковы», кажется, ресторан назывался — в кризис девяносто восьмого года погорел... Итак, юные особы являются в обеденный зал. И, шикуя, для начала заказывают шампанское. Разумеется, целую бутылку. А для пущего впечатления приобретают пачку сигарет. Коричневых, тоненьких — хотя обе не курили, так, изредка баловались...

Историк рассказывал столь зажигательно, что у Димы перед глазами опять картинка возникла: заштатный, с заляпанными скатертями ресторанчик. Неряшливые официантки — наверняка с Востока, а кто еще будет работать на московской окраине? И две девчонки — юные, угловатые и слегка испуганные. Неумело смолят сигаретки. А перед ними шампанское в стальном ведерке, полном стремительно тающего льда.

«А ведь я общался с Надькой, когда та училась в выпускном классе... И считал, что скучнее ее на всем свете не найти. Такой примерной девочкой выглядела!.. При ней и ругнуться язык не поворачивался, а она, оказывается, по ресторанам расхаживала...»

Историк между тем продолжал свой рассказ:

— Не успели девушки покончить с шампанским, как вдруг к их столику подходит официант. И ставит на него презент: бутылку ликера и роскошный букет роз. Подруги, разумеется, в полном восторге. Благодарно принимают подарки. Да... Бойтесь данайцев, дары приносящих... И едва они просят официанта поставить цветы в вазу, к ним подсаживаются четверо. Как потом рассказывали сами девочки, с виду вполне приличные. Русские. В костюмах. Ну, немолодые, конечно, годам к сорока, зато божатся, что намерения у них самые мирные. Будто хотят всего лишь блюда из меню им посоветовать. Мол, знают, какие заказывать, чтоб не отравиться, — ресторан-то сомнительный.

Лицо историка посуровело. Он глубоко вздохнул и продолжил:

— В общем, хотя они и закусывали, а к шести вечера красавицы наши были, как говорится, никакие. Надя, Надюшка Митрофанова, еще как-то держалась, а Лену — ту совсем повело. Общеизвестный ведь факт, что творческим людям немного надо... Ну а мужики, их угощавшие, и рады взять быка за рога — тут же тянут на продолжение банкета куда-то к себе в гостиницу. Лене даже в голову не пришло отказаться. Сказала, что поедет с ними хоть на край света... А Надя — та, хотя тоже с трудом на ногах стояла, заартачилась. Вытащила Лену в туалет, начала уговаривать, что лучше домой... Может, и уговорила бы, да один из новых знакомых, видно, заподозрил демарш...

— Динамо, — автоматически поправил Дима.

— ...и прямо в дамскую комнату ворвался. Елену за руку хвать и к выходу потащил, а на Надежду цыкнул: «Не хочешь — и не надо, отваливай. А подружка твоя с нами поедет». Запихнули Лену в машину и увезли. А Надя в ресторане осталась. Спасибо, что хоть счет мужики оплатили...

Историк вновь замолчал.

— Вы так подробно рассказываете... — подбодрил его Полуянов. — Во всех деталях...

— Просто в те времена я *дружил* со своими учениками... — грустно усмехнулся тот. — Они знали, что на меня можно положиться. И секретов не держали. Почти — не держали... Да... Так вот Надежда в той истории повела себя, можно ли применительно к девушке сказать, по-джентльменски. Она попросила швейцара вызвать такси и велела, чтоб ее отвезли как можно быстрее к дому. Но побежала не к себе, а в Ленину квартиру. И не побоялась, что спиртным от нее несет за километр. На счастье, мать Коренковой оказалась дома. Надя честно рассказала той, что произошло. И даже название гостиницы сказала, куда Лену новые знакомые повезли. Тоже здесь, у нас. «Восход» называется, до сих пор, кажется, функционирует. Галина Вадимовна — так ее звали — среагировала мгновенно. Ринулась в гостиницу, налетела на портье, пригрозила милицией и без труда выяснила, в каком номере находится гоп-компания. Ворвалась туда и застала чудовищнейшую для матери картину: дочь совершенно без чувств лежит поперек кровати, а двое незнакомых мужчин ее раздевают...

— Повеселились девчонки, — не удержался Дима.

— Да уж, — согласился учитель.

— Но, получается, ничего страшного не случилось. Раз те мужики Елену даже раздеть не успели, — подытожил Полуянов.

— Не успели, — согласился историк. — Однако мать Лены все равно решила принять меры. И на следующий же день отправилась в школу. Потребовала, чтоб ей позволили присутствовать на педсовете. И на нем публично обвинила во всех грехах подругу своей дочери, Надю Митрофанову. Что якобы именно та потащила ее дочь в ресторан. Напоила. И пыталась *подложить* — я очень хорошо запомнил это слово — под каких-то своих прежних любовников...

— Ну и бред! — покачал головой Полуянов.

— Кто спорит, — кивнул историк. — Хорошо, директор у нас тогда был молодой, понимающий. Спасибо ему, этот случай спустили на тормозах, никаких мер против конкретно Нади принимать не стали. Пожурили девчонок, обеих, — тем все и кончилось. Да и что с ними можно было сделать? Двойку по поведению поставить? Так старшеклассники этого уже не боялись. Комсомол тогда уже не существовал. Пригрозили, конечно, испортить характеристики для институтов, но мы ведь не звери, ничего бы на самом деле писать не стали. Тем более что девочки обе неплохие... Но разговоров, конечно, было!.. Надя Митрофанова — она поскромнее была — помню, очень переживала, аж почернела вся. А с Лены — как с гуся вода. Только смеялась. И кричала налево-направо, что талантливым, таким, как она, обязательно периодически нужны подобные встряски...

«Может, Надежда потому и не особо любит сейчас по ресторанам ходить? — мелькнуло у Димы. — Еще с тех времен осадок остался?..»

А учитель тем временем произнес:

— Вот, собственно, и весь сказ. — И, словно завершая урок, подвел итоги: — Больше я ни разу не слышал о том, чтобы девочки напивались. По крайней мере, до такой степени, чтобы это требовало вмешательства школы... Еще вопросы будут? — Он выжидательно уставился на журналиста.

— Будут, — не растерялся Полуянов. — Расскажите мне про Степана. Степана Ивасюхина.

Иван Адамович еле уловимо поморщился. Вздохнул:

— А что конкретно вас интересует?

— Вам он не нравился? — Дима проницательно взглянул в сокрытые толстыми стеклами глаза учителя.

— Именно так я бы формулировать не стал, — пожал плечами учитель. — К тому же я как педагог не имею права на симпатии-антипатии. Но я Степана не понимал, это точно... — И неожиданно строго спросил Диму: — Вот вы можете вспомнить *себя* в их годы, лет в шестнадцать-семнадцать?

— Кое-что помню, — ухмыльнулся Полуянов. — Страшнейший спермотоксикоз, например. Всю свою комнату девками из «Плейбоя» обвешал, а уж какие сны смотрел...

— А мы, дураки, в свои шестнадцать влюблялись... — грустно вздохнул историк. И уточнил: — Платонически.

«Это уж кто как», — мелькнуло у Димы.

Он внимательно посмотрел на учителя — да намного ли тот его старше? Лет на пять-семь — максимум, надо будет уточнить, но потом, потом! И он снова поторопил:

— Так что со Степаном?

— А то, что Степан долгое время был влюблен в Леночку Коренкову. Преданно и безответно, его даже жалели многие. Степа — он такой неприспособленный был, беззащитный. Писал ей стихи — не из книжек переписывал, а именно что сам. Всегда контрольные за нее решал...

— А что Лена?

— Лена была звездой, — вздохнул историк. — Ей, конечно, льстило его поклонение, но романы она крутила с другими. Не стесняясь говорила, что предпочитает помускулистей да побогаче. Степа, конечно, страдал. Я боялся, что у него на всю жизнь психологическая травма останется... Но ошибся. Потому что в один прекрасный день Степан с Леной — как оборвал. И начал точно так же преданно *служить* Наде Митрофановой. Представляете? Ни с того ни с сего. И за парту ее пересел, и на переменах всегда вместе...

«Не обманула Ленкина мамаша!» — отметил про себя Дима.

— Лену это, безусловно, задело, но она виду не подала, — заметил Иван Адамович. — Ходила как ни в чем не бывало. И со Степаном здоровалась, и с Надеждой общалась.

— Странно, — усомнился Дима. — *Звезды* вроде не такие люди, чтобы молча оскорбление проглотить. А она, значит, смирилась?

— Я тоже удивился, — кивнул историк. — Но, если подумать, поклонников у нее и так хватало, а контрольные ей Степа по-прежнему решал. По старой памяти. Надя ведь неплохой ученицей была, с задачками сама легко справлялась.

«А вот тут с рассказом коренковской мамаши явная нестыковочка». И Дима осторожно спросил:

— Но я слышал... что Лена чуть ли не с собой пыталась покончить... из-за того, что Степан ее бросил?

— Что? — с неподдельным изумлением захлопал глазами историк. — Кто вам это сказал?..

Полуянов темнить не стал. Честно ответил:

— Галина Вадимовна Коренкова.

— Ну это, конечно, максимально достоверный источник, — усмехнулся Иван Адамович. — Я, по-моему, вам уже объяснил. После той истории, когда девочки вдвоем в ресторан отправились, Галина Вадимовна Надю в персоны нон грата записала. Упорно считала, что именно она виновата во всех дочкиных бедах. Надежда очень переживала из-за этого, сколько раз Лену просила разубедить маму, но та только смеялась: маман, говорила, у меня безумная, на нее не повлияешь.

— Подождите, — не сдался Полуянов. — Галина Вадимовна сказала мне совершенно определенно. Что в выпускном классе Елена якобы пыталась покончить с собой. Хорошо, пусть не из-за Степана. Но сам факт попытки самоубийства был или нет?

— Ничего по этому поводу сказать не могу, — опустил взгляд историк. И, уставившись в пол, закончил: — По крайней мере, мне об этом неизвестно.

— Но вы ведь классный руководитель! И сами говорили, что знаете своих учеников как облупленных! — поднажал Полуянов.

— Я об этом не знаю, — твердо повторил учитель.

«А ведь, похоже, он врет, — подумалось Диме. — Ладно. Зайдем с другой стороны». И он задал новый вопрос:

— Тогда скажите хотя бы... пропускала ли Лена в выпускном классе школу?

«Если всерьез с собой покончить пыталась — наверняка попадала в больницу. В обычную, а может, и в психушку...»

Но провокация не удалась. Иван Адамович спокойно ответил:

— Лена постоянно ездила по разным музыкальным конкурсам, и потому для нее, в порядке исключения, сделали свободное посещение. Иногда, конечно, она этим своим правом злоупотребляла и банально прогуливала, но мы, педагоги, закрывали на это глаза. Весь педагогический коллектив, — он слегка виновато взглянул на Полуянова, — искренне верил в ее талант. И не сомневался, что Елену ждет особый путь...

«Тебя, дядя, не прошибешь. Но я тоже упрямый».

И Дима небрежно произнес:

— Но ведь Степан в итоге все равно достался Елене...

— Да. Я слышал, что они жили в одной квартире, — спокойно кивнул историк.

— Получается, Лена его добилась? И себе вернула?..

— Я вас умоляю, — учитель с неожиданно прорезавшимся темпераментом сложил руки на груди. — Я, конечно, вижу их всех лишь на встречах выпускников, но и то знаю: Степа с Леной поселились вместе от силы два года назад. И сошлись, не сочтите меня за сплетника, на хорошо нам всем известном *общем интересе*. Какая там любовь? Просто удобно было вместе выпивать. Степа-то в школе совсем домашним мальчиком был, а после армии, да как в институт не поступил, да как работу нашел неудачную, в охране, тоже начал в рюмку заглядывать.

«Может, и правда, — пронеслось у Димы. — Я в Надькиной квартире уже лет пять частенько бываю. И Елену, помнится, то и дело в подъезде встречал. А Степана — только в последние год-два...»

— Вы для *бывшего* классного руководителя хорошо осведомлены, — задумчиво произнес Полуянов. — Обо всех своих ребятах как о близких людях говорите...

Лицо историка дернулось в болезненной усмешке.

— Я и старался... быть им близок... — вымолвил он. — И пока они в школе учились, и потом...

— Потом? — переспросил журналист. — Потом — это когда?

— Да не далее как позавчера, — пожал плечами историк. — Ко мне на чашку чая ребята девяносто девятого года выпуска приходили. — И объяснил: — У всех ведь жизнь по-разному складывается, и ведут люди себя по-разному. Кто-то после выпускного бала в сторону школы смотреть не может, а другие и спустя годы захаживают. Просто поболтать. Или, — он тепло улыбнулся, — похвастаться. Кто детьми гордится, кто карьерой...

— А Лена? — словно бы мимоходом поинтересовался журналист.

— Лена — нет, — вздохнул историк. — Хотя и в одном районе живем, она меня избегала. Увидит случайно на улице и спешит на другую сторону перейти. Но я не обижался... — Он снова снял очки, тщательно протер их полой ковбойки и задумчиво добавил: — Все это объяснимо, конечно. Состоялась бы ее блестящая карьера — она совсем бы по-другому себя вела. А так — стыдилась, видно... Что нетрезвая, что плохо выглядит... — учитель опустил голову.

— Менты подозревают, что ее Степан убил, — пробросил Полуянов.

— Не думаю, — покачал головой историк. — Степа — он, по-моему, и мухи не обидит.

— Да с пьяных глаз все бывает, — возразил Дима. — И сами ведь сказали: он со школьных лет сильно изменился.

— Не согласен, — горячо возразил учитель. — В процессе взросления меняются лишь некоторые, не самые ключевые, черты характера. А основа, *базис,* остается неизменным.

— Получается, у Коренковой всегда был базис — что она алкоголичкой станет? — прищурился Полуянов.

— Я не ожидал, конечно, именно такого конца, — пожал плечами Иван Адамович. — Но то, что Лена подвержена *мании,* знал всегда. Она была излишне самонадеянна. Излишне упряма. Излишне в себя влюблена. Я еще в школе предупреждал ее маму, что дочь может плохо кончить. Увы, Галина Вадимовна меня не слушала. Предпочитала искать внешних врагов...

«Да ты не историк — психолог!» — усмешливо подумал Дима.

— Но я сейчас не о Лене, — сказал учитель. — Хотите, докажу вам, что Степан не убийца?

— Он, что ли, тоже к вам на чашку чая приходил? В тот день, когда Елена погибла? — усмехнулся Полуянов. — Алиби ему хотите создать?

— Нет, — покачал головой историк. — Степино алиби я, к сожалению, подтвердить не могу... Однако в глубине души, пусть и чисто интуитивно, я уверен: это не он. Ну, будете слушать?

— Конечно.

— Однажды зимой, в выпускном классе, когда Ивасюхин уже переметнулся к Наде, пошли они с ней на каток. Как раз тогда, в девяносто седьмом, вдруг вернулась старая мода. В парке Горького стали заливать дорожки, и молодежь сочла, что кататься на коньках — это *круто*. — Историк немного снисходительно улыбнулся. — Мои ребята тоже туда ходили. Не все, конечно. Лена Коренкова — та, например, считала, что парк Горького — это для плебеев. А Надя со Степаном, скромники, те катались, и оба неплохо.

«Я совсем не в курсе, что моя Надюха на коньках стоять умеет!» — удивился про себя Полуянов.

— А вы сами знаете, — продолжал рассказ историк, — что любая мода, если уж нашу страну охватит, мгновенно становится повальной. Я сам в парке Горького, правда, не бывал, но ученики рассказывали: народу там на ледовых дорожках быстро стало — не протолкнуться. Особенно если не утром, а после уроков приходить. Музыка гремит, мальчишки выпендриваются, гоняют как бешеные, кто-то пытается в хоккей играть, другие девчонок задирают, третьи балуются, змейку собирают — это когда чуть не тридцать человек гуськом, вцепившись друг в друга, едут, — пояснил журналисту Иван Адамович.

— Я знаю, — кивнул тот.

Помнится, однажды, кажется, в том же девяносто седьмом, заслышав о новой моде, он вытащил из шкафа ржавевшие коньки и поехал в парк Горького. Но ему не понравилось, что там дикая толпа да сплошной молодняк, и больше кататься Дима не пытался. И никогда бы не подумал, что Надюшка, над которой он еще в те годы на правах старшего товарища шефствовал, проводит время в таком бедламе...

— Ну и произошла с Надей беда, — рассказывал между тем историк. — То ли случайно, то ли пошутили зло, только толкнули ее настолько неудачно, что она на спину упала. И поранилась сильно, вся голова в крови. Никакого медпункта в парке Горького тогда не было, а если и был, то никто не знал, где его искать. И вот картина: Надя лежит на льду, даже встать не может, кровь идет, вокруг народ столпился, все ахают, а Степа, ее спутник и кавалер, столбом застыл. Растерялся.

— Совсем, что ли, дурак? — с излишней для стороннего слушателя горячностью возмутился Полуянов.

— В экстренных ситуациях многие теряются, — пожал плечами историк. И со знанием дела уточнил: — А вида крови до десяти процентов населения панически боится... Степа явно из трусливых оказался. Но Наде все равно повезло. Потому что на катке еще одна их одноклассница оказалась, Иришка Ишутина. Тоже, кстати, была девчонка далеко не рядовая. Цепкая, решительная, смелая. У нас даже парни — и те ее опасались. Увидела, что случилось. Быстро оттолкнула остолбеневшего Степана, Надю приподняла, посадила, кричит: «У кого есть чистые носовые платки, давайте быстрее!..» И в пять минут остановила кровотечение. А потом они уже вместе со Степаном Надю в травмпункт повезли. Ушиб, кстати, серьезный оказался, зашивали — у нее над ухом так и остался шрам.

«Она ничего не говорила, — в очередной раз изумился Полуянов. — Да и шрама никакого я не замечал...»

— А вы говорите: Степан убил! — усмехнулся историк. — Разве может убить тот, кто в критический момент в панику впадает? И тем более вида крови не переносит?

«Как раз *трусливые* чаще всего и убивают», — мелькнуло у Полуянова.

Но переубеждать историка он не стал — жестоко разрушать его выдуманный, полный трухлявых книг мир...

Глава 5

Ирина

Ирина Ишутина в коттеджном поселке «Маяково» считалась самой молодой, но уже кошмарно наглой. Она явно выбивалась из общего ряда коттеджевладельцев. В основном то были мужчины с пивными брюшками, ощутимыми лысинами и утомленными в вечной борьбе за благосостояние лицами. Их компанию разбавляла парочка прокуренных, преждевременно увядших деловых дам. Ишутина же выглядела почти девчонкой — всего-то двадцать семь. И при этом являлась не любовницей, не домработницей и не няней, а тоже хозяйкой — вполне конкурентоспособного коттеджа площадью более шестисот квадратных метров. Да еще и передвигалась не на типовых для поселка «мерсах» или представительском «Лексусе», а на спортивной «бэхе». Популярность Ирины была сравнима лишь с дядь-Витиной. Тот был холостяком, владел тысячеметровой виллой, яхтой и эллингом, а на собрания жильцов являлся в белоснежной морской форме. Поселковые кумушки (то бишь неработающие, тоскующие в особняках *первые* жены хозяев) даже планы строили, как бы их сосватать, только Ире кругленький дядя Витя на фиг не упал. Никакой яхты не захочешь, когда живешь с мужиком под шестьдесят и нюхаешь, как у него изо рта гнилью пахнет. А она, слава богу и личной птице-удаче, не только молода и неплоха собой, но и богата. Значит, в отличие от готовых на любого урода юных нищих хохлушек, может себе позволить *повыбирать*.

...Сегодня, солнечным июньским днем, Ира на работу не торопилась. Не из-за лени, упаси господь, лень ей вообще была несвойственна. Просто такая специфика: летом *ее поле*, рынок недвижимости, всегда вымирает. А июнь вообще месяц никакой — весь потенциальный клиент, устав от долгой зимы, дружно сваливает в заграничные края. Или детишек в институты поступает. Обычная история, волноваться не о чем — уже в августе зашевелятся, да еще как! Мелкие дела вроде альтернативной покупки трешки вместо двушки, конечно, всегда имеют место, но никаких серьезных сделок, требующих участия непосредственно директора, в агентстве в данный момент не происходит. Вот Ира на работу и не рвалась. В ее руководящей и направляющей роли сотрудники все равно не нуждаются, а просто болтаться в офисе, чтоб подчиненные боялись, — это примитив.

Она с удовольствием, отключив будильник, выспалась. Выпила на террасе с видом на водохранилище чашку кофе, заела сахарным печеньем. Кофе был хороший, но растворимый, а печенье — из жестяной датской банки. По меркам их поселка — полный отстой, здесь считается модным, чтобы *эспрессо* подавала домработница, а иные пижоны и вовсе заставляют слуг по утрам круассаны печь.

Ире такие понты тоже вполне по карману. На хлебопечку, что ли, бабла не хватит или на хохлушку с проживанием? Она просто смысла не видела, чтоб за ее же деньги в доме постоянно болтался чужой человек. Это ж и голой по владениям не походишь, и сейф нужно постоянно запирать, и дверь в туалет, если на горшке сидишь, захлопывать. Куда удобнее, когда к тебе два раза в неделю приходит домработница. Ну и Нинка-повариха по торжественным случаям или если просто домашних пельмешек захочется.

Иру и эти-то, эпизодические, наемные работники напрягают. Как раз недавно в спортивном клубе с девчонками обсуждали, что персонал — он неисправим. Каким-то звериным чутьем слуги вычисляют, кто из хозяев истинно благородных кровей, а кто, как Ирина, выскочка из малогабаритной двушки. И к ним немедленно начинают в друзья набиваться. Рассказывают о своих детях-мужьях-проблемах, а то и вовсе нагло зовут «вместе покурить». А попробуешь поставить на место, ответом будут глубочайшая обида и кровная месть. И ладно еще, коли немытой картошки в суп покрошат, а если ворюг на коттедж наведут?

Право слово, хоть англичан в домашние работники нанимай — те, говорят, дистанцию держать умеют, это у них национальное. Только опять же глупо платить какому-нибудь *Бэрримору* столько же, сколько она башляет проверенному бухгалтеру.

В общем, куда проще сварганить завтрак собственными руками. Успеет еще с прислугой помучиться, когда замуж выйдет.

...У Иры, к изумлению рафинированных соседей, и садовника не было. Чтобы подстричь раз в две недели газон, она нанимала дедулю из ближайшей деревни, а с единственной клумбой возилась сама. Это хобби — типичное для поселковых клуш и дикое для Ирины — неожиданно захватило ее. Весной посадила цветочки просто по приколу, подражая местным бабцам. Признаться, она не сомневалась, что затея потерпит крах, растительность зачахнет, а копаться в земле ей надоест в первую же неделю. Но, на удивление, огородный, как она шутила, бизнес пошел. И, глядя, как колокольчики с цинниями на глазах крепнут, побеждают сорняки и наливаются силой, Ира испытывала ни с чем не сравнимое наслаждение. Прямо-таки философские мысли ее охватывали, когда слабенькая, стебелек размером с волосинку, рассада буквально на глазах превращалась в настоящие цветы. И это несмотря на ночные заморозки, ледяные дожди и беспощадных улиток. Какую ж волю к жизни надо иметь! Как у нее у самой...

Ира иногда, врываясь на спортивной «бэхе» в поселок и въезжая в ворота своего коттеджа, сама не верила, что это все — *ее собственное*. Выпестованное. Взращенное. Взлелеянное. И всего-то за десять лет! Ну да, ровно столько и прошло с тех пор, как она школу закончила. И вместе с остальными девчонками мыкалась по рынкам, пытаясь подыскать выпускное платье «за недорого, но чтоб как из бутика».

Все у нее было как у всех. Только поступать в институт, как делали прочие приличные девушки, она не стала. Потому что особых успехов в учебе никогда не демонстрировала, на платное ее разгильдяи-родители не накопили, а в какой-нибудь примитивный *заборопокрасочный*, куда всех берут, она сама не захотела. Уже тогда, в семнадцать, она умела мыслить на перспективу. И понимала, что терять целых пять лет, только чтобы получить корочку из жалкого вуза, — инвестиция неразумная.

Куда логичнее было на вуз пока что наплевать и постараться выжать максимум из *современной ситуации*. Из такого, например, факта, что в девяносто седьмом страну настоящий риелторский бум охватил. Денег народ к тому времени наворовал немало, вот и ринулись все умные в недвижимость инвестировать. Тогда, кажется, только дурак квартиру не покупал: и молодые перспективные менеджеры, и провинциальные директора. И элитные проститутки. И иностранные специалисты — те, кто поавантюрней и не боялся деньги в «совке» морозить. И даже удачливые фермеры.

Ирина Ишутина начала свою карьеру хоть и в крупном агентстве, но на рядовой должности. Подберу квартиру, проверю документы... На подобные вакансии без зарплаты, лишь за проценты от сделки, тогда брали всех, даже вчерашних школьных выпускников. Обещали золотые горы, только на деле выходило иначе: негры, как называли молодых, добросовестно висели на телефонах, звонили, подбирали, бегали по разным БТИ-опекунским советам. Однако сами сделки всегда волшебным образом за них проводили старшие товарищи. Потому что, говорили, необстрелянным доверия нет — то чистоту квартиры до конца не проверят, то авантюриста с фальшивыми документами о собственности вычислить не сумеют...

А Ира, еще только начиная, поклялась себе, что подобного она не допустит. Ее сделка — только ее. Никому не отдаст, хоть застрелите. В любого потенциального покупателя, а ей, молодой, их перепадало совсем немного, она вцеплялась буквально зубами. Вместо ленивого: «И чё вы хотите взять за такие деньги?» добросовестно выспрашивала все предпочтения — вплоть до вида из окна и удаленности от ближайшего детского садика. А потом, пусть глаза от недосыпа и вытекают, поднимала на уши все столичные базы данных. Не полагаясь на аттестации продавцов, лично ездила по всем объектам. Смотрела и на подъезды, и на соседей, и есть ли где во дворе машину поставить.

Девяносто девять из ста таких просмотров заканчивались пшиком — сплошное разорение на транспортных расходах плюс дикая усталость. Но иногда ее рвение вознаграждалось. Ей удавалось найти именно ту квартиру, о какой покупатель и мечтал. И добиться, чтоб тот заявил начальству: пусть, мол, эта девочка, Ишутина, ведет мою сделку до конца. И тогда следовал еще один виток дикой нервотрепки, плюньте в глаза тому, кто уверяет, что проверить чистоту квартиры и зарегистрировать договор купли-продажи — это просто. Зато и бонус немалый: в те времена риелтору, извините, до семи процентов от суммы сделки платили. Плюс нарабатывалась репутация с каждым успешным делом. Ну и опыт, конечно, приобретался, и связи в рядах чиновниц — для них Ирина никогда не жалела ни дорогущих конфет, ни конвертиков с баксами — и, что важнее, среди серьезных людей. К этим тоже, Ишутина быстро поняла, подход не так уж и сложен. Просто никогда ни о чем не клянчи, по крайней мере, в открытую, и всегда головой преданно кивай, когда они тебя жизни учить берутся.

А главное, что к квартирному бизнесу у нее оказался талант — самой Ирине, правда, больше нравилось слово «чутье». Вот чувствовала она, и все, без всяких дополнительных проверок-документов, хорошая квартира или «с душком». И в заказчиках безошибочно разбиралась, что они за люди. К ней даже очень быстро другие риелторы стали своих клиентов водить, типа на тестирование. И она всегда точно определяла, серьезно человек настроен или нет. Долго будет капризничать — или согласится на первое же достойное предложение.

В общем, карьера задалась. Даже в кризис девяносто восьмого года, когда рынок жилья мигом затух, молодая, но способная риелторша без работы не осталась. На самом деле тогда одни менеджеры, кому зарплату срезали, обнищали. И честные фермеры. А по-настоящему серьезных бизнюков дефолт не смутил — деньги они хранили в твердой валюте, в погоревших банках сбережения не держали. И она дико радовались, что на сдувшемся рынке «Патрики» можно за полцены брать.

А сейчас, десять лет спустя после того, как выпрашивала у родителей деньги на выпускные туфли со шпилькой и бисером, у нее есть и собственный коттедж, и классная тачка, и, что куда важнее, динамичное, с достойной репутацией собственное агентство недвижимости.

И плюс и молодость в наличии, и глаз, несмотря на все переработки, горит. И за фигурой и лицом (тоже, между прочим, инвестиция) она следит тщательно — как ни загружена, а занятий в спортивном клубе не пропускает, и на СПА захаживает, и на массажи. Самое время замуж! За достойного человека, а за кого еще с такими данными?!

...Ира вышла во двор. Улыбнулась беззаботному летнему солнцу. Ласково коснулась шильдика любимой «бэхи». Полюбовалась самолично взращенной клумбой. И вернулась в дом. Теперь не спеша можно выпить еще одну чашечку кофе, потом поваляться в джакузи (бассейна она, в отличие от соседей-пижонов, заводить не стала — слишком дорого, и забодаешься каждую неделю воду менять), одеться-накраситься — и на работу.

Но едва расположилась с кофейком — в этот раз уже не на террасе, а на мягком диване в чилл-ауте, — зазвонил один из трех ее мобильников. Самый важный — *личный*. Его номер знали лишь самые близкие — Ира его даже родителям не дала.

Она взглянула на определитель. Ух ты! Надька. Одноклассница. Чуть ли не единственная из прежней жизни, кого не смущает ее новый *modus vivendi*. Удивительно ненапряжная девка. Умненькая. Незлая. И никогда, в отличие от миллиона окружавших Ирину халявщиков, ничего не просит. Хотя сама, ха-ха, в библиотеке служит, на копеечной, ясное дело, зарплате.

Ира с ней не то чтобы дружила, но покровительствовала ей. Еще с того дня, когда зимой Надюха об лед головой грохнулась и пришлось ей кровотечение останавливать, а потом в травмпункт везти. Не зря ведь говорят, что мы любим тех, кого спасаем. А Ира Надюху тогда и правда спасла. Дядька травматолог сказал, что, если б башку не зашили вовремя, могло воспаление мозга начаться. А Надька про свои мозги, хотя и была почти без сознания, услышала. Видно, они ей были дороги, потому что, когда через недельку она оклемалась, решила Ирину отблагодарить. Могла бы банальными конфетками отделаться. Мартишкой или там диоровской тушью — но не такова оказалась. Забацала в честь своего спасения шикарнейший торт, «Пьяная вишня в шоколаде», кажется, назывался.

Ире много чего разного дарили. Но чтобы кто-то своими руками для нее торт испек — такого еще никогда не бывало. Ну она и впечатлилась — настолько, что подпустила Надьку к себе.

Весь остаток школы вместе протусовались. Да и сейчас иногда общаются, кофеек вместе пьют. И каждый раз Ишутина наполовину в шутку, наполовину всерьез зазывает Надюху к себе кухаркой. А чтобы та не обиделась, называет будущую должность подруги «личный повар — консультант по питанию». Сулит полную свободу и немалые деньги, но Надя неизменно и твердо отказывается.

Вот и сейчас, нажав на прием, Ира с шутливым придыханием произнесла:

— Надюха! Две тыщи даю! Прошу заметить: евро! Машину с водителем. И свободный график. Решайся!

Но вместо веселого же ответа в трубке раздался вздох:

— Ох, Иришка. Ты, наверно, еще не знаешь... Наш Степка-то... Ивасюхин... — Митрофанова всхлипнула.

— Что — Степка? — выдохнула Ира.

— Он, оказывается, убийца, — тихо произнесла Надежда.

И солнечный день сразу померк, тюльпаны на клумбе увяли, а кофе в чашке показался горьким.

ДВУМЯ ЧАСАМИ РАНЕЕ

Надя

Хамы они, эти мужики. И самый хамский из них хам — Полуянов.

Еще в загс ее не позвал, а держит себя как супруг. Матерый, с немалым стажем семейной жизни. По-хозяйски швыряет в коридоре кроссовки — хотя для обуви на вполне видном месте есть специальная полочка. И грязные футболки в стиральную машину закладывает без малейшего сомнения, что она, машина, сама засыплет в себя порошок, включится, отработает, а потом каким-то волшебным образом постиранное еще и высушит, и отгладит.

А вчера вечером он особенно обнаглел. Ни слова тебе о том, как день прошел. Молча, без единого комплимента слопал ужин (просьба заметить, не дежурные сосиски, а свинину, тушенную в клюквенном соусе). Сухо произнес: «Спасибо». И вместо вечерней беседы или хотя бы законного вопроса: «Как у тебя, Надюшка, дела?» — сычом уткнулся в свой лэп-топ.

Понятно, конечно, что на дорогах страшные пробки и новая статья его захватила. С Димой подобные «уходы в себя» и раньше случались, он даже сам Наде говорил, что у него такая особенность, мол, не обижайся. Но сейчас-то он не про очередных рейдеров пишет, которые ей до лампочки, а про ее одноклассницу! Вполне мог бы хоть в двух словах рассказать, как работа над статьей продвигается!

Но настаивать Надя, конечно, не стала. Молча вымыла грязную после ужина посуду. Завалилась в одиночку на диван и в сто сорок четвертый раз посмотрела по ди-ви-ди бессмертную «Красотку» с Джулией Робертс, причем звук включила на максимум, самой по ушам било, зато у Димы с его ноутбуком наверняка кайф обломался. А ровно в одиннадцать, опять же в гордом одиночестве, ушла спать. Не надеется же Полуянов, что она будет его караулить и подавать по первому свистку ледяное пиво или горячий чай?..

Спалось ей, правда, плохо. Нельзя идти в постель, когда голова полна мыслей и самоукоров. Валялась, наверно, час без сна. И все думала: зачем нагородила огород? Для чего сподвигла любимого на это расследование?! Почему *сама* Димке все не рассказала? Даже когда уснула — и то где-то в глубине подсознания вертелось: «Зря я все это затеяла! Зря Полуянова в эту историю втянула. И особенно плохо то, что он обо всем узнает не от меня...»

Поэтому и проснулась в обычные семь не в духе и с мигренью.

Дима, захватив семь восьмых кровати, сладко почивал. Надя осторожно выбралась из-под его ноги, по-хозяйски перекинутой через ее бедро, и пошлепала на кухню. По пути сунула нос в гостиную, где вчера явно до глубокой ночи заседал перед компьютером сердечный друг. Глаз да глаз за ним нужен, потому что Полуянов почти всегда к своему лэп-топу и соленые орешки тащит, и яблоки, и даже крупно резанную колбасу. Не доедает — а потом по всей квартире муравьи и вонь.

Но сегодня никакой провизии возле компьютера не оказалось. Зато прямо поверх закрытой крышки возлежал Димин блокнот. Среднего размера, в рыжей картонной обложке, на пружинке. Полуянов себе такие оптом покупал, по тридцать штук в упаковке. И обычно тратил по блокноту на каждое расследование. Заносил туда и телефоны, и конспекты интервью (одному диктофону он не доверял), и мысли по теме. Называл блокноты своим «бесценным архивом» и их, даже десятилетней давности, выбрасывать запрещал — Надя еле добилась, чтоб он позволил хотя бы на балкон «архив» вынести.

Димины блокноты и листочки из них, разбросанные по всей квартире, ее ужасно раздражали, и обычно она еле сдерживалась, чтоб не поддеть их ногой, но сегодня... Раз Полуянов хранит гордое молчание, а тема его статьи ей столь волнительна и близка...

Надя сбросила плямкающие тапки. Пулей метнулась в спальню — убедилась, что Димка по-прежнему дрыхнет. Схватила блокнот и ринулась вместе с ним в ванную. Щелкнула замком. Устроилась, простите, на унитазе. И в нетерпении откинула обложку.

На первой же странице увидела написанное размашистым Димкиным почерком:

«Пьет. Кто приучил? Когда?»

«Кто родители?»

«Музыкальная карьера».

Ну, это ясно, это он план статьи составляет.

Надя в нетерпении перекинула пару страниц и наткнулась на печатное: «СТЕПАН. УЛИКИ. (ОПЕР)».

Ага. Значит, уже с ментами встречался, которые дело ведут. А ей — ни полслова! Вот гад!

И Надя в нетерпении начала читать конспект.

1. Однозначно: **чужих** отпечатков в квартире нет — по крайней мере, свежих.

2. Кухня: два стакана, початая бутылка, пальцы только Степана и Елены.

3. Соседка (бабка Юлька) накануне слышала звуки

ссоры. С ее слов, Елена кричала: «Ты ничтожество! Ты разрушил мою жизнь!»

4. Степан исчез. Никаких следов. Паспорт в квартире, билетов из Москвы не покупал.

И еще более крупно: «ОН?» А потом совсем уж огромные буквы: «ОН!!» И рядом бисерные каракули: *«Кому исчо?!»*

Ежу понятно: Дима не сомневается, что убийца — Степка. И будет пытаться убедить в этом всех остальных.

Надя вдруг вспомнила далекий выпускной вечер. Ближе к ночи диджей решил приколоться и сразу после «Рамштайна» врубил вальс. Народ заржал, зашикал, потянулся с танцпола прочь. А нескладный Степка вдруг заключил Надю в объятия и закружил ее во вполне компетентном «и раз, и два, и три». И она, легко скользя в его уверенных руках — хотя сама вальс танцевать и не умела, — удивленно спросила:

— Степаха! Где ты этому научился?!

А он загадочно улыбнулся ей из-под своих очков и небрежно ответил:

— Да я много чего умею! Просто вы меня совсем не знаете...

Это Степку-то они не знают! Степку, который весь как на ладони!

Но, оказывается, они действительно его совсем не знали...

Глаза против воли застили слезы, буквы в Димкином блокноте запрыгали. Надя, пытаясь взять себя в руки, стиснула зубы — и вдруг услышала из недр квартиры требовательный клич Полуянова:

— На-дю-ха!

Я, мол, проснулся. Иди, целуй.

Она в ужасе захлопнула блокнот и бросилась вон из туалета. Обязательно нацепить на бегу в спальню беззаботную улыбку. И заскочить по пути в гостиную — вернуть блокнот на место.

...Их общее утро прошло в веселой, деловой суете. Дима, будто в качестве компенсации за вчерашнюю хмурость, был весел, остроумен и горяч. Как ни отнекивалась обиженная его давешней холодностью Надежда, он налетел вихрем, даже кофе не попив, а уж это вернейший признак, что хотел ее *чрезвычайно*.

Но когда в блаженный момент отдохновения Надя решила к нему подкатиться («Дим, а скажи...»), он не размяк. Нежно потрепал ее по волосам, но твердым голосом сказал:

— Пока ничего, Надюха. Расследование идет полным ходом, результатов нет. Но обещаю: составлю хоть приблизительную картину — и сразу расскажу.

Ничего себе: нет результатов! Когда Степку-то, считай, уже обвинили...

ДАЛЕКО

Степан

Жизнь на хуторе близ деревни Калинки его совсем не напрягала. Дыра, конечно, страшенная. Из благ цивилизации одно электричество, а до ближайшего продуктового пять километров пехом. Сортир, ясное дело, во дворе, баня и вовсе рухнула. Впрочем, колодец функционировал исправно, и тягать из него воду оказалось даже забавно. А уж без смога и пробок на улицах — и вовсе благодать.

Бытие они с Мишкой вели самое немудрящее. По утрам, кто первый проснется, заваривал чай и строгал бутерброды. Дальше умывались из-за страшнейшей жары по расширенной программе — поливали друг друга колодезной водой из ведер. После Мишка убегал за своими натуралистическими наблюдениями в окрестные степи, а Степан, хотя сослуживец и настаивал, чтоб гость «только отдыхал», не спеша в охотку начинал хозяйственные работы.

Хутор, объяснил Мишка, ему достался в наследство от деда — лет пятнадцать назад. Раньше здесь имелись и курятник с сараем, и крепкая банька, и посадки. Но абсолютно не приспособленный к деревенской, да и вообще к *жизни*, сослуживец умудрился развалить крепкое хозяйство в кратчайшие сроки. А Степа, частью от скуки, частью в благодарность за гостеприимство, взялся хуторок возрождать. Привести в порядок абсолютно запущенный, заросший бурьяном огород, ясное дело, не пытался — не его профиль, да он и не сомневался, что уж на картошку с капустой деньги всегда найдутся. А вот реанимировать рухнувший забор, разобраться, почему дымит печурка, починить нещадно бьющую током розетку — это всегда пожалуйста.

Хоть Ленка, вечная ей память, и клеймила его «никчемным интеллигентом», а минимальные навыки, из тех, что принято называть «мужскими», Степа усвоил. И теперь с удовольствием сравнивал себя с бестолковым Мишкой, который до сих пор, в двадцать семь лет, дров наколоть не может.

С этим Мишелем вообще какой-то зоопарк.

Степан смотрел на сослуживца, варил на них обоих макароны по-флотски, пил с ним водку и чай, слушал бесконечные рассказы про степных и лесных тварей и не уставал поражаться: как можно было дожить до немалых уже годов и остаться настолько целомудренным? И главное — сохранить этот незамутненный, слегка обиженный и жадный до новых впечатлений взор ребенка?.. До сих пор на полном серьезе вести, безусловно, богоугодные, но абсолютно неактуальные для современной жизни речи?! Но ведь друг, похоже, не притворялся, когда разглагольствовал, будто надо всех любить и всем прощать...

Сам Степан, особенно в сравнении с наивным и восторженным Мишкой, чувствовал себя усталым и старым. И лишь хмуро улыбался, когда сослуживец пророчил, что именно «здесь, в степях, наедине с природой» гостю удастся возродиться к жизни.

— Я ж говорю: ваша Москва все соки высасывает! — ежевечерне вещал друг. — Тебе, Степ, вообще, чтоб в себя прийти, надо на земле лежать и заряжаться. По часу на закате, когда она солнцем напитана...

Хорошо хоть, не стал расспрашивать, почему вдруг именно сейчас бывший однополчанин устал настолько, что без всяких предупреждений-телеграмм свалился ему будто снег на голову. И даже не заикнулся: надолго ли дорогой гость почтил его своим присутствием?

«В Москве у таких дурачков, как ты, квартиры отбирают, — с мрачным цинизмом думал Степан. — И, прежде чем на работу взять, справку из психушки просят. Да тебя и тут соседи давно в чудики записали...»

Действительно, разве это нормально? Живет бобылем, ни кур, ни хозяйства, ладно, не работает, но и не пьет! Целыми днями шляется по степям, ищет никому не нужные травки. И нет бы продавал их как целебные, а то ведь просто для коллекции!

И Степа даже с легкой гордостью думал: «А ведь мы *начинали* одинаково. В шестнадцать лет я таким же дурачком был. Неприспособленным, никчемным, жалким...»

Еще в десятом классе, за полтора года до выпуска, у него в школе постоянная роль была: шут! Потеха для девчонок, мишень — для парней. Ходил хвостом за Коренковой, любовь, понимаешь ли, настигла... Она его посылает, а он, дурак-рыцарь, все равно при ней.

До сих пор, как вспомнишь девчачьи насмешки да пацанские тумаки, сразу кулаки сжимаются. Все, казалось, против него: и невысокий рост, и хилая фигура, и близорукость, и такая же, как у Мишки, склонность к созерцанию и осмыслению мира.

Но ведь придумал, как пробиться! Придумал, как стать человеком!.. Не совсем, как Ван Дамм, себя, конечно, повел, мучительными тренировками в «качалках» организм не истязал. Но кому качаться, а кому — другие пути.

Вот Степин путь и оказался — «выехать» на загривке у Надьки Митрофановой. Та ведь тоже была вроде него — добрая. Пожалела его однажды. Посочувствовала. Шепнула на ушко: чего, мол, ты к Ленке Коренковой прилип? Она тебя совсем не любит, а ты, умный парень, позоришься...

Заговорила Надя об этом очень к месту. К тому времени любовь к прекрасной, но строптивой музыкантше у Степы уже иссякла. Допер наконец: чего чувства тратить, если все равно бесполезно? Богачом на «мерсе» ему не стать, килограммовых мускулов не нарастить, а иным его Ленка не полюбит. Так что ходить за ней хвостом далее смысла не имело. И Надя со своей неожиданной заботой подвернулась ему чрезвычайно кстати. В конце концов, какая разница, кому из девчонок носить портфель?

Тем более что Надюха хотя где-то, как и он, лопухастая, а в классе авторитетом пользовалась. А что — и симпатичная, и отбрить, если надо, могла, и мозги в наличии, да еще и готовила офигительно. Как минимум в «тройку лидеров» входила, пусть и последней. (Первой в их классе, ясное дело, выступала звезда Коренкова. А следом за ней по популярности шла Иришка Ишутина — едкая, цепкая, смелая.)

Вот Степа и рассудил: куда полезней переметнуться к Надежде. По крайней мере, она его шпынять не будет. А там, может, и к Ленке Коренковой по новой удастся подобраться? Они ведь с Надей почти подружки...

Тем более что с девчонками, особенно модными,

ему вообще куда интересней, чем с мужиками. Не зря же Иван Адамович, их учитель истории, любил повторять, что «быть пажом при сильной женщине — не позорно». И приводил в пример то фаворитов Екатерины Великой, то верного и тихого мужа Маргарет Тэтчер.

Степан и выполнял роль пажа почти всю свою недолгую жизнь. И все его вполне устраивало. Еще бы только из нынешнего клинча выбраться! Чтоб в Ленкиной смерти его не обвинили!

Впрочем, терпения ему не занимать. Чтобы выжить, он готов сидеть в злосчастных Калинках, подкармливать Мишку и чинить ему покосившийся забор хоть до скончания века.

Дима

Педагога Елены по специальности звали Анастасией Арсеньевной. Было ей, судя по дребезжащему голосу, минимум лет сто. Но говорила дама вполне здраво и с удивительным достоинством.

— Сожалею, господин журналист, но по ряду обстоятельств принять вас в своей квартире я не могу.

— А на работе?

Грустный смешок:

— К счастью, или к сожалению, но я уже давно пенсионерка.

И что с бабкой делать? Не заставишь ведь, чтобы в редакцию подъехала. Да и просить выйти во двор, посидеть вместе на лавочке, тоже как-то неудобно...

И Полуянов, не чинясь, бухнул:

— Может, тогда в ресторан вместе сходим?

Наверняка сейчас зашипит и скажет, что он над ней издевается. Но бабка, на удивление, отреагировала вполне адекватно:

— Если ресторан достойный и находится в центре... Желательно в районе Третьяковки...

Вот это старуха! Но не в дорогущий же «Балчуг» ее вести?!

И Дима осторожно спросил:

— А «Пицца-Хат» вас устроит? Достаточно тихое место, и кормят нормально...

— Да, я по поводу этого заведения в курсе. Вполне подойдет, — не стала ломаться старушка.

Они договорились встретиться через час, и Дима под впечатлением от телефонной беседы даже подумывал для представительности галстук надеть. Но взглянул на термометр — опять плюс тридцать — и решил ограничиться прохладным душем и свежеотутюженной (естественно, Надей) рубашкой.

В пиццерию он прибыл, как и положено джентльмену, за десять минут до назначенного времени. Интересно, бабуся тоже будет соблюдать политес и, в дамском стиле, припозднится на дипломатические двенадцать минут?

Но собеседница — он признал ее, едва та показалась на пороге, потому как вряд ли «Пицца-Хат» ожидала еще одну столь же старую гостью, — явилась минута в минуту. Полуянов, как и положено воспитанному человеку, встретил ее у двери, проводил к столику и даже стул, заменяя официанта, подвинул.

Бабуля приняла ухаживания молодого человека как должное. Царственно опустилась на сиденье (спина, несмотря на годы, прямая, как струнка, — вот она, старая школа!). Щуриться над меню не стала — сразу же улыбнулась официанту:

— Мне, пожалуйста, «Кватро формаджи» на пышном тесте и «Перье» с долькой лимона.

Официант, совсем юный парень, растерянно захлопал глазами:

— Что, простите?

Дима восхищенно взглянул на старушку и перевел:

— Даме — пиццу «Четыре сыра». А мне — «Карбонару» и тоже «Перье».

Официант отвалил. И, пока брел в кухню, пару раз оглядывался на их стол. «За геронтофила меня, наверно, принял», — весело подумал Дима и широко улыбнулся своей даме.

— Спасибо вам огромное, Анастасия Арсеньевна...

— Это вам спасибо, — мгновенно парировала она. И с легким лукавством во взоре улыбнулась: — Думаю, Леночке было бы приятно, что о ней пишет такой симпатичный мужчина...

Впрочем, улыбка быстро слетела с ее лица, глаза налились печалью. Бабуся слегка откинулась на спинку стула (какое воспитание ни есть, а в ее годы прямой, как шомпол, постоянно не посидишь) и вздохнула:

— Мы давно уже не общались с Леной. И расстались, скрывать не буду, почти врагами. Но все равно, когда мне сообщили о ее гибели, я не смогла сдержать слез... — Она остро взглянула на журналиста: — Известно уже, отчего она умерла?

— Окончательно нет, — осторожно ответил Дима. Ему совсем не хотелось пугать старушку зловещими подробностями. — Похоже, это был несчастный случай...

— Вы зря пытаетесь меня оберегать, — упрекнула она. И объяснила: — Я ведь **знаю**, что Лену убили. Мне ее мама звонила, Галина Вадимовна, и рассказала обо всем. И еще она сказала, что в убийстве подозревают Степу, этого мальчика... Это действительно так?

— Вы до сих пор общаетесь с мамой вашей бывшей ученицы?! — неприкрыто удивился журналист.

— Я всегда стараюсь сохранить отношения с теми, кто мне близок, — кивнула старушка. — Тем более что мы с Галиной Вадимовной до сих пор сотрудничаем.

«Разговорчик-то интересное направление принимает!» — оживился Полуянов и вкрадчиво спросил:

— А могу я узнать, в каком ключе... вы с ней сотрудничаете?

— Можете, — пожала плечами старушка. — Дело в том, что Галина Вадимовна надеется исправить свои прежние ошибки... И я теперь занимаюсь с ее второй девочкой.

— Вы имеете в виду... эту малышку?

— Ее. Маську, — улыбнулась Анастасия Арсеньевна. — Всего два с половиной года человечку, а уже можно констатировать: у ребенка абсолютный музыкальный слух. И явная склонность к прекрасному.

— Вы... учите ее музыке? — еще больше изумился Дима.

— Ну, в столь юные годы еще рано говорить о классическом, поэтапном обучении, но какие-то основы — да, я девочке даю. Мне несложно. Тем более что об этом меня очень просила Галина Вадимовна...

— Прямо ездите к ним домой и проводите занятия? — не поверил Полуянов.

— Нет, — покачала головой старушка. — Ездить к ним, на окраину Москвы, в мои лета уже тяжело. Галина Вадимовна сюда Машу доставляет. В мою квартиру на «Третьяковской».

«Ох, безумная баба! — мелькнуло у Полуянова. — Таскать в такую даль малолетнего ребенка!»

Но от оценок вслух он благоразумно удержался.

Тем временем принесли пиццу. Дима с интересом наблюдал, сколь элегантным жестом его собеседница водрузила на колени салфетку, до чего ловко развернула приборы, как аккуратно отрезала и съела первый кусочек... Сам он всегда ел пиццу в стиле простого итальянского люда руками. Но в компании сей старушки уж придется помучиться.

Он с трудом отчекрыжил тупым ножом кусок своей

«Карбонары», положил его в рот, прожевал и задал новый вопрос:

— Правильно ли я понимаю?.. Галина Вадимовна сначала пыталась сделать *звезду* из Лены и прилагала к этому все свои силы. А когда окончательно убедилась, что не получится, завела на старости лет новую дочку и теперь лепит приму из нее?

— Я бы не сказала, что Галина Вадимовна такая уж старая, — с легким упреком произнесла старушка. — Но в целом... вы обрисовали ситуацию верно. — Она печально улыбнулась. — Галина Вадимовна очень любит музыку. Можно сказать, ее боготворит. И мечтает, как и многие из нас, внести в нее свой вклад...

— Она тоже, что ли, музыкантша? — не удержавшись, поморщился журналист.

— Да, — кивнула собеседница. — По образованию — концертмейстер.

— А чего ж тогда сама своих девчонок не учила?

— Я сказала, что она концертмейстер, — повторила старушка. — Это, если вы не знаете...

— Аккомпаниатор, — поспешно откликнулся Полуянов.

Анастасия Арсеньевна кивнула и добавила:

— Но — не педагог.

— Это уж точно, — пробормотал Полуянов.

Кажется, он понемногу начинал понимать погибшую Коренкову. И догадываться, почему ее настиг столь бесславный конец... Похоже, Елену просто задавили. Сама она от музыки особо не фанатела. И наверняка понимала, что пусть способности у нее и имеются, но никаких особых талантов нет. Однако из девчонки нещадно лепили звезду, и у той просто не хватило характера этому давлению противостоять. А отбилась бы от музыкальной карьеры — жизнь совсем по-другому могла сложиться...

Помнится, его собственная мамуля, царствие ей

небесное, тоже пыталась учить его музыке. Заманивала за рояль и посулами, и угрозами, и лестью. Дима искренне ненавидел арпеджио и гаммы, но кое-что у него все же получалось, училка в музыкальной школе пела мамочке в уши, что мальчик способный, и одному богу известно, как бы все пошло, не прояви он твердость и не брось, решительно и бесповоротно, ненавистную музыкалку.

Надо искать подтверждение своей гипотезе.

И Дима задал новый вопрос:

— А скажите... Лена — она любила музыку?

— Мне будет сложно вам ответить, — вздохнула старушка. И объяснила: — Лена очень любила, когда у нее *все получалось*. Когда ее хвалили, приводили в пример. Но музыка — это ведь адский труд. Виртуозность здесь достигается не столько талантом — но многочасовыми, монотонными тренировками. Лена умела вдохнуть в музыку жизнь. Сыграть так, что у слушателя сердце замирало... Однако те произведения, которые требовали отточенной техники, были не для нее. А какая музыкальная школа, скажем, без этюдов Черни?

От фамилии Черни Диму едва не передернуло. В свое время именно этюд этого гражданина его и добил. Только настоящий садист мог такую пыточную партитуру наваять! Сам бы Дима тоже, наверно, запил, если бы вовремя от музыки не отмазался...

— Когда Лена начала выпивать? — тихо спросил Полуянов у старой учительницы.

— Выпивать, выпивать... — с некоторым даже раздражением повторила та. И объяснила: — Видите ли, в чем дело... Я долгое время даже предположить не могла, что Леночка этим злоупотребляет. Да, она часто приходила на урок неподготовленной. Жаловалась, что болит голова, сводит пальцы, вступает в спину. Я сердилась и просила ее не придумывать для своей лени ненужных оправданий... А она, оказывается, уже тогда... Еще когда училась в девятом классе, ступила на кривую дорожку... Но пьяной или даже выпившей Лена не приходила на урок никогда! — неожиданно твердо закончила старушка.

Время подобраться к самому лично для него интересному:

— А что там за история со Степаном? Вроде бы какая-то Ленина подружка специально ее спаивала, чтобы Степана от нее отвратить?

— Это вам Галина Вадимовна наговорила, — утвердительно вздохнула собеседница.

Дима не стал открещиваться, просто повторил:

— Так не расскажете? Что там действительно случилось?

— Боже мой, до чего все это грустно! — с неожиданной страстью выкрикнула старушка. Она окончательно перестала держать спину, откинулась на стул и сразу как-то потускнела. — Ну, был этот мальчик, Степа. Тихий, скромный. Я бы сказала, даже забитый. Ходил за Леночкой хвостом. Я его, конечно, знала. Иногда мы с Леной занимались у меня на дому, а этому несчастному созданию она приказывала ждать ее на лестнице. И он покорно сидел на подоконнике межлестничной площадки, пока на него не нажаловались соседи и я не стала приглашать его в квартиру. Хотя Лена этому была совсем не рада и говорила: раз в подъезде нельзя, пусть, мол, тогда на улице ждет.

— Лена, конечно, его не любила, — констатировал Дима.

— А вот этого я утверждать не могу, — неожиданно возразила старушка. И объяснила: — На мой взгляд, Степа своей покорностью, спокойствием, даже слабостью Лене прекрасно подходил. Я ведь видела, как она общается с такими же, как сама, *яркими* молодыми людьми: вечная борьба за власть и сплошные перепалки. А Степа — он ее успокаивал...

— Но однажды Ленина одноклассница решила его отбить, — вернулся к животрепещущей теме Полуянов.

— Сама Лена, впрочем, всегда утверждала, что Степу этой девочке, кажется, ее звали Надя, просто отдала. За ненадобностью, — тонко усмехнулась Анастасия Арсеньевна. — А что случилось на самом деле, я не знаю. Хотя, конечно, видела: потеряв Степана, Елена переживала. Но не настолько сильно, чтобы выпить из-за этого лишние сто грамм, — с неожиданным цинизмом закончила она.

— А Галина Вадимовна мне сказала, что Лена, когда Степан ее бросил, с собой пыталась покончить, — Дима цепко взглянул на старушку.

— Ох, увольте, — отмахнулась та. — Уверяю вас, Леночка совсем не из тех, кто будет убивать себя из-за несчастной любви.

— Но она *действительно* пыталась? — не отставал Дима.

— Вы будете об этом в газете писать? — строго взглянула на него старушка.

— Не знаю, — честно ответил он.

— Тогда имейте в виду, что писать там не о чем, — отрезала старушка. И объяснила: — Глупый, детский, необъяснимый, иррациональный поступок. Но я о нем вам расскажу — именно потому, что вся история выеденного яйца не стоит. Ни Степан, ни Надя абсолютно, конечно, здесь ни при чем. Просто Лену тогда не взяли на международный конкурс, хотя из Москвы аж семеро туда ехали. А она отбор не прошла. Срезалась на своем «любимом» Черни, который в обязательную программу входил. Пришла домой и написала матери записку. Очень короткую, что-то вроде: «Я не хочу просыпаться». Положила ее в кухне на видное место. Взяла из аптечки три таблетки тазепама. Выпила их. И легла спать.

— Сколько, вы сказали, таблеток? — уточнил Дима.

— Три, — тонко усмехнулась старушка. — Больше в упаковке просто не было.

— Но от этого не умрешь! — не удержался он. — Только голова разболится!

— Вот именно, — кивнула собеседница. — И я, честно говоря, не понимаю, зачем Галине Вадимовне понадобилось раздувать эту историю... И до сих пор ее вспоминать...

— А она раздувала? — прищурился журналист.

— О, как сейчас помню... Леночка ведь мне многое рассказывала... — Пожилая женщина попыталась передать подростковую интонацию: — «Прикиньте, Анастась-Арсеньевна, мамахен совсем вразнос пошла. К Степкиным предкам ходила и Надьку сегодня чуть с лестницы не спустила... Типа, говорит, вы мою дочку в могилу хотите вогнать! Совсем крыша поехала!»

«Действительно поехала», — мысленно согласился Полуянов. А пожилая учительница задумчиво заключила:

— Что поделаешь: все матери, даже в животном мире, пытаются наказать того, кто посмел обидеть их детенышей.

— А вы сами считаете, что Надя здесь ни при чем? — нетерпеливо поинтересовался Дима.

Старушка явно не ожидала именно такого вопроса. Она с любопытством взглянула на него.

— И Степан — ни при чем? — поспешно прибавил Дима.

— Возможно, конечно, я не знаю всех деталей, — пожала плечами Анастасия Арсеньевна. — Но, мне кажется, во всех своих бедах Леночка виновата сама... К сожалению... Хотя и нехорошо так говорить о покойных...

Ее глаза увлажнились слезами, и старушка попыталась их скрыть, уставившись в тарелку с пищей.

Она явно устала.

А у Димы неожиданно мелькнуло: «Хотя и хорошая ты баба, и мудрая, а Ленку Коренкову тоже не уберегла».

Глава 6

ИСПОЛНИТЕЛЬ

К своим сорока он наконец научился обращать внимание на мелочи. Получать от их созерцания удовольствие. Задумчивое, одинокое облако в ослепительно синем небе? Аккуратный рядок тоскующих по воде цветов? Даже забытая на бетонном бордюре кофейная чашечка — все его занимало, все давало пищу для размышлений. Как, интересно, то же самое небо смотрится из окон особняка? Почему хозяйка не потрудилась снабдить клумбу автономной системой полива?.. А чашка — она от дизайнера или просто весьма дорогая фарфоровая штамповка?

Задавая себе десятки абсолютно глупых и не имеющих отношения к делу вопросов, исполнитель отдыхал, оставляя дилетантам прерогативу нервно расхаживать, потирать руки и смахивать со лба капли пота. Профессионалы же, полагал он, никогда не тратят силы на бессмысленные действия и жесты. Умение терпеливо ждать в его работе едва ли не важнее, чем молниеносная реакция и крепкие нервы.

День неспешно, но уверенно клонился к закату. Соседние, скрытые высокими заборами дворы оживали. Хозяева коттеджей возвращались из столицы в пригород. В вечернем небе звуки разносятся далеко, и исполнитель прекрасно слышал: кого-то из прибывших встречали с радостью, а на других — прямо с порога обрушивали груду претензий.

Пусть и дорогая, и отгороженная от обычного мира

высоченными оградами, а такая же, как везде, жизнь. Любят, ненавидят, завидуют и интригуют везде одинаково — хоть в троллейбусном парке, хоть в заказнике для богачей.

Исполнитель не боялся, что его заметят из окон других домов, — хвала немодным, диссонанс в элитном поселке, кустам черной смородины, кои плотной стеной выстроились вдоль забора. Откуда они здесь? Шутка дизайнера, решившего стать «ближе к природе»? Или, быть может, хозяйка потребовала посадить их сама — в память о босоногом детстве на бабушкиной даче в какой-нибудь деревеньке Грязи? Ведь все они, такие сейчас рафинированные новые русские, когда-то были обычными смердами...

Но пышно раскинувшаяся смородина ему в любом случае на руку. Человек в камуфляже, скрытый ее ветвями, выглядит незаметно. Где-нибудь в деревне, где всем до всего есть дело, его, может, и разглядели бы, и заинтересовались. Но исполнитель давно убедился, что в подобных показушных поселениях жильцам совсем нет дела до соседей. Даже по именам друг друга не знают. Нет желающих долгожданным вечером, принесшим прохладу, брать на себя труд разглядывать, что творится на близлежащем участке. Разве что повару или горничной — но те сейчас заняты беготней вокруг вернувшихся домой работодателей.

...А вот *его* хозяйка заставляла себя ждать. Из примыкающего к ее участку леска уже потянуло прохладой, из-за забора слева поплыл ароматный дым шашлыка, бесчинствующих детей соседей справа няньки загнали домой — а женщина все не возвращалась.

Другой бы на его месте уже давно начал страдать от неудобной позы, голода и скуки, но он, напротив, чувствовал себя все лучше. Наслаждался единением с природой. И ощущал, как наполняются силой, напитываются энергией его тело и мозг.

Хозяйка может задержаться на сколько ей угодно. Он ее все равно дождется.

Надя

Димка — противный барин и больше никто.

Так думала Надя ранним утром очередного трудового дня.

В восемь пятнадцать, как обычно, она отправилась на работу. Встала, естественно, в семь. Выгуляла Родиона, любимую таксу, потом завтрак, душ, макияж, и ведь не осторожничала — от души звенела посудой, шумела феном... Но этот буржуй даже не пошевелился. А когда она, уже одетая, заглянула в спальню и, не удержавшись, чмокнула сердечного друга в нос, даже мимолетно не улыбнулся. Продолжал храпеть.

«И будет ведь теперь до одиннадцати дрыхнуть! — растравляла себя Надя, раскачиваясь в переполненном вагоне метро. — А потом неспешный кофеек, долгий, на полчаса, душ, и не спеша, без всяких пробок, на работу. Прошу заметить, в машине с кондиционером. А я тут душись...»

Еще плохо, что кое-где в районе уже отключили на летнюю профилактику горячую воду. А наши граждане ведь возней с подогревом себя не утруждают. Едут на работу такие, как есть — пропотевшие со вчерашнего дня. Отдельные интеллигенты, правда, себя туалетной водой для отбития запаха обильно опрыскивают, но в духоте да в толпе получается еще хуже.

...А на станции «ВДНХ» и вовсе разразилась катастрофа. Сначала поезд минут десять стоял с открытыми дверями и не трогался, за это время в вагон набилась еще добрая сотня потных граждан и окончательно расплющила Надю в ее уголке. А потом недовольный голос машиниста объявил, что состав по техническим причинам следует в депо, и будьте, мол, любезны освободить вагоны.

Надю с недовольной толпой выкинуло на платформу. Поезд усвистал, нового не показывалось, станция все больше и больше заполнялась народом, и девушка запаниковала: сегодня в первую смену она работает одна, без начальницы. Значит, и на планерку к директору, без пятнадцати девять, будьте любезны явиться, и зал вовремя открыть, а то ее кандидаты-доктора, хотя и строят из себя приличных людей, мигом побегут жаловаться, что им доступ к талмудам перекрыли.

В это время противный женский голос объявил, что Калужско-Рижская линия, увы, обесточена и пользуйтесь, пожалуйста, наземным транспортом.

«Все. Опоздала», — обреченно подумала Надежда.

В гуще толпы выбралась на улицу. Вдруг повезет? И ей подвернется быстрый, как Шумахер, и при этом недорогой таксист?..

Но проспект Мира, как и положено в утренний час пик, стоял намертво. Да и таксисты явно чувствовали себя королями — весь тротуар перед станцией метро оказался усыпан страждущими за любые деньги, но уехать. Одна девица даже юбку, будто в стриптизе, задрала — но никто рядом с ней все равно не останавливался. В утренних пробках мужикам не до женских прелестей.

Надежда сочла неразумным конкурировать с развратными красавицами и тугими кошельками и, без изысков, втиснулась в маршрутку. Едва плюхнулась — хоть здесь удалось присесть! — в продавленное кресло, немедленно позвонила начальнице. Та, конечно, вредина, но имелось у нее и одно достоинство: жила в двух шагах от библиотеки. В одной из последних оставшихся в центре коммуналок.

Шефиня недовольно выслушала Надин горячий монолог. Буркнула:

— Вечно у тебя, Митрофанова, то понос, то золотуха... — И милостиво произнесла: — Так уж и быть. Зал открою. Но к десяти чтобы была как штык. И отгула тебя за опоздание лишаю.

Лишать отгула за всего-то час вынужденного опоздания — разве виновата она, что метро встало?! — явный сволочизм. Но если зал, как ему и положено, в девять не откроется, будет еще хуже: выговор влепят. Премии лишат. И отпуск могут перенести на февраль.

Поэтому Надя только вздохнула. Пролепетала слова благодарности. Нажала на «отбой» и уставилась в окно. Ох, что ж с проспектом Мира-то делается! Стоит вообще недвижим! Ведь в пробке наверняка и врачи застряли. И студенты, у которых как раз сессия. А если у кого-нибудь самолет? Или, несмотря на ранний час, жизненно важное свидание?!

«А Полуянов, негодяй, дрыхнет, — снова мелькнуло у нее. — Живут же люди!»

Гражданский муж у нее, конечно, классный, все девчонки завидуют. Но Надя никогда им не рассказывает, что частенько Димка ее настолько раздражает! Вот убила бы его — и все!

Впрочем, невыспавшаяся Надя была готова сейчас убить кого угодно. Скорее даже не Полуянова, а, скажем, водителя их маршрутки. Кто таким только руль дает?! Как давно уже повелось в Москве — кавказец. В нечистой рубашке, говорит с сильнейшим акцентом. Курит, судя по запаху, нечто еще даже похуже, чем «Прима». И к тому же в полную громкость включил радиостанцию с блатняком. А все пассажиры молчат: привыкли.

«Надо его заставить хотя бы курить перестать, когда полный салон пассажиров, — кипятилась про себя Надя. — И музыку пусть убавит. Почему все терпят? Самой, что ли, сказать?!»

Но предъявлять претензию ей было страшно — черт бы взял ее дурацкий тихий характер. Тому же Полуянову она бы что угодно выдала, но делать замечание водителю, да еще и при чужих людях, просто язык не поворачивается. Спасибо, что после очередной «Воровской судьбы» по радио начались новости. Правда, тоже не «человеческие», а вполне в духе блатной волны — криминальные.

Надя с раздражением выслушала про некоего господина Сидорчука, который отнимал у девушек мобильные телефоны, немедленно их продавал и покупал на вырученные средства выпивку. И к пятому аппарату накачался до такой степени, что уснул на лавочке, в двух шагах от последнего места преступления. Далее последовала сага о хищении очередного дорогущего джипа... У какого-то деятеля конфисковали двести граммов героина... А на закуску диктор сообщил:

— Вчера, в двадцать два тридцать, совершено покушение на самую молодую в России владелицу фирмы недвижимости. Госпожа Ишутина, хозяйка и директор корпорации «Дорогой дом», возвращалась вечером на личном автомобиле в свой загородный особняк. Подъехав к дому, женщина вышла из «БМВ». В этот момент ее и настигли четыре выстрела. Убийца с места происшествия скрылся, госпожа Ишутина находится в реанимации, ведется следствие.

...Радио переключилось на «Пройдут года, и я вернусь».

А Надя минуты две сидела молча. И лишь потом дрожащими руками набрала номер Иришкиного мобильника.

ДАЛЕКО ОТ МОСКВЫ

Михаил

С утра пораньше он поехал в областной центр.

Степану сказал, будто нужно сходить в Энергосбыт за новой книжкой. Тут ведь не столица, чтоб на дом заполненные жировки присылали. А сам не возьмешь, вовремя не заплатишь, еще и пени начислят. Ну, и заодно, конечно, по магазинам надо пройтись, а то сыру хочется смертельно, и печеньица «Юбилейного», в Калинки-то такие деликатесы не завозят.

Михаил разработал целую легенду — только чтобы Степан не увязался за ним. Что, мол, Вадька, сосед, с утра поедет в Калинки сдавать свой трактор в ремонт. И что место в кабине строго одно.

Шито, конечно, белыми нитками, потому что даже городскому человеку ясно: в кабину трактора может набиться хоть пятеро, гаишников тут нет. Да и пешком дотопать до Калинок всего-то час — тоже не проблема. А там уж грузись на автобус до областного центра.

Однако ему повезло — Степа никакого желания отправиться вместе с ним не проявил.

— Езжай, конечно. Я на хозяйстве побуду. А к вечеру, как ты явишься, картошки сварю. Купи, кстати, пару банок какой-никакой сайры, я и денег дам, если у тебя нет.

Вот-вот. И из своей Москвы сбежал, и ехать в область не хочет, и денег — без счета.

...Так что, едва оказавшись в городе, Мишка без всякого, конечно, Энергосбыта отправился к участковому.

Тот с год назад объезжал свои владения, в число которых входили и Калинки, и Михаилов хутор. Тогда почаевничали, побазарили. Мужиком участковый оказался дельным — по крайней мере, по поводу тунеядства не наезжал, «потому как насрать, статью все равно отменили». И даже изъявил желание поглядеть на новые экземпляры Мишкиного гербария. А на прощание оставил визитку и велел, если какие проблемы, всегда захаживать.

Вот Михаил и заглянул, и на душе у него потеплело, когда участковый мигом его узнал. Радушно смахнул с драного стула какой-то мусор, цыкнул на курсантика-практиканта, чтоб тот обеспечил их чаем, и ласково спросил:

— Ну, Мишаня, с чем пожаловал?

Михаил осторожно примостился на хрупком стуле и небрежно произнес:

— Да вот... Хочу посоветоваться. Тут сослуживец бывший ко мне в гости приехал. Из самой Москвы. Неожиданно. Три дня уж живет. И уезжать не собирается.

— Ну и хрен бы с ним, пусть живет. Или он, что ли, буянит? — поднял брови мент.

— Да нет. Не буянит. Не по этой части. Но вот задумался я: у него в Москве, он всегда говорил, работа. И девка вроде была. И квартира. А тут вдруг все оборвал и на мой хутор. Спрашиваю: надолго? Говорит: пока не погонишь. Не странно?

— Ну, мало ли, — пожал плечами участковый. — Может, устал человек. Может, по тебе соскучился. А ты на него — в ментовку! Нехорошо...

И посмотрел на Михаила укоризненно.

— Может, и нехорошо, — не смутился тот. И добавил: — Только давеча дрыхнул он — а ты ж понимаешь, отдельных будуаров у меня нету, — и вдруг во сне как заорет! Что-то вроде: «Не умирай! Пожалуйста, только не умирай!»

— А вы где с ним служили? — между делом поинтересовался милиционер. — Не в Чечне ли?

— Нет. Не в Чечне, — пожал плечами Михаил. — На Дальнем Востоке. Без всяких боевых действий. — И гнул свое: — И решил я на всякий случай его одежду проверить... Мало ли, думаю, с чем ты ко мне пожаловал. Оружия не нашел, но денег у него в куртке тыщ сорок, не меньше. Крупными купюрами. А зачем в мои Калинки-то такую деньгу с собой брать?.. И откуда они ваще у него?..

— Крупными, значит, купюрами... — явно думая о своем, вздохнул участковый.

Распахнулась дверь, курсантик внес в кабинет два граненых стакана с чаем.

— Поставь сюда, — велел мент, указывая на стол.

Из своего стакана отхлебнул, Михаилу не предложил. И с видимой неохотой поинтересовался:

— А как твоего гостя хоть зовут? Давай уж. Проверю.

— Степаном, — с готовностью откликнулся Миша. — Степаном Матвеевичем Ивасюхиным. А год рождения, как и мой, — восьмидесятый.

Надя

— Повезло. Повезло. Повезло, — будто заведенная, повторяла Иришка.

Ее лицо белым пятном лежало на подушке в веселый горошек, руки нервно комкали простыню, и Надя понимала, что подруга никак не оправится от шока.

А Ира все бормотала:

— Он ведь не знал... Что я с детства машину вожу. И серьезно спортом занимаюсь. И реакция у меня... И чутье звериное.

Левое Ирино предплечье было перебинтовано, где-то на уровне подмышки сквозь повязку проступала кровь, и Наде страшно было подумать, что случилось бы, прицелься убийца поточнее, возьми на пару сантиметров ближе к сердцу.

...А Ирку явно успокоительным накачали. Причем с побочными эффектами. Потому что глаза у нее осоловевшие, губы еле шевелятся, но сон никак ее не сморит. Держится за Надину руку и повторяет:

— Он-то думал на дурачка проехать. Решил: раз баба, значит, легкий хлеб. Но меня так просто не возьмешь. И я своего не отдам...

Ее глаза наконец закрылись.

Надя еще минут десять посидела подле огромной, увенчанной балдахином кровати, а потом тихонько вышла из спальни.

Как ей рассказал врач, Ирине Ишутиной действительно дьявольски, нечеловечески повезло. Открывая ворота, она увидела мелькнувшую на участке тень и инстинктивно пригнулась. Три пули, выпущенные киллером, ушли в «молоко», четвертая — зацепила предплечье. А дальше — на шум выскочил сосед, когда-то он был бравым полковником, залаяли две его собаки — ньюфаундленд с ротвейлером. И у убийцы сдали нервы, больше стрелять он не стал...

А Ирин сосед вызвал «Скорую», милицию и дежурную машину поселковой охраны.

...Ирка, упрямая душа, вчера ночью от больницы отказалась наотрез. Провела в ближайшей к поселку клинике, куда ее примчала «Скорая», лишь несколько часов, а к утру сбежала, хоть и вся в синяках от резкого падения на землю, и пулю из предплечья извлекали, и шок.

Врач рассказал об этом Наде с неприкрытым возмущением, а она сама абсолютно не удивилась. Доктор просто Ирку не знает. Может, поведать ему, что Иринка в десятом классе учудила? Ей тогда аппендицит вырезали, и состоялась операция ранним утром в субботу. А уже на следующий день накачанная анальгетиками пациентка сбежала на вечерок из больницы и отправилась... в кино. Потому что шел какой-то жутко модный тогда фильм типа «Титаника». История закончилась разошедшимся швом, но Ира все равно радовалась. Потому что кровить разрез начал, лишь когда пошли финальные титры...

Спасибо, госпожа Ишутина снизошла и частного врача к себе в коттедж вызвала. И даже вытерпела капельницу, укол, перевязку, а также согласилась на снотворное.

...На доктора Надя и нарвалась, когда прямо из маршрутки позвонила Иринке. Ужасно боялась услышать самое худшее, но тот ее успокоил. Ворчливо сказал, что пуля прошла навылет, сейчас пациентка спит, и на сегодняшний день самая тяжелая ее болезнь — это дурной нрав. У Нади от счастья, что все обошлось, аж слезы потекли, и она робко спросила доктора, нельзя ли прямо сейчас к Иришке подъехать.

— А вы ей кто? — поинтересовался врач.

— Бывшая одноклассница. И подруга, — твердо ответила Надежда.

— Да приезжайте, — неожиданно разрешил медик. — А то она своими капризами меня извела. Может, хоть вам удастся в нее бульон впихнуть.

...Просить водителя, чтобы прижался к тротуару, явно было бесполезно, и Надя выскочила из маршрутки прямо посреди забитого машинами проспекта Мира. Под возмущенными гудками перебежала на другую сторону.

«Газелька», идущая обратно в сторону области, была восхитительно пуста, да и водитель попался поприличнее — слушал по радио не блатняк, а всего лишь безобидную «Виагру».

Надя снова позвонила начальнице и твердым голосом заявила, что на работу сегодня не придет. Вообще. Начальница, на удивление, сие заявление проглотила гораздо спокойнее, чем предыдущий лепет про обесточенное метро и дикие пробки. Лишь спросила:

— А завтра появишься?

— Вот уж не знаю. Как получится, — буркнула Надя.

Нажала на «отбой» и увидела, что водитель маршрутки в свое зеркальце поглядывает на нее с уважением.

Сейчас, когда страх за Иришку отпустил, Надя снова начала злиться на Полуянова. И он — негодяй, и она — дурочка. Кормит сердечного друга, обстирывает, обхаживает... Да еще и на его автомобиль не претендует. Хотя миллион девчонок, Надя знала, берут у *своих* машины, ездят на них, долбают их, и мужики ничего, чинят и терпят. А она — святая скромница. Вот и придется сейчас тащиться в Иркин коттедж непонятно на каких перекладных. Позвонить, что ли, Димке? Попросить, чтоб отвез?

Но, подумав, Надя от этой мысли отказалась. Ведь она едет подруге поддержку оказать. Поддержать, успокоить, утешить. Полуянов же мало того, что Ирке незнаком, еще и начнет сейчас со своими журналистскими замашками все вынюхивать, выспрашивать, разведывать. К тому же одноклассница красива и стройна, как лань. Да еще и богачка. Димку к такой подпускать опасно. Ненадежный он тип.

«Да и вообще: с какой стати я должна его о чем-то *просить*? — мелькнуло у Надежды. — Водить я тоже еще со школы умею. И права у меня есть. Буду брать, когда понадобится, его «Мазду» — и весь разговор».

...А уж когда добралась до коттеджа — ехать пришлось на двух разных автобусах и потом еще четыре километра топать пешком, — участь Диминого автомобиля была окончательно решена. Она, извините, не Золушка. Будет не на фею надеяться, не *просить*, а — конфисковывать. И тоже рассекать на тачке, как все вокруг.

...И поселиться лучше так же, как Иришка: на природе, в шаге от леса, с цветеньем клумбы прямо под огромным окном гостиной. Одна беда: в Ирином мире *убивают* куда чаще, чем в Надином...

Но, с другой стороны, разве не стоит рискнуть за собственный, тщательно постриженный газон? За террасу с видом на водохранилище? За роскошную «бэшку» — пусть и прошитую пулями?

«Какие-то странные у меня мысли...» — охолонила себя Надя.

...Она стояла на террасе с чашечкой кофе в руках. Иришка спала. А Митрофанова наблюдала, как ослепительно голубое небо сливается со столь же яркой водой.

Водохранилище бороздили яхты. К особняку, расположенному наискосок от Ириного, подкатил лакированный «Бентли» в сопровождении джипа с охраной. В доме напротив две роскошные девицы расслаблялись в шезлонгах возле бассейна, за ними, предугадывая малейшее их желание, дежурила горничная в ослепительном переднике.

Даже Наде, всегда далекой от классовой ненависти, от этой картинки стало не по себе. Жируют — будто так и надо. А ведь явно же не честным трудом все заработали. Наверняка воровали. Обманывали. Предавали. Интересно, на *скольких* владельцев коттеджей уже были совершены покушения? И сколько из них окончилось успешно?

Надя не сомневалась: Ирка тоже перешла кому-то дорогу на своей риелторской работе. И серьезно перешла, раз для нее наняли профессионального *киллера*. Даже неопытной в сих делах Наде было ясно: четыре пули за несколько секунд — это круто, это очень серьезно. Подругу лишь чудо спасло...

Но какой-то червячок далеко в глубине души все точил и точил. Ленка-то ведь тоже погибла. А теперь еще и Ирину пытались убить. Так, может, причина покушения кроется совсем в другом? В их общем с девчонками далеком прошлом?!

И от этой мысли, хотя солнце и шпарило изо всех сил, Наде стало зябко.

Дима

В редакции, куда Дима прибыл ровно к официальному, в тринадцать ноль-ноль, обеду, его захватила обычная круговерть. Ответсек требовал заголовок к его статье про коробейников в электричках, отдел кадров прицепился с фотографией на новый пропуск, коллега Кирка, ввиду жары почти обнаженная и возбужденная, завлекала его на совместное кофепитие...

Когда он удовлетворил все просьбы и требования и засел наконец в кабинете, уже четыре пробило.

Включил кондиционер, победил искушение снять ботинки с носками, плюхнулся в кресло и забросил ноги на стол. Какие, значитца, будут первоочередные действия?

Хорошо бы, конечно, еще раз с опером повидаться, который дело об убийстве Коренковой ведет. И ее мамашку еще потрясти. И, для комплекта, паре Леночкиных одноклассников, чьи телефоны он уже добыл, стрелки назначить. Но все это терпит. А наипервейшая сейчас задача — умаслить Надьку.

Подруга дулась на него второй день, и давно пора с ней помириться.

Полуянов, конечно, и раньше, в те моменты, когда его целиком захватывала очередная статья, обращал на бессловесную Митрофанову мало внимания. Молча принимал ужины, чистые рубашки и ненавязчивое Надино присутствие рядом. Ел, бездумно пялился в телевизор и даже выслушивал какие-то Надюшкины разглагольствования, а сам неустанно, шестеренки в голове аж скрипели, раздумывал над новой темой.

Но в этот раз, пожалуй, он с *уходом в себя* переборщил. Ни словом с подругой не перекинется — даже после секса. Правда, сейчас дело не только в том, что голова статьей занята. Благодаря поклепу коренковской мамаши какая-то брезгливость по отношению к сердечной подруге появилась. Надюшка-то, всегда казавшаяся ему чистой девушкой, вроде бы и пила в старших классах, как лошадь, и подругу спаивала, и парня у той отбила... И пусть остальные его свидетели — историк Иван Адамович и учительница Анастасия Арсеньевна — сего факта не подтверждают. И пусть Дима сам понимает, что несчастная мать несправедлива и пристрастна... Но это как в анекдоте: «Ложечки нашлись, а осадок остался».

Он ведь помнил Надежду в ее бытность старшеклассницей — их матери дружили, вот и детям иногда приходилось общаться. Сам Полуянов в те времена уже учился на журфаке и на скромную с виду школьницу внимания почти не обращал. К тому же Надюшка всегда казалась ему чрезмерно зажатой, заученной — типичная последняя девственница. На такую сил потратишь изрядно, а прогноз, как выражалась по разным поводам мамуля-врач, все равно получается сомнительный. Никакого сравнения с раскрепощенными и любопытными до симпатичных мужиков журфаковками.

Но сейчас выходит, что Надька-тихоня его в те годы обманывала. Выглядела типичной пай-девочкой, а сама, оказывается, ликерчиками баловалась. И покуривала. И в кабаках бывала — причем, заметьте, отправлялась туда вся в обтяжку. И, с виду записная скромница, даже отбивала у подруг мужиков...

От одной мысли, что у Надюхи когда-то были *отношения* с их нынешним соседом Степаном, Диме сразу становилось гадко. Пусть даже невинные поцелуи — а все равно противно. Школьником Степу Дима, конечно, не знал, но на то, что осталось от него сейчас, смотреть было не особенно приятно. Не такой, конечно, испитой, как покойная Коренкова, но тоже изрядно помятый, глаза вечно красные, руки подрагивают. И запашок от него, будто горячую воду не раз в году отключают, а каждодневно. И тряпье типичного маргинала...

А Надька (хотя сейчас при встречах всегда глаза опускает) с ним раньше, оказывается, в обнимку ходила. Вместе лазили по киношкам, считали звезды, наверняка, как и положено подросткам, обжимались... И хотя подруга уверяет его, что Степан ей — всего лишь бывший одноклассник, а попросила, чтоб он, Полуянов, попытался в Ленкиной гибели разобраться. И по возможности отмазал бывшего одноклассничка от справедливого возмездия. Фу.

Хотя, с другой стороны... Чего он как старая бабка? Будто сам святым был! Такие дела с пацанами творили, бедную мамулю едва до инфаркта не довел! И с медсестрой из мамулиной поликлиники у него настоящая *связь* была, не чета Надькиному невинному петтингу с одноклассником.

И вообще: нужно с Надюхой просто поговорить. Выслушать, так сказать, ее версию. Пусть колется: и про то, как с Коренковой в кабак сходила. И про школьную любовь со Степашкой.

Дима ногой потянул к себе телефон. По памяти отщелкал Надькин рабочий номер. И нарвался на ее начальницу, противнейшую тетку. Та радостно сообщила:

— А Митрофанова сегодня на работу не явилась!

— То есть как не явилась? — слегка опешил Полуянов.

Надька же вроде встала, как обычно, в семь. И он сквозь сон слышал, как она бешеной белкой носилась по квартире. Явно к началу первой смены торопилась, опаздывала...

— Сначала позвонила, что задерживается, а потом и вовсе сказала, что не придет, — отрапортовала библиотекарша.

— Ладно, спасибо, — поблагодарил Дима.

И немедленно набрал Надюхин мобильник.

Сначала трубку долго не снимали, а когда наконец прозвучало Надино нежненькое «алле», Полуянов в изумлении услышал в качестве фона к их разговору пение птиц. И, кажется, шум деревьев. Что еще за поездка на пленэр в рабочее время?!

И он, входя в непривычное амплуа ревнивого мужа, вопросил:

— Ты почему на работу не пришла? И вообще ты где?

— Ой, я... — растерялась Надя. — Да я за городом. У меня тут дела возникли...

«На-дя! Чай сервирован!» — услышал Полуянов чей-то далекий вскрик и еще больше обалдел. Но не выяснять же отношения по мобильнику!

И он вкрадчиво произнес:

— Тебе, значит, чай уже сервировали. Ну, пей. А я-то тебя сегодня вечером хотел в ресторан позвать. Где-нибудь в центре...

— Вечером? А во сколько? — тут же заинтересовалась Надюха.

— Да хоть в шесть!

— Нет, — отказалась она. — К шести, да еще в центр, я не успею.

Похоже, действительно куда-то далеко от Москвы забралась.

— А во сколько успеешь? — продолжал давить он.

— Ну, не раньше восьми, наверно... — протянула она. И вдруг предложила: — Или знаешь что? Если в шесть, то давай здесь, за городом, встретимся.

— В том месте, где тебе чай *сервируют*? — ернически уточнил Полуянов.

— Сюда я тебя пригласить не могу, — спокойно парировала Надежда. И смягчила тон: — Но мы можем встретиться в «Адмирале». — И уточнила: — Это яхт-клуб по Дмитровке, тут и ресторан есть...

Про «Адмирал» Дима слышал — очень понтовое,

дорогое и не шибко вкусное место. Ишь ты, Надюха, как сегодня приподнялась! К ужину небось на яхте пожалует?

— Ладно, как скажешь, — согласился он.

— Тогда в ресторане «Адмирал». На террасе. В шесть, — уточнила Надежда.

И положила трубку. А Полуянов взглянул на часы и торопливо выбежал из кабинета. Хотя его «Мазда» и скоростная, а к шести, да еще за город, он может не успеть.

Но, будучи истинным джентльменом и неплохим гонщиком, он появился в «Адмирале» за десять минут до назначенного времени. Устроился на террасе, смиренно выдержал брезгливый взгляд официанта, обращенный на его простецкие джинсы, и в стиле местных понтярщиков заказал себе «Перье» с долькой лимона.

Надежда пожаловала ровно в восемнадцать ноль-ноль. Привезли ее ни много ни мало на спортивной «бэхе» — новехонькой, лакированной, с откидным верхом. Шофер распахнул перед девушкой пассажирскую дверцу, Митрофанова царственно выплыла из машины. Полуянов заметил: дверь роскошного автомобиля изукрашена свеженькими светлыми вмятинами, удивительно похожими на пулевые отверстия.

Ну Надька! Ну девушка-загадка! А он-то ее всегда за скромную библиотекаршу держал! Думал, что для нее поездка в «Мазде» — наивысшее счастье...

Дима поднялся навстречу подруге, чмокнул в щечку, отодвинул стул, помог усесться, галантно предложил:

— «Перье»?

— Текилы, — коротко потребовала она.

И вполне умело велела подбежавшему официанту принести сто граммов серебряной «Ольмеки».

А едва халдей отошел, взглянула Полуянову в глаза и жалобно пробормотала:

— Дима... Я боюсь.

О нет! Только не очередной виток женских страхов!

— Ну, что еще опять?.. — устало пробормотал он.

— Меня... меня ведь тоже могут убить, — всхлипнула она. — Как Ленку... Как...

— И кто же сей злодей? — хладнокровно поинтересовался журналист.

— Наш историк, — пробормотала она. — Иван Адамович Пылеев.

И Дима еле удержался, чтобы не расхохотаться.

ДЕСЯТЬ ЛЕТ НАЗАД

Надя

Чтобы отмазаться от дежурства по классу, выпускники придумывали миллион уловок и хитростей. Но иногда никакая смекалка с фантазией не помогала — и все-таки приходилось оставаться после уроков, драить полы и отдирать жвачку.

...В тот хмурый день ноября скорбная обязанность обрушилась на Надю. Она для приличия поворчала. Выслушала сочувствия подружек и Степки. И отправилась в подсобку за тряпками. На самом деле ничего ужасного. Все равно заняться нечем. Шагать домой смысла нет — там сегодня мамочка после ночного дежурства отсыпается. Ненароком разбудишь ее, сон перебьешь — разозлится, и все, мораль гарантирована, благо грехов за дочкой накопилось изрядно. Тройка по химии, похищение новой материнской помады, очередные, неудачно вывалившиеся из внутреннего кармана пальто сигареты...

Было бы куда интересней пересидеть мамино домашнее присутствие где-нибудь в симпатичном баре, но денег ноль, Степка тоже на мели. Можно, конечно, как твердит та же маман, отправиться в библиотеку — институт, тут она права, на носу, а подготовкой к нему Надя себя в последнее время не утруждает. Но корпеть после обязательных уроков над дополнительными учебниками — исключительная тоска. А когда за окном дождь и хмарь — тоскливо вдвойне. Сто процентов: не занятия получатся, а снотворное. Лучше уж, так и быть, по классу подежурить. Оттирать от светлого линолеума черные обувные полосы и то веселей, чем зубрить неправильные английские глаголы или бесконечно мусолить про лишнего человека Базарова.

Надя крепко перекусила в столовке свежими булочками и отправилась к завхозу. Вытребовала себе синий, почти чистый рабочий халат, самые целые резиновые перчатки и полбутылки пятновыводителя. Одноклассники, дурачки, когда им выпадает дежурить, пятна мыльной водой трут — сил и времени тратят в пять раз больше. Надя же (у нее всегда была склонность к ведению *хозяйства*, хотя в шестнадцать лет она этого и стеснялась) знала, что гораздо выгоднее заливать на пол пятновыводитель. Выждать пару минут — за это время чернота сходит сама. А потом без всяких усилий промыть чистой водой — и готово дело.

Начать уборку Митрофанова решила с задних рядов — там черных полос всегда больше, потому что мальчишки тусуются в своих грязных чеботах. Присела на корточки, аккуратно залила пятна. И в ожидании, пока химия подействует, там же, под столами, и пристроилась. А что, даже прикольно: в классе полумрак, за окном дождик наяривает, пол не холодный, и крышка парты — будто дополнительный домик. Не задремала, конечно, но расслабилась — минут на десять. А когда лениво открыла глаза, оказалось, что пятна даже и тряпкой протирать не нужно — сами исчезли. Вот классная получается уборка! Заливай себе средство и, пока оно действует, дремли!

Но перейти к следующим партам Надежда не успела — дверь кабинета вдруг хлопнула. Кого это принесло? Степка, что ли, неугомонный? Заскучал без нее домой идти? Или историк чего-то забыл, вернулся?

Ни того, ни другого видеть ей не хотелось. Точнее, не хотелось, чтоб они ее видели — встрепанную, в рабочем халате и резиновых перчатках до локтей. Затаиться под партой, и авось в осенней мгле они ее не заметят. Лишь бы свет в классе не стали зажигать.

— Включить, Лесенька, свет? Или мы посумерничаем? — услышала Надя голос историка.

Ух как! Он, оказывается, не один! А кто, интересно, сия Леся?

Надя осторожно высунула нос из-под парты и увидела тощую, будто скелет, девицу с огромным конским хвостом светлых волос. Девица на вид знакомая — кажется, учится в восьмом классе. Или в седьмом, Надежда, как и все выпускницы, на мелюзгу внимания не обращала.

— Как вам удобней, Иван Адамович! — прошепелявила малолетка.

— Мне просто кажется, что без света уютнее, — произнес он.

А девка, даром что соплячка, выдала:

— И еще... когда вечер... и сумрак... вы особенно красивый!

Вот это молодое поколение! Не теряется!

Историк тоже упрекнул ее:

— О чем ты только говоришь, Лесенька... Ну, милая, давай к делу. Твой реферат о Смутном времени, к сожалению, не выдерживает никакой критики.

— А чё ж там не так?! — расстроилась юная поганка.

— Сейчас объясню, — с достоинством откликнулся учитель.

И пошла нудятина про каких-то бояр, царевичей, Лжедмитрия, панов Заруцкого да Лисовского. Историк вошел в раж и, похоже, разглагольствовать намеревался долго.

Надя задумалась: чего теперь делать? Обнаруживать себя, вылезать уже неудобно, сразу надо было. Пятна — тоже не потрешь. Оставалось одно: привалиться спиной к ножке парты и задремать. Она ж сразу поняла: в такую погоду ученые факты — лучшее снотворное.

...А проснулась она от Лесиного писка:

— Ой, Иван Адамович! Зачем вы?..

Голосок звучал перепуганно, и Надя вновь выглянула из своего укрытия.

Оказалось, ничего страшного. Ну, сидят рядом, за одной партой. И подумаешь, историк ей руку на плечо положил. Он часто так делает — для лучшего, наверно, восприятия предмета. Чего орать-то? Руки у историка ухоженные, ногти аккуратные, из подмышек не пахнет. Пусть себе обнимает.

Иван Адамович, видно, тоже полагал, что ничего страшного. И притворился, будто испуганного вскрика своей ученицы не расслышал. Продолжает, рука на ее плече, разглагольствовать про давние боярские разборки. И юная Леся больше не вякает. Даже, Надя увидела, сама к учителю прильнула. Чуть ли не на плече у него лежит и млеет. Воображает, наверно, себя прекрасной Мариной Мнишек.

А историк, даже в стремительно сгущающемся мраке видно, не растерялся. Еще крепче к себе соплячку прижал и вроде как мимоходом ей грудь поглаживает. Ух ты, уже эротика пошла!.. Чего только не насмотришься, пока по классу дежуришь!

Надя краем уха и раньше слышала, как одноклассники болтали, будто у Ивана Адамовича к мелким девчонкам склонность. Не то что, конечно, он затаскивает их в подвал и насилует, однако тискает даже круче школьного физкультурника. Но она всегда считала, что народ гонит. Лично ее историк пальцем не тронул, а когда сама кокетничать пыталась, чтобы в году на пятерку по предмету вытянуть, он прямым текстом ей сказал:

— Этот номер, Митрофанова, не пройдет. Лучше даты как следует выучи.

Вот и осталась она с четверкой.

...А мелкой Лесе хвосты теперь явно не грозят. Тем более что ей и самой, похоже, тискаться было по кайфу. Кофточка вроде как сама расстегнулась, бюстгальтера под ней не оказалось... а Иван Адамович и рад. Колбасит ученице сиськи и, упрямый, все продолжает нести свою чушь про бояр и царевичей.

От необычного зрелища у Нади аж у самой теплая волна внизу живота поднялась, и она почти целиком из-под своей парты высунулась, чтобы ни кадра из нежданной порнухи не пропустить. Во картинка! Совсем черная в осеннем сумраке классная доска, на ее фоне обнаженная Лесина грудь белеет. А по ней — требовательно танцуют пальцы историка... Интересно, дальше они оба на парту *заберутся*? И перейдут *к самому главному*?

Но продолжения, к Надиному разочарованию, не случилось. Историк — похоже, неожиданно даже для своей ученицы — вдруг отстранился от нее и спокойно сказал:

— Что ж, Лесенька, давай на этом остановимся.

— Уже? — удивленно пискнула соплячка. — Но мы ведь еще не закончили?..

Ей «урок» историка явно пришелся по душе.

— Нет, милая. В другой раз, — твердо сказал Иван Адамович.

— Ну, хорошо... А когда?

В ее голосе звучала обида.

Надя тоже расстроилась. Они с девчонками однажды смотрели порнуху — в ней школьный учитель прямо в классе соблазнял учениц. В том фильме все было «по-серьезному», педагог довел дело до эффектного конца, с бурным оргазмом и стонами, но Митрофанову зрелище почти не впечатлило. Никакого сравнения с нынешним, куда более скромным «реалити-шоу». Она вон всего лишь зрительница, а и то вся в поту.

Но историк уже встал из-за парты. Как ни в чем не бывало подошел к своей кафедре, зашелестел страницами еженедельника:

— Мы сможем позаниматься... допустим, послезавтра. Приходи часика в четыре. Договорились?

— Да! — с готовностью выкрикнула юная развратница.

Запахнула свою кофтенку и дунула из класса прочь. Вскоре за ней, повздыхав о чем-то своем, двинул и Иван Адамович. А Надя так и осталась сидеть под партой. Но черные пятна больше не оттирала. А фантазировала, как они с историком в таком же полумраке тоже *занимаются* — но уже по куда более серьезной программе выпускного класса.

...И назавтра, когда на большой перемене они выскочили с Иришкой Ишутиной и Ленкой Коренковой покурить за школьный угол, Надя не удержалась, произнесла с придыханием:

— Девчонки! А что я вчера видела!

И рассказала, до чего прикольно прошло ее дежурство по классу.

— Я всегда знала, что наш Адамыч — педофил, — спокойно заявила Ленка.

— Он что, к тебе тоже?.. — уставились на нее одноклассницы.

— Вы бестолковые, — отрубила Коренкова. — Не поняли, что ли, какой ему типаж нравится? Чтоб обязательно дохлячка, вся из себя такая нежная, сюсю-пусю. И волосы светлые. И еще тихая, как мышь. А мы все не в его вкусе. Надька слишком булки любит. Ирка — пацанка и черненькая. А у меня, Адамыч сам сказал, воспитания никакого.

— Это в том смысле, что ты всем даешь? — захихикала Ирина.

— Не, не только в том, — не смутилась Коренкова. — Просто Адамыч меня один раз, еще в том году, тоже за сиську цапнул. А я ему говорю: «Ты чего, мужик, совсем охренел? Я ж на тебя в ментовку заявлю! А ты знаешь, что на зоне с педофилами делают?!» Он сразу и скис. Больше не трогает. Зато все время тройбаны вкатывает.

— Прямо так и сказала? — ужаснулась Надя.

— А чего мне его бояться? — презрительно дернула плечом Елена. Секунду подумала и добавила: — Он, правда, что-то блеять начал. Что, мол, случайно дотронулся и мне все показалось, в смысле, самой мозги лечить надо... Но я-то знаю!

— И что ты знаешь? — остро поинтересовалась Ирина.

— Да ты с луны, наверно, свалилась! — пожала плечами Ленка. И цинично хмыкнула: — Хоть на Сладкову посмотри! Дубина дубиной, ни своего мнения, ни широты мысли, а у нее у одной из всего класса пятерка.

Сладковой звали классную отличницу, зануду и гордость школы. Надя, Ирина и Лена ее дружно недолюбливали.

— Ты думаешь? — ахнула Надя. Затянулась своей сигареткой и задумчиво произнесла: — А ведь насчет типажа... очень похоже. Что эта Леся вчерашняя, что наша Сладкова... Обе тощие. Белые. Тихие. Но обе — сисястые.

— Прикол! Ну, прикол! — снова затянулась дымом Надя.

А Ирина вдруг тихо произнесла:

— Слушайте, девки... У меня такая идея! На миллион баксов — это как минимум!

Со ста граммами текилы Надя справилась в две секунды. Едва сняла первый стресс, тут же заказала джин с тоником и теперь потягивала его через соломинку, закусывала навороченным салатиком из омаров и рукколы. Дима таскал из ее тарелки веточки салата и гадал, хватит ли на его кредитке денег, чтоб расплатиться за излишества подруги. Этот «Адмирал», с «Поршами» и «Рейнджроверами» на парковке, — местечко явно не дешевое, а на цены в меню вошедшая в раж подруга даже не взглянула.

Надину *новость* — что едва не убили еще одну их одноклассницу, ныне преуспевающую бизнесменшу, — он воспринял спокойно. К версии подруги, будто смерть Коренковой и покушение на Ишутину между собой связаны, и вовсе отнесся скептически. А уж то, что Надька за свою собственную драгоценную жизнь начала опасаться, и вовсе не лезло ни в какие ворота. Мания. Настоящая мания.

Но нет худа без добра — хоть о подвигах девчонок из первых уст послушает. Вот он действительно был дурак, когда считал, что Надя в ее семнадцать в свободное от уроков время лишь Тургенева читала!

Глава 7

ДЕСЯТЬ ЛЕТ НАЗАД

Надя

Труднее всего было не хихикать, но как удержаться, если Иркина идея ничего, кроме смеха, у Нади не вызывала?

Заключалась мысль подруги в следующем: назавтра, когда малолетка Леся опять явится к историку на «дополнительные занятия», затаиться всем троим под той же задней партой, где пряталась Надя. Дождаться, пока урок истории свернет в эротическую плоскость. И заснять подвиги учителя на видеокамеру.

Ну а дальше — твори что хочешь, горячо агитировала Ирина. Выцыганить им всем пятерки по предмету как минимум. А то и на бабки старого развратника удастся развести. Ведь он не дурак, не допустит, чтобы они компромат в милицию отнесли.

Надя тщетно утверждала, что видео не является доказательством. А Ирина в ответ: «Ну не дурак же историк — дело до милиции доводить. Наверняка захочет миром все решить. Должен понимать: ему куда дешевле будет нам пиво с мороженым спонсировать».

Еще Надя говорила, что два раза кряду никогда не везет. И если давеча историк *не заметил*, что она прячется под партой, то это чистой воды случайность. К тому же она сидела очень тихо, а им втроем сохранить полнейшее безмолвие вряд ли удастся, кто-нибудь все равно не выдержит — или чихнет, или расхохочется. Да и дни становятся все короче и короче, плюс дожди обложные — к трем уже темно, а Леся с историком на четыре договорились. Видеокамера ведь у них самая обычная, не шпионская, в темноте снимать не умеет. А вершить свои темные делишки при электрическом освещении историк вряд ли решится...

Но девчонки в ответ на ее сомнения лишь хохотали.

— Ты, Митрофанова, просто трусиха, — клеймила ее Ишутина. — Зудишь, зудишь, ля-ля-фа-фа... Скажи уж честно: боишься!

— Да если и не получится ничего снять, — ухмылялась Коренкова, — хотя бы прикольнемся. Прикинь, Адамыч только возбудится, нефритовый ствол свой зарядит, а тут мы! Белыми привидениями!

«И по истории в аттестате точно будет трояк. Это в лучшем случае», — закончила про себя Надя.

Но нельзя, раз сама кашу заварила, сигать в кусты. Глупо будет и подловато.

...И в назначенный день девчонки в половине четвертого все втроем разместились под задней партой кабинета истории. Видеокамера, включенная, с заправленной новой кассетой, лежала подле — только с паузы снять.

Окна, как и позавчера, заливало дождем, и в классе было совсем сумрачно. При таком освещении их ни от входной двери, ни от доски точно не углядишь. Правда, и в камеру, Надя не поленилась посмотреть в глазок, тоже ничего не разобрать, сплошное черное поле.

Явно глупость они затеяли. Одна надежда, что Иван Адамович свой дополнительный урок отменит. Или малолетка Леся одумается.

...Но Надины надежды не оправдались — ровно в четыре дверь кабинета истории отворилась. Старшеклассницы замерли в своем укрытии.

На пороге чернели две фигуры. Одна, высокая, по-хозяйски поддерживала под локоток вторую, юную, худенькую.

— Йес! — еле слышно выдохнула Иришка и схватила видеокамеру.

«Попали, идиотки!» — мелькнуло у Надежды.

Почему, ну почему она только не отказалась участвовать в этом спектакле?! Может, еще не поздно вылезти из-под парты, извиниться, наболтать историку какую-нибудь ерунду, будто она полы здесь моет? Но что тогда подумают девчонки?.. Явно превратят ее в изгоя, еще похуже классной отличницы и пугала Людки Сладковой...

Нет уж, лучше не рыпаться.

И Надя продолжала сидеть тихой мышкой. Лишь губу в отчаянии закусила.

Впрочем, Лена с Ирой, хотя и строили из себя безбашенных-разбитных, тоже явно волновались.

А учитель с ученицей, ничего не знавшие о засаде, тем временем вошли в класс. Сели в этот раз не за парту — за учительский стол, Иван Адамович на своем привычном месте, Леся рядом на стульчике. Только хотя стол и стоял на возвышении, и видно его было куда лучше, чем первую парту, в классе уже совсем темно стало. Не то что на камеру снимать — подсматривать и то невозможно.

«Слава богу, фильм не состоится!» — мелькнуло у Нади.

Но едва историк раскрыл рот, начиная свою лекцию, малолетка вдруг его перебила:

— Иван Адамович! Сегодня такая темень противная... Давайте свет включим!

Не дожидаясь ответа учителя, она вскочила, щелкнула выключателем. Врубила, правда, не те лампы дневного света, что под потолком и заливают весь кабинет неприятным электричеством, а длинную узкую лампочку, освещающую доску.

— Во! Так гораздо классней! И это, как его... романтичней, вот!

И вернулась на свое место.

Историку, похоже, было куда романтичней сидеть в темноте. Однако вставать выключать свет он не стал. Сухо произнес:

— Ладно, Леся, как хочешь. Но давай начнем.

И лекторским тоном понес очередную пургу. Борис Годунов, бояре, битвы... Леся записывала, кивала, преданно смотрела учителю в рот.

Решительно никакой эротики. Девушки под своей партой разочарованно переглянулись.

— Только пленку зря тратим! — одними губами прошептала подругам Елена.

— Так выключай! — тоже тихо предложила Надя.

Но Ирина лишь отмахнулась. Прошелестела:

— Все будет!..

Учитель, похоже, тоже услышал их еле слышную перекличку. Вдруг прервал свою лекцию, насторожился...

Однако опять их выручила Леся. Громко и укоризненно обратилась к историку:

— Ну что же вы, Иван Адамович! Почему замолчали? Вы настолько интересно рассказываете, я прямо вся в нетерпении!

И юная развратница сама прижалась к учителю вполне сформировавшейся грудью.

Но тот, будто не замечая ее прелестей, еще с минуту напряженно прислушивался.

Одиннадцатиклассницы перепуганно замерли под партой.

К счастью, никто из них не чихнул и не кашлянул.

Иван Адамович успокоился. Горячо жестикулируя, вернулся к своему уроку.

И, как предсказывала Ирина, *основной урок* продлился недолго. Сначала учитель, будто между делом, прижал восьмиклассницу к себе... потом расстегнул кофточку на ее груди... его рука пошустрила по персям малолетки... скользнула ниже... Самые пикантные детали, к сожалению, было не разглядеть — стол мешал, — но и так стало ясно: к дополнительным занятиям по *истории* происходящее имеет весьма отдаленное отношение.

А Леська, позорная Лолитка, вела себя едва ли не активней, чем умудренный годами учитель. Так и липла к Ивану Адамовичу, всеми частями тела прижималась, и в свете единственной лампы на фоне черной классной доски их фигуры смотрелись эдакой *порнографикой.*

Ира Ишутина, от напряжения высунув кончик языка, снимала происходящее. Лена, захваченная спектаклем, то и дело опасно высовывалась из-под парты. Одна Надя сидела тихим мышонком. Сегодня у нее самой никаких эротических позывов и близко не было. Какая эротика, если за такую авантюру можно в два счета из школы вылететь!

...И катастрофа не замедлила разразиться.

В самый кульминационный момент, когда Лесина юбка была задрана выше некуда, а историк свои штаны расстегнул, Елена вдруг чихнула. Громко, на весь класс.

У Нади заколотилось сердце, Ира в ярости показала подруге кулак, а учитель с ученицей от неожиданности аж подскочили.

Малолетка только пискнула:

— Ой!

И сжалась в комочек.

Но историк не растерялся. Немедленно вскочил, одним движением застегнул брюки, отправился к парте, под которой затаились шпионки. И застал всю картину в красках — троих перепуганных старшеклассниц. И включенную видеокамеру...

Пару секунд Иван Адамович молчал. А потом глаза его сузились, и он зловеще протянул:

— Да, девочки... Вы — доигрались.

Надя от его сурового тона аж шею втянула. Краем глаза заметила, что сидящая рядом Ленка тоже до смерти перепугана. Вот так историк! Хотя и педофил позорный, но — *мужик*! Быстро ситуацию в свою пользу обернул. А они-то **его** шантажировать собрались...

Одна Иришка не растерялась. С достоинством встала из-под парты. Брезгливо взглянула на учителя. И с вызовом произнесла:

— А по-моему, это **вы** доигрались, Иван Адамович. — И помахала перед его носом видеокамерой. — Ну что? Покажем нашему директору пленочку?!

И еле успела отшатнуться. Потому что историк с

необычной для него резвостью шагнул к ней и попытался вырвать камеру из рук.

Но Ирина оказалась проворнее. Отступила на пару шагов и весело добавила:

— Фигушки, Иван Адамович! Так просто не возьмете!

По большому радиусу, чтобы он точно не смог напасть, Ишутина обогнула учителя. И, позабыв о подругах, так и остававшихся под партой, бросилась прочь из класса.

А историк затравленно смотрел ей вслед и, кажется, еле сдерживался, чтоб не кинуться за ней.

НАШИ ДНИ

Дима

Полуянов откинулся на плетеном ресторанном стульчике. Залпом допил свое «Перье». Восхищенно произнес:

— Ну, Надюха, ты авантюристка! Ну, хамка!

— Скорее дура, — самокритично опустила голову Митрофанова.

— Да нет, не дура, — усмехнулся журналист. — Типичный трудный подросток. И чего, спрашивается, ты всегда из себя овечку строила?.. Будто я тебя в десятом классе не помню! Такую всегда чушь несла! — Он скорчил смешную рожу и передразнил: — По выходным я люблю ходить в консервато-о-орию, на ко-о-онцерты по абонементу. А вечерами предпо-о-очитаю изучать тво-о-орчество Чехова-а... И личико всегда постное-постное!..

— Но я правда и в консерваторию ходила, — слабо улыбнулась Надя. — И Чехова читала.

— Ладно, Чехова! Луку Мудищева ты читала! А еще

своими руками снимала порнуху! — продолжал веселиться он.

Надю аж передёрнуло:

— Ох, Дима, прекрати! Я не для того рассказала, чтоб ты насмешничал!

— Я и не насмешничаю! Я тебя реально зауважал! — парировал он. — Мне всегда, знаешь ли, нравились девушки с огоньком!..

— А я вот себя до сих пор ругаю, — погрустнела Надя. — Уже десять лет прошло, а все не пойму — как девчонки меня только на эту глупость развели?!

— Никто тебя не разводил. Сама пошла, — важно заключил Полуянов. — Потому что в тебе, Митрофанова, всегда дремала тщательно скрываемая сексуальность. И здоровый авантюризм.

— Дурость это, а не авантюризм, — пригвоздила она. Понизила голос и добавила: — И еще — подлость. Потому что Иван Адамович... он такой... нет, не беззащитный, конечно, но неприспособленный, что ли... А мы его так жестоко...

— Нашла кого жалеть! — фыркнул журналист. — Тоже хорош гусь. Мог бы, если приспичило, себе проститутку нанять и потребовать, чтобы она пришла в школьной форме. А щупать малолеток прямо в классе — это как-то не очень украшает.

— Да ладно, нашел малолетку! — скептически хмыкнула Надя.

— А как еще назвать ученицу восьмого класса? — возмутился журналист. — Или эта Леся в седьмом училась?

— Да какая разница, в каком! — фыркнула Надя. Главное, отрывой она была еще той. Я-то сначала удивлялась: почему все настолько гладко прошло? И урок точно в назначенное время состоялся. И свет очень кстати эта коза включила. И начала вопросы громко задавать, когда историку шорох послышался... А мне потом Ирка рассказала. Она с ней, оказывается, заранее договорилась.

Надя умолкла. Вздохнула.

— Не понял... — озадаченно произнес Дима. — Договорились? О чем?

— Да о спектакле. Леська на самом деле была развратницей еще той. Восьмиклассница — а уже на оптовый рынок бегала, чурок за небольшие деньги обслуживала. Я имею в виду сексуально, — слегка смутилась Надя. И продолжила: — Ну а Ира Леське куда больше посулила, чем ей чурки за один раз платили, и аванс сразу дала. И еще больше обещала, когда удастся кино заснять. И Леся, — Надя снова усмехнулась, — с восторгом согласилась. Ирка — она сделки еще тогда, в одиннадцатом классе, умела заключать.

— Да... У вас не школа была, а прям бордель какой-то, — строго произнес Полуянов.

Однако глаза его улыбались.

— Ой, ладно, ангел ты мой! — нахмурилась Надя. И робко спросила: — Можно, я себе еще джина с тоником закажу?

— Заказывай, — великодушно разрешил он.

Будем надеяться, кредитная карточка выдержит. А если Надюха напьется — может, и это хорошо. Выпивка, во-первых, лучшее лекарство от угрызений совести, вот пусть и полечится. А во-вторых — рассказ подруги весьма распалил его самого. Да что там распалил: Дима просто дождаться не мог, когда они вернутся домой и он сорвет с Надьки взрослые одежки. А потом попросит ее втиснуться в старую школьную форму и исполнить роль послушной ученицы. Ну а сам примерит на себя обличье строгого учителя.

Правда, Надежда пока что домой не собиралась. Продолжала сидеть напряженная, нервно теребила в руках салфетку.

— Слушай, чего ты дергаешься? — пожал плечами

Полуянов. — Милая детская шутка, дела давно минувших дней... Уверяю тебя: за такое не мстят. Тем более спустя десять лет.

— Да я тебе еще не все рассказала, — горестно вздохнула Митрофанова.

— Вы что, сделали вторую серию? — хмыкнул он. — И следующим номером засняли забавы физкультурника? Или трудовика? Или вообще директора?

— Не смешно, — отрезала Надя. — Я, между прочим, вообще эту пленку ни разу не посмотрела. И с девчонками о ней мы никогда не говорили. И у Ивана Адамовича, конечно, никаких пятерок я не вымогала...

— Я и говорю: не бизнесменша, — с улыбкой укорил Полуянов.

А Надя, будто не услышав, продолжила:

— Я решила, что самым умным будет сделать вид, будто ничего не произошло. И Иван Адамович, кстати, точно так же себя повел. Тоже об этом случае никогда не вспоминал. Словно вычеркнул тот день. И все.

— А что у тебя в аттестате по истории? — лукаво поинтересовался журналист.

— «Четыре».

— И в *историческую* библиотеку ты пошла работать, чтоб искупить свою вину... — снова подколол подругу Полуянов.

— У нас, кстати, с Иваном Адамовичем до сих пор нормальные отношения, — будто защищаясь, произнесла Надя. — Мы и здороваемся, и еще я ему в свой зал пропуск сделала, хотя у него кандидатских корочек нет, и редкие книги из хранилища ему добываю...

— ...А вечерами караулю с кинокамерой! — не отставал Полуянов. — В твоей «историчке» ведь тоже полно хорошеньких малолеток! Ну, или хотя бы первокурсниц!

— Ди-има! — простонала Надя.

— Ну что Дима, Дима! — ворчливо произнес он. —

Я просто понять не могу: если все прошло гламурно и мирно, — чего ты сейчас дергаешься?

— Да потому что... Вот смотри, — понизила голос Надя. — Тому, что Леська, ну, та самая малолетка, погибла, я, конечно, не удивилась.

— А она погибла?

— Да. Лет пять назад. Передозировка вроде. У нее такие гулянки были — не чета Ленкиным, она ведь еще в школе, как говорится, большие надежды подавала и колоться уже в девятом классе начала... Теперь, значит, и Ленка умерла. Тоже вроде бы объяснимо с ее-то образом жизни. Но когда еще и Ирка...

Дима задумчиво произнес:

— А тебе не кажется, что покушение на нее — несколько из другой оперы? Не ты ли сама мне говорила, что госпожа Ишутина — самый молодой в России директор риелторской фирмы? Живет в элитном коттедже, передвигается на новой спортивной «бэхе»?..

— Я понимаю, куда ты клонишь, — кивнула Митрофанова. — Бизнесменов, особенно выскочек, стреляют всегда и везде. Но все равно: не странно ли? То, что сначала убивают Елену и через два дня пытаются убить Ирку?..

— В жизни и не такое бывает, — пожал плечами журналист.

— Ну, я не знаю... — с сомнением протянула Надежда. И сделала огромный глоток из своего стакана с джином.

— А ты думаешь, это историк отомстить решил? Спустя десять лет? — расплылся в скептической ухмылке Полуянов.

— А что? — не смутилась Надя. — Как говорится, для мести и сорок лет не срок.

— Было б за что мстить... — хмыкнул журналист.

Он не сказал подруге, что совсем недавно виделся с Иваном Адамовичем. И тот уж никак не походил на рокового злодея. Более того — отзывался и о Наде, и о ее подругах очень тепло. Почти по-родительски.

Но на всякий случай Дима уточнил:

— Вы с историком об этой пленке никогда даже не говорили. Будто ничего не было. Ты сама до этого додумалась? Умно. Молодец. А как повели себя Лена с Ирой?

— Ленка тоже не рыпалась, — кивнула Надя. — По крайней мере, меня уверяла, что молчит. Хотя пусть и молчала, а иногда ее с катушек срывало. Сядет, например, на первую парту, ногу из-за стола выставит, юбку задерет... И глядит на Адамыча гнусным взглядом. А тот, бедняга, краснеет.

— А что у нее было по истории? — уточнил Дима.

— Тоже «хорошо», — вздохнула Надя. И уточнила: — Только наши четверки — разной цены.

— В смысле?

— Ну, мне ведь в институт нужно было историю сдавать, а в приемной комиссии всегда смотрят, что в аттестате... Куда лучше, если б пятерка стояла. Зато Ленке четыре балла оказалось в самый раз. Она ведь в последнем классе уже на тройбаны скатилась конкретно. По-моему, только Адамыч да физрук ей нормальные оценки и поставили.

— А у Ирины что было по предмету?

— А у Ирины — «пять», — произнесла Митрофанова. — Хотя вот уж кто совсем не историк...

— Потому она сейчас и удачливая бизнесменша, что с детства умела крутиться, — пожал плечами журналист. — А теперь, в двадцать семь лет, имеется у нее и особняк, и спортивный «БМВ». А мы с тобой, Надька, честные люди, на копейки перебиваемся.

— Да, — кивнула Надя. — Она, похоже, с Адамычем тогда сделку и заключила. Единолично. Не думаю, что он ей, конечно, денег дал, но по истории вытянул. Потому что на «пятак» она предмет никогда не знала. Да у нас во всем классе только две пятерки и были. У нее и у Сладковой, которая на медаль шла. Хотя Ирка и сейчас, я ее буквально сегодня спрашивала, в шантаже историка не признается... Ты что, говорит, Надька!.. Охота была руки пачкать. А пятерку, говорит, он мне поставил, потому что эти даты честно вызубрила...

— Да какая разница — шантажировала, не шантажировала?! Я все равно не понимаю, — упорствовал журналист. — Почему вдруг спустя десять лет...

— Да потому! Вдруг только кошки родятся... А у нас буквально две недели назад встреча выпускников была, — вздохнула Надежда. — В честь как раз десятилетия выпуска. И эта история всплыла по новой...

— Так-так, — заинтересовался Полуянов.

Он вспомнил: недавно Надя действительно явилась домой чрезвычайно поздно. И сильно подшофе. Но он, как благородный человек, никаких вопросов задавать подруге не стал. Загуляла и загуляла. Пусть и скромная библиотекарша, а имеет право хотя бы раз в год.

Только сейчас он ревниво подумал: ведь наверняка целовалась там со всеми. В том числе и с омерзительным Степаном. Плясала. Кокетничала. Хлебала коньячок на брудершафт...

А Надя говорила:

— Ленка на вечеринке напилась вусмерть. Бутылка водки в одно лицо. Она в последние годы уже не могла себя контролировать. Ну и вот. Представь картину маслом. Степка куда-то сгинул. Коренкова еле на ногах стоит. А мы с Иркой, типа старые подруги, ее под ручки поддерживаем. Тут к нам Адамыч и подваливает, хотел, как положено, какой-то великосветский разговор завести. А Ленка, музыкантша наша, вдруг ему выдает: вы, Иван Адамыч, зря из себя интеллигента строите. Потому как пленочка-то с вашими похождениями у нас прекрасно сохранилась. И в школе вы по-прежнему работаете. И девочек щупаете. А главное — нынче возможности, в плане Интернета, совсем другие, нежели десять лет назад. И заявила, что собирается эту пленку во Всемирную сеть выложить. На все крупные порносайты. С пометкой, что в главной роли — реально работающий в школе учитель... Мы с Иркой аж обалдели...

— А что Иван Адамович?

— А что он мог? Сказал, мол, ты не ведаешь, что творишь, пойди проспись. И отошел. А через две недели Ленку задушили. А теперь и Ирку пытались убить...

— Ирина видела, кто в нее стрелял? — уточнил журналист.

— Говорит, лица не видела. Он был в маске, да и стемнело. Но точно, конечно, не историк. Фигура совсем другая.

— И ты считаешь, что Иван Адамович *нанял киллера*, — прищурился журналист. — Со своей грандиозной учительской зарплаты...

— Дима, — рассердилась Надя. — Тебе обязательно это нужно? Все время выставлять меня какой-то непроходимой дурой?

— Мне просто кажется, что твоя версия несколько, м-м... беспочвенна, — кротко произнес журналист. И предложил: — Давай еще джинчику. Ты сильно перенервничала.

А Надя твердо сказала:

— Знаешь, Дим... Может, я, конечно, и дура, но мне все равно почему-то страшно...

— Охота на школьниц, осмелившихся шантажировать маньяка-учителя, продолжается! — зловещим тоном проговорил Полуянов. — Теперь на очереди последняя жертва!..

— Дима. Я сейчас обижусь, — сдвинула она брови.

А он в ответ обезоруживающе улыбнулся:

— Надюшка, солнышко. Пожалуйста! Еще джинчику — и домой! Будем отдыхать. А я, со своей стороны, обещаю: охранять тебя от маньяков в поте лица своего!..

— Змей ты, Полуянов, — буркнула она, впрочем, уже беззлобно. — И джину я больше не хочу.

— Тогда платим — и вперед! — Дима замахал официанту.

А Надя допила из своего стакана последние капли и задумчиво уставилась на начавшее сереть вечернее небо.

Полуянов со всеми своими беззаботными аргументами до конца ее не убедил.

ДАЛЕКО ОТ МОСКВЫ

Степан

К семечкам на завалинке его приохотил Мишка: «Самый, Степах, по-моему, достойный из всех деревенских обычаев!»

В первый вечер, когда вылезли грызть на свежий воздух, употребили пакетик покупных — его Степан по пути на какой-то станции приобрел. Лузгали, плевались, базарили... Понравилось. И теперь обеспечивали себя — как тот же Мишка формулировал — «по-феодальному». То бишь топали в деревню Калинки до бабы Мани и выменивали у той семена подсолнечника на банки с тушенкой, в избытке имевшиеся в Мишкином погребе. А после Степан, не полагаясь на безрукого приятеля, семечки самолично обжаривал на подсолнечном масле и солью приправлял, получались вкусные — просто класс! А главное — под них самое святое дело смысл жизни поискать. Обсудить, к примеру, зачем нужна бесконечная беготня за карьерой, и постоянные стрессы больших городов, и малолетние дети в семье, когда можно, не чинясь, в рваных джинсах устроиться на завалинке, и грызть подсолнухи, и наблюдать, как в прокаленную за день степь скатывается солнце? И ни о чем не беспокоиться, не заботиться...

...Сегодня Мишаня аж на комплимент расщедрился. Внимательно посмотрел на приятеля и серьезно сказал:

— А хорошо мы, Степка, с тобой пожили...

— Почему — «пожили»? — улыбнулся Степан.

Прошедшее время в этот безмятежный вечер показалось ему совершенно неуместным. Казалось, так теперь будет всегда, до скончания веков и Страшного суда: горячий закат, жирные, впитавшие всю силу земли семечки, плечо друга рядом...

Но Михаил не ответил, и Степан его молчанию сначала даже не удивился — на их ленивых посиделках *отвечать* было не обязательно, главное — что сидишь рядом. Но потом он заметил, что Мишаня смотрит не в перспективу степей, а совсем на другой пейзаж. На скучную, всю в рытвинах и без единого деревца по обочинам дорогу, что ведет в деревню Калинки.

А по ней, деловито переваливаясь по колдобинам и ухая в ямы, ползет милицейский «козлик»... И машина уже совсем рядом, а он сидит до такой степени расслабленный, что даже шума мотора не расслышал... А верный друг Мишка придвинулся к нему поближе. Хочет в трудный момент поддержать? Или собирается вцепиться, вздумай Степа спасаться бегством?

Ивасюхин метнул быстрый взгляд на «козлик» — машина была фатально близко, в полукилометре, и явно прибавила газу. Срываться? Бежать? Но куда? По голым, ярко освещенным закатным солнцем степям?.. И даже если удастся скрыться — дальше как? В рваных джинсах, без денег — сбережения остались в Мишкином доме, в кармане куртки.

А взгляд друга — по-прежнему безмятежный, ласковый. Глаза человека, так и не свыкшегося с жестокостью окружающего мира. Но на донышке этого взора

Степа вдруг с изумлением увидел и жестокость, и злорадство. И насмешку.

Сразу все понял. И тихо спросил:

— Миша, это ты меня сдал. Зачем?

Тот оправдываться не стал. С внезапной ненавистью взглянул на Степана и отрезал:

— А потому. Не хрен меня за убогого держать. И в армии. И здесь. Защитничек, блин. Спаситель мира!

Степан аж опешил:

— Я — тебя? За убогого?..

А у сослуживца от злобы аж слюна в уголке рта выступила, а к другому уголку очень смешно прилипла семечка. И шипит Миша змеей:

— Думаешь, я не понял? Как ты вдруг от столицы устал. Ко мне приперся вроде на поправку. Ежу ведь понятно, что неспроста!

«Козлик», из последних сил выжимая газ, был уже совсем рядом. Степа только и успел сказать, прежде чем машина остановилась и из нее выскочили двое милицейских:

— А я думал, ты мне друг...

Но верный Мишка вместо ответа лишь сплюнул приставшую к уголку рта семечку.

А к Степану уже спешили милиционеры. И прежде чем окунуться в свою очередную *новую жизнь* — жизнь заключенного, он успел подумать: «Меня опять предали».

Сначала его предали они. Трое его прекрасных дам. И теперь вот — сослуживец.

Что за нескладная жизнь!

Дима

Не зря Полуянов так гордился своими *контактами*. Опер, что вел дело об убийстве Коренковой, позвонил ему на следующий же день после ареста Степана. Без особой радости в голосе сообщил:

— Взяли убивца.

И рассказал, что забрался тот далеко, аж в Воронежскую область, и закрывали его менты местные, из райцентра. Так что пока то да се, а дней пять пройдет, прежде чем душегуба в Москву доставят.

— Хреново, — отреагировал Дима.

— А что ж хренового? — изумился опер. — Висяк с плеч!

— Он чего, уже раскололся? — осторожно, чтоб не спугнуть *источник*, спросил Полуянов — этих ментов никогда не поймешь, что у них открытая информация, а что оперативная тайна.

— Да не. Молчит пока, но долго ли умеючи! — хохотнул собеседник.

О своих сомнениях в Степановой виновности — горячие Надькины речи свое действие все же возымели! — журналист говорить не стал. Деловито произнес:

— Ты лучше вот что скажи. А мне повидать этого Ивасюхина — никак не получится?

— Это только по запросу, — поскучнел опер. — Сам, что ли, не знаешь? Пиши письмо за подписью своего главного. Шли к нам, в УВД, а они уж рассмотрят...

— Недельки через две, — закончил Полуянов.

— А то и все три получится, — поправил опер. — Сейчас отпуска, не до тебя.

— Ясно, — вздохнул журналист. — Но все равно: спасибо тебе. С меня причитается.

— Кто б возражал! — не стал ломаться опер.

Они договорились встретиться «с джином», когда по делу Коренковой выплывет еще что-нибудь новенькое. Дима положил трубку и задумался.

В принципе, кое-какая картинка не криминальной, конечно, драмы, а психологического очерка о безвременно погибшем таланте у него в голове уже сложилась.

Девочка — больше самоуверенная, чем способная. Ее мамаша — готовая на все, лишь бы сделать из ребенка звезду. Ее учительница хотя и понимала, что таланта у ребенка нет, но долгие годы кормила Коренковых посулами о грядущей славе. Ее подруги — самые обычные девчонки, не имевшие никакого отношения к музыке... Милые забавы скучающих старшеклассниц. Запретные удовольствия вроде тайных сигареток или баночки джина с тоником на троих...

И Степан. Который сначала преданно носил неприступной Леночке портфель и ловил каждое ее слово. Потом, устав от роли пажа, переметнулся к более покладистой однокласснице. К *его* Наде. Спустя годы — когда звезда Коренковой померкла — вновь оказался подле нее. Жил в ее квартире. Делил с ней выпивку и постель. Потом непонятно зачем убил ее. И попытался хладнокровно скрыться.

Надька пусть вся на эмоциях, а права: непонятно, с какой стати Степану было убивать Коренкову? Пьяная ревность? Белая горячка? Но Дима припоминал: Ивасюхин хотя и смотрелся несколько потасканным, но на конченого алкоголика не походил. Не будет такой, даже если перебрал, убивать, потому что мозги сохранил. Проблюется себе тихонечко и спать пойдет. Вот Коренкова — та да, на любую глупость способна. Может, Елена его и завела? Разозлила, распалила настолько, что Степану ничего не оставалось, кроме как ее задушить? В состоянии, как говорится, аффекта?

Дима даже у Надежды спросил — та как раз на кухне крутилась, ужин готовила:

— Надь, а этот Ивасюхин ваш — горячий мужик?

— В каком смысле — «горячий»? — немедленно закраснелась подруга.

— В данный момент я не про секс, — усмехнулся

журналист. — Имею в виду: завести его легко? Чтоб он, там, орать начал, мебель крушить?

— Да вообще невозможно, — отрезала Митрофанова. — Флегма еще та. Все бе-е да ме-е... Никаких эмоций. Мы с девчонками его снулой селедкой дразнили.

«Непонятно только, зачем тебе понадобилось эту *снулую селедку* у подруги отбивать», — мелькнуло у Полуянова.

Но спрашивать не стал — понимал, что *новая*, внезапно открывшаяся ему Надька все равно правды не скажет. Вместо этого поинтересовался:

— А вот скажи еще: у Степана в школе друзья были?

— Да был один, — пожала плечами Надька. — Такой же доходяга. Васёк Пшеницын.

— Из вашего класса? — навострил уши журналист.

Сегодня ведь, пока Надька на работе была, он раскопал в дальнем ящике стола ее выпускные фотографии. Долго вглядывался в напряженные лица одноклассников, читал фамилии под снимками. И никакого Пшеницына вроде бы среди них не было.

— Нет, он из параллельного, — тем временем ответила Надежда. — Они со Степкой на шахматах сошлись. Вечно, помню, трепались про всякие гамбиты да трехходовки. — В ее голосе прозвучало нескрываемое презрение.

— А я почему-то всегда считал, что ты шахматы уважаешь, — улыбнулся Дима.

— Шахматы уважаю. А дохляков — нет, — отрезала подруга. И строго добавила: — Дим, я, вообще-то, готовлю, а ты процессу мешаешь. Или иди отсюда, или лук порежь.

Он поспешно покинул кухню и, пока Надежда шипела луком и скворчала мясными отбивными, быстренько загрузил на лэп-топе свои базы данных.

Василиев Пшеницыных в Москве оказалось немало, но в Свиблове проживало только трое. А двадцать семь лет было лишь одному из них. Будем надеяться, это тот самый и есть.

Полуянов переписал в блокнот его домашний телефон и повел носом — отбивные, судя по всему, только что схватились поджаристой корочкой.

Он крикнул в сторону кухни:

— Надь! Ужинать скоро будем?

— Через десять минут! — откликнулась она. — Иди пока хлеба порежь!..

Семья, блин, семья. Вкусно — но так предсказуемо...

— Нет, Надька, мне еще один звонок надо сделать! — отмазался журналист. Закрыл от соблазнительных запахов и Надиных ушек дверь и набрал номер Пшеницына.

Недовольный женский голос ответил ему после первого же гудка.

— Могу я поговорить с Василием Пшеницыным? — бархатно поинтересовался Полуянов.

— Он спит, — отрезала дама.

Самое, конечно, время спать — ранний вечер, Дима в кои-то веки домой точно по КЗоТу явился.

— И когда он проснется? — кротко спросил журналист.

— К восьми должен. Ему на смену к девяти, — сухо пояснила собеседница.

«До чего трогательно! — возликовал про себя Полуянов. — Кто-то еще в ночную смену работает!»

Он сказал тетке, что перезвонит через часик, и отправился дегустировать Надюхин ужин. А между салатом и нежной отбивной как бы между делом он спросил:

— Надь! Помнишь, ты мне про Степанова друга говорила, про того шахматиста, Пшеницына? Он что, на заводе работает?

Та аж поперхнулась:

— Я говорила, что на заводе?!

— А что? Самое, по-моему, место для доходяги. Чтоб в настоящего мужчину превратиться, — усмехнулся журналист.

— Да ладно, Дим. Соцреализм сейчас не в почете, — улыбнулась Митрофанова. — А Пшеницын в казино работает.

— В казино?

— Ну да. Он ведь всегда играть любил. Хоть в шахматы, хоть во что. Карпова с Каспаровым из него не вышло — только и остается теперь смотреть, как другие играют. В смысле, карты им сдавать, — хмыкнула Надежда.

— А ты, Митрофанова, оказывается, язва, — задумчиво сказал Дима.

— У тебя учусь, — пожала она плечами. Лукаво улыбнулась и добавила: — Чтоб ты со мной не заскучал! — И предложила: — Хочешь еще отбивную?

Отказываться Дима не стал.

* * *

Доходяга Пшеницын на встречу с журналистом согласился без проблем. Предложил встретиться сегодня же, в десять вечера. Сказал:

— Время самое удобное. Я как раз дилеров на ночную смену заряжу и стану посвободней. Сможем с тобой спокойно кофию тяпнуть.

Полуянов не сильно разбирался в казиношной иерархии, но раз человек «заряжает» дилеров, значит, не такой уж он и доходяга. К тому же обычный, заурядный служащий приглашать на рабочее место журналиста не осмелился бы — вдруг начальство его не одобрит? А Пшеницын, видно, сам себе начальник. Неплохо устроился выпуск 1997 года! Ирина Ишутина носит титул самого молодого в стране риелтора, ее школьный знакомый заправляет в казино. Да и Надюха не сегодня завтра станет начальницей зала в крупной библиотеке, а там и до зама директора недалеко.

«Один я — несчастный, нищий журналюга», — ернически подумал Полуянов, копаясь на полке, где лежали галстуки. Дорогих среди них было — раз, два и обчелся, да и те заляпанные. Но нужно все же подобрать. Российское казино — это, конечно, не Монте-Карло, но прилично выглядеть не помешает.

Наконец он остановился на шелковом, довольно понтовом, от Массимо Дутти. Позвал Надьку, чтоб повязала.

— Куда это ты намылился? — подозрительно спросила подруга.

Врать Дима не стал:

— В казино. С твоим Пшеницыным буду встречаться.

Надино лицо окаменело:

— С Ва-аськой?

— А что? — насторожился журналист.

— Да ничего, — взяла себя в руки Надька. И буркнула: — Чувствую я, он тебе наговорит. Имей в виду: это то еще брехло.

— А чего мне остается делать? **Ты** ведь ничего не рассказываешь! — пожал плечами Дима.

— Да я тебе уже все рассказала!

— Нет, не все, — покачал он головой. И пристально взглянул ей в глаза: — Вот скажи, ты со Степаном **спала**?

— Что я — дура? — возмутилась Надя. — Нужен он мне сто лет!

Но ее глаза предательски заметались.

«Наверняка спала, — подумал Дима. — Ах ты, тихушница!»

И пока подруга пребывала в растерянности, задал следующий вопрос:

— А раз он тебе не нужен — зачем тогда у Ленки его

отбивала? Я узнал: он ведь за ней хвостом ходил! А потом вдруг к тебе переметнулся!

— Да я... я просто пожалела его! — немедленно откликнулась Надюха. — Ну и еще подумала, что Ленке слишком жирно — одной такого рыцаря... К тому же мы с ним только пару недель чисто вдвоем ходили. А потом, спроси кого хочешь, стали все вместе тусоваться. Ленка, Ирка, я. Ну и Степан.

— Ох, Надя, — вздохнул Полуянов. — Как-то с трудом во все это верится...

А она вдруг вспылила:

— Ну и не верь. Я перед тобой отчитываться не обязана! Слава богу, не жена.

— Рыбка ты моя! — улыбнулся Дима. — Акулка! Зубастая!..

Но говорить то, чего подруга явно ждала — мол, скоро станешь моей женой, — не стал. Чмокнул Надюшку в щечку и вышел в ночь.

И, пока выгонял из гаража «Мазду», жалел, что до сих пор не изобрели машины времени. Было бы очень интересно: не сейчас информацию по крупицам собирать, а просто слетать на десять лет назад. И самому разобраться в хитросплетениях отношений меж выпускниками 1997 года...

Глава 8

Дима

— Да эти девки Степке были вообще до фонаря! Все трое! — огорошил Диму Пшеницын. — Он просто умный мужик. И использовал их на полную катушку!

Старший супервайзер казино «Фараон» (так значилось на изобилующей золотом визитке) Пшеницын принимал журналиста в своем кабинете. Помещение — как, впрочем, и весь интерьер игорного дома — было выдержано в желтых тонах. Мало того, что обои слепили глаза, кругом были расставлены будды, канделябры, драконы и, верх пошлости, даже золотые яйца. Кресло, куда экс-доходяга усадил Полуянова, тоже было противного лимонного цвета — как и кофейная чашка, и вазочка с конфетами, и наряд подавшей угощение секретарши.

«Я б в этом дурдоме в первую же неделю с катушек съехал», — подумал журналист.

А старшего супервайзера навязчивый интерьер, похоже, абсолютно не напрягал — он поигрывал золотого цвета ручкой и с достоинством носил бронзовый, в светло-золотых принтах галстук с логотипом заведения.

— Значит, ты об этой гоп-компании пишешь... — задумчиво произнес казиношник, когда Дима рассказал ему о цели визита.

— Скорее о Коренковой, — уточнил Полуянов. — Психологический очерк. О том, как из человека звезду пытались сделать, да не получилось.

— Я понял, — хмыкнул Василий. — История падшего ангела. Но насчет Ленки я тебе ничем помочь не могу. Не пробовал. — Он цинично усмехнулся. — Хотя многие нахваливали.

— Охотно давала?

— Не то слово! Да все они, шалавы, были хороши!

«Что там мне Надька недавно рассказывала? Никакого секса? Одна сплошная консерватория?»

И Дима потребовал:

— А Степан? Он — пробовал?

— С Ленкой — они точно спали. С Иркой — думаю, бывало. Когда той никто другой не подворачивался. А с Надюхой... — Василий выдержал паузу, и Дима почувствовал, как внутри у него все замирает, — ...хрен его знает. *Сладенькой* — это да, он ее называл. Я его спрашиваю: «В каком месте-то сладенькая?» А он, гад, ржет. На кухне, говорит. Больно тортики печет вкусненькие. Я ему: я, мол, тоже такого тортика хочу. А он опять ржет...

— А я думал, вы со Степаном дружбаны, — протянул Полуянов.

— А мы и были дружбаны, — с неожиданной горечью произнес Пшеницын. — Вместе и по киношкам шарились, и пивко употребляли, и даже, стыдно сказать, в шахматном клубе занимались, три раза в неделю. А потом он с этими... с девками... связался. И попал под их влияние. Околдовали они его, мымры. Все с ними да с ними. Тоже мне компания. Три химеры — один мужик.

— Ну, и ты бы разбавил компанию, — пожал плечами Полуянов. — Для баланса.

— С бабами тусоваться? Больно надо, — фыркнул Пшеницын.

«Да просто не звали тебя, — понял Дима. — Не зря ж Надька сказала, что доходяга...»

— Расскажи, какие они были. Все четверо, — попросил журналист.

— Ну, Ленка Коренкова — из девок самая симпатичная. Попка высший класс, глазюки светятся. Одевалась всегда в обтяжечку. Но вечно на понтах: да я, да у меня... И при любом случае норовила за рояль. Сгрохает какое-нибудь попурри — народ отпадает, а она счастлива... Ирка — та совсем другой была. Жесткая, как мужик. И на общественное мнение плевала. Мы все, когда курили, за школьный угол прятались, а она — прямо на пороге. И когда завуч на нее наезжала, только глаза закатывала: чего, мол, такого? Это ведь обычные сигареты, без наркотиков! Тоже, в принципе, симпатичная была. Но больно уж правду-матку любила резать. — Он передразнил: — «Степан! Помяни мое сло-

во: закончишь свою жизнь грузчиком в магазине!»
И не ошиблась ведь, тварь!

Пшеницын в раздражении щелкнул золотой зажигалкой и закурил.

Дима решил сделать ему приятное. Спросил:

— А *тебе* Ирина какую карьеру пророчила?

— Говорила, в тюрьму сяду, — хмыкнул тот. — За свои вечные карты.

С удовольствием обвел взглядом роскошные владения. И сказал:

— Ладно про девок. Теперь Надька...

Пшеницын задумался, и у Полуянова опять внутри все задрожало.

— Надька — та лохушка. Самая, пожалуй, умненькая из этих трех и на рожу ничего, а держалась в тени. И еще: всегда без своего мнения. Что Ленка с Иркой придумают, то и делает. — Он опять передразнил: — «Ну, девочки, если вы так считаете...» В общем, строили ее Ленка с Иркой. Да еще как строили!

— А чего ж тогда она дружила с ними?

— Ленка с Иркой в школе были самые звезды, — развел руками Пшеницын. — С ними все хотели дружить. Была у них в классе суперотличница, Сладкова, вся из себя гордая, неприступная, правильная. Так даже она пыталась к ним в компанию набиться. Только девки ее на фиг посылали.

— А что Степан?

— А он к ним с *расчетом* прилип. С дальним. Сказал мне, будто какую-то умную книжку, типа Карнеги, прочел и просчитал, что ему выгодно именно к этой троице приклеиться. Потому что для общения нужно выбирать *успешных*. А девки, все трое, — видные, языкастые, веселые. Самые, короче, как Степка говорил, *must*. И в чем-то я его понимал. Мужики на него, задохлика, плевали, а бабы от рыцаря, даже никчемного, никогда не откажутся. Но не ботаничке же Сладковой было портфель носить!

«И опять — все вполне вписывается в картину», — подумал журналист. И неожиданно для собеседника сменил тему:

— Но ты мне тогда другое объясни. Зачем Степану было Ленку убивать? Сейчас? В ее смерти ведь его обвиняют...

— Да слышал я... — погрустнел Пшеницын. — Но, честно говоря, не врубаюсь. Мы ведь со Степкой не так давно виделись. Недели две назад, на встрече выпускников. Пришел он туда обтерханный, джинсики китайские, часики «Полет». — Казиношник с удовольствием взглянул на собственный массивный «Ролекс». — Сказал, что с Ленкой теперь живет и что крышу у нее сорвало конкретно. Спивается, уже достала своими истериками. Я ему и говорю: «А на фига тогда живешь?» А он: «Жаль ее, дуру. Без меня совсем пропадет». Степка — он вообще такой... жалостливый. Хотя... — Василий вновь задумался, — может, ему просто жить было негде. У него ж работа — сначала охранником был, потом грузчиком, денег — кошкины слезы. — Пшеницын вновь окинул взглядом собственный впечатляющий кабинет. — Вот и сдавал свою квартиру, чтоб был хоть какой-то доход. А сам у Ленки кантовался.

— А могла его Елена, — Дима вернулся к собственной версии, — в какой-то момент просто довести? Наговорить гадостей? Разозлить до такой степени, чтоб Степан себе просто отчета в своих действиях не отдавал? Убить гадину — и все. А когда взял себя в руки, уже поздно было...

— Степаху-то? Довести? — хохотнул Василий. — Не, это вряд ли. Он и по характеру спокойный был, настоящий флегматик. Да еще специально себя по каким-то особым методикам тренировал. Чтоб никогда не психовать. Серьезно, целые тренинги над собой делал! И был всегда такой выдержанный-выдержанный. Как он в той истории, когда девок в КПЗ загребли, себя повел!

— Куда-куда девок загребли? — опешил Полуянов.

— Ну, сначала в КПЗ. А потом бы точно отправили в тюрягу! — радостно пояснил казиношник. — И каждой бы годика по три влепили, если б Степка не вмешался!

— Ого-го-го... — тихо произнес Полуянов. И потребовал: — А ну давай. Рассказывай.

ДЕСЯТЬ ЛЕТ НАЗАД

Новое распределение капитала просто бесило. Особенно в субботу, часиков в восемь вечера, где-нибудь в районе Тверской. Мигом почувствуешь себя идиотом. Потому что по телику сплошняком гонят сюжеты о голодающих учителях и недоедающих детях, а тут по стриту сплошь норковые шубы вышагивают. И дорогущие магазины витринами манят. И казино неоном подмигивают. А уж какие машины паркуются у разных долби-стереокино и грамотно прочухавших конъюнктуру театров!

Школьницам из интеллигентных семей здесь явно делать нечего. А Надя с Иришкой и Леной еще как последние дуры пытались в Ленком попасть на разрекламированную предками «Юнону и Авось». Нарядились, надушились изъятыми у мам туалетными водами и поехали к театру за два часа до представления. Но в кассе на них посмотрели, как на чумных: «Вы, девочки, откуда приехали? У нас дешевые билеты за месяц до спектакля разбирают, и в очереди надо с ночи стоять». А спекулянты — те предложили совсем «недорого», всего-то по пятьдесят баксов за седьмой ряд партера. Если учитывать, что у всех троих родители в госсекторе служат и школьникам даже стипендии не полагается — это полное издевательство.

— Ну ни хрена себе окультурились! — фыркнула Ирина, едва девушки с достоинством отклонили предложение спекулянта.

— Можно в «Трам» пойти, вон соседняя дверь, — предложила Надя. — Там, говорят, Абдулов часто ужинает. А хозяин — Збруев.

— Скажи еще — в казино! — хихикнула Лена, указывая на здание напротив. — На какие только шиши?

...А народу, что вылезает из дорогущих «мерсов» и спешит к театру, запредельные цены явно по фигу. Девицы цокают по асфальту высоченными каблуками, мужики трындят по мобильникам (триста долларов в месяц абонентская плата, не считая подключения и «трубы»). Откуда в столице столько богачей развелось?

— Ну, и что будем делать? — грустно спросила Надя.

— Банк грабанем! — хохотнула Ирина.

— Еще и погода мерзкая, — поморщилась Лена.

Погодка действительно подкачала: ранний февраль, противный сумрак, ледяная снежная крупа, мгновенно обращающаяся в грязь.

— А чего мы вырядились! — снова хихикнула Ирина. — Особенно ты, Ленка, хороша. В белых-то брюках! Как пингвин.

— Сама ты пингвин, — беззлобно откликнулась Коренкова. — Это, между прочим, концертный костюм. Точная копия Нины Риччи.

— С Черкизовского рынка, — закончила Ишутина.

— О, идея! — радостно воскликнула Надя. — Тут до консы как раз недалеко! Пойдемте, может, туда сходим? Вдруг кто интересный выступает?

— Нет, только не это! — закатила глаза Ишутина. — И так настроения нет, еще не хватало слушать, как скрипки пиликают!

— Колхозница ты! — упрекнула Надежда. И вопросительно взглянула на Лену.

Но идея с консерваторией не вдохновила и вторую подругу.

— Да ну, — буркнула Коренкова. — Дома эта музыка задолбала! — И пожаловалась: — Маманя вообще осатанела, скоро меня к роялю цепью прикует. К тому же она целых три абонемента на фортепьянные концерты купила, достает теперь, чтоб я не пропускала. По своей воле — не пойду!

— Не угодишь на вас! — вздохнула Надя.

Ей сегодня было особенно холодно и грустно. Холодно потому, что переться в субботу вечером в центр Москвы в цигейковой, протертой на локтях шубе Надя сочла неуместным и теперь отчаянно мерзла в более-менее приличном демисезонном пальто. А грустно из-за того, что нынешним вечером к мамуле в гости приехала тетя Женя — ее подруга и мать сногсшибательного красавца Димы Полуянова, студента факультета журналистики МГУ. Но если раньше Димочка всегда передавал своей, как он говорил, «подружке Надюшке» какие-нибудь милые сувениры, а то и сам, к неописуемому счастью младшей Митрофановой, маму сопровождал, то сегодня тетя Женя фальшивым голосом сказала:

— Дима велел тебе кланяться.

То есть, значит, он даже не вспомнил про нее и наверняка проводит сегодняшний субботний вечер в шикарной, изобилующей длинноногими красотками компании. А она, Надя, последней лохушкой мерзнет на сияющей огнями Большой Дмитровке. И даже сосиски в тесте себе позволить не может, потому что мамуле опять зарплату задерживают, а на билет в театр — если бы получилось купить по разумной цене — ей обещала Ирка одолжить. Но не просить же у Ирки еще и на сосиску!..

174

— Во идея, Ирун! — тем временем осенило Ленку. — А давай у твоего бати опять машину стырим! Ну и вернемся сюда. Будем рассекать по Тверской и петь... — И она хорошо поставленным голосом вывела: — А я ся-а-аду в кабриолет! И уе-е-еду куда-нибудь!

— Садысь, красавица! — немедленно откликнулся на ее а капелла проезжавший мимо кавказец на ржавой «четверке».

— Пошел ты! Сначала «бумер» купи, — отбрила девушка и повернулась к подругам: — Давай, Иришка! Или слабо?

— Фигню какую-то говоришь, — разозлилась Ишутина. — Когда мне было слабо?

— Да ну, девчонки! — запротестовала осторожная Надя. — Одно дело, когда мы по району гоняем, — и другое дело ехать сюда, в центр. Тут же менты на каждом углу, а у нас ни у кого прав нет!

— Ой, испуга-ала! — насмешливо протянула Ирина. И назидательно произнесла: — К твоему сведению, за езду без прав по закону полагается... лишение этих самых прав. На два месяца. Разве не бред — если их все равно нету?

— Да здесь и водить стремно, — не сдавалась Надя. — Смотри, движение какое! Я, например, не решусь...

— Кто б сомневался, что ты не решишься! — хмыкнула Ира. — Трусиха! И зануда!

А Лена изрекла:

— По-моему, в вождении, как и в музыке, нахальство нужно. У нас как: если ноты забыл — не дай бог останавливаться! Помнишь, не помнишь — все равно надо переть, как танк. Играй, что играется. Сколько раз бывало: даже суперпупержюри не въезжает, что ты бред лабаешь. Они ведь не вундеркинды, все партитуры в памяти не держат... И на дороге похоже. По главной ты едешь, не по главной — рули вперед. Другие ж водилы не самоубийцы. Пропустят.

— А если другой ездюк такой же нахальный окажется? — прищурилась Надя.

— Значит, не повезло, — философски подытожила Коренкова.

...Но Надя хотя всегда взывала к осторожности и имела репутацию записной скромницы, а гонять на машине сама обожала. Ну и пусть это всего лишь старенькие «Жигули»-«пятерка» с тяжеленным рулем и неповоротливым корпусом, — других-то автомобилей все равно пока изведать не удалось. Зато сколько кайфа, когда понимаешь: это *твоей* руке подчиняется многокилограммовая махина. И в *твоей* власти — или мчаться, или плестись, свернуть налево или неожиданно для пассажиров проехаться на полной скорости задним ходом... Жаль, конечно, что собственного автомобиля у нее нет и не предвидится, а Ирка пусть и строит из себя безбашенную, а тоже отцовскую тачку часто тырить побаивается. Отец-то ее хоть водить и научил, но стребовал клятву, что ездить они будут, только когда он сам сидит на переднем пассажирском сиденье. Рулить под контролем батяни, ясное дело, никакого кайфа, и Иришка, когда он в ночную смену работает, иногда техпаспорт с ключами выкрадывает. Но каждый раз дрожит, что менты остановят и прицепятся, что без доверенности и без прав... Или, еще хуже, подружка драгоценную «пятерку» покоцает. Поэтому в основном она водит сама — «чтоб, если что, хоть не обидно было!» А Надю пускает за руль, только если находится в благостном расположении духа.

В такой обстановке, конечно, мастерство особо не отточишь. Надя юношескую автошколу уже полгода как закончила, а рулила с тех пор от силы три раза. Наверняка, когда ей восемнадцать стукнет и можно будет настоящие права получать, она экзамен не сдаст, без практики-то!

Поэтому хотя она и охолаживала девчонок, а в душе все рвалось, пело: «Ну, поехали же! Поехали!»

И Ирина решилась:

— Ну, ладно. Погнали. Попробуем. Только давайте тогда никаких сосисок. Все карманы вывернем, чтоб на заправку заехать, а то там бензин на нуле.

* * *

Едва вошли во двор, Ира просияла:

— Окна не светятся! Смотался, значит, папка!

Она оставила подруг ждать внизу и помчалась в квартиру. Вернулась быстро, но лицо было злющим. И вместо триумфального звона ключей продемонстрировала подругам блокнотный листок: стилизованное изображение машины, вписанное в круг и перечеркнутое двумя линиями.

— Фиг, значит, вам... — расстроилась Митрофанова.

— Шутничок, блин, папаша! Остряк-самоучка! — Ира гневно скомкала бумажку и объяснила подругам: — Листок в ящике лежал, сверху. Там, где обычно техпаспорт и ключи от машины.

— *Вместо* ключей? — уточнила Надежда.

— Вместо, вместо, — раздраженно откликнулась Ишутина. — Я весь ящик перерыла. Он их перепрятал. Или с собой унес.

— Что ж. Раз не везет — не везет во всем, — вздохнула Лена.

— Да... И если мужик на горизонте, то непременно Степка! — в тон ей ответила Ирина.

От подъезда к ним и правда вышагивал Степан. Его лицо, как было всегда, когда он видел своих обожаемых королев, расплылось в широченной улыбке.

— Тебя нам только не хватало... — вполголоса буркнула Ирина.

— Да ладно. Пусть будет, — великодушно произнесла Елена.

— Хоть какое-то развлечение... — подхватила Надя.

— Да ну! Толку от него! — Ира никак не могла справиться с раздражением и с обидой.

И, едва Степа приблизился к ним, тут же на него налетела:

— Привет, Степан. Вот скажи: ты мужик или не мужик?

— По определению социологов, у меня пока что статус *юноши*, — ухмыльнулся начитанный мальчик.

— Сопляк, короче, — резюмировала Ирина.

Степан не обиделся. Добродушно спросил:

— Ты что? Не с той ноги встала? Или, как моя маман, на погоду реагируешь?

— Да мы на ее тачке погонять хотели, а папаша ключи спрятал, — объяснила Лена.

— Ну, в другой раз покатаетесь, — примирительно произнес Степан.

— Вот я и говорю: сопляк! — продолжала беситься Ирина. — Потому что мужик — если дамы желают кататься — тут же сказал бы: будет исполнено. И предоставил бы в их распоряжение лимузин.

Надя поморщилась: на ее взгляд, Ира перебарщивала. Даже в отношении безответного Степки. Но тот — вот счастливый характер! — не обиделся. Только руками развел:

— Да где ж, Иришка, я тебе возьму лимузин?!

— Да хотя бы вон там! — встряла Елена.

И показала на подкатившую к подъезду новенькую «девятку».

Машина, лихо взвизгнув тормозами, остановилась у бордюра. С водительского места выскочил коротко стриженный парень. То был Стас с девятого этажа, вся компания его знала. Ему уже сравнялось двадцать, он, как говорили, «держал» автосервис, страшно важничал и на каких-то старшеклассниц и уж тем более на Степана никакого внимания не обращал.

— Все по барабану человеку! Ключи в зажигании оставил — и пошел себе по своим делам! — прокомментировала Лена. — Бери тачку — не хочу!

— Может, в ней пассажир сидит — отсюда ж не видно, — возразила Надя.

— Да никто в ней не сидит! Стас просто сильно наглый! Думает, никто на его «девятку» не позарится! — ответила Лена.

А Ира презрительно взглянула на Степана:

— Да уж. Не Степка ж ее угнать решится!

— И не решусь, — весело согласился тот.

— А вот я — запросто, — вдруг заявила она.

И бросилась к Стасовой «девятке».

— Ир, ты куда? — растерянно крикнула Надя.

— Да прокачу себя сама... раз никто другой катать не хочет! — ответила та.

Тут и Елена испугалась. Заорала:

— Ир, прекрати!

Но подруга уже распахнула дверцу «девятки». А секунду спустя машина взревела движком, лихо стартанула и остановилась подле Нади с Леной и онемевшего Степана. Ира выглянула из окна:

— Ну что? Едете?

Глаза ее горели счастливым огнем, изо рта на морозном воздухе вырывался парок.

— Ты с ума сошла! — простонала Лена.

— Да ладно! Кружок по району — и вернем! — пообещала та.

— Нет, я пас, — твердо сказала Надя.

— Ну и клуши! — пригвоздила их Ишутина. — К вашему сведению, когда машину просто покататься берешь, это даже кражей не считается! Так, мелкое хулиганство. Да и то если поймают. А мы промчимся и поставим ее на место, Стасик даже не заметит.

— Ира! Прекрати! — повторила Митрофанова.

— Зануда! Пай-девочка! — хохотнула та в ответ.

А Лена решительно обогнула машину и плюхнулась на правое переднее сиденье.

— Чао, домохозяйка! — весело выкрикнула Ирина.

И Надя не выдержала. Вырвала свою ладонь из руки Степана, который пытался ее остановить. Впрыгнула в машину. И «девятка», ревя форсированным движком, выехала со двора.

Глава 9

Ирина

Будь она, как и положено двадцатисемилетней девушке, какой-нибудь секретуткой, младшим менеджером или, того хуже, молодой мамашкой, умирающей от голода на пособие по уходу за ребенком, в ментовку пришлось бы тащиться самой. Однако Ирина Ишутина являлась владелицей и директором крупной фирмы, и ее статус уважили: следователь явился *к ней* лично. В коттедж.

Правда, на этом почтительное отношение ментов и закончилось. Нет бы прислать человека солидного — хотя бы с минимальной сединой и опытом. Но к ней приехал сущий сопляк — кожица розовая, бородка еле пробивается. Да еще, кажется, без личного транспорта. Как последний лох, на метро с автобусом в их поселок добирался. Может, конечно, он машину далеко за воротами оставил, куда камера видеонаблюдения не дотягивает, хотя вряд ли. По человеку сразу видно, когда он на общественном транспорте ездит.

Да, не уважают власти таких, как она, молодых да ранних. Вон когда на Кирилла Кириллыча, нефтяника из коттеджа наискосок, покушались, так нагнали чуть не взвод разных чинов, от пронырливых лейтенантов до седовласых полковников и импозантных оперативников в штатском. А с ее делом прислали разбираться единственного опера — да еще и мальчишку...

Ира встретила гостя на пороге. Сухо пригласила пройти в гостиную, предложила кофе. Горничная, хотя и внеурочный день, сегодня присутствовала — Ирина специально, как узнала о грядущем визите следователя, попросила ее приехать. Не самой же менту кофе подавать!

Она еще раз рассмотрела мальчишку и совсем расстроилась. Явно начинающий, наверняка не больше года после института. По крайней мере, на любые баксы спорить можно: в настоящем загородном коттедже первый раз в жизни оказался. Глазищами по сторонам так и лупает, все его занимает: и роскошный вид на водохранилище из окна, и бронзовая, на полкоридора, держалка для зонтов, и горничная, которой Ира для солидности велела в белоснежную наколку нарядиться.

«Будто в музей приперся!» — разозлилась про себя Ишутина.

И игру в гляделки немедленно пресекла. Щелкнула кнопкой «Умного дома» — приказала технике опустить жалюзи и включить приглушенный, чтоб особо ничего не разглядеть, свет. Усадила милиционерика на диван, сама устроилась напротив в кресле белой кожи. Холодно произнесла:

— Я вас слушаю.

Но юноша не растерялся. Напустил на себя удивленный вид и горячо возразил:

— Нет! Это я вас слушаю. Рассказывайте.

Ее брови мгновенно взлетели вверх:

— И о чем же? О том, как меня едва не убили в моем собственном доме? О том, что убийцу, разумеется, никто даже искать не пытался? О том, что моя фирма и лично я платим государству огромные налоги — и при этом не можем чувствовать себя в безопасности?..

— Ну, насчет безопасности — это не ко мне, — не смутился гость. Ловко выудил из портфельчика блокнот и, не заглядывая в него, сообщил: — В ходе следственных действий мы выяснили: вашего визитера пропустила ваша же поселковая служба охраны. Он приехал сюда на «девятке», ВАЗ-21093, номер Р 055 КЕ, регион 99. Машина, кстати, уже неделю числится в угоне. На посту, где в соответствии с вашими правилами его остановили, он сообщил, что является новым прорабом и едет на сорок восьмой участок, где идет большая стройка. Проверять его слова никто не стал — просто подняли шлагбаум. Могу я уточнить, какую сумму вы ежемесячно платите за охрану?

— Это к делу не относится, — буркнула Ирина. И добавила: — Однако никакой «девятки» я рядом с домом не видела. И соседи не видели, я потом спрашивала.

— Вы, Ирина Евгеньевна, забыли про пруд! И про рощу. Ту, что рядом с детской площадкой! — почти радостно выкрикнул юный следователь.

Искусственный пруд и сверкающую лакированными горками-качелями детскую площадку в поселке организовали совсем недавно — на заболоченном, неправильной формы участке, который не подлежал продаже. Местные дамы именовали сооружение вычурным словом *оазис*, поселковые же мужики предпочитали простецкое *зона*, имея в виду, наверно, зону отдыха. Располагались пруд с детской площадкой метрах в пятистах от Ирининого коттеджа — если шагать по дороге. А если идти тропинкой через два ближайших неогороженных недостроя, то выходило гораздо ближе.

— Гость ваш, видно, на местности хорошо ориентировался. Не к вашему дому, а именно туда, к детской площадке, поехал! — продолжал вещать следователь. — Оставил там машину и напрямки к вам! Вся прогулка минут пять и занимает, я проверял.

— Умно... — пробормотала Ирина. И спросила: — А пока он шел, его кто-нибудь видел?

— Узбеки видели, — вздохнул милиционер. — Строители. — Открыл наконец свой блокнот, зачитал: Славянской внешности, росту среднего, шатен, темные очки, джинсы, кроссовки. Полстраны таких.

— Да уж. Исчерпывающе, — согласилась Ишутина. — А как он ко мне на участок попал?

— Через забор, как еще? — пожал плечами собеседник. И с неожиданной назидательностью произнес: Надо было дом на охрану ставить. Датчиками периметр оборудовать...

— Мерси за совет, — саркастично поблагодарила хозяйка. — Теперь оборудую.

— Всегда пожалуйста, — с напускным простодушием ответил следователь. И, нахмурив реденькие брови, сказал: — Ну, вы узнали все, что хотели? А теперь, позвольте, я вам несколько вопросов задам.

— Думаете, поможет? — прищурилась она.

— По факту покушения заведено уголовное дело, и я обязан в его рамках провести определенные следственные действия, — важно сообщил юноша.

— Да толку от ваших действий! — отмахнулась она. Крикнула горничной: — Катька! Тащи еще кофе! — и откинулась в кресле. — Впрочем, валяйте. Спрашивайте.

— Кому могла быть выгодна ваша смерть? — с пафосом спросил следователь, и Ирина едва удержалась, чтоб не расхохотаться.

Он явно почувствовал ее несерьезный настрой, на юных щеках проступил пунцовый румянец.

«Дитя, совсем дитя! — мелькнуло у Ирины. — Но до чего старается!»

Мальчик же, не получив ответа, немедленно огорошил ее другим вопросом:

— Тогда скажите, кому в случае вашей гибели этот дом достанется?

— Хочешь, тебе завещаю? — подмигнула она.

С удовольствием увидела, что алая краска заливает все лицо гостя, и небрежно ответила:

— Да хрен его знает. Предкам, наверно. Они ж вроде наследники первой очереди.

— А ваша доля в бизнесе?

— Тоже, наверно, им... Блин! — Она с наигранной благодарностью взглянула на милиционера. — А вы, молодой человек, мне хорошую идею подкинули. Надо будет завещание составить. На всякий случай.

— Я так понял, убить вас пытались впервые... — усмехнулся следователь.

— А вы что, полагаете, покушение — это почетно?! — парировала она. — К вашему сведению, на *профессионалов* вообще покушаются крайне редко. Потому что если тебя хотят убить из-за бизнеса, значит, в своей профессии ты работаешь грязно. Не умеешь конфликты миром решать. Не в состоянии договориться. И не делишься, с кем положено.

— А вы — делитесь? — тут же уцепился он за слово. — С кем?

— Вот это уж к делу совсем не относится, — пожала плечами бизнесвумен. — Но уверяю: ни у моих покровителей, ни у конкурентов, ни у соратников ко мне претензий нет.

— А как же ваше собственное кладбище? — вкрадчиво поинтересовался он.

— Это вы о чем? — опешила девушка.

Гость спокойно ответствовал:

— Ну, у каждого врача, говорят, есть собственное

кладбище. Из тех больных, кого он вылечить не смог. А разве у риелторов в шкафу скелетов не бывает? Типично ваших, риелторских? Скажем, вы купили кому-то квартиру, человек деньги выложил, а она под арестом оказалась. Или вдруг имеющие право на жилплощадь объявились, из числа прописанных ранее...

— Про кладбище со скелетами, безусловно, образно, — хмыкнула Ирина. — Только, увы, это неактуально. В нашем бизнесе уже лет пять как гарантийные сертификаты в ходу. Это, если вы не знаете, означает, что риелторская фирма обязуется в случае предъявления претензий на проданный ею объект недвижимости возместить покупателю полную сумму. Или бесплатно предоставить аналогичное по классу жилье.

— Но все равно! Я никогда не поверю, — горячо воскликнул следователь, — что вы, такая молодая, такая успешная, живете в дорогом доме, ездите на хорошей машине и никому ни разу не перешли дорогу!

Он выжидательно уставился на нее.

Ирина неохотно признала:

— Конечно, какие-то мелочи были...

— Расскажите, — немедленно потребовал следователь.

Она задумалась.

— Вот, например, недавний случай. Был у меня один клиент. Художник, очень богатый, искал себе квартиру на Патриарших. Но не абы где, а чтобы обязательно с видом на пруды. И не просто на пруды, а хотел, чтобы солнце на рассвете первым делом приходило в его мастерскую. И обязательно третий этаж, и чтобы в номере квартиры имелась тройка. Его с такими требованиями во всех крупных агентствах уже послали, он и пришел к тем, кто помельче. Ко мне. А я девушка азартная, к тому же нюхом почуяла: деньги у художника есть. И решила: почему бы не попробовать? Ну и отыскала квартирку, как он хочет. И хозяина ее, одинокого старичка, уломала, чтоб продал: он в обмен хотел домик в пригороде и двушку в районе попроще. И вот сделка уже на мази, недвижимость старичку куплена, художник в экстазе, деньги в банковской ячейке... а хозяин квартиры неожиданно умирает. Восемьдесят два года все-таки было человеку, скоротечный инфаркт. А наследники — двоюродные племянники откуда-то из Ростова — от продажи категорически отказались. Нам, говорят, и самим такая мастерская по кайфу. Художник, бедняга, — Ирина грустно улыбнулась, — мне тогда едва офис не разнес. Творческий человек, ранимая душа... Поломал мебели и предметов интерьера на четыре тысячи «зеленых». Но я ему даже иск не вчиняла, хотя сама из-за несостоявшейся сделки, ясное дело, тоже в убытке.

— Да, грустная история, — поддакнул следователь.

Но, видно, не заинтересовался. Даже фамилию художника спрашивать не стал. И продолжал пытать:

— А если взять ваше, Ирина Евгеньевна, прошлое?

— О господи! — закатила она глаза. — Прошлое?! А вы знаете, сколько мне лет? В прошлом я, вообще-то, еще в школе училась!..

— Может быть, там и перешли кому-то дорогу? — прищурился он.

— Вы, наверно, женских детективов начитались... — фыркнула она. — Месть — от соседки по парте?! Когда десять лет после выпуска прошло? Полный бред. Да и, насколько я понимаю, — она тонко улыбнулась, — у бывших моих одноклассников и возможностей таких нет — чтобы киллеров нанимать.

— Ваша подруга Елена Коренкова была убита несколько дней назад, — напомнил юноша.

— Что вы меня с ней на одну доску ставите?! — вспылила Ишутина. — Да, в школе Ленка подавала большие надежды, но кто она сейчас? Без профессии, без статуса, спившаяся, никому не нужная особа. Мы с ней уже сто лет не общались.

— А по моим данным, как раз общались, — спокойно возразил милиционерчик. — Не далее как две недели назад, на встрече выпускников. И очень хорошо вместе провели время. Сидели в ресторане за одним столиком. Танцевали с одним мужчиной. С сожителем, кстати, погибшей Коренковой...

— О да! Вы проделали огромную работу! — Ишутина отвесила юноше насмешливый поклон. — Можно подумать, я это скрываю... Ну виделись. Выпили вместе. Поболтали. Вспомнили школу. И даже, о ужас, я потанцевала со Степкой, с которым мы когда-то все вместе дружили. Вы что, полагаете, мне надо на бывших одноклассников свысока смотреть? Сквозь зубы с ними разговаривать?! Только потому, что они ничего в жизни не достигли?

— Ничего я не полагаю, — возразил следователь. — Я честно пытаюсь в вашем деле разобраться. Только после такой беседы в успехе уже сомневаюсь!

— Ладно, сорри, — вздохнула она. И твердо добавила: — Я просто думаю, что между убийством Лены и покушением на меня нет решительно никакой связи.

— Хорошо, я вас понял, — кивнул он. И опять неожиданно для собеседницы сменил тему: — Скажите, Ирина Евгеньевна... вы ведь не замужем?

— Особняк мой понравился? Хотите руку и сердце мне предложить? — усмехнулась она.

— Вряд ли моя скромная кандидатура вас устроит, — парировал он. — А насчет мужа я угадал?

— Что вы хотите услышать? — устало поинтересовалась она. — О давнем любовнике, который ради меня не решается бросить семью и детей? А я на него давлю — до такой степени, что он нанимает киллера? Или, наоборот, о кандидате, получившем решительный отказ и затаившем планы мести? Так я вас разочарую. Ничего подобного нет. Хотя *жених* у меня, вы угадали, имеется. Он, как и я, молодой, успешный, свободный бизнесмен.

— Ох, как вы стараетесь, Ирина Евгеньевна, — упрекнул следователь. — Как хотите меня убедить, что в вашей жизни все беспроблемно... Но если вы не хотите сотрудничать, каким же образом я смогу расследовать ваше дело?

— Да и не расследуйте. Все равно никакого толку не будет, — пожала она плечами. — Вон сколько *состоявшихся* заказух не раскрыто — а тут всего лишь покушение...

Спорить он не стал. Но словно между делом поинтересовался:

— Но вы хотя бы охрану себе наняли?

— Пока нет, — безнадежно вздохнула она. — Да какой в ней смысл? Только деньги на ветер. Потому что, если уж захотели грохнуть, все равно убьют. Не сегодня — так завтра.

Надя

Нехорошее предчувствие сегодня нахлынуло на нее с самого утра. Совсем как тем февралем, десять лет назад. Когда Надя похитила у мамы золотую цепочку с кулончиком, новый кружевной лифчик — его хорошо было видно сквозь полупрозрачную кофту — и, замерзая в демисезонном пальто, отправилась вместе с девчонками добывать билеты на «Юнону и Авось»...

Сегодня тоже все валилось из рук, и Надя знала, чувствовала: добром такой день не кончится.

Начать с того, что Полуянов как отправился поздно вечером на деловую встречу в казино, домой так и не явился. Сначала Надя сему факту даже радовалась — поди, плохо раскинуться на кровати, не волнуясь каждоминутно о том, чтоб ненароком не двинуть благоверного ногой или не заснуть на спине, а потом опозорить себя недостойным красивой девушки храпом.

Однако к четырем утра на улице наконец посвежело, и в одинокой постели, без теплого Димочки под боком, ей стало не только грустно, но и прохладно. К шести — Надя начала рисовать в уме мрачные картины, как благоверный просаживает за игровым столом последние семейные деньги, а бюджет у них, между прочим, теперь общий. Ну а к семи, когда пришло время самой вставать на работу, она забеспокоилась. В Москве, конечно, сейчас куда безопасней, чем раньше, но мало ли что могло случиться на ночных улицах? Машина у Димки новая, галстук дорогой, борсетка кожаная — неплохая приманка для лихого люда.

И Надя — хоть давно пообещала себе и Димке не унижать их обоих телефонным контролем — не выдержала. Сначала набрала мобильный Полуянова и гневно прослушала, что «аппарат абонента выключен». По Диминому домашнему ответом, естественно, были длинные гудки. Даже в редакцию — полная, конечно, глупость в такое время — позвонила. Нарвалась на автоответчик и, вздохнув в трубку, как глупая влюбленная школьница, нажала на «отбой».

А едва закончила телефонные изыскания — аппарат вдруг зазвонил сам. И она, млея от счастья, ринулась к нему. По пути пребольно ударилась об угол кресла. И, пожалуйста, узнала, что у нее, оказывается, за гараж не заплачено и с сегодняшнего дня пени затикали. А место в гаражном боксе хоть и принадлежит ей, Наде, но в нем безраздельно хозяйничает Полуянов. Держит там свою прежнюю машину, «шестерку». И все взносы, разумеется, обязался платить самолично. Хорошо же он держит слово, если ей с утра пораньше звонят какие-то бухгалтерские грымзы и требуют плату!

Ну и в каком настроении после таких-то ночи с утром ей прикажете находиться?.. Бедный Родя, любимая такса, — вот уж лучший из сканеров! — сразу почуял, что хозяйка не в духе. И вместо наглых прыжков и грызни пижамной штанины ожидал своей прогулки, сжавшись в клубок у входной двери.

Но Надя с непонятным даже себе самой садизмом притворилась, что не видит несчастного пса. Против заведенного годами распорядка не поспешила первым делом на улицу, а сначала умылась, попила чаю, сделала мэйк-ап — и лишь тогда соизволила вывести Родю на прогулку. Бедняга аж поскуливал от нетерпения — и не сдержался, налил первую лужицу прямо в лифте, вызвав у Надежды новую волну негодования.

В общем, не день, а полная ерундистика. Тем более что солнце, хоть и несусветная рань, уже шпарит в полную силу, а историко-архивная библиотека — это вам не офис Газпрома, кондиционеров здесь не предусмотрено. И если в книгохранилище, которое в подвале, еще можно как-то существовать, то в зале — полная душиловка. А сквозняков особо не устроишь — публика у них престарелая, косточки свои бережет, сразу начинают ныть, чтоб окна закрыли.

...Надя явилась на работу мрачнее грозовой тучи. Практиканты, которые обычно лезли к ней с вопросами, сегодня даже поздороваться не осмелились, а охранник, сторожавший служебный вход, лишь молча кивнул. Одна начальница — ту настроение подчиненной абсолютно не волнует — не убоялась. Спросила ехидненько:

— А ты что, голубица моя, такая смурная? Не выспалась? Опять со своим кавалером всю ночь в постели прокувыркалась?

Надя стиснула зубы и промолчала. Но шефиня не унималась. Жадно вглядывалась в лицо:

— А бледненькая-то какая! Как в той басне про стрекозу, которая лето красное пропела... Или, — лицо начальницы осветилось новой гипотезой, — вы *уже*? *Утреннее недомогание*, а, Надюшка? Через пять месяцев в декрет?

— Не дождетесь, — буркнула Надя.

И ушла, от греха подальше, сбрасывать в хранилище оставшиеся со вчерашнего дня книги. А то еще для полного счастья не хватало сейчас с начальницей погавкаться.

...Дима ей позвонить так и не соизволил, и к двум часам дня Надя уже была на грани истерики. Ночные страхи, правда, при свете дня померкли, и теперь она больше боялась не за Полуянова, а за себя. За свою собственную хрупкую семейную жизнь. Ведь Димка-то ночью не абы с кем встречался, а с известным гадом и болтуном Пшеницыным. Вдруг тот оказался даже хуже, чем Надя о нем думала? И наговорил о ней такого, что даже либерал Полуянов теперь не хочет иметь со своей подругой никаких дел?! И даже объясниться перед расставанием не пожелал?!

Ох, зачем только она завела Димку с этой статьей?.. Хотела ведь как лучше, хотела Степке помочь, и еще — чтобы Полуянов наконец все о ней понял... Что вовсе она не клуша...

Но получилось, похоже, как всегда. Степан все равно в тюрьме, да еще и у нее с Димкой в отношениях явная трещина.

Надя настолько себя растравила, что все остатки румянца с лица сошли, да и глаза весь день были на мокром месте.

Даже мымра-начальница сжалилась и царственным жестом Екатерины Великой после обеда отпустила ее домой:

— Отправляйся, Надежда. Полежи. Отдохни. И в холе и неге подумай. О том, что интеллигентный человек должен уметь скрывать свое дурное настроение...

— Спасибо, — пролепетала Митрофанова.

И поспешно ринулась вон из библиотеки. Правда, хотелось ей сейчас не валяться в неге, а грубо, в стиле поздней Ленки Коренковой, нажраться водки и обо всем забыть.

Сегодня, пожалуй, настроение даже хуже, чем тогда, десять лет назад, в феврале...

Хотя в ту ночь казалось, что ничего более страшного с ней произойти уже не может.

ДЕСЯТЬ ЛЕТ НАЗАД

Хотя и строила Ирка из себя аса, а «девятка», да еще с усиленным движком, оказалась для нее слишком резвой. По крайней мере, управлялась девушка с машиной с большим трудом. Касалась ногой педали газа — «девятка» только ревела. А потом наконец трогалась такими рывками, будто они необъезженного мустанга оседлали.

— Да там, под капотом, лошадей двести! — восхитилась Ирина.

И поддала газу сразу до восьмидесяти кэмэ в час. Шуму — на весь микрорайон! Бредший по тротуару собачник аж подскочил, а его шавка истерически залаяла.

Машина резво заскрипела шипами по обледенелой дороге.

«Хоть резина хорошая, — машинально отметила Надя. — Зимняя. Может, не убьемся».

Она сидела сзади и видела, сколь шалым, неконтролируемым блеском сияют Иркины глаза.

— А между прочим, у Стасика окна на улицу выходят, — хихикнула с переднего пассажирского кресла Коренкова. — Увидит щаз свою «девятку» — во обломается!

— Ну и нас...ть! — весело выкрикнула Ирина.

А Надя подумала, что Стасик, хозяин «девятки»,

пусть и усиленно корчит из себя нового русского, кому все по барабану, но не совсем ведь дебил. Прекрасно знает, что обстановка в столице довольно бандитская, машины с навороченной сигнализацией угоняют пачками. А тут такой подарок: пустой автомобиль с ключами в зажигании и заботливо прогретым мотором. Раз уж он свершил подобную глупость, бросил тачку без присмотра, то наверняка не на час, а только чтоб на минутку в квартиру заскочить, и эта минутка явно истекла. Сейчас Стас уже вышел. Увидел, что его «девятка» исчезла. И, скорее всего, гневно тычет толстыми пальцами в кнопки мобильника, призывая на помощь милицию.

В газетах, правда, пишут, что *братки* про угоны обычно не заявляют, предпочитают своими силами разбираться, но вдруг он не совсем браток, хотя и цепь на толстой шее имеется, и, как положено, пальто черного кашемира?

Впрочем, неизвестно еще, что хуже — в милицию попасть или на бандитские разборки.

И Надя взмолилась:

— Ир, ну давай вернемся! Сама ведь говорила: сделаем кружок — и хватит!..

Но та будто не слышит. Одна рука на руле, второй нежно кнопку сигнала поглаживает. И приговаривает растроганно:

— Какая тачка!.. Ну до чего классно! Не то что моя развалина!!

А Ленка ей подпевает:

— И музон тут офигеть: си-ди чейнджер!

Нажала на «пуск», и салон из всех восьми колонок заполонил густой бас блатного певца:

— Владимирский централ, ветер северный!..

И, будто на заказ, в спины вдруг ударил усиленный мегафоном мужской голос:

— Водитель автомобиля К 333 СТ! Немедленно принять вправо и остановиться!

Надя в ужасе обернулась.

Прямо на хвосте, метрах в десяти за ними, висел белый «Форд» с грозной синей полосой, мигалкой и буквами «Милиция» на корпусе.

А Ирка хладнокровно взглянула в зеркало заднего вида и пробормотала:

— Хоть ты и «Форд» — а лысого тебе хрена!

И нажала на педаль газа с такой силой, что всех троих вдавило в спинки сидений.

А Надя окончательно поняла, что они — пропали.

НАШИ ДНИ

Надя

Еще вчера она планировала на ужин курочку со спаржей и на гарнир — томленную в сливках брокколи. Очень легкое, приятное в жару блюдо плюс редкий случай, когда и калорий мало, и мужик, в смысле Дима, будет доволен, потому что все равно сытно.

Но с сегодняшним настроением ей совсем не до кулинарных изысков. Вот еще! Полуянов без предупреждения исчез, а она потащится в супермаркет ему спаржу выискивать?..

И Надя из библиотеки отправилась прямиком домой. Искушение зайти по дороге в сберкассу, чтоб заплатить за гараж, она подавила. Пускай Полуянов сам свою собственность содержит — и «ракушку» с «Маздой» во дворе, и бокс, где ржавеет «шестерка».

В квартире, правда, кондиционера тоже нет, но можно хотя бы в прохладную ванну забраться. И вместо возни у раскаленной плиты вдоволь поваляться в пенной воде в обнимку с женским журнальчиком.

Прочитать очередную написанную менторским тоном статью о том, что мужчина — тоже человек. Обожает, когда его *понимают* и свое внутреннее «я» перед ним раскрывают. Она уже, блин, попыталась понять Диму — и чтоб он ее понял...

Пока добрела до дома по жаркой улице от метро, едва не сварилась. Обычно-то она не раньше пяти возвращается, когда уже попрохладней, а сейчас — три часа, самое пекло. С облегчением рванула дверь подъезда — и тут же скривилась. В нос ударила ощутимая вонь — то ли краски, то ли растворителя, то ли всего вместе. Пахло не очень сильно, но противно. А ведь с утра еще все нормально было. Их бестолковый ЖЭК очередной ремонт, что ли, затеял? В жестокую жару? Чтоб окончательно добить несчастных жильцов?!

Надя огляделась, но никаких ведер с краской или стремянок, по крайней мере на первом этаже, не увидела. Сверху, что ли, ремонтировать начали? И спросить, как назло, не у кого — консьерж закрыл свое окошко и выставил табличку «Обед», а вездесущие бабули-соседки тоже куда-то попрятались.

Ладно, будем надеяться, что на ее седьмом запах поменьше.

Надя погрузилась в лифт, приехала на свой этаж, а когда двери открылись, едва в обморок не упала. Потому что здесь оказался сущий ад — воняло даже похлеще, чем в самом вонючем цеху лакокрасочного завода. Да еще и маляр имелся — мужичок в перепачканном комбинезоне, голову, по охватившей строителей моде, венчает бандана, а глаза почему-то украшают темные очки, хотя в подъезде полумрак.

Маляр водил кистью по стене — вот закон подлости! — как раз рядом с Надиной квартирой, и она, совсем неинтеллигентно простонала:

— Ну какого же хрена?!

Работяга только плечами пожал, отвернулся и взялся махать своей кистью с удвоенной энергией, а Надя отомкнула замок и юркнула в квартиру. Может, тут лучше?

Куда там, в коридоре было столь же мерзко, как на лестнице. Да и в ванной, где Надя посрывала с себя пропыленную одежду, ощущался явственный запах краски. Плакала ее мечта о пенной СПА-процедуре — разве в такой обстановке расслабишься?..

И Надя, злая и несчастная, поплелась на кухню. Быстренько выпить чаю, отдышаться — и бежать. Неизвестно, правда, куда. Наверно, в первый попавшийся бар, только обязательно с кондиционером.

Но едва она чиркнула спичкой, еще даже огонек не вспыхнул, как поняла: что-то случилось. Цунами. Смерч. Бора. Вихрь. Оглушительный, будто от камнепада, рев.

Надя почувствовала, как незримая сила отрывает ее от пола... и куда-то несет... по воле рока. Без всякого с ее стороны контроля.

Как тогда, десять лет назад. Когда Ирина вдруг прибавила газу, и милицейский «Форд», не ожидавший от скромной «девятки» подобной прыти, слегка подотстал.

ДЕСЯТЬ ЛЕТ НАЗАД

Надя

Ленка Коренкова всегда смеялась над «трусихой Надюхой», но сейчас, кажется, перепугалась не меньше ее. Пищит жалобно:

— Ирка! Что ты делаешь? Остановись!

Но Ирина лишь зубы стиснула. Нещадно терзает движок, мчится наперерез глубокой ледяной ночи... И, похоже, ощущает себя то ли Шварценеггером, то ли Никитой.

А милицейский «Форд» явно оправился от первого шока. Легко нагнал нарушителей, снова уперся им в хвост. Мужской голос монотонно бубнил в матюгальник:

— Немедленно примите вправо! Остановитесь!..

И вдруг в сердцах сорвался:

— Что вы творите, дуры?!!

«Надо бы руль у Ирки перехватить», — думает Надя. Но как с заднего-то сиденья это сделать? Еще хуже может получиться, неудачно дернешь — и авария. А Ленке говорить тоже бессмысленно, она в машинах ничего не понимает, водить не умеет, только пассажиркой кататься любит.

И Надя в отчаянии кричит:

— Ирка! Ты ж всех нас под тюрьму подводишь!..

Но подруга — вся в азарте. Сцепила зубы:

— Ничего! Уйдем!..

Резко — милицейский «Форд» такого маневра явно не ожидал — она свернула направо, в междворовый проезд. И, хотя дорога вся в выбоинах, еще больше увеличивала скорость.

— Ир! Бесполезно! — продолжает кричать Надежда. — Они видели номер! Они видели нас! Только хуже будет!

— Ни хрена! — возражает упоенная бегством одноклассница. — Одно дело — в машине нас взять! И другое — доказать, что это... мы... в ней были!.. Сейчас оторвемся, тачку бросим — и все, фигу им! Не мы это, и точка!!

«Девятку» отчаянно трясет, Лена Коренкова начинает плакать, Надя сама уже близка к истерике — и вдруг... Им наперерез от подъезда выдвигается старенький, но тщательно вылизанный «Запорожец». Раритетная машинка почему-то абсолютно уверена, что дорога для нее всегда свободна. Объехать «Запорожец» невозможно. А их скорость — километров семьдесят в час, тормозить бессмысленно.

— Дьявол!.. — шипит Ирина.

Инстинктивно, пытаясь избежать столкновения, дергает рулем, жмет на тормоз... «Девятку» ведет вправо, она теряет управление, визжит покрышками и, пройдя юзом с десяток метров, врезается правым боком в столб.

А сзади триумфально притормаживает милицейский «Форд».

НАШИ ДНИ

Надя

Надя открыла глаза и поняла, что попала в кино. Причем фильм — дурной. Белые стены, белый потолок, окна скрыты белыми жалюзи (сквозь них пробивается свет уличных фонарей). Она сама лежит на белой же кровати, застеленной ослепительным бельем. Рядом, на светлой тумбочке, в пошлой копеечной вазе букет роскошных роз. А на краешке ее ложа примостился Дима. Очень встревоженный, бледное лицо в тон медицинскому халату. Держит ее за руку, не сводит с нее глаз. А едва Надя зашевелилась, его будто пружиной подбросило. Вскочил, распахнул дверь, крикнул кому-то:

— Она очнулась!

И завертелось: в комнатку набились другие люди, о чем-то ее спрашивают, прикасаются, теребят...

Надя смотрела на них будто сквозь толщу воды: вроде все и видно, но в тумане. И слышно, но лишь смутный рев звуков, а слов не разобрать. Однако один вопрос она все же разобрала — его задал взволнованный дядечка с плохо выбритыми щеками:

— Вы помните, как вас зовут?

— Надя... — попыталась улыбнуться она.

Однако не получилось ни ответа, ни улыбки: губы не слушались, лицо не повиновалось. Из сонма встревоженных лиц Надя выхватила Димино, и ей показалось, что он смотрит на нее не просто заботливо, а как-то виновато. Так, наверно, на калек глядят, которые без рук, без ног. А с ней что? Митрофанова, убей бог, никак не могла вспомнить, почему оказалась на этой узкой, явно больничной койке. Может, она теперь уродина еще похуже безногой?!

— Зе... — с трудом пошевелила губами Надежда.

Встревоженные лица над ней непонимающе переглянулись. Один небритый дядечка, который спрашивал, как ее зовут, догадался:

— Зеркало просит.

Она благодарно кивнула. Ура! Хотя с трудом, но получилось заставить их врубиться.

А дядька наклонился близко-близко к постели и раздельно, словно говорил с глухой или дебильной, произнес:

— Надя! С вашей внешностью абсолютно все в порядке. И со всем остальным — тоже. У вас просто сильная контузия. Сотрясение мозга. Плюс шок. И я очень прошу, возьмите себя в руки. Попытайтесь дать понять, вы меня слышите? Вы понимаете мой вопрос?

— Вы смешной, — хотела произнести она.

Но получилось только:

— Вы сме...

Тут уж собеседник ее не понял. Отрицательно покачал головой:

— Нет. Мы вовсе над вами не смеемся. Вы действительно очень скоро поправитесь.

«Одно непонятно — почему тогда надо мной целый консилиум собрался? И что же все-таки случилось?»

Надя попыталась сфокусировать взгляд на Димкиной физиономии. Ну до чего заботливо смотрит! И ласково... Вот она, мужская суть. Чтобы мужик до тебя *снизошел*, нужно оказаться на больничной койке. Без сил и без движения. А пока все в порядке было, он и смотрел косо, и цедил сквозь зубы, и ночевать домой не являлся.

И у Нади вдруг мелькнуло: раз она не помнит, что случилось, может, она тоже пыталась с собой покончить? Как когда-то Ленка Коренкова?! Поэтому Димка и вид имеет виноватый — думает, это из-за него?!

Да нет, ерунда, конечно, она на такие глупости не способна.

Но Надя действительно не могла объяснить, как и почему оказалась в этой выбеленной комнатке. Одно помнит: с самого утра настроение у нее было ужасное. И еще — в носу до сих пор плавает удушливый запах краски. Кажется, она вернулась домой, в квартире очень воняло, она решила выпить чаю, включила газ, а дальше — провал... Надо вытребовать с них, пусть расскажут.

И Надя непослушными губами пискнула:

— Что со мной случилось?

На ее взгляд, в этот раз вышло довольно связно, но присутствующие все равно врубились не сразу. Один Димка не подкачал, понял:

— Газ, Надюшка, взорвался. Была утечка, а ты спичку зажгла.

— Газ?! — переспросила она.

И хотела сказать, что она ведь не идиотка. И никогда бы не стала включать конфорку, если в кухне пахнет газом... Не знала только, как сформулировать эту мысль попроще, чтобы пробиться сквозь непослушность собственных губ. И чтобы ее при этом поняли.

Но говорить ничего не пришлось — Дима определенно делал успехи. Настоящий супруг со стажем — понимает ее без слов:

— А запаха ты не почувствовала, потому что очень сильно краской воняло... И тебе еще знаешь как повезло? Концентрация газа оказалась невысокой. А включила бы конфорку часом позже — полподъезда бы разнесло, про тебя и говорить страшно... — Он нервно облизнул губы.

Надя хотела пошутить: мол, разве ты не мечтаешь, хотя бы втайне, остаться холостяком?

Но губы были такими вязкими, а Димины глаза столь умоляющими, что она промолчала. Нет у нее сил говорить.

Надя устало сомкнула веки, и ей сразу стало легче. Чернота перед глазами куда приятнее ослепительной больничной палаты. Не зря в Японии белый цвет считается траурным, он действительно очень противный.

Перед глазами все сразу поплыло, в голове зашумело. И хотя в палате было тепло, Наде вдруг стало зябко. Как тогда, в феврале...

Когда вслед за Иркой и Леной она медленно, будто на заклание, выбиралась из угнанной «девятки»...

ДЕСЯТЬ ЛЕТ НАЗАД

Надя

Бросать лицом на капот их не стали. Надевать наручники — тоже.

Усатый мент в полушубке, вылезший из-за руля «Форда», лишь заглянул в «девятку» и удивленно покачал головой:

— Вы что, одни были?..

А напарник — это его голос они слышали по матюгальнику — в сердцах бросил:

— Дуры! Как есть дуры!!

И Надя была с ним полностью согласна. Ситуация аховая! Сходили, называется, на «Юнону и Авось». Мало того, что угнали машину и попались, еще и весь бок у «девятки» разворочен. И сосед Стасик им при любом раскладе за это такой иск влепит!.. И еще наверняка их за угон будут судить. Боже! Что скажет мама? А как же институт? Кто ее возьмет даже в скромный библиотечный, если будет судимость?!

— Ладно, — вздохнул усатый. — Будем оформлять. — И строго уставился на девушек: — Чья машина?..

Все трое молчали, и усатый велел напарнику:

— Пойди по компьютеру пробей.

Тот послушно нырнул в «Форд», и Надя смутно вспомнила, что недавно смотрела по телику передачу о шедеврах научно-технической мысли. Одним из шедевров как раз и называлась возможность просматривать автомобильные базы данных из любой милицейской машины. Значит, уже через пару минут станет известно, что хозяин «девятки» — Стас. И если он успел об угоне заявить...

Надя втянула голову в плечи, а усатый мент продолжал их пытать:

— Водительских удостоверений ни у кого из вас, конечно, нет... — И с нотками жалости в голосе поинтересовался: — Учитесь? Работаете?

— Учимся. В школе, — пискнула Коренкова, жалобно взглядывая на гаишника. — В одиннадцатом классе.

— Час от часу не легче, — вздохнул тот.

И Надя вдруг отчетливо, на уровне интуиции, поняла: у этого мента явно есть дочь. Похоже, примерно их возраста. У нее, как и положено подросткам, свои проблемы и заморочки. И отец, пусть и служит в дуболомном ГАИ, свою дочь понимает. Поэтому, не попади они в аварию, он бы их просто отпустил. Пусть и на чужой машине, и без прав, и удрать пытались...

И она пролепетала:

— Понимаете... Мы виноваты, конечно, но не совсем. И врезались не потому, что идиотки. Просто нам помешали. Вон от того подъезда «Запорожец» выехал. Без моргалки, на приличной скорости. Мы просто от столкновения уходили...

— И где он сейчас, тот «Запорожец»? — поинтересовался мент.

— Уехал, — вздохнула Надя.

— Ну, разумеется, — пожал тот плечами. И буркнул: — Да если б и не уехал — попробуй ты чего докажи. Тем более что ни прав у вас, ни, конечно, доверенности на машину... Не пили хотя бы?

— Не пили! — с надеждой выкрикнула Елена.

— А что толку? — вздохнул гаишник.

Тем временем из «Форда» выбрался его напарник. Доложил:

— Владелец автомобиля — Есин Станислав Сергеевич, 1971 года рождения, проживает здесь, на соседней улице.

— Кто он вам? — строго взглянул на подруг усатый.

— Сосед, — смело посмотрела на него Ирина.

Когда она поняла, что машина не числится в угоне, явно повеселела. Но Надя оптимизма Ишутиной не разделяла. Может, Стасиково заявление еще в компьютеры не попало?

— Ладно, — сказал усатый. — Сейчас быстренько составляем протокол, фиксируем повреждения — и едем. «Девятка» ваша вроде бы на ходу...

— А куда мы с вами поедем?.. — лучезарно улыбнулась Ирина.

Она, похоже, уже вполне оправилась от первого шока.

— В отделение, — пожал плечами мент.

— А может, не надо?.. — кокетливо заканючила девушка.

— Ты, милая, не наглей, — не ответил он на улыбку.

— Ну правда! — подключилась Надежда. А вдруг действительно прокатит? — Отпустите нас, пожалуйста! Мы больше не будем!..

— Детский сад, — буркнул стоявший рядом напарник.

А усатый, даже будто извиняясь, произнес:

— Нет, девочки. Не просите. Бесполезно. Мы и без того вам навстречу пошли. Забудем, так и быть, что вы по требованию сотрудников милиции не остановились. За одно это, если вы не знаете, — уже статья. Но зафиксировать аварию, тем более на чужой машине, мы обязаны.

И велел напарнику:

— Оформляй протокол.

НАШИ ДНИ

Надя

Когда Надя второй раз пришла в себя, фонари на улице уже не горели. Сквозь опущенные жалюзи палаты проглядывало солнце.

«Сколько я здесь? Уже сутки? Двое?»

Подле кровати на неудобном узеньком стуле опять восседал Полуянов. Но на этот раз за руку ее не держал — спал, неудобно разбросав ноги. И розы на тумбочке имелись — те же самые, но несколько уже подвядшие.

«В такую жару им надо воду три раза в день менять», — мелькнуло у Нади, и она порадовалась: кажется, мозги в порядке. Еще бы убедиться, что с лицом, как ее уверяли, всё о'кей... Да и заодно в туалет сходить — по малой нужде хотелось нещадно. Интересно, а как она раньше с этим справлялась? Неужели ей Дима судно подкладывал?!

Надя осторожно — в этот раз тело ей уже вполне повиновалось — спустила ноги с кровати. Голова, конечно, кружится, и мушки перед глазами сразу запрыгали, но в целом жить можно. Интересно, к этой белой палате прилагается свой туалет? Или придется разыскивать удобства в больничном коридоре?

Туалет — крошечный и отделанный, разумеется, белоснежным кафелем — к счастью, имелся. Надя, едва завидев *удобства*, чуть не подпрыгнула — до такой степени хотелось. Но, прежде чем усесться, все равно на секунду задержалась у зеркала. Боже, в какой кошмарной она рубахе! Казенная, что ли, ночнушка — в жуткий цветочек и вся в пятнах?.. Ну и обряжают же в наших больницах пациентов! Обязательно нужно попросить, чтоб Димка нормальную пижаму принес. Да и лицо не блещет. Хорошо, конечно, что не изранено. Но цвет — кошмарный, бледно-серый, с черными тенями под глазами. Категорически нужен тональник. И румяна. Тоже пусть Полуянов доставит.

А пока Надя, встав с унитаза, как могла, пригладила волосы пальцами и долго умывалась под холодной водой в надежде, что проступит хотя бы минимальный румянец.

За этим занятием ее и застал сердечный друг. Вскочил в туалет всклокоченный, перепуганный и, разумеется, без стука. А если бы ее в процессе застал?!

И Надя немедленно на него напустилась:

— Ты чего врываешься?

Он не ответил. Стоял на пороге, смотрел на нее, покачивал головой. И удивительно сейчас походил на старую деревенскую бабку, которая любимой внучкой любуется.

Митрофанова не удержалась, фыркнула:

— Ты еще за стол сядь. Растопи лучину и щеку рукой подопри.

— Они сказали немедленно их позвать, — непонятно ответил Димочка.

— Они — это кто?

— Врачи, — пояснил он. — Велели сразу вызывать, когда ты в себя придешь...

В его глазах наконец-то заплясали знакомые Наде искорки. Полуянов шагнул к ней. Бережно, будто хрустальную вазу, обнял. Ткнулся горячими губами куда-то в шею. И нежно прошептал:

— Впрочем, плевать на врачей. Подождут. Хочу сказать тебе... Я так рад, Надька!.. Ты просто не представляешь, до чего я рад!

А она еле удержалась, чтобы не ответить: я готова, мол, сто двадцать пять таких взрывов пережить. Только бы потом такие слова слышать...

С минуту они просто постояли обнявшись. После, прямо в крошечном туалете, поцеловались. А потом Надя вдруг почувствовала, что коленки задрожали, перед глазами снова все поплыло... И она жалобно попросила:

— Дим! Что-то мне опять нехорошо...

— Ну я баран! — расстроился он. — Держу тебя на ногах...

И, будто пушинку, подхватил ее на руки. Отнес в палату. Бережно перегрузил в постель.

Надя с облегчением откинулась на подушку. Минут пять полежала с закрытыми глазами — Дима все это время нежно гладил ее по руке.

Лежать бы так и лежать... Но только неизвестность уже достала ее. И Надя потребовала:

— Дим! Ты мне все-таки объясни. Что еще за утечка? Почему — взрыв? Что со мной, только честно, случилось?

Полуянов сразу посерьезнел — даже ее руку отпустил. И, вздохнув, произнес:

— Врачи велели тебя не нервировать.

— Чушь, — отрезала она. — Гораздо хуже, когда ничего не знаешь.

— Я не спорю. — Он внимательно взглянул ей в глаза. — А ты истерику не закатишь? В обморок падать не станешь?

Надя через силу улыбнулась:

— По-моему, я свою норму по обморокам уже выполнила.

— Хорошо, ловлю на слове. Тебя пытались убить.

— Что-о?!

— Никакой *утечки* газа в доме не было. Газовую трубу в нашей квартире перепилили. Очень аккуратно. В незаметном месте — там, где она плитой скрыта.

— Да ладно... — не поверила она.

— Ты, когда дверь отпирала, ничего не заметила? Может, не заперто было? Или замок заедал?

— Нет, я б тогда не пошла... Испугалась бы... Вроде открылась дверь как обычно, — ошарашенно пробормотала Надежда.

— Странно. А ведь мы, когда потом дверь осматривали — ясное дело, вместе с ментами, — небрежно уточнил Дима, — обратили внимание, что замок вскрывали. Причем довольно грубо. И я, когда *своими ключами* отпереть его пробовал, еле справился — так он заедал. А ты, значит, ничего не заметила... Очень странно.

Надя задумалась. Медленно произнесла:

— Ну я, во-первых, с самого утра не в духе была... Сам знаешь, когда настроение на нуле, ни на что внимания не обращаешь... А во-вторых, я из-за маляра разозлилась... Прямо под нашей дверью вонь развел!

— Так-так, с этого места поподробней, — оживился Полуянов.

— Ну, ремонт в подъезде затеяли, ты разве сам не заметил? И без того жара, а тут еще от краски вонища. И этот козел, маляр, как раз возле нашей квартиры красил.

— Ты его видела? — ахнул Дима.

— Видела, — кивнула она. — А что?

— Да ничего, — хладнокровно произнес журналист. — Просто ремонта в подъезде тоже не было. И нет. А свежая краска на стенке возле квартиры... ее нанесли специально. Чтобы ввести тебя в заблуждение. Это специальный состав. Особый, не токсичный, но чрезвычайно вонючий. Идеальный способ перебить запах газа.

— Не может быть... — прошептала девушка.

— А ты этого маляра описать сможешь? — осторожно спросил Полуянов.

— Маляра?.. — Надя глубоко задумалась. — Ну... обычный мужик. Такой... довольно противный. Среднего роста. В бандане. И в темных очках, я еще удивилась, зачем они ему, в подъезде-то...

Она замолчала.

— И это все? — после паузы спросил Полуянов.

— Дим, ну я ведь думала, что он обычный маляр, — простонала Надя. — Пришел из ЖЭКа, красит стену. С какой радости мне было его рассматривать? Сам, что ли, внимание обращаешь на дорожных рабочих или, скажем, на официанток?

— На официанток, допустим, обращаю, — пожал он плечами.

— Ах да. Я и забыла. Ты ведь у нас любвеобильный, — саркастически произнесла она. Насупила брови и спросила: — Ты, кстати, где всю ночь шлялся?!

— Здесь, — хладнокровно ответил журналист. — На стуле. У твоего одра.

— Не придуривайся, — еще больше нахмурилась Надежда. — Я про другую ночь говорю. Когда ты, — она хмыкнула, — на деловую встречу в казино отправился. Сказал, между прочим, что на пару часов. А сам телефон отключил — и испарился.

— Надь! Но мы, по-моему, сейчас о тебе говорим! — возразил журналист. — Ты в опасности. На тебя покушались! Разве еще не поняла?..

— Поняла, не дура, — отрезала она.

— Потом, могла бы спросить, что стало с квартирой? Как Родион? — продолжал наступление Полуянов.

— И что же?

— В квартире выбиты стекла. Пол вспучило. И мебель на кухне испорчена. Нужно делать ремонт. А Родион — тот в порядке. Он в дальней комнате под диваном пересидел. Я его твоей соседке на время отдал. Ну, этой противной. Бабке Юльке.

— Очень хорошо, — кивнула Надя. — И ремонт мы сделаем, и Родион пристроен. Так почему ты в ту ночь до утра исчез? И на мои звонки не отвечал?..

— Во пристала... — простонал журналист. — Давай лучше ты отдохнешь... Тебе поспать нужно... Или давай я врача позову. Я ж обещал, когда ты очнешься...

— Ди-ма! — сдвинула она брови. — Колись!

— О господи!.. Да ничего особенного! Ну, сначала мы с Пшеницыным долго базарили. Он мне, между прочим, много интересного рассказал... — Полуянов лукаво взглянул на Надю. — Про твои, так сказать, гоночные таланты... Скажу тебе: уж на что я сам трудным подростком был, но машины не угонял.

Она не смутилась.

— А я вообще девушка способная. Ну а что ты делал *потом*?

— Вот прилипла! — покачал головой Дима. — А потом мне Пшеницын пару крупных фишек презентовал — он управляющий, имеет право. И золотую карточку своего казино — по ней любое спиртное бесплатно, хоть «Мартель», хоть «Чивас». Предложил развеяться за счет заведения. Что ж я, дурак отказываться?

— И хорошо развеялся? — прищурилась она.

— К двум дня уже на работе был! — бодро отрапортовал журналист.

— А много выиграл?

— Ну...

— Ясно, — вздохнула Надя. И упрекнула: — Хотя бы позвонить-то мог! Или на мой звонок ответить...

— А по мобильнику в казино говорить не то чтобы нельзя... но — нежелательно. Считается, что удачу спугнешь, — фальшивым тоном объяснил Дима.

— Знаю я эту *удачу!* — фыркнула Митрофанова. — Очередная крашеная блондинка?

— Надя, о чем ты говоришь! — возмутился Полуянов. — Игра и женщины, к твоему сведению, вообще несовместимы!

— Засранец ты, — снова вздохнула она.

— А что мне оставалось делать? — перешел в контрнаступление журналист. — Как было стресс снимать? После того, как я о своей *невесте* такие вещи узнаю?!

— И какие уж такие особенные вещи? — буркнула она.

— Что тебя, оказывается, за угон машины должны были судить. И только чудом уголовное дело закрыли. Ограничились учетом в милиции. Вот уж никогда бы не подумал... — покачал головой Дима.

— Бес попутал. С кем не бывает, — покаянно вздохнула Надя.

— А всегда прикидывалась, что водить не умеешь, — укорил он. — И врала, будто скорости боишься...

— Потому что я люблю безопасные гонки. А ты водишь опасно, — пригвоздила она его.

— Да уж. Вы в ту ночь прокатились — безопасней некуда, — хмыкнул Полуянов.

— Бес попутал, — повторила Надя. Секунду подумала и добавила: — К тому же за рулем Ирка сидела. А будь я — все б нормально было!

— Героиня, как есть героиня, — вздохнул журналист.

— А Пшеницын — несчастный болтун, — воскликнула Надежда. — Все выложил...

— Не все, — покачал головой Дима. — Кое-чего он и сам не знает. Как вам тогда все-таки отмазаться удалось? Серьезное ведь преступление — угнали машину да еще и разбили. А вас всего лишь на учет поставили. И ремонт вы, кажется, не оплачивали...

— А ты не понял, что ли, еще? — возмутилась Надя. — Я ведь потому сейчас все и затеяла... чтобы Степке помочь. Отблагодарить его наконец!

— Не понял, — озадаченно произнес журналист. — А при чем здесь он?

— Да при том, — склонила голову Надя, — что Степан нас тогда и выручил!

— Степка? Степан Ивасюхин? Тот самый — никчемный? Маменькин сынок? — недоверчиво переспросил Дима.

— Тот самый, — грустно произнесла она.

ДЕСЯТЬ ЛЕТ НАЗАД

Надя

В отделении, куда их доставили на милицейском «Форде», *хорошее отношение* к девушкам закончилось.

Едва сидящий за стойкой дежурный узнал, что те без всяких документов управляли чужой машиной да еще и врезались на ней в столб, его доселе сонные, равнодушные глаза мгновенно загорелись. Он радостно переспросил:

— Все — несовершеннолетние?

Плотоядно оглядел Надю, Лену и Иру. И с еще большей радостью добавил:

— Ну, красавицы! Вам кирдык!

Немедленно выскочил из-за своей стойки и гостеприимно отомкнул расположенный напротив «обезьянник»:

— Что ж! Милости прошу!

Девушки с отвращением вошли в провонявшую хлоркой клетку. Пол здесь был склизким, потолок закопченным. В дальнем углу, укрывшись рваньем, зычно храпел покрытый язвами бомж.

Усатый гаишник посмотрел на виновниц аварии с явным сочувствием. А дежурный уже накручивал телефонный диск, приказывал невидимому собеседнику:

— Толь! Станислава Есина, Полярная, 13-5-77, мне найди! Узнай: почему он об угоне личного транспорта до сих пор не заявил?

Надя втянула голову в плечи.

И тут...

Входная дверь в отделение распахнулась, на пороге показались двое.

Первым из вошедших был... сосед девушек и хозяин «девятки» Стас — кашемировое пальто распахнуто, белый шейный платок эффектно оттеняет толстенную золотую цепуру. А за его спиной скромно маячил очкарик Степка.

Стасик излучал уверенность и силу. Он небрежно поздоровался с дежурным:

— Привет, командир.

Кивнул усатому гаишнику. А потом обернулся к сжавшимся в клетке девчонкам и усмешливо произнес:

— Что? Доездились, козы?..

Те дружно склонили головы.

А дежурный снова вылез из-за своей стойки и подозрительно обратился к Стасу:

— Вам, гражданин, чего?

— Да девок этих! — сердито махнул в сторону «обезьянника» сосед. — Лично всем троим задницы надеру!! «Девятину» мою раздолбали, гадины! Дал машину, дурак! Сказал: ехать не быстрей сорока кэмэ в час! А они чего сотворили?!

— Минуточку... — слегка растерялся дежурный. — Ты, что ли, хозяин «девятки»? Потерпевший?

— Да какой, на хрен, потерпевший! — раздосадованно воскликнул Стас. — Скорее идиот.

— Ты им сам, что ли, свою «девятку» дал?

— Ну да! — вздохнул Стас. Стукнул себя по бритой башке и добавил: — Кретин!..

Он подошел совсем близко к «обезьяннику» и грозно ощерился:

— Кого из вас мне благодарить-то? Кто за рулем сидел? Кто со столбом поцеловался?..

Девушки благородно молчали.

А дежурный из-за Стасиковой спины произнес:

— Между прочим, передача транспортного средства лицу, не имеющему права на управление, карается...

— Да ладно тебе, командир! — перебил его Стас. — И без того уже... покарали. Вся бочина вхлам! Давай мне девок — и разбежались.

И Надя с изумлением увидела, как из кармана кашемирового пальто в руки дежурного ловко прыгнула зеленого цвета купюра. А бессловесно маячивший за спиной Стасика Степан широко улыбнулся.

НАШИ ДНИ

Надя

Надя устало откинулась на подушку, задумчиво произнесла:

— Тем все и кончилось. Через полчаса нас отпустили. Правда, задержание уже успели оформить, поэтому в школу все равно телегу прислали, скандал был — неимовернейший! Поставили нас, всех троих, на учет в милиции. Грозились, что в институтских характеристиках про этот случай напишут. И мамуля со мной потом целый месяц не разговаривала...

— Но я все равно не понял: при чем здесь Степан? — спросил Полуянов. — Тебя послушать — так он просто молча в отделении постоял.

— А в том, что, едва мы на этой «девятке» уехали, Степка не растерялся. Побежал к Стасику домой. И все ему рассказал. Про дур баб и про то, что он умоляет-просит об угоне не заявлять. И спустить это дело на тормозах. Стас, ясное дело, пришел в дикую ярость. Стал орать, что в гробу он видал и нас, и Степана с его идиотскими просьбами. Ну а тот тогда говорит: я, мол, в долгу не останусь. И рекламу развел, будто у него семья обеспеченная и он вроде как готов покрыть любые убытки.

— А у Степана что — обеспеченная семья? — недоверчиво произнес Полуянов.

— Да нет, конечно! Родители — выпивохи. Только от бабки кое-какое золотишко осталось, не успели еще спустить, — отмахнулась Надежда. — Ну а Стасик хотя и расписховался, но человек-то деловой. Ладно, говорит. За базар ответишь, а не то я тебя лично на счетчик поставлю. И тут же кого-то из друзей с машиной вызвонил. Поехали, говорит, твоих гонщиц искать. Степку с собой — и давай кататься по району. Иногда останавливались, прохожих расспрашивали — не видел ли кто чего. И, конечно, нашли. Только поздновато — как раз в тот момент подъехали, когда нас в «Форд» запихивали, а второй гаишник в разбитую «девятку» садился. Ну, Стасик как увидел, во что мы его транспорт превратили, еще больше бушевать начал. Я, говорит, этих тварей по этапу пущу. И такой иск вчиню, что по миру пойдут! Ну а Степка знай свое гнет. Поехали, говорит, прямо сейчас ко мне. Я с тобой тут же и рассчитаюсь — две таких «девятки» купишь. И снова уговорил его. Отправились они к нему домой, и Степан всю бабкину шкатулку на стол и вывалил. Золото, изумруды, хоть и некрупные, бриллианты... Может, на две «девятки» там и не было, но на ремонт — с лихвой. Плюс Степка на жалость бил: молодые, мол, девчонки... И пожалел нас Стасик. Шкатулку взял и пообещал, что поможет нас из ментуры вытащить... Он ведь только недавно «братком» стал. А в детстве все вместе во дворе тусовались. В войнушку играли и в циклопов... — Надя снова вздохнула. — Ведь не зверь...

— Да-а-а, Надежда, — протянул журналист. — Интересная у тебя была юность!

— Да ладно! — усмехнулась она. — Обычный переходный возраст. Как у всех.

— А мне ведь моя мамуля всегда *тебя* в пример приводила, — продолжал ерничать Полуянов. — Вот, мол, смотри, какая интеллигентная, скромная, добропорядочная девушка...

— А я такая и есть! — широко улыбнулась Надежда. — Твоя мамуля же ничего не знала. Моя мать ведь не дура, чтоб об этом рассказывать.

— Я, конечно, не спорю, — ехидно произнес журналист. — Только как-то в общую картину не вписывается... В шестнадцать лет по ресторанам расхаживала... В семнадцать машины угоняла... А сейчас, в двадцать семь, тебя пытаются убить.

Надя сразу побледнела, а Дима внимательно взглянул ей в глаза и спросил:

— Кто, как ты думаешь, мог это сделать?

И она спокойно ответила:

— Я думаю, тот, кто давно знает нас, всех троих. Тот, кто *уже* убил Ленку Коренкову. И покушался на Ирину Ишутину.

— Надя, но я не понимаю... — скривился Полуянов. — Ведь с тех пор столько воды утекло... Вы теперь совершенно разные люди. Непересекающиеся множества. — И пошутил: — Не Стасик же вам за свою «девятку» мстит! Запоздало получается...

— Да что теперь ему та «девятка»! — улыбнулась Надя. — Он знаешь как поднялся? Давно уже на «девяностой» «Вольво» рассекает...

— Но кто тогда?.. — он пытливо уставился на нее.

— Не знаю, — опустила глаза Надежда.

— А по-моему, милая, ты чего-то недоговариваешь, — вздохнул Дима.

И по виноватой искорке, мелькнувшей в ее глазах, понял, что он в своих подозрениях не ошибается.

Глава 10

Дима

Отмахнуться от того, что девушек *убивают,* теперь было невозможно.

Но кто он, их враг? Кому могли помешать в одном ряду — опустившаяся алкоголичка, преуспевающая риелторша и тихая сотрудница библиотеки?

Надя, кроме уже знакомой версии про маньяка-историка, ничем его не порадовала.

Дима не возражал: насолили девчонки Ивану Адамовичу, конечно, крепко. Но все равно очень сомнительно, чтобы тот начал убивать спустя десять лет из-за пленки — к тому же не особо криминальной, иные современные постановки бывают откровенней.

А учитель истории, как показалось Полуянову, совсем не идиот. Неудачник — да. Ранимая душа — безусловно. Но не убийца. И уж тем более не организатор убийств. Может быть, сам, если в состоянии аффекта, еще и способен на безумные поступки, но ведь установлено, что расстрелять Ишутину пытался не он. И псевдомаляр тоже совершенно не походил на историка, в этом Надя не сомневалась. Но мог ли Иван Адамович нанять исполнителя? Подослать его с пистолетом к особняку Ишутиной? И в квартиру Митрофановой, перепиливать газовые трубы? К тому же зарплата у школьных работников известно какая — убийцу на эти деньги не наймешь.

Но если не учитель, то тогда кто? Степан? Отпадает. Во время нападения на Ишутину тот находился в шестистах километрах от Москвы, а когда покушались на Надю — и вовсе в следственном изоляторе. Стасик, хозяин «девятки», которую когда-то угнали девчонки? Еще смешнее. Может, мамаша Коренковой — причем начала она серию убийств с собственной дочки?..

Да, Полуянов. Ты просто сходишь с ума.

Будь Дима начинающим журналистом — он бы просто сдался. Решил бы, что загадка ему не по зубам.

Но Полуянов (надо признаться, не без оснований) считал себя асом. Ему приходилось расследовать и куда более сложные дела. Значит, решил Дима, ему и нужно поступать, как подобает *профессионалу*. А тот, когда не хватает информации, не сдается, а бросается на поиск новых источников.

Вот и пройдемся еще раз по общему прошлому Лены, Иры и Нади.

Дима нетерпеливо открыл блокнот, куда он еще в самом начале работы над статьей вписал несколько полезных телефонов.

Людмила Сладкова, одноклассница
Семен Зыкин, одноклассник
Гуляйнер Т. Т., учительница биологии
Швецова М. Ю., школьная медсестра
Каргополов Н. В., директор школы
С кем из них встретиться?

Одноклассников, наверно, уже хватит. Биологичка с залихватской фамилией Гуляйнер тоже как-то его не вдохновила. Да и к школьной медсестре девчонки вряд ли так уж часто захаживали. Оставался директор. Что ж, будем надеяться, тот еще помнит колоритную троицу.

...Дима взглянул на часы: восемь вечера. Он только что вернулся из больницы. Надька настояла, чтобы хоть эту ночь — уже третью по счету после взрыва в квартире — Полуянов провел дома. Он не хотел ее оставлять, но Надюха, хитрюга, демонстративно повела носом: «Слушай, а что у тебя с футболкой?.. Какой-то очень странный запах...»

А чего тут странного, если жара и он уже три дня в душ не ходил?

Доблестная милиция охранять Надежду, конечно, и не подумала — пришлось заботиться о безопасности подруги самому.

Дима предупредил медицинских сестер, что уходит, и велел им — за сто рублей каждой — присматривать за пациенткой Митрофановой. С самой Надюхи взял клятву, что та из палаты ни ногой. Обещал вернуться завтра, с утра пораньше. И отправился ночевать в свою квартиру, ибо в Надькиной, после эксцесса с газом, находиться было невозможно.

...Давненько он не бывал в родных пенатах, даже что-то вроде ностальгии ощутил. Если б только еще пылью не воняло! Да и грязную посуду он, наверно, оставил в раковине напрасно.

Думал, что, едва доедет и примет душ, вырубится мгновенно. И действительно, в собственную постель завалился с нескрываемым наслаждением. О-о, до чего разительный контраст с неудобным больничным стулом или краешком Надюхиной койки!

Одна беда: сколько он ни вытягивался, ни закрывал блаженно глаза, ни начинал пересчитывать овец, а сна все равно ни в одном глазу. И не поймешь почему. То ли отвык от своей квартиры — последние-то месяцы почти безвылазно прожил у Надюхи. То ли от пыли, скопившейся в доме, нос щипало. Или не хватает теплого Надькиного тела под рукой?!

Но какой бы причина ни была, а глупо мучиться бессонницей, когда столько у него дел. Вот он и решил: чем зря бока отлеживать, лучше взяться за работу. Директор школы в начале девятого вечера наверняка должен оказаться дома.

...Но, к Диминому удивлению, женский голос по домашнему телефону ответил:

— Николай Валентинович еще не подошел.

— А когда он появится?

— Точно не знаю. Может быть, к десяти... — с сомнением протянула женщина.

— Интересно, что можно делать в школе в такое время? — бестактно поинтересовался Полуянов.

— А с чего вы взяли, что он до сих пор работает в школе? — усмехнулась женщина. И с нескрываемой гордостью произнесла: — Николай Валентинович давно уже сменил поле деятельности.

— Кто же он сейчас? — кротко спросил журналист.

— Николай Валентинович — сотрудник сети супермаркетов «Пятый океан», — со значением ответила собеседница.

«Стоит на кассе?» — едва не брякнул Дима.

И хорошо, что удержался, потому что дама, уже прямо-таки раздуваясь от гордости, произнесла:

— Он, к вашему сведению, член совета директоров, а также управляющий филиалом в Медведкове.

Полуянов еле удержался, чтобы не присвистнуть — интересный вираж заложила карьера школьного директора!

Он попросил:

— А вы не могли бы дать мне его мобильный телефон?

— Личный номер Николая Валентиновича доступен только узкому кругу лиц, — отрезала женщина. — Но, если хотите, можете записать телефон его секретарши... Вам угодно?

— Давайте, — вздохнул Дима.

Спасибо, конечно, только ни одна *нормальная* секретарша в девять вечера на работе торчать не будет.

В своих подозрениях Дима не ошибся — когда набрал номер, ответом ему стали безнадежные длинные гудки. Отложить, что ли, разговор с дважды директором до завтра?

Но сон уже все равно развеялся, и Полуянов решил: а почему бы ему не прокатиться до «Пятого океана»? Ехать тут недалеко. Если повезет, удастся изловить директора. А нет — хоть пива купит, ледяное пивко с кальмарчиками после скучной больничной пищи ему сейчас совсем не помешает.

Он выбрался из постели, с трудом раскопал в платяном шкафу чистую футболку, оделся и с удовольствием вышел из душной квартиры в прохладный вечер.

Надя

Она еле дождалась, пока Димка наконец свалит.

Когда он вышел, Надя минут пять смиренно полежала в кровати — вдруг тот чего-нибудь забыл и вернется? Или просто так вернется, потому что задумал провести проверку, — как выполняются его предписания «добросовестно болеть»?

Но все было тихо, в коридоре никаких шагов, и тогда девушка осторожно выбралась из постели. Голова, к счастью, больше не кружилась, желтые мушки перед глазами не летали, но слабость все равно была страшнейшая. И ноги — будто не свои, слушались плохо. Неслабо же ее приложило! Одна радость: есть уже который день совершенно не хотелось. И похудела она всего-то за пару суток шикарно. И хотя врачи ворчали, что надо себя заставлять есть, а не то, грозились, через зонд накормят, Надя происходящими с ней изменениями была довольна. Супердиета — хорошеешь с каждым днем, да еще без всякого насилия над собой! Скулы приятно вытянулись, дурацкие круглые щечки сошли на нет, и даже тени под глазами ее совсем не портят — наоборот, выглядят вполне романтично. Особенно если слегка тональником подмазать — косметикой Полуянов ее снабдил.

Да еще Димка в последние дни смотрит на нее та-а-акими глазами! Если б только жалел или, скажем, за нее боялся, столько вожделения бы в них не плескалось... Может, для пущей романтики ей сейчас прогуляться до сестринской? И стащить оттуда белый халат с белой же шапочкой? А завтра вечерком, когда больница традиционно притихнет, устроить Димуле эротическое шоу?

Впрочем, Надя тут же устыдилась неподобающих мыслей. Какое еще шоу, если дверь в палату не запирается? Да и разве до эротики сейчас? Положение серьезное. Как ни пытайся выбросить из головы, но ее действительно пытались убить. Профессионально. Жестоко. И убили бы, если б не счастливая случайность. Не иначе, ангел-хранитель ее оборонил. Не отпусти начальница Надю пораньше и вернись она не к трем, а к пяти вечера, как обычно, концентрация газа оказалась бы достаточной, и тогда...

О том, что *тогда*, было даже страшно подумать.

Надя снова устроилась в постели. Прилегла на подушку. Закрыла глаза. Попыталась, в какой уж раз, восстановить в памяти лицо давешнего маляра. Но разве *нарисуешь* человека, если у того бандана до самых бровей и глаза под темными очками? Только губы и видно — а как их опишешь? Ну... обычные губы. Не тонкие, не толстые. И нос — обычный. Не римский и не картошка. Но в целом — лицо абсолютно незнакомое. И еще спокойное и совсем не злое. Наверно, так и должны выглядеть настоящие наемные убийцы...

Может, милицейский фотохудожник ей бы и помог описать маляра более подробно, только где он, тот фотохудожник? Один следователь и приходил вчера. Задал с десяток вопросов, равнодушно выслушал про гибель Коренковой и покушение на Ишутину. Пробормотал, что связи на первый взгляд он не видит. Впрочем, пообещал, что будет разбираться. Вот и все расследование. Единственное, что милицейский гость сказал полезного, будто можно за порушенную квартиру страховку получить. От государства. Вроде как она в квартплату входит, которую Надя всегда исправно вносила. «Деньги небольшие, — посоветовал следователь, — но в хозяйстве лишними не будут».

За идею, конечно, спасибо, но только *успеет* ли она получить эту страховку?.. Прежде чем покушение на нее повторят?!!

И Надю словно холодным душем окатило. Что ж она за сволочь такая! В больничке, в отдельной палате — спасибо Димке, не поскупился, в тепле, под каким-никаким, но контролем. Лежит, расслабляется, себя жалеет. И даже не поинтересовалась: а все ли в порядке у Иринки?

Ведь на нее тоже покушались! И уже который день о той ничего не слышно! А вдруг, вдруг...

Она снова выпрыгнула из кровати и дрожащими руками набрала на мобильнике номер Ишутиной.

Та, к счастью, откликнулась на первом же гудке. Обрадованно выкрикнула:

— Ой, Надька!

— Ф-фу, слава богу! — выдохнула Митрофанова.

И тут же нарвалась на скептическое:

— А за что это ты его благодаришь?

— Так ты ничего не знаешь? — изумилась Надя.

— О чем?

— Ну сейчас я тебе расскажу... — протянула Митрофанова.

И краткими, но яркими мазками обрисовала подруге ситуацию — про взрыв бытового газа в своей квартире, который на самом деле обернулся покушением на убийство.

Ишутина слушала и, хотя считалась холодной бизнесменшей, в этот раз вполне по-женски, испуганно ахала. А когда Надя завершила свой рассказ, коротко велела:

— Диктуй адрес. Я сейчас подъеду.

— Какой адрес? — опешила Надя.

— О господи, тупота! Ну, этой. Больнички, где ты лежишь.

— Да ты что, Ир! Это далеко, и не пустят тебя. Посещения давно закончились. Времени-то — к девяти!

— Меня — пустят, — отрезала одноклассница. — А то, что далеко, тоже хорошо. Прокачусь. Мозги прополощу. Где там тебя искать-то?

Дима

Директора магазина среди прочего персонала супермаркета Полуянов вычислил мгновенно. Когда седовласый мужчина в строгом, несмотря на летнюю жару, костюме тихим голосом отчитывает работницу зала, переставляющую на стеллажах баночки с йогуртом, ошибиться невозможно.

Дима дождался, покуда девушка виновато пролепечет: «Я все поняла, да, обязательно, конечно...», и подвалил к седовласому:

— Николай Валентинович?

— Вы по поводу кондиционера? — мгновенно оживился директор. — Наконец-то!

— К сожалению, нет, — покачал головой Полуянов. — Я совсем по другому вопросу...

И протянул шефу свою визитную карточку.

Его газета в столице на слуху — вот и управляющий сразу заинтересовался:

— «Молодежные вести» хотят написать про мой магазин? Я польщен!

Дима не стал разочаровывать коммерсанта, что теперь даже *упоминание* торговой марки надо оформлять через рекламный отдел. Он лучезарно улыбнулся Николаю Валентиновичу:

— И про магазин, разумеется, напишу, но еще больше — про его управляющего.

— А про меня-то что писать? — искренне удивился тот.

— Про вашу, например, удивительную карьеру, — улыбнулся журналист. — Про ваш путь — начинали директором школы, а теперь сетью супермаркетов управляете...

— Суть на самом деле одна и та же, — пожал плечами директор. — Организовывать, разбираться, направлять. — Понизил голос и заговорщицки добавил: Только, в отличие от школы, здесь хотя бы платят нормально.

А потом внимательно взглянул на журналиста:

— Что-то не верится, что тебя так моя карьера заинтересовала — раз в десять вечера явился, да еще без звонка...

— У меня есть к вам и другие вопросы, — не стал изворачиваться Полуянов.

— Ладно. Пошли ко мне в кабинет, — вздохнул директор. — Вы ж, журналюги, липучие. Вас в дверь, а вы в окно, правильно?

...Особого шика в логове шефа не наблюдалось — комнатуха метров восемь, стандартная, как в миллионе офисов, мебелишка, и даже хозяйское кресло из самой дешевой кожи. А стул для посетителей и вовсе пластиковый. Выглядит несолидно, зато никакого благоговейного трепета не испытываешь, как в иных начальственных кабинетах. И уж точно не ощущаешь себя ученичком, которого директор школы вызвал на проработку.

— Не скучаете по своим оболтусам? — улыбнулся Николаю Валентиновичу Полуянов.

— Скучаю, — улыбнулся тот. И признался: — До сих пор почти всех по именам помню.

— Да. Говорят, школа так просто не отпускает, — с умным видом кивнул Дима.

Директор развел руками:

— До сих пор жалею, что ушел. Только что оставалось делать? У меня своих трое, и запросы у каждого — кто в МГУ, кто в Плешку, а дочка и вовсе во ВГИК намылилась. Устал объяснять, что на школьную зарплату я им даже преподавателей нанять не могу, не говоря уже о платном отделении...

— Можно подумать, я вас осуждаю, — фыркнул журналист. — Платят копейки и полный дурдом. Я бы в этом бедламе и дня не выдержал.

— Да нет. С ними интересно, — возразил директор. — Только школа, конечно, сейчас...

— Не та, что раньше, — с готовностью подхватил Полуянов. И выпалил: — Николай Валентинович, я не буду ходить вокруг да около. И про вашу карьеру мы обязательно поговорим — только в другой раз. А сейчас меня интересует другое. Вы помните выпуск 1997 года? А конкретно — троих одиннадцатиклассниц: Коренкову, Ишутину, Митрофанову?

— Помню. И знаю, что Лена Коренкова погибла неделю назад, — мгновенно отреагировал директор. —

Обе другие, к счастью, живы. Ирочка Ишутина — сейчас удачливая бизнесвумен, кажется, риелтор. Надя Митрофанова работает в историко-архивной библиотеке... Все верно?

— Все. Кроме того, что Ишутину и Митрофанову — обеих — тоже пытались убить. И тоже — в последнюю неделю. И только по счастливой случайности они остались живы. — Дима остро взглянул на директора. — Как вы полагаете, кто мог это сделать?

Признаться, он ждал от директора обычной человеческой реакции: «Как — убить? Кто?.. Каким образом?.. Кому это было нужно?!!»

Но тот, что довольно странно, ахать не стал. И вроде бы даже не удивился. Просто сразу погрустнел, и в лице его, опытным взором узрел Полуянов, что-то дернулось.

«Непонятно. На равнодушного человека он совсем не похож, но почему ж даже не полюбопытствовал?» — мелькнуло у журналиста.

И он продолжил давить:

— По делу ведется следствие. Несомненно, что убийство Коренковой и покушения на Ишутину с Митрофановой между собой как-то связаны. Очень может быть, что корни преступлений уходят в школьное прошлое. Во всяком случае, сейчас девушек связывает только школа — иных точек пересечения у них нет. И одна из версий следствия такова: убийства и покушения — дело рук одного человека... — Он внимательно взглянул на директора и раздельно добавил: — Которого вы по долгу своей прежней службы, возможно, знаете...

Дима сделал паузу, но директор молчал.

«Хорошо. Зайдем с другой стороны», — решил Полуянов. И невинным тоном спросил:

— А что вы мне можете рассказать про Ивана Адамовича Пылеева? Учителя истории в вашей школе?

— Он — блестящий специалист. Серьезный. Ответственный. Болеющий за дело, — мгновенно отреагировал директор. — Дети его обожают. Я горжусь, что он работал и до сих пор работает в нашем коллективе.

— Ой ли? — насмешливо протянул Полуянов. — А я вот слышал, что уроки истории в вашей школе частенько проходили в несколько фривольной форме...

И добился наконец своего — Николай Валентинович взорвался:

— Послушайте, молодой человек! Не судите, о чем не знаете!

— Не спорю: со всеми деталями я незнаком, — кивнул журналист, — но когда родители боятся отпускать своих дочерей на дополнительные занятия по истории — это, по-моему, ненормально!

— Бред, — отрезал собеседник. — Кто вам все это наплел?

— А вы — хороший директор, — неожиданно сменил интонацию Полуянов. — С каким рвением защищаете своих!..

— Потому что... — Николай Валентинович устало откинулся в своем неудобном кресле, — навешать ярлыки, призвать к ответу, заклеймить — это всегда проще простого!

— Но он ведь приставал к девчонкам! К малолеткам! Развращал их! — мягко произнес журналист.

— Дима, — директор прикрыл глаза. — Я приведу вам один пример. В моем супермаркете — сорок восемь кассирш, они работают в три смены. Сорок восемь человек, сорок восемь характеров, своих сводов привычек, семей... И только с четверыми из них у меня периодически возникают проблемы. Представляете? Сорок восемь сотрудниц — и лишь на четверых поступают жалобы. А с остальными все всегда в порядке.

— Это вы к чему?

— К тому, что некоторые люди *сами* создают себе проблемы.

— Ах, вот как, — хмыкнул журналист. — Девчонки, сопливые школьницы, значит, *сами* давали себя щупать. Но, знаете ли, жертвы Чикатило — они тоже *сами* с ним пошли. Кого конфеткой заманил, кого игрушкой, а получается, девчушки, над которыми тот надругался, во всем сами виноваты?

— Сравнение абсолютно некорректное, — пожал плечами директор. — И вообще. — Он нахмурился. — Я считаю, наш с вами разговор зашел в тупик. И обсуждать своего бывшего подчиненного больше не желаю.

Дима остался сидеть: и не таких обламывал.

— Я, вообще-то, пришел не для того, чтобы обвинять Ивана Адамовича голословно. Вы в курсе про ту историю с пленкой? Что в 1997 году Митрофанова, Коренкова и Ишутина засняли подвиги Ивана Адамовича на видео? И попытались его этой кассетой шантажировать?

— Я не буду этого комментировать, — твердо произнес директор.

«Значит, знает. Сто процентов — знает!» — понял Дима.

— Дело, конечно, пустяковое и давнее, — продолжал журналист. — Если бы не одно «но». Совсем недавно состоялась встреча выпускников того года. И девочки — Коренкова, Митрофанова и Ишутина — вроде бы пригрозили эту пленку выложить в Интернете...

— Выход — направо и прямо, — сквозь зубы процедил Николай Валентинович. — Всего доброго.

— Что ж... — Дима тоже поднялся. — Я вас понял. Вы тоже подозреваете историка. Только не хотите этого признавать. Рука, как говорится, руку моет.

— Ничего вы не поняли, — отмахнулся директор. — Какой там шантаж, какие убийства! — И грустно добавил: — Эти дурочки, Ира Ишутина и ее подружки, —

они сами, когда напортачили, перепугались до смерти! Лица на всех троих не было! Думаете, что ли, они у него хладнокровно денег потребовали? Да полная чушь! Совсем ведь дети еще — пятерки по предмету просили... А Ваня... Иван Адамович... он святой человек! Он их, не поверите, даже жалел!.. Не ведают, говорил, что творят!..

— Они его шантажировали, а он их жалел. Пастораль. Сущая пастораль, — протянул Полуянов.

— Но зла он им точно не желал, — отрезал директор. — И сейчас не желает. За это я вам могу поручиться.

Надя

И врачи давно разошлись, и посетителей медсестры разогнали, а больница еще долго не затихала. Надя, уставшая от тишины и одиночества отдельной палаты, обошла весь этаж, понаблюдала за жизнью больных. В холле смотрели телевизор, в пустой столовой резались в домино, у медицинского поста двое мужчин в одинаковых, как у близнецов, тренировочных штанах подкатывались к юной сестричке. В коридоре вдоль стен стоял добрый десяток коек, и почти на каждой лежало по страдальцу. Вот, наверно, кошмар: в духоте, в шуме, на виду у всех, и никакой тумбочки рядом, вещи приходится под кроватью держать. Да и в палатах, куда Надя из любопытства сунула нос, было не комфортней — каждая на шесть человек, без всяких, ясное дело, кондиционеров и с удобствами в конце коридора.

Какой Димка все-таки молодец, что обеспечил ее отдельным боксом — единственным, похоже, на все отделение! И как только он сумел?! Многие бы не отказались приплатить за палату на одного. Но кондиционер и комфорт достались именно ей, Наде.

И Митрофанова, чтобы не искушать судьбу — а вдруг увидят, что она уже вполне ходячая и не очень-то больная, и потребуют, чтобы к народу, в общие условия выметалась, — поспешно вернулась в свою палату.

Вытянулась на постели, включила аккуратный, домашнего вида ночник, пощелкала пультом кондиционера... В голове мелькнуло иррациональное: «Ну и пусть чуть не убили. Зато как в той пословице: друзья в беде познаются. Вон Димочка как беспокоится. И Иришка, хотя и ночь, из своего поселка сорвалась...»

Надя взглянула на часы: начало одиннадцатого. А Ишутиной до сих пор нет, хотя обычно она гоняет на своем «БМВ», словно дьявол. Пробки, что ли, до сих пор не рассосались? Или она по ночным магазинам мечется? Апельсины скупает? А может, ее на входе в больницу тормознули? Хоть и крутая Иринка, но вдруг местная охрана из неподкупных?

Надя даже хотела еще раз звякнуть Ишутиной на мобильник, но удержалась. Чего зря человека дергать? Лучше, пока одиночество и тишина, собственные мозги поднапрячь. И хотя голова, «спасибо» сотрясению и контузии, до сих пор дурная, можно попробовать сложить мозаику из множества деталей, но с ответом на единственный вопрос: **Кому же все это нужно?!**»

Степке — исключено.

Соседу Стасику — тоже.

Может быть, они с Леной и Ирой, будучи школьницами, сами того не ведая, обидели кого-то еще?

Но как ни мучилась Митрофанова, а, кроме Ивана Адамовича, никакого потенциального врага она вспомнить не могла. Они с девчонками, конечно, были дуры и хамки, но борзели всегда в меру. Или «по-мелкому», как говорила Ирка Ишутина. И Надя с ней согласна — некому им мстить. К тому же сейчас, спустя десять лет...

Но все равно: один момент прояснить надо.

...И Надя, едва Ирина (часы уже показывали одиннадцать) появилась на пороге палаты, вместо приветствия выпалила:

— Ирусь! Я от тебя не отстану! Скажи. Тебе историк в аттестат пятерку за какие заслуги поставил?..

Лицо подруги (глаза усталые, макияж слегка растекся) мгновенно погрустнело.

— Надька, Надька, — укорила Ишутина. — Ты неисправима.

— Ир. Пожалуйста. Ответь, — твердо повторила Митрофанова.

Но на Ишутину где сядешь, там и слезешь.

— Во-первых, здравствуй, — спокойно произнесла та. — Во-вторых, я дико рада, что ты жива, и вот тебе апельсины. — Она бухнула на кровать яркий бумажный пакет. — Настоящие, марокканские. А в-третьих... — Ира стремительно, как все, что делала по жизни, подошла к изголовью постели, присела на краешек, коснулась Надиной руки, — вот совпадение! Я сейчас всю дорогу о том же самом думала...

Ира прикрыла глаза, покачала головой.

— И что? — поторопила ее Митрофанова.

— Да то, что чепуха это, — раздраженно бросила подруга. — Не историк убийца! Не за что ему нас убивать!

— А по-моему, как раз есть за что! — возразила Надя.

— Ты — как моя секретарша! — окончательно разозлилась Ирина. — Вечно нафантазирует себе всякой ерунды, а потом лезет ко мне с глупостями!

— Ничего себе ерунда! — возмутилась Митрофанова. — И не сравнивай меня с какой-то секретаршей!

— А я говорю: бред! — повторила Ирина. Сбавила тон и сказала: — Могла бы, кстати, давно спросить! На самом деле мне Ивана Адамовича шантажировать было нечем.

— Как?

— Да вот так! **Не было** у меня пленки. И тогда не было! И сейчас нет.

— То есть как это... не было? — озадаченно уставилась на нее Надежда.

— Да очень просто, — хмыкнула Ишутина. И объяснила: — Я раньше не рассказывала, потому что стыдно. Но сейчас скажу.

Она вздохнула и понизила голос:

— На следующий день после того, как мы наше славное кино сняли, меня директор вызвал. Ну, Николай Валентинович. И открытым текстом говорит: «Я, мол, все знаю, мне историк рассказал». А я еще, дура, пошутила. Вы, спрашиваю, хотите в долю войти? Или будем Ивану Адамовичу *коллективный* иск за педофилию предъявлять? А директор спокойненько так говорит: ты, мол, Ишутина, можешь предъявлять ему что угодно. Но сначала подумай, что тебе важней. Из школы не вылететь, нормальный аттестат получить и хорошую характеристику в институт — или (он так и сказал) дешевые понты? Ты, типа, можешь хоть десять исков подать, но пленка твоя — все равно не доказательство, а филькина грамота. И если ты посмеешь кашу заварить, уж я-то тебе гарантирую: из школы за все прежние подвиги вылетишь в две секунды. С волчьим билетом.

— Ни фига себе!.. — покачала головой Надя. — Значит, Иван Адамович ему во всем повинился!

— Ну да. Они ведь дружили, чай всегда пили вместе. А я ж все же не Джеймс Бонд, — виновато вздохнула Ишутина. — Да ты и сама, наверно, поняла: *строить* из себя — я много чего строила, но на самом деле... Страшно ведь против взрослых переть. Да еще и против собственных учителей.

— Еще как страшно, — кивнула Надя.

— Вот я и сдрейфила, — вздохнула Ира. — Отдала

директору пленку без звука. И поклялась, что ни словом про эту историю не обмолвлюсь. Ни с кем. В том числе и с тобой, и с Ленкой.

— Я-асно, — задумчиво протянула Митрофанова. — Но пятерку-то в аттестат историк тебе все равно поставил!

— А потому что я идиотка примерная, — отрезала Ишутина. — Виноватой себя, что ли, чувствовала... Раньше-то его историю в гробу видела, а после нашего кино за нее взялась. Чуть не сутками зубрила. Ну и Иван Адамович, видно, тоже чувствовал свою вину. А может, просто портить со мной отношения не хотел... Вот и не придирался, поставил пятерку. Хотя толку от нее мне никакого, я ведь в институт не собиралась, но все равно приятно было...

Ира встала с Надиной постели. Прошлась по крошечной палате. Откинула уголок жалюзи, выглянула в темный больничный двор.

Потом вновь устроилась на краешке кровати. Коснулась Надиной руки и только приготовилась сказать что-то еще, как дверь палаты вдруг распахнулась.

На пороге показалась молоденькая медсестра — та, что час назад сидела на посту и охотно улыбалась в ответ на комплименты больных. Только сейчас вид у нее был строгий. «Будет небось ругаться, что гостей так поздно принимаю», — мелькнуло у Нади.

Она попыталась вспомнить, как именно, *Натусенькой* или *Светусенькой*, называл девушку Полуянов. Но мозги, увы, скрипели туго, и Митрофанова еще рта не успела открыть, когда Ира вдруг рявкнула:

— Вы почему врываетесь без стука?!

Медсестра от резкого тона опешила, на глазах — молодая ведь совсем — даже слезы выступили.

— Зачем ты так? — укоризненно бросила подруге Надежда.

Впрочем, медичка быстро взяла себя в руки и не менее ледяным тоном отрезала:

— Вы мне не хамите. Я стучаться не обязана. Здесь медицинское учреждение, она (кивок на Надю) — пациентка, и хоть и в отдельной палате, но находится под нашим круглосуточным наблюдением.

Отбрила и сразу повеселела. Подбоченилась, кинулась в новую атаку. Строго спросила Ирину:

— Это я должна спросить: почему вы находитесь в больнице во внеурочное время?! Как вы сюда попали, если главный вход закрыт?! Мне что, охрану вызывать?!

Надя, оказавшаяся меж двух огней, пролепетала:

— Пожалуйста! Не надо охрану! Это моя подруга. Она... она днем очень занята... В другое время не может...

Ирина тоже поняла, что переборщила. Виновато улыбнулась:

— Простите меня, пожалуйста. Я виновата, что на вас рявкнула. Просто нервы ни к черту. Расстроилась, что нас перебили. И я действительно в другое время не могу. Обещаю: через пятнадцать минут уеду.

— Ну хорошо, — сменила гнев на милость сестричка. — Только пятнадцать минут, не больше. А потом, — она строго взглянула на Надю, — я к тебе приду укол делать.

И покинула палату.

Ирина улыбнулась Митрофановой.

— Вот видишь?! Я, конечно, Джеймс Бонд, но только в первые две минуты... А потом пугаюсь... И начинаю свою вину заглаживать.

— Ладно тебе прибедняться, — хмыкнула Митрофанова. — Если б пугалась, не стала бы звездой. Кто там ты у нас? Самый молодой риелтор в России?

— Ой, ну не дразнись ты! — совсем как в школе, попросила Ишутина.

А Надя — история с пленкой все же не давала ей покоя — вернулась к прерванному разговору:

— Слушай, а почему же тогда на последней встрече выпускников Ленка, когда напилась, всякую чушь несла? Что якобы она эту пленку в Интернете разместит? Откуда она у нее — раз кассету, ты говоришь, еще тогда директор забрал?

— Ой, а то ты Ленку не знаешь! — поморщилась Ишутина. Секунду подумала и поправилась: — То есть не знала... Она ведь как выпьет, вечно ахинею несет!

— Но у нее точно **не было** пленки? — продолжала упорствовать Надя.

— Откуда?.. — пожала плечами Ира.

— Ну мало ли. Может, копия...

— Надь, ну подумай сама! Откуда бы взялась копия?! Не до того мне тогда было, чтоб копии делать, я сама перетрусила! Да если б и была — уж Ленке я ее точно дала бы в последнюю очередь! Особенно нынешней Ленке.

— Но вдруг Иван Адамович ей поверил? — задумчиво произнесла Митрофанова. — Решил, что у нее то кино осталось? Ну и испугался? И надумал принять меры?!

— Надюха, ты спятила! Во-первых, кто поверит алкоголичке? А во-вторых, кишка у Адамыча тонка — *такие* меры принимать, людей убивать! Он же книжный червь и никто больше!

— А вдруг?

— Хорошо, пусть вдруг. Пусть это **он** ее задушил. Но мы-то с тобой здесь при чем?

— Как свидетели.

— И Иван Адамович, чтобы убрать свидетелей, — иронически произнесла Ирина, — нанимает наемного убийцу?! Никогда не поверю...

— Да я, в общем, тоже не особенно верю, — наконец признала Надя. — Просто других кандидатов нет...

— Совсем никаких? — пытливо спросила Ишутина.

— Никого, — расстроенно развела руками Надя. — Я вообще ума не приложу, кому надо было эти проклятые газовые трубы перепиливать. И, главное, за что... — И задала встречный вопрос: — А ты уверена, что на тебя покушались не из-за твоей работы? Все-таки вы, риелторы, врагов себе наживать умеете.

— Врагов наживают плохие риелторы, — назидательно произнесла Ишутина. — А я, скромно скажем, профессионал. Да и потом, сама подумай: если б на меня одну покушались... А тут — мы все трое. Ленка. Я. Ты. Наша прежняя, школьная, компания. Какая тут, к черту, связь с моей профессией?!

— Согласна. Никакой, — вздохнула Надя.

А Ира пытливо взглянула на нее и тихо произнесла:

— Я тебе сейчас одну вещь расскажу, довольно странную... Короче, на работе у меня такой имидж: вся из себя открытая, доступная, любой, вплоть до последнего уборщика, может ко мне с личной просьбой обратиться. И почта у меня большая, я свой адрес в открытом доступе держу, так сказать, для доверительности. Для прямой связи с клиентом. Ну и расплачиваюсь за это, конечно. Много рекламы шлют и просто всякого бреда. Поэтому мой электронный ящик сначала секретарша просматривает и, как это сказать, перлюстрирует. И вот приносит она мне сегодня одно письмишко... Очень короткое, всего одна фраза. На первый взгляд — полное сумасшествие, я даже прикрикнула на нее, чтоб мое время всякой ерундой не занимала... А потом все-таки вчиталась — и задумалась. Что-то оно мне напомнило...

Ира протянула Надежде распечатанную на принтере страничку.

Надя взяла. Прочитала. Прочитала еще раз. И растерянно взглянула на подругу:

— Ну да. И мне это знакомо...

Глава 11

Людмила

«Судьба свое возьмет».

Всего одна фраза. Красивая — но дурак-компьютер подчеркивает. Не нравится ему, видите ли, что прилагательное «свое» ни с каким из существительных не согласуется. А на то, что у создателя текста есть право на творчество, железному ящику плевать. Он всех под одну гребенку равняет — и таланты, и графоманов. Дурацкое, примитивное, равнодушное изобретение.

Люда компьютер ненавидела. Но обойтись без него — точнее, без Всемирной паутины — уже не могла. Она считала себя разумным человеком и просто выбрала из двух зол меньшее. Пусть комп — это дрянь. Но зато он избавил ее от походов в библиотеки, а их она ненавидела еще пуще железного ящика. Сыта по горло этими пыльными, полными неудачников заведениями. Сколько времени пришлось в них проторчать в старые времена, когда книжки с газетами были доступны только в печатном виде. И уж лучше мириться с постоянными зависаниями и поломками компьютера, чем одеваться, причесываться, выходить из дома. Ехать в толпе, в окружении чужих запахов и враждебных взглядов. А потом еще неизбежное общение с затюканными, нелюбезными библиотекаршами. И долгое ожидание, пока заказ принесут из хранилища. И стул, отполированный задницами тысяч посторонних людей. И отголоски тупых человеческих разговоров. И любопытные взоры в ее сторону...

Лучше уж задать вопрос компьютерному поисковику. Ну и пусть он сначала ответит, что «соответствий не найдено». Люда уже поняла: главное в общении с компьютером — не сдаваться. Упорно, до рези в глазах и шума в голове, сидеть перед мерцающим экраном.

Забивать в окошечко «поиска» бесконечные формулировки. Попадать на все новые и часто интересные странички — правда, не имеющие ни малейшего отношения к теме. Злиться. Отчаиваться. Выходить на кухню и споласкивать лицо ледяной водой. Лупить по проклятой клавиатуре кулаком. И ждать, ждать...

А потом, скорее всего, компьютерные боги тебя вознаградят. Как вознаградили ее сегодня, отослав после часа бесплодных поисков на интернет-страницу газетки со странным именем «Медведочка».

Люда, хотя прожила в районе Медведково с самого рождения до своих нынешних двадцати семи, не сразу поняла, что это специальное издание для жителей ее микрорайона. Из тех, что раньше бесплатно втискивали в почтовые ящики, а нынче просто сваливают на столе возле будки консьержа.

Наверняка она эту газетку прежде и в «живом» виде встречала. Может быть, даже чистила на ней картошку или засовывала в голенища зимних сапог, чтобы те сохраняли форму... Людмила не помнила. Она никогда не держала в голове того, что сама называла «незначимой информацией». И потому сейчас на своем восемнадцатидюймовом мониторе разглядывала логотип «Медведочки» словно впервые. Со снисходительной улыбкой читала заголовки статей, повествующих о районных буднях: «В метро «Свиблово» зарезали собаку»... «Очередная кража в собесе на ул. Римского-Корсакова»... «Все на улицы: летний субботник!»

Ну и бездари журналисты! А уж реклама — и вовсе погибнуть: «Самые дешевые яйца в двух шагах от твоего дома!»

И лишь одну заметку — небольшую, всего в несколько строк — она открыла с замиранием сердца:

ОПЯТЬ ВЗОРВАЛСЯ ГАЗ

Жительница нашего микрорайона едва не погибла в кухне собственной квартиры.

На днях молодая сотрудница историко-архивной библиотеки Надежда Митрофанова, проживающая в проезде Шокальского, вернулась с работы, прошла на кухню и включила под чайником газ. Однако чаепитие не удалось — в квартире прогремел взрыв. Обстоятельства происшедшего выясняются, девушка, пережившая глубокий шок, находится в больнице.

... И скоро переберется из нее прямо в морг.

Хорошая получилась бы концовка.

Впрочем, и так вышло неплохо. Для начала. Людмила с удовольствием представила раскуроченную взрывом квартиру. «Скорую», больницу, ее страх... Наверняка ты теперь кричишь по ночам, моя милая Митрофанова. И не можешь спать без света. И гадаешь, кто же тебя до такой степени ненавидит...

Люда усмехнулась. Включила принтер, выделила статейку курсором и отправила на печать. Хорошо бы, конечно, для полноты архива получить оригинал, но ехать в редакцию «Медведочки» ей представлялось слишком рискованным. Придется обходиться тем, что есть.

И помнить, что судьба — она ведь все равно свое возьмет.

Дима

Пиво (две по ноль пять темного) и усталость взяли свое — ночью он спал без сновидений. Как упал в постель ближе к часу, так на том же боку, недвижимо, до восьми и продрых. И еще бы спал, не начни какая-то сволочь на мобильник названивать.

Забытье оказалось столь глубоким, что реальность в виде телефонного звонка прорывалась в него долгую минуту. Одна трель, другая, седьмая, десятая... Дима в своем сне понимал, что звонят по его душу и надо открыть глаза, ответить, потом куда-то бежать, что-то делать... Но сил проснуться не было.

Он сдался. Решил: «Хрен с ними. Потом перезвонят». И потянулся выключить разрывающийся на прикроватной тумбочке аппарат.

Но тут в голове молнией мелькнуло: «А если Надька?! Вдруг случилось что?»

И он хриплым спросонья голосом выкрикнул в трубку:

— Да?

— Это с ЖЭКа, — откликнулся недовольный женский голос. И строго вопросил: — Чего это вы трубку не снимаете?

— Не хочу — и не снимаю! — озлился Полуянов.

А тетка продолжала его пытать:

— И почему у вас дома никого нет?

Журналист против воли включился в идиотский разговор:

— Как никого?

— Да так. Техник под дверью полчаса простоял, звонил, стучал, а ему не отперли, — гневно заявила женщина. — А мобильную связь нам, между прочим, не оплачивают, я вам по доброте душевной звоню...

— Вы, что ли, про квартиру Митрофановой говорите? — наконец дошло до журналиста.

— Ну а про чью же еще? — возмутилась женщина. — Вы ж телефон дали, чтобы звонить, если что! А сами гуляете! — И начала перечислять: — Нам, между прочим, надо акт составить, ущерб рассчитать. И газовиков вызвать, чтоб трубу восстановили. И со страховой вам дозвониться не могут, им надо повреждения осмотреть. Вы когда в квартире-то появитесь?

— Понятия не имею, — вздохнул Полуянов. — Хозяйка пока в больнице, а я...

— А там, между прочим, стекла выбиты, — строго перебила его дама. — Хорошо, пока солнце, а если дождь пойдет? Об этом вы, молодой человек, не подумали? Все зальет ведь! Хотите, чтобы подруга ваша из больницы в полный разгром вернулась?!

Да уж. Напору сотрудников ЖЭКа сопротивляться бесполезно.

И Дима кротко произнес:

— Хорошо. Если я подъеду... скажем, через час, это будет нормально?

— Поздно, — отрезала собеседница. — У нас жилой сектор до девяти утра.

А Дима, будто не расслышав, добавил:

— Но вы только вместе со своим техником еще стекольщика приведите. И остальных, кого нужно.

— Я тебе что, нанялась? — возмутилась женщина.

— Я заплачу, — пообещал Дима. — Лично вам. И еще просьбочка. Может, есть у вас на примете надежные ребята, чтоб квартиру в порядок привели? Обломки вынесли, мусор убрали, то, се...

— Скажете тоже, «то-се»! — фыркнула дама. — Там настоящий ремонт делать надо! В кухне полы вспучило! Перестилать придется.

Господи, ну и тоска. Ремонт. Хозяйство. Какие-то комиссии. И все на нем, покуда гражданская жена (а как еще назвать Надюху?) в больнице...

Дима с отвращением отбросил мобильник. Для Надьки он, конечно, готов на многое. Свою бы кровь отдал, чтоб она только поправилась побыстрее. Собственной жизнью бы рискнул, если нужно, чтобы разобраться, кто на нее зуб имеет. Но принимать вместо нее визитеров из ЖЭКа?.. Ясно: неприятных обязанностей в семейной жизни куда больше, чем привилегий.

И Дима со вздохом поплелся на кухню своей такой пустой, уютной и безопасной холостяцкой квартиры. Нужно быстренько выпить кофе из потемневшей от слишком редких помывок кружки. А потом бежать по скучным супружеским делам.

Надя

Ночи в больнице хороши, только если врачи не жалеют на тебя снотворного, тогда ты кайфуешь по полной программе и спишь сурком. Но длится халява совсем недолго. То ли врачи боятся, чтоб пациенты наркоманами не заделались, то ли просто на хорошие лекарства жмотятся.

Еще вчера вечером медсестра вколола Наде какой-то чудо-укол, после которого оставалось лишь закрыть глаза и «улететь». А сегодня ее, видно, в выздоравливающие перевели и из волшебных снадобий предложили только анальгин. Или она не могла уснуть потому, что Димочки впервые за столько дней рядом не было?

Вот и крутилась чуть ли не до утра на узкой больничной койке. Лежала — и прислушивалась. Как медсестра разгоняет засидевшихся за нардами мужичков. Как в ночном коридоре визжит колесами инвалидная коляска, а за окном в больничном парке играет макушками лип летний ветер.

Обыденные, безопасные, предсказуемые звуки. Просто представить невозможно, что в них может вплестись сухой щелчок курка или крадущиеся шаги убийцы...

Но правда-то заключается в том, что Ленка Коренкова — мертва, а она, Надя, в больнице с тяжелой контузией. А третья из их компании, Ира Ишутина, призналась, что теперь, после покушения, все-таки решила нанять охрану. «И понимаю ведь, Надька: случись чего, от этих козлов толку будет мало, они только мускулами трясти умеют, а все равно как-то спокойней...»

Надя потянулась к тумбочке. Взяла с нее лист бумаги, в сотый, наверно, раз вчиталась в единственную, отпечатанную на принтере фразу: *«Судьба свое возьмет»*.

Действительно. Выражение ей знакомо.

Его очень любила еще одна их одноклассница, Людка Сладкова. Повторяла его и к месту, и невпопад. А теперь точно такую же фразу без подписи и с анонимного адреса прислали по электронной почте Иришке.

С одной стороны, это можно списать на случайное совпадение. Потому что Людка тоже не тянет на убийцу. Да и глупо спустя десять лет мстить за мелкие школьные обиды. Да их и обидами назвать нельзя — так, мелкие контры... Но с другой стороны...

Надя снова прикрыла глаза. Задумалась.

Они со Сладковой друг друга недолюбливали — это факт. Та явно их развеселой компании завидовала. И красоте девушек тоже — сама страшна, как смерть. Да еще и подать себя не умела. Хотя бы сиськи свои роскошные, единственное достоинство, напоказ выставляла — так нет же, вечно наряжалась в бесформенные балахоны. И еще Сладкова страшно злилась из-за того, что Лена, Ира и Надя ничего не боялись — или, по крайней мере, создали себе имидж бесстрашных. А Людка вечно ходила скрюченной и все страдала: то один на нее посмотрел косо, то другой.

К тому же была она в их классе старостой. Удивительно нудной, мелочной, злопамятной. Людка в рамках своей должности не ленилась задерживаться в школе после уроков. И лично проверять, насколько хорошо дежурные по классу отдраили пол и не поленились ли прополоскать и аккуратно разложить на кромках ведер помойные тряпки. А так называемое ведение дневника? Явный ведь пережиток — из социализма и младшей школы. Во всех параллельных классах подобными глупостями не занимались — просто потому, что желающих взять на себя столь дурацкую общественную нагрузку не находилось. Одна Людка на полном серьезе просматривала дневники. И выставляла за их ведение оценки. Полная глупость. Наде, что ли, рыдать из-за того, что внизу странички рукой Сладковой написано: «*Четыре с минусом. Очень неаккуратно*»?..

Она и не рыдала — просто не обращала на Сладкову внимания.

Ленка с Иркой — те были пожестче. Коренкова однажды и вовсе двинула ненавистной старосте своим же дневником по мордасам. За очередную двойку по его ведению и строгое требование: «*Немедленно заполнить графы домашнего задания за прошедшую неделю*».

— Какие, на хрен, задания? — на весь гулкий школьный коридор орала Елена. — Ты что, вобла, не знаешь? Я на этой неделе в Екатеринбург летала, на всероссийский конкурс! С личного разрешения директора! Какого дьявола мне задним числом дневник заполнять?!

А Сладкова, зануда, знай себе повторяет разные глупости про «общие правила» и «единообразие»...

Она действительно жила до тошноты примерно. Школьный устав, что ли, держала под подушкой? Ни одной яркой кофточки, не говоря уже о помаде или колготках в сетку. Ни единого опоздания — о прогулах или, допустим, сигаретке за углом даже речи не шло. И, конечно, сплошные пятерки — а это уж полный феномен, особенно в старших классах. Все остальные-то готовились в вузы и четко знали: этот предмет мне нужен, а этот — нет. Или, как Ирка Ишутина, никуда поступать не собирались и учили только то, что им интересно, по доброй воле. Но чтобы пятерка одновременно по физике и по литературе — такого не было больше ни у кого. Или в технический вуз идешь и с точными науками проблем не имеешь, или гуманитарий, а геометрию с алгеброй на четверочки вытягиваешь.

Сладкова же стремилась быть идеальной. Мало того: страшно злилась, когда ей *всего лишь* ставили пятерки, а больше никак ее не выделяли. Но за что ее выделять, скажем, на уроке пения, если у нее ни слуха, ни голоса? Фамилии композиторов знает, но в музыке — совсем не это главное, тут одной зубрежкой не возьмешь... А Людмила этого, видно, не понимала. Еще и повторяла обиженным тоном: «Судьба свое возьмет». Типа: вы все, дураки, меня еще оцените!

Надя никогда не забудет, как в седьмом классе — пока преподавалось домоводство — всем девчонкам в преддверии двадцать третьего февраля велели дома по тортику испечь.

Митрофанова тогда по полной программе отпахала.

По просьбе вечно занятой своими музыкальными конкурсами Ленки испекла за нее простецкую шарлотку. «Ты, главное, не парься, мне это нужно, только чтобы отвязались».

Помогла Иришке Ишутиной сварганить пирожные безе. «Мне, Надюх, на кулинарию плевать — просто обидно, что они у меня всегда плоскими, как блины, получаются».

Митрофановой не жаль — она поделилась с Иркой секретами: что сахар в тесте должен до последней крупинки раствориться и какую температуру в духовке поддерживать.

Лена с Иринкой получили проходные пятерки и с удовольствием взялись потчевать своими кулинарными шедеврами Степана и прочих мальчишек.

А Надин собственный торт — она не поленилась испечь коронную «Пьяную вишню в шоколаде» (пять часов чистой работы и недосягаемые вершины поварского мастерства) — отправился на межрайонный конкурс «Юные хозяюшки». Более того — на этом конкурсе победил. И растроганная учительница труда (ей за триумф ученицы достались Почетная грамота и даже денежная премия) прилюдно на очередном уроке заявила, что у Митрофановой теперь — бессрочная пятерка, даже если она больше ни на одном занятии не появится или все общественные кастрюли со сковородками расплавит.

Класс Надиному успеху поаплодировал, и очень многие, между прочим, хлопали искренне. Мальчишки — те и вовсе вились вокруг нее змейками, дружно набивались в гости «на пирожки». Ирка Ишутина пообещала, что, когда ей надоедят машины и скорость, она обязательно пойдет к подруге в подмастерья и постигнет под ее руководством премудрости кулинарии. А Ленка Коренкова поклялась, что, едва станет знаменитой, уровня Ван Клиберна, пианисткой, немедленно определит Митрофанову своим личным поваром на огромную зарплату, будет брать ее во все заграничные поездки и селить рядом с собой исключительно в пятизвездочных отелях.

Одна Сладкова (хотя чего злиться, тоже получила за свой чахлый бисквитик вполне предсказуемую пятерку) смотрела волком. И даже осмелилась квакнуть, будто у Нади мама профессиональный кулинар, она, мол, «Пьяную вишню» и испекла, а врать нехорошо и судьба свое все равно возьмет...

Ну разве не чушь? Весь класс знает, что Надина мама — медсестра в поликлинике. И — живут без отца — чтобы семью прокормить, две ставки тянет. А поздними вечерами еще и бегает по уколам. Ей не до готовки.

— Дура ты, Людка. И язва, — помнится, укорил тогда Сладкову Степан.

А Надя — она всегда, даже в далеком седьмом классе, старалась не обострять отношений — спокойно добавила:

— У моей мамы, между прочим, сосисок сварить времени нет. Я с пятого класса сама готовлю.

Сладкова под гнетом общественного мнения быстро заткнулась. А очень скоро в ворохе школьных новостей забылся и Надин сногсшибательный торт.

Но спустя две недели — как раз наступило Восьмое марта — в классе вывесили праздничную стенгазету. Это уж в честь женского пола мальчишки расстарались — во главе со Степаном.

Подход юные мужчины продемонстрировали нестандартный. Каждая девчонка из класса была представлена... в виде машины.

Ира Ишутина оказалась «Ламборгини». Картинка с машиной, ее перекрывает фотография девушки. И — веселая приписка: *«Стремительна, прекрасна. Совсем не безопасна!»*

Лену Коренкову мальчишки назвали «Бентли». И написали в ее честь двустишие: *«Роскошна. Элегантна. Недоступна. И не любить ее — преступно!»*

Наде досталась более скромная роль «Тойоты», а текст гласил: *«В ее руках — семья и безопасность. Но под простецкой маской — что за страстность!»*

Мальчишки явно проштудировали не один автомобильный журнал — помимо всем известных «БМВ» и «Мерседесов», в газете присутствовали и чудеса корейского автопрома, и французские малосемейки, и английские, давно снятые с производства лимузины...

А отечественный автомобиль в праздничном выпуске оказался единственным: убогий, весь в царапинах, «каблучок»-универсал. И с ним, по мысли парней, ассоциировалась... круглая отличница и гордость класса Людмила Сладкова!

Одно изображение — более чем уродливое. А текст и вовсе оскорбительный: *«Умеет все, но понемногу. Дадим Людмилочке дорогу!»*

Но как же весь класс тогда хохотал! И даже учителя, которые Сладкову, в общем-то, жаловали, с трудом сдерживали улыбки.

— Потому что не в бровь, а в глаз, — гордился Степан.

А несчастная Сладкова даже на праздничный вечер не осталась. Отсидела накануне Восьмого марта уроки и пулей умчалась домой. И даже сорвать со стены газету и изорвать ее в клочки пороху не хватило: одно слово — примерная девочка.

Но разве за подобное мстят? Можно подумать, у других в детстве не было расстройств и разочарований.

Надя выбралась из постели. Подошла к окну. Далеко в перспективе, меж верхушек лип больничного парка, уже проглядывал рассвет, и она перед лицом просыпающегося светила вдруг снова почувствовала себя школьницей. Маленькой девочкой. Одинокой и беззащитной. Атом, капля, зернышко. А вокруг — огромный и безжалостный мир.

В окно тянуло рассветным холодом, босые ноги замерзли.

«Но у меня хотя бы подруги были, — мелькнуло у Нади. — Да и с мальчишками — никаких проблем. И Степан, и Васька Махов хвостом за мной ходили... А Сладкова — она *всегда* одна была. Всегда в стороне. В противостоянии. От такого и правда легко ожесточиться... Ее ведь постоянно мордой об асфальт размазывали. Тортик, машина-универсал — еще ерунда! Чего стоит та история с *умирающим*, когда она себя полной дурой выставила?»

Надя зябко повела плечами.

Санитар, бодро шагавший в парке под окнами ее палаты, вдруг показался ей подозрительным. Не по ее ли душу он идет? Не пистолет ли у него под халатом?!

Она захлопнула окно, вернулась в постель, спряталась под тощим больничным одеяльцем. Снова закрыла глаза. Спать, наверное, уже бесполезно.

Да и вообще: только начни вспоминать — уже не уснешь...

Десять лет назад

В медицинский из всего их класса собирался только Семка Зыкин. Он единственный был во всяких тычинках-пестиках и системах кровообращения настоящий бог. А все остальные на биологию плевали с высокой колокольни.

К счастью для одиннадцатого «А», училка, Тамара Тарасовна Гуляйнер, ничего против этого не имела. Демократичная была тетка, за свою биологию особо не обижалась. Да и вообще не стремилась работать. Не зря к ней прочно прилепилась кличка «Гуляка». Молодая, стройная, смелая. На школьных вечеринках ее юбки часто оказывались короче, чем у самых продвинутых одиннадцатиклассниц. И макияж Гуляка Тамарка накладывала боевой — Николай Валентинович, директор, аж морщился. Но замечаний делать не смел — боялся, наверно, оставить школу без очередного предметника. И так географичка в декрете и вместо нее безотказный Иван Адамович преподает.

А в выпускном классе биологичка и вовсе объявила:

— Предлагаю договориться. Пятерки в аттестат, я так понимаю, обязательны только Зыкину и Сладковой. С них я и буду драть три шкуры. Кому нужна четверка — требования минимальные. Не прогуливать, рефераты сдавать вовремя, контрольными не манкировать. А кого трояк устроит — третировать не буду. Хоть совсем ко мне не приходите. Согласны?

Класс встретил ее предложение восторженным гулом. Двоечник и балагур Вася Махов со своей задней парты нахально пробасил:

— Тамарочка Тарасовна, вы просто супер! Дайте я вас расцелую!

— Ты, Махов, меня еще целовать не дорос, — с достоинством отбрила учительница. — Но свои законные три балла получишь. Только порадуй меня: чтоб я тебя больше на уроках не видела.

— Вы имеете в виду... кто не хочет, может вообще не приходить на занятия? — выдохнула со своей одинокой парты зануда Сладкова. — И все равно получит в аттестате положительную отметку?!

— Именно это, Людочка, и *имею*, — весело откликнулась учительница. — Кстати, если тебя очень интересует: директор в курсе и не возражает.

— Но ведь существует школьная программа по биологии! — не сдавалось классное пугало. — Кто-то ее придумывал, составлял... А вы единолично все отменяете!..

В классе раздались смешки. Лена Коренкова не чинясь выдохнула:

— Вот дура!

Степан, вечный антагонист Сладковой, тоже вступил со своей парты:

— Все, Людка! Хватит нудеть! Тащишься от биологии — сама на нее и ходи. А к людям не цепляйся.

Наде для библиотечного института биология была совсем без надобности — вполне трояк сгодился бы, а четверки и вовсе выше крыши. Но после заявления учительницы ей стало как-то скучно. Неужели больше не придется ни журналы специальные читать, ни мамины учебники из училища? Сдирай себе с учебника контроши — и дело в шляпе. Скукотища.

Но не лезть же, как Сладкова, на рожон!

И Надя вместе с большинством одноклассников довольно загудела, а впредь, зарабатывая серенькое «хорошо», интересовалась биологией по самому минимуму.

...Как, например, в тот весенний день, когда Тамара Тарасовна объявила очередную контрольную по физиологии человека. Написала на доске вопросы. Строго велела:

— В учебники не заглядывать, шпаргалками не пользоваться.

Но при этом демократично вышла из класса.

И весь класс — кроме, разумеется, Зыкина и Сладковой, — имевший о физиологии человека самое смутное представление, зашелестел страницами учебников.

...Надя — спасибо рассказам мамочки — ответы на контрольную знала и без учебника. Поэтому браться за дело не спешила, успеется. Сидела себе смирненько, смотрела в окно, слушала нахальный гомон воробьев и вздыхала. Кажется, опять по поводу блистательного студента Димки Полуянова, который не только перестал являться к ним в гости, но даже не звонил.

И того дядьку под школьными окнами в пустынном, по случаю занятий, дворе она увидела первой.

Если не приглядываться, он был классическим пьянчугой, типичным представителем низов микрорайона. Несмотря на утро, всего второй урок, плетется «по восьмерке», ноги подкашиваются. И, кажется (Надя прищурилась, но разглядеть не могла), часть выпитого наружу пошла — по подбородку несимпатичная струйка течет.

Митрофанову пьяные раздражали. И она уже приготовилась отвернуться и взяться наконец за контрошу, когда мужик (тоже вполне предсказуемо) окончательно запутался в ногах и грохнулся об асфальт.

Упал тяжко, лицом, с неприятным «хлюпом», а еще говорят, алкашей ангел-хранитель оберегает. И остался недвижим. На голой дорожке, с которой едва сошел снег.

Фу, до чего противно! Но ведь замерзнет...

И Надя прошептала своей соседке по парте Иришке:

— Смотри, мужик до чего нализался!

Та послушно выглянула в окно. Внимательно рассмотрела дядечку. Проговорила в ответ:

— А с чего ты взяла, что именно нализался?

— Шел — весь заблеванный. И качался. А теперь рухнул, — отчиталась Митрофанова.

— Выглядит вроде прилично. Не видишь, что ли: костюм дорогой и пальто явно бутиковое, — с сомнением протянула Ирина. И предположила: — Может, ему с сердцем плохо?

— Да какое сердце! — возмутилась Митрофанова. — Видела б ты его рожу! Вся красная. И глаза мутные.

— Кстати, это совсем не довод, — встрял с задней парты Степан, который, оказывается, подслушивал их разговор. — У меня дед, прежде чем с инсультом свалился, тоже весь день красный ходил. Как свекла, глаза навыкате... И ахинею какую-то нес. Это, говорят, часто бывает, когда сосуд в мозгу лопается.

— Так, может, «Скорую» вызвать? — предложила Надежда.

— В директорский кабинет переть? К телефону? Стремно... — вздохнул Степан. — Был бы Кирюха...

Все трое дружно посмотрели на третью с конца парту в среднем ряду — на ней обычно располагался Кирилл Кротов, единственный на весь класс богач и обладатель мобильника. Сейчас, однако, место пустовало — Кирюху вполне устраивала тройка по биологии, и на контрольные он не являлся.

— Или вылезти? Посмотреть? — выдвинула встречное предложение сидевшая рядом со Степкой Лена Коренкова. — Если водкой пахнет — то и хрен бы с ним. А если нет, вызовем «Скорую». От директора. Нельзя ж просто на этого типа наплевать...

— А как ты вылезешь? — с сомнением протянул Степан. — Высоко... А через коридор идти — так сегодня охранник бешеный.

— Да уж, блин. Новая мода... — вздохнула Надя.

Охранниками школу оснастили совсем недавно. Вроде как защита от терроризма. А на деле — защиты никакой, одна морока. И на урок не опоздаешь, тут же директору настучат, и покурить на переменке не выскочишь — не выпускают, какие предлоги ни придумывай.

— Вот всего ты, Степка, боишься! — презрительно

фыркнула Ленка. — Даже охранников. Просто противно!

А Надя возмутилась:

— Да нет! Сегодня он обязан выпустить! А если человек умирает?!

Ирина же в споре участвовать не стала. Просто молча поднялась. Подошла к окну. Распахнула створку, взобралась на подоконник — и сиганула вниз.

— Ирка!.. — выдохнула ей вслед Надя.

Этаж всего лишь первый, но высоченный. Метра три минимум. За счет того, что под ними еще подвал, где в давние времена военной подготовкой занимались.

Но Ишутиной, закаленной в гонках и спорте, хоть бы что. Ловко приземлилась на согнутые в коленках ноги, даже не упала. И пулей бросилась к мужику.

— Надо за ней!.. — выкрикнула Елена.

Но в голосе ее звучало сомнение, и с места она не двинулась. А будущий доктор Сема Зыкин со своей парты саркастически произнес:

— Давай, Коренкова, прыгай... На перелом со смещением. Месяца три в гипсе проходишь как минимум.

Ирина тем временем достигла пострадавшего, наклонилась над ним, затеребила, о чем-то спросила... Слов, за резким весенним ветром, было не разобрать.

Одиннадцатый «А», наплевав на контрольную, дружно переместился к окнам и не сводил с нее глаз.

А Ира поднялась с корточек и крикнула в сторону распахнутых окон класса:

— Он не пьяный!.. И не дышит! Не знаю, что делать!!

— Ой... — пискнула Надя.

Сема же Зыкин со знанием дела произнес:

— Видимо, обширный инфаркт. А что тут делать? «Скорую» вызывать. Может, реанимируют.

— Да какая «Скорая», если человек не дышит?.. Не доедут ведь! Не успеют! — возмутилась Митрофанова.

— А ты-то что можешь сделать? — скривился в противной улыбке одноклассник. — Искусственное дыхание «рот в рот»?

— Да хотя бы так! — запальчиво произнесла Надежда. — Не просто же сидеть!

И она не очень ловко закинула правую ногу на подоконник.

— О горе, коль за дело берется дочка медсестры! — с завыванием, будто с театральной сцены, произнес Семен. И снисходительно добавил: — При чем здесь искусственное дыхание, если у человека сердце отказало?..

Ирина же с улицы опять выкрикнула:

— Да вы что там все, обалдели?.. Сюда скорей! Хоть кто-нибудь!!!

А в классе вдруг заговорила отличница Сладкова. Голос ее, на удивление, звучал не привычно нудно-бесстрастно, а горячо, обиженно:

— Как вам не стыдно?! Человек умирает, а вы дискуссию развели!!!

— Ну и прыгай сама! — хмыкнул Зыкин. — Спасай!

И в этот момент Степа решился. Быстро подвинул сидящую на подоконнике Надежду. Одним прыжком забрался туда сам. А после не раздумывая соскочил вниз.

Приземление получилось пожестче, нежели у Ирины, — его завалило на бок, и от стона Степан не удержался. Но, похоже, обошлось без травм. Хоть и не сразу, он вскочил на ноги. И велел Митрофановой:

— Прыгай. Я поймаю.

Отказаться было невозможно.

...Когда Надя, часы и дни спустя, вспоминала свои на тот момент ощущения, то понимала, что прыгнула она вовсе не для того, чтобы помочь несчастному мужику. В семнадцать лет для нее было гораздо важнее не ударить в грязь лицом перед одноклассниками. И не заслужить на веки вечные презрительной клички «трусиха».

И потому, изо всех сил пытаясь не завизжать, она бесстрашно шагнула в пустоту. В призрачные и очень, как ей казалось, далекие объятия Степана.

Он подхватил ее и снова не удержался на ногах, в ледяную слякоть они упали вместе.

В этот раз Степа охнул уже куда громче. Но, сцепив зубы, поднялся. Помог встать Надежде. И строго, по-мужски, велел:

— А ну соберись!

И они кинулись на помощь Иришке.

А дальше Надя уже помнила смутно. Потому что все посторонние звуки, вопросы и разговоры тут же затмило страдающее, с запавшими глазами лицо мужика. Действительно, вполне прилично выглядит и пахнет вкусно — хорошей туалетной водой. И дорогой портфель рядом на земле валяется. Как только она могла принять его за алкаша?.. А пока они с Иркой обсуждали, спешить на помощь или не надо, сколько драгоценных минут оказалось потеряно...

Митрофанова, спасибо маминым урокам, быстро определила, что мужик, вопреки утверждениям Ишутиной, пока жив. Хотя пульс действительно нитевидный и дыхание еле слышно. И на раздражатели не реагирует. Кома? Или все-таки глубокий обморок? В любом случае единственный выход — непрямой массаж сердца. Ничего иного она все равно делать не умеет.

И Надя рванула его куртку. Выдирая с мясом пуговицы, распахнула рубашку, обнажила грудь. А Иринке со Степаном — те бестолково топтались рядом — велела:

— Быстро! Бегите в школу! «Скорая» нужна! Пусть кардиореанимацию пришлют!

— Степка, беги ты, — ретранслировала ее приказ Ишутина. — А я Надьке помогу.

Степан повиновался, а Ирина вместе с Надеждой навалились на грудь мужика.

— Только ребра ему не сломай!.. — простонала Митрофанова.

— Плевать на ребра! Жизнь важней! — откликнулась подруга.

Тело пострадавшего елозило по мокрому асфальту, дрожало под их руками, ухало о мостовую, но в себя мужчина не приходил. Веки не дрожали, губы не подергивались.

— Давай, не останавливайся! Еще! — тоном опытного реаниматолога велела Ишутина.

А Надя робко произнесла:

— Вдруг... вдруг мы совсем не то делаем? И только хуже получится?..

— Лучше... делать хоть что-то, — помогая ей и задыхаясь от напряжения, произнесла Ишутина, — чем просто из окна смотреть...

— Золотые слова! — услышали они знакомый голос.

Ленка! Тоже хотя и боялась, и руки свои золотые музыкальные ей надо беречь, а пришла на помощь!

— Ты кстати! Беги к нашей медсестре! — велела ей Митрофанова. — Пусть приходит и нашатырь несет, и адреналин, и все, что там нужно для первой помощи!

— Есть, шеф! — коротко откликнулась подруга, кидаясь в сторону школьной двери.

Но медсестра уже бежала к ним сама. А за ней свирепый школьный охранник и еще какие-то взрослые, включая директора школы...

И Надя почувствовала, как дикое напряжение, ответственность, страх постепенно ее отпускают.

Медсестра мягко отстранила школьницу, склонилась к пострадавшему... и триумфально объявила:

— Живой!..

А Надя неудержимо, горько и яростно, разрыдалась.

...Дальше очень быстро примчалась «Скорая». Мужика ловко и быстро загрузили в машину. Автомобиль, разрывая утреннюю тишину воем сирены, спешно вырулил со школьного двора.

Надя — она только сейчас почувствовала, до чего же ей холодно без куртки, — поежилась. И благодарно улыбнулась Степану, когда тот накинул ей на плечи свой пиджак.

А он ласково коснулся ее руки. Произнес:

— Пойдем.

Надя молча кивнула. Сделала шаг и вдруг увидела, что в школьный двор въехала еще одна карета «Скорой помощи». Целеустремленно подрулила к зданию — к той его части, где располагался кабинет биологии.

Надя вопросительно взглянула на Степана:

— А это к кому?!

Тот скривился. Неохотно ответил:

— К Сладковой.

— К Сладковой? А что с ней?.. — удивилась Надежда.

— Да тоже, дура... Помочь, видите ли, решила. Она ведь отличница, все знает, — поморщился он. — Думала, без нее не обойдемся. Ну и сиганула вслед за нами.

Он замолчал.

— И что? — поторопила его Надя.

— Да что-что... — буркнул Степа. — Как Сема и говорил. Перелом! Сказали, со смещением.

— Елки-палки!.. — расстроилась Митрофанова.

А Степан неожиданно жестко закончил:

— Ничего и не елки. Сама виновата. Нечего было лезть.

— Но она ж как лучше хотела, — возразила Надя.

— Ой, да какой с этой селедки может быть толк?.. — возмутился тот. — Только бы под ногами зря путалась. Мешала.

— Все равно жаль, — не согласилась Надя.

— Ну, раз жаль, навести ее в больнице. Апельсинчиков ей принеси, — саркастически ответствовал Степка.

Говорить больше было не о чем.

Оба вернулись в класс. Надя удивилась, как мало времени прошло. Оказалось, еще урок не закончился. И даже биологичка не объявилась — видно, не сомневалась, что ученики поглощены контрольной, и со спокойной душой отправилась по своим делам.

Их со Степаном встретили шумно, радостно. Обступили, начали расспрашивать, ахать, хвалить. Один Семка, скептик, насмешливо кривил губы:

— Смотри, Митрофанова! Видел я, что за хрень ты ему вместо массажа сердца делала... Подаст на тебя дядя в суд! Точнее, его родственники — когда он кони двинет.

Надя и сама дико боялась, что напортачила, поэтому спорить с Зыкиным не стала. Вместо нее это сделал Степан:

— Надька жизнь ему спасала. А ты, блин, горе-врач, — из окошка смотрел!

— Да уж. Только дочка медсестры и может спасти нацию! — фыркнул Зыкин.

И больше в разговоре не участвовал.

А Надя еще дня три дико вздрагивала от каждого телефонного звонка или когда в школе посреди урока открывалась дверь в класс. Ей все казалось, что пришли за ней. И будут обвинять в том, что своими неумелыми действиями она угробила человека.

Однако никаких репрессий не последовало. Только, по слухам, биологичке Тамаре Тарасовне директор влепил строгий выговор за то, что оставила класс без присмотра. Да еще, опять же по разговорам, в школу являлась мамаша Людки Сладковой. Якобы устроила Николаю Валентиновичу дикий разнос, потому что коллектив учителей не смог обеспечить ее дочке должного уровня безопасности. И теперь ее кровиночка, вместо того чтобы готовиться к блистательному поступлению в институт, вынуждена коротать время на больничной койке.

...А спустя месяц после этого события на школьном вечере в честь Дня космонавтики директор школы торжественно вызвал на сцену Надежду Митрофанову, Ирину Ишутину, Елену Коренкову и Степана Ивасюхина. Вручил каждому по Почетной грамоте, сопроводив награду теплыми словами. И рассказал, что звонил в больницу, куда «Скорая» доставила того самого несчастного мужика. Пациент, оказалось, выжил и даже уже выписался. А вытащить его удалось во многом благодаря своевременным и грамотным действиям тех, кто оказывал первую помощь. У мужчины действительно был острый сердечный приступ. И спас его именно вовремя и грамотно проведенный непрямой массаж сердца.

Ох, какими аплодисментами разразился школьный зал! Хлопали все — и глупые первоклашки, и циники-подростки. Компания — особенно, конечно, Надежда — на какое-то время завоевала бешеную популярность. На них показывали пальцами, за их спинами шушукались, а наивные младшеклассники, дико смущаясь, просили вместе сфотографироваться.

Об участии в деле Сладковой, которая до сих пор лечила в больнице свой перелом, директор даже не упомянул.

А вскоре Надя, Лена, Ира и Степа получили каждый по анонимному письму. Содержало оно одну-единственную фразу: «*Судьба свое возьмет*».

Это было любимое выражение безвинно пострадавшей Сладковой. Которая в школе больше так и не появилась. И даже на выпускной вечер не пришла.

Глава 12

Дима

Принимать сотрудников городских служб, да еще и в чужой квартире, — полный кошмар. Хорошо еще, он не чистюля Надька — та бы в обморок свалилась. Техник-смотритель, например, явился в грязных по щиколотку сапогах. И не чинясь протопал в них по всей квартире, даже зачем-то по комнатам, хотя там не было ни газовых труб, ни разрушений. А обремененная роскошной халой на голове мадам из страховой компании с неженской силой сорвала на кухне единственный уцелевший пласт линолеума. В ответ на недоуменный Димин вопрос она объяснила, что таким образом масштабы взрыва оценивает. Под сорванным куском обнажились цементные полы, но тетеньке на сей факт, разумеется, было плевать: «Вам ведь все равно ремонт делать!»

С ремонтом, впрочем, все оказалось непросто. Жэковская дама, правда, не подвела. Прислала двоих хануриков, кои всего-то за две бутылки взялись выносить на помойку обломки и мусор. Но «трубы» у рабочих, к сожалению Полуянова, горели не сильно — потому что ползали те еле-еле, триста метров до мусорных контейнеров они преодолевали за полчаса. А Дима сидел в разгромленной квартире и злился. Полно ведь собственных дел, и Надька в больнице, и вообще не мужское это занятие — надзирать за строителями. Но не оставишь же алкашей одних, не доверишь им ключи! К тому же нужно, жэковская дама права, *нормальных* рабочих искать, договариваться с ними о полном ремонте кухни. Не привозить же Надьку из больницы в такой разгром!

Дима, верный роли примерного мужа, разыскал в

картонном ящике с аккуратной надписью, сделанной Надиной рукой, *«макулатура»* пару рекламных газет. Выбрал нужные телефоны, принялся названивать ремонтникам. И быстро понял, что нанять бригаду — тоже целая история. Одни стопроцентный аванс требуют, другие заявляют, что стройматериалы им должен заказчик поставлять, а третьи просят проживание им обеспечить.

Полуянов представил, как они с Надеждой, еще бледной и слабенькой, возвращаются из больницы и видят: в спальне, на их постели, спят вповалку пятеро рабочих-таджиков.

...И тут в дверь снова позвонили. Очередной, что ли, техник? Или менты снизошли, чтоб хотя бы видимость расследования создать?! Сколько же коршунов никчемных, но крайне навязчивых слетаются на человеческую беду!

Он вычеркнул очередной телефон неподошедшей строительной бригады и поплелся открывать.

На пороге стоял Степан.

Надин сосед и сожитель убиенной Коренковой.

Надя

Митрофанова даже обрадовалась, когда Димка позвонил в половине девятого утра и сказал, что появится не скоро. После бессонной ночи спать ей хотелось безумно. А обход как раз завершился, медсестра с уколами в ее палате отметилась, завтрак (несимпатичного вида овсянку) Надя гордо проигнорировала. Самое время задернуть жалюзи и покемарить, пока Полуянов ее квартирой занимается.

Митрофанову, правда, не очень радовало, что Полуянов взял на себя хлопоты по общению с городскими службами. Во-первых, он к этому не приспособлен —

наверняка со всеми погавкается, а ей потом расхлебывай. А во-вторых, Дима никогда прежде не бывал в ее квартире *один*. У Нади, конечно, нет от него секретов, но если сердечный друг случайно в *ее* отделение платяного шкафа заглянет? А там без всяких пакетов внизу валяются нестираные бюстгальтеры. И упаковки прокладок, с крылышками и без...

Но не пресекать же благородные Димины порывы! И Надя, подпустив в голос максимум меда, поблагодарила Полуянова за участие. Строго-настрого наказала пообедать и в больницу к ней не спешить. Рухнула в постель, положила на ухо тонкую казенную подушку. И мгновенно (бессонная ночь все-таки лучшее снотворное!) «улетела».

...А разбудили ее мужские голоса. Один, безусловно, принадлежал Диме. А второй, второй...

Она резко откинула подушку, села на кровати. И в изумлении уставилась на небритого, глаза красные, руки подрагивают, Степана.

— Вот, — нимало не смущаясь, объявил Дима. — Я со своим гостем пришел. Точнее, с твоим. Рада?

— Здравствуй... Степа... — растерянно пробормотала Надя.

Она лихорадочно пыталась одновременно пригладить волосы, расправить смятый халатик и протереть заспанные глаза.

Полуянов наблюдал за смущенными действиями подруги с явной насмешкой, а на Степана и вовсе поглядывал более чем враждебно.

У Нади все внутри похолодело: «Неужели уже успели отношения выяснить? По дороге?»

Хорошо бы выскочить в ванную, умыться и хотя бы пару мазочков тональника сделать, но она, как назло, в халате, который едва коленки прикрывает. Сам Дима-то на ее голые ноги всегда поглядывает с удовольствием, но как он отнесется к тому, что сие зрелище станет доступным Степану?

Единственный выход — остаться в постели. И сыграть в слабенькую и несчастную — самая в таких случаях выигрышная тактика.

И Надя, вместо того чтобы вскочить, наоборот, натянула до подбородка чахлое больничное одеяло и жалобно улыбнулась:

— Ой, простите меня, пожалуйста... Сейчас я в себя приду. Что-то сегодня такая слабость и голова кружится...

— А врач уже был? Что сказал? — немедленно всполошился Дима.

Ну вот, пусть лучше квохчет, чем на Степку гневные взгляды кидать.

— Да все в целом нормально, — успокоила его Надя. — Но контузия, сам понимаешь, за три дня не проходит... — И обратилась к Ивасюхину: — Степ, да ты не стой столбом, садись. — Она приветливо улыбнулась: — Значит, менты разобрались? Выпустили тебя?

— Надя, да разве обо мне сейчас речь? — смущенно пробормотал Степан. И, сводя на нет все ее усилия по нейтрализации напряженности, горячо добавил: — Я как из лифта вышел, как увидел, что из твоей квартиры обломки вытаскивают, у меня внутри аж все рухнуло. Как раз осколки сервиза выносили, твоего любимого, и стол кухонный, я его тоже вспомнил, и дверь входная, увидел, обгорела. Я так испугался, что даже к себе не зашел. Сразу в твою квартиру — узнавать, что случилось. Не дай, думаю, бог...

— Заботливые у тебя одноклассники, — едко прокомментировал Полуянов.

— Я знаю, — холодно отрезала Надежда. И вновь обратилась к Степану: — А я ведь с самого начала знала, что ты не виноват. Еще когда меня понятой в Ленкину квартиру позвали. И я слышала, как менты во всем тебя обвиняют.

Дима хмыкнул и отвернулся.

— А уж когда на Ирку покушение случилось... — хладнокровно продолжала Надя, — и в моей квартире газ взорвался, я только и ждала, когда тебя наконец отпустят. Тяжело тебе было в тюрьме?

— Ладно, Надь, все нормально... — совсем уж смутился Степан.

А Дима — о, какой редкий и радостный для нее жест! — гневно закусил нижнюю губу.

И Митрофанова, чтоб окончательно добить журналиста, широко улыбнулась Степану:

— Кстати, ты отлично выглядишь. Возмужал, такая суровая складка между бровями появилась...

Чего б не сказать комплимент? Степке — приятно, а Полуянов — пусть себе бесится.

Надя и сама не знала, зачем вдруг стала дразнить гражданского мужа. Может, потому, что тот в последние дни был *слишком хорошим*? Идеальный на сто процентов мужчина? И она решила показать, что тоже хороша, не обделена вниманием даже на больничной койке? Или пусть это и дела давно минувших дней, а к Степану — несчастному, небритому, неуспешному — у нее все равно сохранились теплые чувства? Или же просто взял верх извечный женский инстинкт — обязательно *стравить* двух поклонников? А в том, что Степан хотя и жил с Ленкой, и встречались они как соседи, случайно, все равно остался ее поклонником, Надежда не сомневалась.

Как бы то ни было, напряжение в маленькой белой палате достигло наивысшей точки. И тогда Надя тихо попросила:

— Степа, Дима! Давайте, пожалуйста, успокоимся. А то у меня от вас голова еще больше разболелась. И давление, кажется, поднялось.

— А я спокоен, — сквозь зубы произнес Полуянов. И процитировал: — Как пульс покойника.

Степка же затравленно взглянул на журналиста и пробормотал:

— Слушай, Надь... Я, наверно, пойду...

— Нет. Подожди, — властно велела она.

Во-первых, лавров победителя Полуянов пока не заслужил. А во-вторых... И она обернулась к Степану:

— Вот ты мне скажи. Вопрос, предупреждаю сразу, неожиданный. Как ты считаешь... Людка Сладкова — она на убийство способна?

Брови Степана изумленно взметнулись вверх.

— Ты только не спеши отвечать, — попросила Надежда. — Сначала все взвесь. Вспомни.

— Людка? Зануда Людка?.. — с неприкрытым сомнением протянул Ивасюхин. — Наше пугало?

— А ты посмотри, какую она записку Иришке Ишутиной прислала. — Надежда протянула Степану листок с отпечатанной фразой и пояснила: — Вчера по электронной почте пришло.

— «Судьба свое возьмет», — вслух через плечо Степана прочитал Полуянов. И удивленно воззрился на Митрофанову: — Что еще за бред?

Надя не ответила — она напряженно вглядывалась в лицо Ивасюхина.

Тот слабо улыбнулся. Повторил:

— Судьба, значит, свое возьмет. — Хмыкнул: — Помню. Людкина фразочка. Эк ее задело... Десять лет прошло, а все никак не успокоится...

— Может, это она нам мстит? — горячо выкрикнула Надя.

— А за что ей нам мстить?

— За то, что у нас все хорошо. А у нее, круглой отличницы, жизнь не задалась.

— Да ладно тебе. Будто у нас какие-то карьеры ослепительные... — буркнул Степан. — Если только у Ирки...

«К тому же и письмо одной ей пришло», — мелькнуло у Нади.

Но Степа тем временем сказал:

— Хотя... Если вспомнить, как мы со Сладковой на этой встрече обошлись... Я б, может, тоже психанул. Не знаю, как насчет убивать, но морду б набил — это точно.

— Так-так, — мгновенно насторожился Полуянов. — С этого места поподробней.

— Ну... встреча выпускников у нас недавно была, — неохотно пояснила Надежда. — Я тебе говорила. Людка Сладкова... мы с ней и в школе не ладили, а тут она еще противней стала. На нее, понимаешь ли, огромное наследство свалилось. Вот и начала она, блин, выпендриваться. А мы ее, ну, со Степой, Леной и Иркой, по старой памяти *опустили*...

— Да, Митрофанова, — покачал головой Полуянов. — Твои лингвистические способности меня шокируют.

— А что такое? — вскинулась Надя.

— Я думал, ты и слова такого не знаешь — «опускать». — И устало попросил: — Ладно, проехали с филологией. Излагай факты.

Людмила

Психологи, а позднее и психиатры неоднократно пытались ее убедить: одноклассники не виноваты. Корень проблемы — в ней самой.

Доктора сыпали умными словами вроде *избыточного перфекционизма* или *нервного истощения, вызванного соматическим расстройством*. Назначали антидепрессанты. Уверяли, что пройдет месяц, максимум два — и жизнь, безусловно, наладится.

И с переломом ноги (хотя тот оказался, как предсказывал Сема Зыкин, сложным, со смещением) медицина справилась быстро. Уже к маю сняли гипс, а в июне, к выпускному, Люда вполне могла передвигаться без палочки.

Врачи безоговорочно освободили ее от школьных экзаменов. С одной стороны, это неплохо — не надо тратить время на бесполезные предметы. Хотя Люда и демонстрировала обширные знания от физики до биологии, но она ведь тоже человек со своими предпочтениями и склонностями. И пусть одноклассники с учителями считали, что отличнице Сладковой все науки подвластны, на самом-то деле она на филфак собиралась. И один Всевышний знает, как тяжело ей давались совершенно непрофильные физика, химия и биология. Но раз она однажды создала себе имидж двужильной, то и приходилось тянуть.

Люда — хотя никому бы в этом не призналась — тихо радовалась, что одноклассники ночами и днями зубрят билеты, лихорадочно вбивая в голову совершенно ненужные знания, а она может всецело посвятить себя литературе, русскому и иностранному.

Однако радость сильно померкла, когда выяснилось: в аттестате у нее, безусловно, будут сплошные пятерки, однако незыблемые школьные правила гласили: если не сдаешь выпускных экзаменов, то на медаль не надейся. Только похвальную грамоту и получишь, а с ней в вузе никаких льгот, сдавай вступительные на общих основаниях. Получался тупик: до выпускных не допускают, а медаль не дают. Жестоко — особенно для человека, которому чуть не с младших классов вбивают, что он светило, надежда и гордость...

— Людочка, не расстраивайся! — успокаивала ее

мама. — Будто не знаешь, что на филфаке от медали никакого толку.

Да, Людмила знала прекрасно: медалистам нужно сдавать не четыре вступительных экзамена, а один. Но самый сложный — сочинение. И пятерок за него на гуманитарных факультетах университета традиционно не ставят. А значит, единственным экзаменом, пусть ты трижды медалист, обойтись все равно не удастся. Но сам факт, что она никогда не подержит в руках заветного, *она у тебя уже в кармане*, позолоченного кругляшка... Не положит его в сервант, на почетную полку... Не увидит законной гордости в маминых глазах...

Поневоле тысячу раз проклянешь тот злосчастный мартовский день, когда захотела сделать доброе дело. Спасти человека. Поднять себя в глазах одноклассников.

Ничего не скажешь, преуспела. Никто и спасибо ей не сказал, а тем четверым, которые лишь бестолково суетились подле потерявшего сознание мужика, почет и уважение. И никаких ни у кого проблем. Ни один из четверых ноги не вывихнул. Даже корова Митрофанова, которая на физре всегда последней плетется...

«Какая же я дура! — точила себя Людмила. — Зачем в окно прыгала?!»

Видно, на нее какое-то помрачение нашло. На них на всех. Но если Митрофанова, Коренкова, Ишутина, Ивасюхин благополучно приключение пережили, то она, Сладкова, расхлебывала последствия до сих пор...

— Людочка! Надо все забыть. И двигаться дальше, — внушала ей мама.

И дочь была с ней на сто, на тысячу процентов согласна.

...Только как она ни корпела ночами над учебниками и книгами, как ни усердствовала на университетских подготовительных курсах, а за вступительное сочинение получила позорную тройку.

И это стало настоящей катастрофой.

Люда потом ходила на апелляцию. Строгая комиссия, хотя и не положено, сжалилась над рыдающей абитуриенткой — отдала ей ксерокопию сочинения на руки: «А то вы сейчас в таком состоянии, что вам что-то объяснять бесполезно».

Слезы действительно не унимались. Прочитать злосчастное сочинение Люда смогла уже дома, когда наконец успокоилась и изничтожила весь мамин запас валерьянки. И пришла в ужас: неужели это писала она, отличница, надежда и гордость?! Почерк — ее, и ручка с темно-фиолетовой пастой — ее, и даже любимую фразу, «судьба свое возьмет», удалось в нужном контексте вставить. Но только откуда взялись эти корявые, беспомощные фразы? Жалкая аргументация? И даже четыре позорные орфографические ошибки?!

Даже верная мама, готовая за дочку в огонь и в воду, и то огорченно всплеснула руками:

— Людочка, как ты могла? Да еще по любимому Грибоедову?! У тебя ведь по нему такие блестящие работы!

Ответить на этот вопрос дочь не могла. Она прекрасно помнила утро вступительного экзамена. Духоту в метро. Нервную очередь у входа в аудиторию. Раздачу проштемпелеванных печатью филфака листков. Торжественного декана, вскрывающего конверт с темами... А дальше — все, провал.

...Как в тот день, когда она видела лежащего без сознания мужчину. И одноклассников, безрассудно выпрыгивающих из окна ему на помощь. И понимала, что ей тоже нельзя остаться в стороне.

А потом — пришла в себя лишь на больничной койке. С поломанной ногой и с позорным статусом неудачницы.

Впрочем, матери Люда как могла твердо сказала:

— Видно, помутнение нашло. Говорят, с абитуриентами такое бывает. Зря я ночью перед экзаменом над учебниками сидела. Лучше бы выспалась.

И они обе решили: ничего страшного не случилось. Люда еще годик позанимается, окончательно долечит сломанную ногу и, конечно, поступит на заветный филфак со второй попытки.

Однако и через год ситуация с абсолютной точностью повторилась. Прекрасная подготовка, должный настрой, выигрышная и тысячу раз обсосанная тема про антагонистов Печорина и Грушницкого — и опять позорный трояк. И, что самое обидное, опять вполне заслуженный.

...А гадина Митрофанова тем временем перешла уже на второй курс своего библиотечного. Коренкова блистательно разъезжала по музыкальным конкурсам. Ишутина, правда, работала всего лишь агентшей, но умудрилась непонятно на какие доходы обзавестись собственным автомобилем. И даже Ивасюхин, хотя тоже второй год подряд проваливался в институт, вполне преуспевал. Говорили, что в Лужниках на лотке со шмотками стоит, но выглядел всегда роскошно и пахло от него дорогим лосьоном и хорошими сигаретами.

А она, Людмила, лучшая, без вопросов, ученица во всей школе, до сих пор сидит у разбитого корыта. В университет не поступила, и на работе — никаких достижений, потому что просто нет никакой работы. Они с мамой решили: не нужно, чтобы Люда вместо занятий и восстановления после тяжелой травмы тратила силы и время на зарабатывание хлеба насущного... С одной стороны, конечно, это удобно: и по утрам не вставать, и в час пик в метро не толкаться, и не горбатиться в какой-нибудь жалкой конторе за копейки. Одна беда: на мамину зарплату не сильно пошикуешь. С голоду они, конечно, не мрут, но ни о каких модных шмотках или престижных театральных премьерах речи не заходит.

А уж когда Люда второй раз подряд пролетела с филфаком, стало и вовсе тяжело. У нее уже не получилось стойко принять неудачу и лелеять надежду, что на будущий год ей повезет. Три дня она просто рыдала. Потом слезы кончились, но вместо них накатила такая тоска, что лучше уж было реветь...

Людмила часами валялась в кровати и смотрела в окно. Машинально, не чувствуя вкуса, глотала еду, которую подносила ей мама. И бесконечно бормотала стихотворение как нельзя кстати пришедшегося Блока:

> Ночь, улица, фонарь, аптека.
> Бессмысленный и тусклый свет.
> Живи еще хоть четверть века,
> Все будет так. Исхода нет.

...Исхода действительно не было. На восьмой день ее добровольного затворничества отчаявшаяся мама пригласила к ней дипломированного психолога. Потом — еще одного. После дело дошло до дядечки с пронзительным взглядом, который тактично именовал себя «психоаналитиком», но на деле являлся самым настоящим психиатром.

И все они уверяли, что нужно переступить, забыть и начать новую жизнь.

Но, несмотря на убеждения эскулапов и лекарства, переступить никак не получалось...

И Людмила винила в этом ИХ. Четверых. Елену. Надежду. Ирину. И Степана.

МЕСЯЦ НАЗАД

Шиковать бывшие выпускники не стали. Под свою встречу арендовали скромную кафешку — маленькую, пыльную, пропитавшуюся упорным запахом позавчерашних щей. Зато, гордился оргкомитет, получилось недорого — всего по тысяче рублей с носа вместе с шампанским. И банкетный зал хотя и крошечный, но никого посторонних. И район свой, Медведково, добираться недалеко, что очень важно для тех, кто с малолетними детьми.

...А детей у выпускников родилось уже много. Чуть ли не каждая девчонка из бывшего одиннадцатого «А» сочла своим долгом явиться с толстенным фотоальбомом. И старательно изводила соседей по столу десятками изображений слюнявых, напряженно смотрящих в объектив наследников. Надю с Ирой, не обремененных потомством, сие зрелище изрядно достало. Пара карточек — еще туда-сюда, даже бездетные это могут вынести. Но когда тебя со всех сторон заваливают рассказами о вселенском родительском счастье... Язык отсохнет восхищаться. Да и против воли задумываться начнешь: а удалась ли собственная, без хлопот с детьми, жизнь?

— Пойдем покурим! — позвала Надю уставшая от фотопросмотров Ирина.

Митрофанова согласилась, хотя свою последнюю сигарету выкурила еще в школе, на выпускном. Но с Иркой, да еще на встрече одноклассников, самое время нарушить стерильный, без сигарет, образ жизни.

Они с Ишутиной вышли на порог кафешки.

Близился к вечеру роскошный весенний денек, припозднившиеся клерки спешили по домам, чахлые кустики сирени, обрамлявшие питейное заведение, отчаянно пытались переспорить аромат бензина.

Ира протянула ей пачку «Мальборо», спросила:

— Ты ведь вроде не куришь, Надька?

— Нет, — пожала плечами Митрофанова.

Достала сигарету, прикурила и вполне умело — за Димкой-то Полуяновым каждый день наблюдает — затянулась. Дым ударил в горло, Митрофанова закашлялась... Но сигарету не бросила — упорно втянула еще раз углекислого газа с никотином. Не поперхнулась, но все равно довольно противно.

Ишутина усмешливо наблюдала за подругой. Фыркнула:

— Да, Надька. Курильщик из тебя знатный. — И поинтересовалась: — Что-то случилось? Или просто депрессуха?

— Да скучно все как-то... И серенько, — неуверенно ответила Надя. — Никаких итогов. Ни карьеры особой, ни мужа, ни детей. Десять лет прошло, а похвастаться нечем.

— Да уж, — саркастически протянула Ирина. — Слюнявые отпрыски — это, конечно, колоссальное достижение.

Выдержала внимательный Надин взгляд и твердо закончила:

— Послушай, Митрофанова. Ранние дети — это теперь совсем не модно. Все нормальные люди, по крайней мере, до тридцати в свое удовольствие живут. А ляльку на старости лет заводят. Ближе к сорока. Когда уже и нагуляются, и денег заработают.

— Наверно, ты права, — вздохнула Надя.

Ирка — она молодец. Всегда правильные слова, чтоб утешить, найдет.

Наде очень хотелось пожаловаться подруге и на другое: что лишний вес, а силы воли ходить в спортклуб не хватает. Что начальница — натуральная самодурша. А сердечный друг Димка — прекрасен, однако непостоянен, как весенний ветер...

Но рассказать о своей непутевой жизни Митрофанова не успела — к неприметной, неряшливо оштукатуренной кафешке подкатил длинный и ослепительный, будто на роскошной мещанской свадьбе, лимузин. Замедлил ход. И начал величественно въезжать на парковку.

— Вот это уродец! — махнула рукой на машину Ишутина.

А лимузин тем временем, с трудом лавируя меж скромными машинами бывших одноклассников (одна Иришка на крутом «БМВ» явилась), припарковался. С водительского места вылетел дядечка в форменной куртке, подскочил к пассажирской двери, широко распахнул дверцу... На асфальт сначала ступила женская нога, затянутая в летний сапожок на огромной шпильке. Следом явилось тело — облаченное в немыслимый, весь в рюшах и люрексе, но явно дорогой балахон. Венчала же сие великолепие гордо запрокинутая голова с тщательной, явно только что из салона, укладкой.

То была школьная отличница и пугало Людка Сладкова.

— Ох, ничего себе!.. — пробормотала потрясенная Митрофанова.

Ира и вовсе позабыла о своем бизнесвуменском хладнокровии. Аж сигарету выронила. И лишь когда вновь прибывшая, неумело качая бедрами и старательно демонстрируя царственную походку, двинулась к входу, громко расхохоталась.

Надя укоризненно взглянула на подругу и вежливо кивнула Сладковой:

— Привет, Люда! Прекрасно выглядишь.

Сладкова с непередаваемым выражением лица («Кто тут посмел меня отвлечь?») притормозила. Смерила Надежду презрительным взглядом. И отрезала:

— Здравствуй, Надя. А ты, по-моему, еще больше поправилась. Но не переживай, тебе полнота идет.

И гордо вплыла в недра кафе.

А Митрофанова — вот проклятые комплексы! — безуспешно попыталась втянуть слегка выпирающий животик и пробормотала ей вслед:

— Вот гадина!

— Да-а... — потрясенно вымолвила Ишутина. — Борзеет детка.

И решительным шагом двинулась к лимузину, на котором явилась экс-отличница.

С шофером — выйти тот не соизволил, беседа велась через окошко — она проговорила недолго. Вернулась и доложила Надежде:

— А наша Сладкова-то, оказывается, разбогатела! Лимузин не первый раз заказывает. Платит, извините, по двести долларов в час. И разъезжает на нем по бутикам. Чудеса!.. — Она взглянула на подругу и опять не удержалась от смеха.

— Чудеса! — согласилась Надя. — Пойдем Степке расскажем! И Ленке.

— Пойдем, — согласилась подруга. — Хотя Ленка, наверно, уже не воспримет.

Коренкову явно не вдохновило входящее в стоимость банкета шампанское — на встречу выпускников она явилась с собственной водкой. Нимало не смущаясь, все время подливала ее в свой бокал, как ни пытался Степан ее урезонить. Но Ленка в ответ на его просьбы лишь неприятно, визгливо хохотала. И к разгару праздника почти уничтожила пол-литра огненной воды.

Надя с Ириной вернулись в банкетный зал. Явление Сладковой — на что та наверняка рассчитывала — произвело фурор. Девчонки спешили подойти поближе к бывшей отличнице и как следует рассмотреть ее необычный, но чрезвычайно роскошный наряд. Молодые люди тоже толпились поблизости — их явно заинтересовал провокационный разрез на бедре и еле прикрытое рюшами роскошное декольте как минимум пятого размера.

«А ведь в школе у нее бюстик поменьше был, — мелькнуло у Нади. — Неплохой, конечно, но не больше «троечки». Неужели силикон нарастила? Или просто лифчик со вставками?»

Но обсуждать эту тему с Ириной не стала. Ей отчего-то вдруг стало жаль всю такую ослепительную Сладкову. Женской интуицией, шестым чувством Митрофанова поняла: на самом деле та сейчас ужасно нервничает. Хоть и кривит в презрительной насмешке губы, и отвечает на вопросы одноклассников свысока, и демонстративно растопыривает унизанные бриллиантами пальцы, а в душе все та же неуверенная в себе, измученная вопросом — *что обо мне подумают?* — школьница.

Ирина же поглядывала на Сладкову с неприкрытой злобой. То ли с новой силой вспыхнула застарелая школьная ненависть, или обиделась на то, что ее собственный наряд и «БМВ» мгновенно померкли на фоне белоснежного балахона и лимузина Людмилы?

— Звезда. Как есть звезда, — презрительно дернула плечом Ишутина. Оставила Надю и быстрым шагом двинула к Ленке Коренковой и Степану.

Те триумфа Сладковой, похоже, даже не заметили. Продолжали сидеть за столом, и Елена сцеживала из своей водочной бутылки последние капли.

Надя понаблюдала, как Ишутина о чем-то горячо рассказывает, указывая рукой на Сладкову. Как Елена, нимало не смущаясь присутствующих, громко выдыхает в ответ матерное слово. Как успокаивающе в разговор вступает Степан...

Митрофанова вздохнула. Зачем, интересно, Иришка заводит уже очень пьяную Ленку? Заскучала, захотелось скандала? Ну и очень глупо.

И она, постаравшись подавить прежние предубеждения, присоединилась к бывшим одноклассницам, обступившим Людмилу. Интересно знать, откуда на нее свалилось столь оглушительное, с бриллиантами и лимузинами, богатство?

А Сладкова своей наконец нагрянувшей популярностью явно упивалась. Так и сыпала: *Биарриц, Марбелья, шоколадное обертывание, медовый пилинг, Сваровски, Шанель, Маноло Бланик...* Надя редко читала модные журналы, но даже с ее куцыми знаниями ей показалось: Сладкова не собственным опытом делится, а просто «Вог» цитирует к месту и не к месту. Но бывшие соученицы, обремененные детьми и хозяйством, видно, даже глянцевых журналов не читали — слушают разинув рты, задают почтительные вопросы. Один Сема Зыкин — ныне преуспевающий врач в частной клинике — смотрит на новоявленную звезду без пиетета.

Он-то и задал мучительно интересовавший Надежду вопрос:

— Ты лучше, Людка, скажи, где столько бабла намолотила? Я в своей клинике элитных блядей пользую — так и те скромнее. Неужели хватило пороху банк грабануть? Или дядя-миллионер наследство оставил?

— Во-первых, я, Сема, работаю... — с достоинством отвечала Людмила.

— Корректором? За три копейки в месяц? — насмешливо прищурился тот.

— А во-вторых, мой, как ты верно угадал, дядя входил в список «Форбса», — процедила Сладкова. — Пусть и не в первую сотню. Но мне, как видишь, хватило.

— Блин, ну везет же некоторым! — в один голос заныли бывшие одноклассники.

Надя только вздохнула. Интересно, почему богатые дяди всегда находятся у полных дур? А нормальным девчонкам приходится всю жизнь считать копейки?!

Она почувствовала, что тоже начинает раздражаться. Ну разве это справедливо? Никчемная Людка — и вдруг стала миллионершей. А она, Надя, добрая, умная, симпатичная, к тому же прекрасная кулинарка — прозябает в унизительной нищете. И в отпуск вынуждена ехать, только куда (и если!) позовет Дима.

В голове неожиданно мелькнуло: «Хорошо б уесть задаваку...»

Впрочем, Надя тут же застыдилась непорядочных мыслей. И порадовалась, что Елена с Ириной на Сладкову не обращают внимания. Встали из-за стола и дружненько отправились к караоке.

«Ну и правильно, — подумала Надя. — Поняли, наверно, что Людке обидней всего будет, если ее просто не заметят».

Она покинула Людмилину свиту и вернулась за стол. Машинально попробовала горячее — семгу под сливочным соусом. На удивление, блюдо местным поварам удалось, и Надя — все-таки пища снимает стресс лучше, чем курево, — накинулась на аппетитную рыбу. Еще и Семка Зыкин подошел, начал ее медицинскими байками развлекать. Митрофанова слушала внимательно, хохотала и даже не заметила, как справилась с горячим. А едва отложила приборы, услышала усиленный микрофоном голос Ленки Коренковой:

— Ну что, дамы и господа? Все покончили с едой? Тогда давайте споем!

Одноклассники откликнулись аплодисментами и радостным гулом. Надя тоже зааплодировала. Удивительно: говорит Коренкова, несмотря на выпитое, внятно. И предложение выдвигает мирное.

— Начнем с чего-нибудь романтического! — тем временем предложила Лена. — Все-таки у нас сегодня встреча выпускников, вечер воспоминаний...

Она пощелкала кнопками караоке, дождалась, пока заиграет музыка, и сильным голосом затянула:

> Буквы разные писать тонким перышком в тетрадь
> Учат в школе, учат в школе, учат в шко-оле...

Голос Коренковой звучал свежо и сильно, одноклассники радостно подхватили знакомую песню, а

Семка Зыкин крикнул в ухо Надежде, которая тоже начала подпевать:

— Молодец Ленка! Не весь талант пропила!

Надя только вздохнула. О загубленном таланте Коренковой она, на правах соседки, знала больше других. Не раз слышала сквозь тонкую стенку, как Лена пытается воспроизвести на своем рояле что-то из былого репертуара. Сбивается, путается, злится, а потом заходится в слезах... «Хоть бы пела, раз больше играть не может», — мелькнуло у нее. Тем более что благодаря природному артистизму и сильному голосу петь у нее получалось. Вон и Степка говорит:

— Сладкова в балахон пугачевский вырядилась, только Ленка все равно на звезду больше похожа.

А Коренкова на месте не стоит, приплясывает — зажигательно, точно в ритм. На втором куплете, благо микрофон беспроводной, и вовсе спустилась в зал. Исполнила подобие индийского танца вместе со Степаном, потом протянула микрофон историку — тот не растерялся, песню поддержал, а после подошла к Надежде, и они, к восторгу публики, пропели пару фраз на два голоса...

А когда покончили с ностальгической песенкой, Лена выхлебала из чьего-то неосмотрительно оставленного бокала шампанское и предложила:

— Теперь давайте что-нибудь взрослое. Хотите «Мурку»?

В зале тут же разгорелась дискуссия.

— Да ну, «Мурка», отстой! — кричали одни.

— Давай лучше Кучина! Круга! Диму Билана! — предлагали другие.

А Степан громче всех предложил:

— Спой, Ленок, «Институтку»! Ну, эту! «Я дочь ка-амергера!..»

— Только если с тобой! Дуэтом! — откликнулась Елена.

А Ирина тут же включила на установке караоке нужный мотив.

«Сценка-то, похоже, срежиссирована, — мелькнуло у Нади. — Но что они задумали?..»

Степа и Лена уже тянули:

> Мой отец камергер убежать не успел.
> Но для белых он сделал немало...

— Что за пошлятина! — поморщился Сема Зыкин.

— А по-моему, хорошо! Хоть на «Фабрику звезд», — не согласилась Надежда.

Исполнители и правда смотрелись весьма эффектно. Ладные, стройные, голосистые. В унисон двигались, в такт пританцовывали. Перестали замечаться Ленкино испитое лицо, Степины простецкие одежки. Публике они тоже нравились. Бывшие одноклассники подбадривали их, подпевали, хлопали. Только Ирина сидела молча. И Сладкова — лишившаяся восхищенной аудитории — смотрела растерянно и злобно.

А Елена со Степаном тем временем медленно, но верно придвигались к ней. И, когда дело дошло до фразы: «Вино и мужчины — моя атмосфэра», протянули микрофон бывшей отличнице.

Сладкова — одноклассники помнили, что у нее ни слуха, ни голоса, — жутко смутилась и ни слова в микрофон не произнесла, музыка прошла впустую. А Лена, перебивая мотив следующего куплета, издевательски предложила:

— Ну что ты, Людочка! Пой! Это ведь про тебя!

— Пошла вон отсюда! Пьянчуга! — злобно прошипела в ответ отличница.

Люда не учла, что микрофон находится подле ее губ, и потому грубый ответ прекрасно расслышали все гости вечеринки, тем более что как раз и музыка стихла.

Публика остолбенела. «Вот овца!» — буркнул чей-то мужской голос. Кто-то из девчонок ахнул.

Только Лена со Степой не смутились. Коренкова спокойно произнесла:

— Не очень-то вы любезны, госпожа Сладкова...

А Степа проговорил явно заранее придуманную фразу:

— Так ли вы прекрасны, как выглядите в этом сногсшибательном балахоне?..

Он дернул один из рюшей на талии — и одеяние Людмилы словно по мановению волшебной палочки свалилось с ее плеч на пол.

Зрителям явились очень скромные, белого хлопка, трусики и неестественно вздыбившийся, явно забитый увеличивающими бюст вкладками, лифчик.

Зал в ошеломлении замер.

В наступившей зловещей тишине раздался лишь веселый голосок Коренковой:

— Любуйтесь! Вот она! Истинная фея из бара!

— А в одежде ты лучше! — издевательски закончил Степан.

И парочка, гомерически хохоча, двинулась прочь. Потрясенная, плачущая Людмила пыталась дрожащими руками натянуть свой хитон.

— Да уж. Звезды из Сладковой опять не получилось, — философски констатировал Сема Зыкин.

А бывшая отличница тем временем, так и не попав в рукава, просто обмоталась своим одеянием, будто тряпкой, и, в голос рыдая, кинулась вон из зала.

Глава 13

Надя

Они решили: будем проверять Сладкову.

С сильным полом не поспоришь, особенно если болеешь. И когда мужчин целых двое.

Не исключено, конечно, что Сладкова действительно *может* быть убийцей. Но как доказать ее вину?

Дима со Степаном разработали целый план. На Надин взгляд, чрезвычайно непростой. Да что там — практически невыполнимый.

И *роль* в нем Митрофановой досталась непростая. Куда сложнее, чем каждому из мужчин.

Для начала ей следовало дозвониться заклятой врагине Людмиле и убедить ту приехать в больницу. Однако как с ней говорить, чтобы отличница подвоха не почуяла, Степа с Димой не придумали.

— Надя, ну ты ведь такая умница! — улыбкой Чеширского кота обволакивал ее Полуянов. — Ты обязательно чего-нибудь сама изобретешь!

Вот она, мужская суть: фонтанируют глобальными идеями, а самое важное — исполнение — взваливают на женщин.

Но Надя послушно набрала телефонный номер. Дождалась, покуда Сладкова нелюбезно алекнет в трубку. И смиренно произнесла:

— Люда, привет. Не узнала? Это Надя Митрофанова.

Голос экс-отличницы заледенел:

— Митрофанова?.. Чего тебе нужно?

— Мне... я... — Смущение изображать не пришлось, слова действительно подбирались с трудом. — В общем, я хотела перед тобой извиниться.

— Да неужели? — саркастически выдохнула собеседница. И припечатала: — Долго же ты собиралась!

Надя про себя отметила: а ведь Людка странно реагирует. Будто и правда все эти годы извинений ждала, хотя на самом деле Наде перед ней каяться было решительно не в чем.

Но сейчас, конечно, надо играть по Людмилиным правилам. Смирение и только смирение.

И Митрофанова, сама кротость, произнесла:

— Дело в том, что я, если ты не знаешь, сейчас в больнице...

Она сделала паузу. Подождала, вдруг Людмила поинтересуется: «А что с тобой?» Или с пользой для их расследования оговорится: «Я в курсе». Однако Сладкова молчала, и Наде пришлось продолжать:

— Ну а когда болеешь, причем серьезно, есть много времени на размышления. Всю жизнь успеваешь заново пережить... Вот до меня наконец и дошло только сейчас, что я очень перед тобой виновата... Еще со школы.

— Ахинею какую-то несешь, — перебила ее Сладкова. И ядовито поинтересовалась: — Апельсинов, что ли, принести некому?

Надя не смутилась:

— Апельсинов как раз хватает. Ирка Ишутина вчера приезжала, полный холодильник навезла. Говорю же: просто я осознала, что сильно обидела тебя. Десять лет, оказывается, понадобилось, чтобы я поняла: какие мы все тогда дуры были...

— Дуры?! — Голос Людмилы гневно зазвенел, и она неожиданно кинулась в атаку: — А не слишком ли это мягко? Дуры — они подлости от отсутствия мозгов творят. Но уж вы-то, все трое, прекрасно знали, чем меня уколоть! И били в самое больное!! Умело били! Чтоб окончательно уничтожить!..

«Шизанутая, — вновь мелькнуло у Нади. — Можно подумать, у нас других дел не было — только твои больные места искать!»

Но ненормальность Сладковой как раз работала на версию Полуянова, поэтому оставалось только подыгрывать. И Надя тихо закончила:

— В общем, Люд, я бы очень хотела еще раз перед тобой извиниться. Лично. Как говорится, глаза в глаза. Сама бы к тебе приехала, но мне вставать нельзя.

И еще долго нельзя будет... Но если ты не хочешь меня навестить, то, конечно, не надо.

Полуянов — он, разумеется, присутствовал при разговоре — сделал страшные глаза. Степка Ивасюхин неодобрительно покачал головой. А Надя снисходительно улыбнулась. Все-таки мужчины, даже самые умные, ничегошеньки не смыслят в женской психологии. Да разве Сладкова откажется? Просто счастлива будет явиться в больницу в очередном дорогущем балахоне, на очередном понтовом автомобиле. И поторжествовать над униженной, распластанной на больничной койке обидчицей.

И Надежда, разумеется, не ошиблась. Потому что Людмила протянула:

— Ну не зна-аю... У меня, вообще-то, сейчас дел выше крыши... Если только совсем вечером, после салона...

— Приезжай в любое время, — твердо сказала Надя. — Официальные посещения до семи, а если позже — то охраннику стольник.

— Баксов? — ернически поинтересовалась Сладкова. — Или евро?

Надя внутренне закипела. Тоже мне — королева. Наследница! В школу, помнится, в штопаных колготках ходила. И в сапожках со стесанными каблуками. А теперь валютный стольник для нее не деньги.

— Впрочем, мой водитель разберется, — небрежно бросила задавака. И милостиво добавила: — Ладно, жди. Может быть, вечером загляну. Диктуй адрес...

Надя рассказала, как доехать. Нажала на «отбой». Устало откинулась на подушки. И укоризненно обратилась к мужчинам:

— Ф-фу, никаких сил! Неужели других способов не было?!

— Да не подберешься к ней иначе никак! Не дверь же ломать! — вздохнул Степан.

— Сам бы и выманивал, — буркнула Надежда.

— Мне бы она не поверила... — откликнулся тот. — Она ж, зараза, подозрительная! И понимает, что я извиняться перед ней точно не буду.

А Полуянов ласково улыбнулся Наде:

— Молодец, Надюшка! Поговорила просто блестяще!

— А я все блестяще делаю, — ворчливо откликнулась Митрофанова. — В отличие от некоторых.

— Ну, за меня не волнуйся, — усмехнулся Дима.

Но Надя не сдавалась:

— А если Людка действительно ночью явится? Тогда весь ваш план насмарку!

— Разберемся, — заверил Полуянов.

Уверенности в его голосе хватило бы на десятерых, однако Надя — не зря делит с ним квартиру, постель и щербатый кухонный столик — поняла, что Дима вовсе не уверен в успехе.

Она тоскливо подумала: «Может, умнее будет в милицию позвонить? И пусть они разбираются?.. Убийство и два покушения — это ведь не шутки... Обязаны меры принять».

Но что прикажете ментам говорить? Мы нашли преступницу?! Разве у ребят есть хоть одно доказательство вины Сладковой? А подозрения, психологию да обиды десятилетней давности — это уж точно к делу не пришьешь.

Да и в новый спор с мужчинами Наде ввязываться не хотелось. Попробуй усомнись в их плане...

И Надя беспечно подумала: «Авось все получится. Ну а если Димка попадется — значит, сам виноват».

Дима

Надя тщательно скрывала свой скепсис, но журналист не вчера родился. Понял: подруга не сомневается, что их план провалится. Вот она, бабья суть. Ничего дельного придумать не могут, зато критиковать — всегда первые.

Правда, Дима и сам давал не больше десяти процентов на то, что ему повезет. Нужно ли ради столь призрачных шансов рисковать? Не подвергает ли он лишней опасности верную Надьку? И не подведет ли Степан — неудачник, человек явно слабый? Да и самому идти под статью — а то, что они задумали, явно тянуло на пару лет общего режима — совсем не хотелось.

Однако иных идей в голову все равно не приходило.

И потому этот горячий летний вечер Дима проводил в больничном парке. Под окнами Надиной палаты, располагавшейся на втором этаже. Сама Надежда оставалась в кровати. А Степан коротал время на стуле подле ее ложа. Когда появится Сладкова, ему предстоит переместиться в узкий, как пенал, одежный шкафчик, из которого хозяйственная Надюха еще днем заботливо выгребла чью-то старую обувь и немалые залежи пыли.

Полуянов предпочел бы остаться с подругой. Лично бы отвечал за ее безопасность. Но его ждала ответственная миссия, поэтому и пришлось отдать Надьку в руки бывшего одноклассника. К тому же Степан — хотя и дожил до двадцати семи лет — водить машину не выучился.

«...Самый, конечно, будет прикол, если эта Сладкова просто не явится, — в очередной раз мелькнуло у журналиста. — Она ведь ничего Надьке не обещала!»

И в этот момент на сумрачной больничной аллее показался белый, вызывающе длинный лимузин. Явно тот самый, что произвел фурор на недавней встрече выпускников. С ума сойти: въехал прямо на территорию больницы, куда одни «Скорые» пускают! Дамочка шикует. Если охранники с пеших посетителей по стольнику берут, страшно подумать, сколько они содрали за въезд, да еще в неприсутственное время, да на столь роскошной машине.

Дима быстро нажал на автодозвон Надькиного номера. Когда она ответила, выдохнул в трубку:

— Похоже, Людка. Сейчас проверю.

Нажал на «отбой» и беспечной походкой направился ко входу в больничный корпус.

Сладкову он прежде не встречал и фотографий ее не видел — той даже на школьной выпускной карточке не оказалось, — но, будем надеяться, Надя со Степой описали ее объективно.

...И, судя по яркому, кричаще дорогому оперению, а также по надменному и слегка растерянному взгляду (сколько раз он встречал такие у новоявленных богачей!), в больницу действительно пожаловала та птичка, какую они и ждали.

Дима пронаблюдал триумфальное вхождение Сладковой в корпус (больные в пижамах и потертых халатах — те и вовсе с раскрытыми ртами позастывали), вернулся на пост под окна Надиной палаты, еще раз набрал ее номер и коротко отрапортовал:

— Она.

Теперь судьба их плана опять в руках Надежды.

И еще — Всевышнего. Как его упросить, чтобы он задержал летние сумерки?..

Надя

Она специально постаралась привести себя в *анти-порядок*. Волосы заколоть в ужасный, совсем не идущий ей хвост. Смыть с лица тональник и стереть блеск для губ. И даже — безотказное средство, еще со школы действовало, когда требовалось учителей разжалобить, — положить под глаза темно-синие тени. Если не перебарщивать да хорошенько их растушевать — идеальные получаются синяки под глазами. Сладковой должно понравиться.

Отличница ее усилия оценила. С порога, вместо «здрасьте», заявила:

— Да уж, Митрофанова. Плохо выглядишь.

Сама нуворишка смотрелась прекрасно: сияла свежим, явно из дорогого СПА-салона лицом, и прическа хороша — с виду небрежная, но явно созданная дорогим мастером.

Надя тяжело, будто и правда из последних сил, поднялась с кровати навстречу Сладковой:

— Привет, Люда! Я действительно очень рада, что ты пришла... Согласилась меня выслушать...

— Покаяние Митрофановой, — хмыкнула та. — Правда, что ли, умирать собралась? А что — местечко для отхода в мир иной подходящее. — Она обвела взглядом крошечную палату и поинтересовалась: — У всех в России теперь такие? Или тебе за особые библиотечные заслуги выделили?

«Ну, ты-то у нас в Швейцарии лечишься», — злобно подумала Митрофанова. И робко улыбнулась Сладковой:

— Просто у меня состояние тяжелое, нужен полный покой... вот отдельно и положили.

— А чего с тобой случилось? — равнодушно поинтересовалась бывшая отличница. И пошутила: — Неужели ранний климакс?!

— Нет, — не стала язвить в ответ Надя. И объяснила: — Несчастный случай. У меня в квартире газ взорвался.

Она внимательно уставилась на Сладкову — вдруг та чем-нибудь себя выдаст?

Однако Людка держалась прекрасно. Лишь пожала плечами и презрительно произнесла:

— На плите, наверно, столетней давности готовишь. И тягу не проверяешь.

Она устроила взрыв? Не она?

Надя вздохнула и обратилась к бывшей отличнице:

— Давай сумку. Садись.

Указала на стул подле своей кровати и протянула руку за Людкиной сумкой.

Вот оно — самое слабое звено *мужского* плана.

Надя, *женщина*, прекрасно знала: свою сумочку девушка без особой нужды в чужие руки не отдаст и вдали от себя не бросит. Потому как там — множество вещей, кои могут понадобиться в любой момент: зеркальце, и помада, и телефон, плюс от неловкого чужого движения вылететь из сумки может все, что угодно, — от невинного презерватива в упаковке до — о ужас! — использованной прокладки.

Что ж. Придется играть.

— Ох... — потрясенно выдохнула Надя, будто только что рассмотрела сумочку. — Это у тебя что... настоящая «Баленсиага»?

— Ты чего, Митрофанова? — возмутилась Сладкова. — Я тебе не студентка с таким отстоем ходить!

Сама Надежда, чья единственная приличная сумка как раз была от «Баленсиаги», — чуть не поперхнулась.

— Не видишь, что ли: «Вюитон». — Сладкова назидательно ткнула пальцем в лейбл. И милостиво протянула сумку Наде.

Митрофанова трепетно приняла поклажу. Робко сказала:

— Лейбл-то совсем маленький... А я думала... «Вюитон» — это когда повсюду значки... Ну, знаешь, такие, с завитушками!

— Это когда у негров покупаешь, по десять долларов за штуку. Где-нибудь на площади Сан-Марко. (Это в Венеции.) А настоящий «Вюитон» в навязчивой рекламе не нуждается, — снисходительно просветила ее Сладкова. — Кто понимает, и без нашлепок отличит, где настоящая вещь. Наоборот, чем дороже, тем лейбл меньше. Фирма считает, что вместо этикетки качество должно само за себя говорить.

«Болтай, болтай! Не останавливайся!» — взмолилась про себя Надя.

И приподняла роскошную сумку повыше. Вроде хочет в последних лучах заходящего солнца ее как следует рассмотреть.

Восхищенно выдохнула:

— Да-а! Классно сделано!.. Строчки ровнехонькие, стежок к стежку, и замок — будто золотой!..

— А он золотой и есть, — хмыкнула Людмила. — Не отличаешь, что ли, позолоту от цельного слитка?..

Ей Надины восторги явно льстили.

— Я ее пока поставлю на окно? — неожиданно сменила тему Митрофанова. — Чего на коленях держать? Тем более мы с тобой чай будем пить, я сейчас заварю, у меня и чайник есть, и заварка, и конфеты...

«Сейчас скажет: «Нет». И все пропало».

Но Люда, к счастью, подвоха не заподозрила. Снисходительно ухмыльнулась:

— Ого, какой теперь в России, в больницах, сервис... Даже чаю в палате можно выпить.

И про свою драгоценную сумку — ни слова.

— Слушай, может, воды принесешь? — продолжала атаковать Надя. — Вон на тумбочке чайник, а туалет — та дверь.

И она демонстративно откинулась на подушку:

— Я б и сама принесла, но у меня часто голова кружится.

— Да-а, крепко тебя приложило, — снова усмехнулась Сладкова. — Позор: с газом не смогла разобраться. А еще считаешься хорошей хозяйкой!

Подхватила чайник и, вызывающе цокая огромными каблуками, засеменила к туалету. А Надя, едва бывшая одноклассница повернулась к ней спиной, щелкнула роскошным замочком «Вюитона». Распахнула сумку...

Ключи — по форме напоминающие квартирные — к счастью, лежали сверху. Надя схватила их, одним прыжком подскочила к окну и швырнула связку вниз.

Людмила с чайником в руках вернулась очень быстро.

Надя даже не успела увидеть: поймал Полуянов ключи или нет?

Дима

Семь с половиной минут.

Даже если бы неповоротливый лимузин тронулся с ним одновременно, ему ни за что не домчать столь быстро.

Чтобы добраться до квартиры (десятый этаж, лифт, к счастью, подошел сразу), надо еще две минуты. Надина бывшая одноклассница на своих несуразных каблуках явно поднималась бы дольше.

Теперь ключи.

Опытному взломщику, чтобы определить, какой из них подходит к какому замку, нужно не более секунды. Дима, человек законопослушный, потратил на опознание почти минуту — и здесь Сладковой, *хозяйке*, проиграл. Но ведь и звонка от Надьки — та обязана сообщить немедленно, когда Людка ее покинет, — тоже пока не было. Будем надеяться, девчонки до сих пор сидят в палате. Пьют чай. И пытаются побольней уколоть друг друга.

«А вдруг Степан подвел? И с Надькой что-то случилось?!» — мелькнула шальная мысль.

Однако Полуянов усилием воли ее отогнал. Не такая уж Сладкова *психическая*, чтобы убивать прямо в больнице, да еще после того, как она с такой помпой туда явилась. Да и вообще: убийца ли она?

...Дверь, ведущая в обитель Сладковой, с легким скрипом растворилась. Диме показалось, что в квартире рядом прошелестели шаги, а глазок затмил чей-то глаз. Будем надеяться, что Людмила не поддерживает теплых отношений с соседями. И те не станут вызывать милицию только потому, что в квартиру ближайшей жилички явился невиданный здесь прежде мужчина.

Он аккуратно затворил за собой дверь. Включил свет. Обшарил взглядом прихожую: нет ли указующих на охранную сигнализацию проводков?

Знакомые богачи, правда, рассказывали, что сигнализация с проводами и датчиками на окнах — это вчерашний день. Современные охранные системы невооруженным глазом не разглядишь. А вдруг у Сладковой как раз такая? Но что оставалось — приходилось рисковать. Как сказала бы вредная Надька, «сам такой план придумал».

Дима аккуратно натянул поверх ботинок больничные бахилы. Спрятал руки в тонкие резиновые перчатки. Теперь он выглядел вылитым домушником, если милиция явится, сомнений в этом у нее не возникнет.

И вошел в гостиную.

...Странное то было зрелище.

Планировка квартиры оказалась точно такой, как у Надюхи: две комнаты, побольше и поменьше, две узкие дверцы, ведущие в *удобства*, шестиметровая кухня. Для одного человека — рай. Двоим — уже тесно. А миллионы людей, это уж Дима по своей журналистской работе знал, в таких квартирках по четыре-пять человек ютятся.

Сладкова явно проживала одна. Одинокие женские квартиры — будь их хозяйка хоть новоявленной миллионершей, хоть скромной библиотекаршей — можно определить с первого взгляда. Типично бабский уют: подушки с вышивкой, глянец журналов на столике, календарь с котятами на стене. В углу серой змеей свернулись колготки, на спинке кресла забыт бюстгальтер. Надьку он уже натренировал — та свое белье держала в ящике. А Сладкову тренировать было явно некому. И домработница квартиру, кажется, не посещала. Удивительно: лимузин есть, а пыль протереть некому. Или лимузин предназначен «на выход», чтобы других поразить, а на собственные удобства Людмиле плевать?

Впрочем, ему сейчас было не до психологии хозяйки. Надо «в две секунды» — как он сам грозился Надюхе — осмотреть квартиру. И попытаться найти хоть одну улику, что могла бы указать на причастность бывшей отличницы к убийству и двум покушениям.

Надя

Людмила запираться не стала.

Наде даже наводящих вопросов задавать не пришлось, чтобы ту понесло:

— Я вас ненавидела! Ох, как я вас ненавидела!.. — не отхлебнув даже чаю, принялась откровенничать Сладкова. — Сколько раз мечтала убить вас! Всех троих. Тебя, Ленку, Ирку. И Степана. Ох, знали бы вы, какие адские муки я вам придумывала ночами, когда уснуть не могла...

Она покачала головой, притихла, потухла — и выглядела сейчас совсем не роскошной, а, наоборот, усталой и жалкой.

— Но за что, Люда? — тихо спросила Надя. — Что мы тебе сделали?..

Та грустно усмехнулась:

— Сейчас-то я понимаю, что ничего. А тогда, тогда...

Она снова умолкла.

— Да чего особого было тогда? — подначила ее Надежда. — Наоборот, ты — отличница, медалистка, звезда, а мы — самые обычные. У меня сплошь четверки, а Ирка с Ленкой — те и вовсе на тройки перебивались.

— Разве в оценках дело? — вздохнула в ответ отличница.

— А разве нет? — парировала Надя. — Я бы тоже не отказалась, чтобы были одни пятерки. Но не получалось...

— Господи, да неужели ты не понимаешь?! — раздраженно выкрикнула Сладкова. — Я на медаль шла не для медали! А только потому, что мне хотелось быть лучшей, понимаешь?! Самой лучшей. Вне конкуренции. Звездой, если хочешь!

Она явно разнервничалась, нервно хрустела пальцами, глаза лихорадочно горели.

Да, нервы у Сладковой точно не в порядке. И переживания слишком уж яркие — для разговора о делах давно минувших дней.

Ладно. Сейчас главное — не распалиться, не завестись самой. И Надя спокойно произнесла:

— Но ты ведь и была в нашем классе звездой. Разве нет?

— В том и дело, что нет! — гневно выкрикнула Людмила. И едко протянула: — Это вы, вы все были звездами! Ленка — на пианино играла, как богиня, не помнишь, что ли: все в ступор впадали, когда ее слушали. Ирка — та не боялась ничего и никогда и на машине за рулем гоняла, в шестнадцать-то лет! Даже ты, клуша клушей, а тоже; и Степка за тобой хвостом ходил! И Семке ты нравилась! И Ваське Махову!! Хотя у самой ни рожи, ни кожи, одни пирожки...

— Значит, одни пирожки... Что ж. Мерси тебе преогромное, — уязвленно пробормотала Митрофанова.

— Ты не поняла! — горячо возразила отличница. — Понимаешь, ты жила, как хотела! А я все время делала то, что *нужно*. Пятерки. Дежурство по классу. Дневники ваши проверять... — Она горько усмехнулась: — И только надеялась, что судьба свое возьмет. Вознаградит... Когда-нибудь.

— Вот и вознаградила, — решила подольститься Надя. — Ты теперь живешь, как хочешь. И машина у тебя замечательная. И костюм — обалденно красивый!..

— А, ты про деньги! — равнодушно сказала Людмила. — Но я здесь ни при чем. Сама знаешь: наследство. Просто мне повезло. А вы-то все сами всего добились.

— Мы? Добились?! — хмыкнула Надя. — Чего же такого мы добились? Ленка спилась. У меня — тоже карьера потрясающая. Двадцать семь лет, самый сок, а я в библиотеке чахну. И за границей ни разу не была. И не замужем. И без детей. Степка — еще круче: начинал охранником, а теперь грузчик. Одной Ирке повезло, но тоже ведь не во всем. Одинокая, не замужем и пашет на своей работе сутками...

— Все равно, — упрямо повторила Сладкова. — Вы все всегда строили свою жизнь, как хотели. И ничего не боялись. Захотели угнать машину — угнали.

— Нашла чему завидовать... — Надю передернуло.

Она до сих пор не могла спокойно вспоминать ту давнюю историю.

А Людмила продолжала:

— И Степку околдовали! Красивый, классный — а служил вам, будто придворный шут!.. Все прихоти исполнял. Любые.

Надя подумала о Степане — тот из своего укрытия наверняка внимательно слушал их разговор — и покраснела. Однако Сладкова ее смущения не заметила. Продолжала свою исповедь:

— А я, идиотка, строила свою жизнь так, как была *должна*. — Она горько усмехнулась. — Кому только должна — до сих пор непонятно...

— И мне непонятно. Кто тебе мешал? Жить, как самой хотелось? — не удержалась от маленькой нотации Митрофанова.

Вот удивительно, у них со Сладковой — впервые за годы, что они знакомы, — получается нормальный разговор. Почти как у двух подружек...

И тут же оказалось, что с выводами Надежда поспешила. Потому что Людмила вдруг взвилась:

— Ненавижу вас! Всех, всех ненавижу!.. И тебя! И Ленку! И Ирину! Это я из-за вас! Из-за вас такая!..

Она резко вскочила со стула. Стакан с нетронутым чаем свалился, зазвенел, разметался темными осколками по светлой палате... А Людмила рывком, почти падая на огромных каблуках, метнулась к окну. Схватила свою сумку. Бросилась к выходу. И уже с порога крикнула:

— Хочешь, Митрофанова, честно? Мне очень жаль, что ты еще тогда не сдохла!! Но жди: ты все равно умрешь! Очень скоро!!!

И грохнула дверью так, что в гулком больничном коридоре эхо откликнулось.

А Надя сидела в постели и не могла шевельнуться.

Из оцепенения ее вывел голос Степана:

— Надюх! Звони Димке, срочно!..

ПОЛЧАСА СПУСТЯ

Полуянов явился в больницу веселый, щеки горят, глаза блещут. Явно нахватался за свою экспедицию адреналина выше крыши. Он таким только со своего аэродрома приезжает.

Наверняка *взял след*. Не устань Надя безумно, первой бы его поздравила и кинулась с расспросами. Но солнце уже закатилось за верхушки больничных лип, и в ушах до сих пор звенели несправедливые обвинения Сладковой, и голова опять стала кружиться. Даже крепкий чай — свой стакан Надя выпила — не помог... Самочувствие — ни к черту. Уж не подсыпала ли ей бывшая одноклассница в стакан какого-нибудь зелья? Вот так спланировали мужики!..

А что начнется, когда Сладкова обнаружит пропажу ключей? Наверняка ведь заподозрит Надежду — а кого еще? Явится в больницу. И устроит здесь такое...

И Надя твердо сказала:

— Дима, давай ты обо всем расскажешь потом.

— Почему? — опешил журналист.

— Потому что сейчас я хочу домой, — заявила она.

— Куда? — опешил Полуянов.

Митрофанова видела: сердечный друг обижен и разочарован. Потому что уже настроился рапортовать о своих достижениях, а его вдруг сбили.

Ничего. Потерпит.

— Мне здесь надоело, — повторила девушка. — Отвези меня, пожалуйста, домой.

— Слушай, Надька! — возмутился Полуянов. — А ты на часы давно смотрела? Не в курсе, что времени скоро одиннадцать?!

— Ну и что? — пожала она плечами.

— Кто тебя в такое время выпишет? — раздельно, будто у дебильного ребенка, спросил он.

— Пусть не выписывают, — насупилась она. — Я согласна уйти под расписку.

— Тоже нереально. Лечащего врача сейчас нет, а медсестра на себя ответственность не возьмет, — мгновенно откликнулся Дима.

Надю неожиданно поддержал Степан:

— Да ладно, Дим, не возьмет! Сейчас ведь капитализм! Думаешь, ее здоровье, — кивок на Надю, — кого-то волнует?! Да медики только счастливы будут, что отдельная палата освободилась!

— А больничный? — настаивал Полуянов. — Если сейчас уйдешь, тебе его не дадут. На работе неприятности будут...

— Я с этим разберусь! — поспешно перебила его Надежда. — Сама. В крайнем случае отгулы задним числом оформлю.

— Да уж. Ты разберешься... — саркастически произнес Полуянов. — Мне самому придется бегать, здешних врачей обольщать.

Он явно готов был сдаться, и Надя поторопила:

— Давай, Димуль, побыстрей. Это ведь не прихоть. Охота была со Сладковой объясняться, когда она вернется свои ключи искать?..

Полуянов извлек из кармана джинсов пресловутую связку.

— Я хотел их в почтовый ящик бросить. А потом решил — рискованно. Лучше заказной бандеролью отправлю. Ладно, Надюха. Уговорила. Собирайся.

* * *

Особых успехов в ремонте Надиной квартиры Полуянов не достиг. И потому обычные для русского человека посиделки на кухне сегодня напоминали бивак на поле боя. Хотя обломки мебели с мусором и вынесли, но пол после снятого линолеума был бетонный. И развороченная плита.

Хорошо, что у запасливой Нади нашелся электрический чайник — давний, до сих пор не распакованный, подарок коллег. Стол со стульями Дима со Степаном притащили из большой комнаты. Конфеты с сушками Митрофанова, чтобы обезопасить их от муравьев, держала в холодильнике, потому они не пострадали.

Заварка и сахар, правда, стояли в разметенном взрывом шкафчике и погибли. Но Надежда и здесь нашла выход: одолжила их у соседки, любопытной бабки Юльки. Именно ее заботам Дима поручил Родиона. И, пусть дело было за полночь, Митрофанова не могла отказать себе в удовольствии забрать любимого таксика.

Удивительно, но, пока она хлопотала, усталость и головокружение сами собой сошли на нет. И когда наконец налила чаю, а мужчины дружно захрустели баранками, Надя первая в нетерпении потребовала:

— Ну, Дим! Теперь я готова. Рассказывай.

— Да, похоже, она это, — буднично буркнул журналист — его не востребованный в больнице запал явно прошел. — Она убивает. Ваша Сладкова.

Надя со Степаном изумленно переглянулись. Митрофанова потребовала:

— Почему мы тогда до сих пор не позвонили в милицию?..

Степан поморщился. Дима усмехнулся. Поспешно метнул в рот баранку. Запил чаем. И произнес:

— А потому что... Много я в ее квартире интересного нашел. Но доказательств — ни единого.

Он снова умолк.

— Ну?!. — поторопила его Надежда. — Чего нашел хотя бы?

— Во-первых, — начал перечислять Полуянов, — диск. Новенький. А на нем — внимание, Надька! Тебе это ничего не напоминает? Колыбельная Дворжака.

— Тот самый? — ахнула Митрофанова. — Который в квартире Ленки был?.. Возле ее тела?!

— Не тот самый, но, похоже, такой же. Белая обложка, синий шрифт. Исполнитель Рихтер. Ты, кстати, Степан, обратил тогда на него внимание? — Полуянов внимательно взглянул на Ивасюхина.

— Обратил, — вздохнул тот. — И ментам, когда меня допрашивали, весь язык измозолил. Что си-диплеера у нас с Ленкой сроду не было и, ясное дело, дисков — тоже. Говорил им, что проигрыватель убийца принес. Больше некому. Но, похоже, не убедил. А сейчас получается... — он просветленно взглянул на Диму.

— Да ничего не получается, — пожал тот плечами. — Диски в любом музыкальном магазине покупаются. И даже если выяснят, что сладковская «Колыбельная» из той же партии, что коренковская, — что это доказывает?

— Подозрительно, конечно... — вздохнула Надя. — Ведь Сладкова — та музыкой вообще не интересовалась. Особенно классической. А тут вдруг покупает диск Дворжака, не самого известного композитора... Хотя ты прав. Это не доказательство.

А Дима перевел взгляд с ее погрустневшего лица на бесстрастного Степана и небрежно произнес:

— Правда, на *этом* диске кое-что написано... От руки.

— Да что ты тянешь! — возмутилась Митрофанова.

А Полуянов нарочито неторопливо извлек сотовый, пощелкал кнопками и продемонстрировал слушателям изображение: неровная, прямо поверх отпечатанной типографским способом фамилии Дворжак, строчка: «*Последняя колыбельная Коренковой*».

— Ух, ничего себе! — восхитилась Надя.

— Да, — выдохнул Степан. — Она все-таки ненормальная...

— Вот и я говорю, — взглянул на него журналист. — То, что ненормальная, — вопросов нет. А что убийца — совсем не факт. Я вам больше скажу. Она на всю вашу гоп-компанию, оказывается, досье вела. Вот, — он снова защелкал кнопками своего мобильника, — отдельные яркие составляющие...

Дима продемонстрировал выведенную от руки «шапку»:

ИШУТИНА ИРИНА ЕВГЕНЬЕВНА.
22. 01. 1980 — ... (НО СКОРО!)

— Фу, гадость, — поморщилась Митрофанова.

— А что там по делу? — настороженно поинтересовался Степан.

— Да, в общем, ничего, — покачал головой журналист. — В основном распечатки газетных статей. Или интернет-издания. Обычное бла-бла-бла. — Он начал в режиме быстрого просмотра демонстрировать кадры: — *«Самый молодой в России риелтор... Ирина Ишутина принимает участие в благотворительной акции «Сухая попа»... Юная бизнес-леди собирается замуж за наследника миллиардного состояния...»*

— Замуж?! А Ирка не говорила! — возмутилась Надежда.

— Боялась, наверно, что отобьешь, — хмыкнул Полуянов. И улыбнулся подруге: — Кстати, на тебя у нее тоже есть досье. Потоньше, конечно. Но пишут, оказывается, и о скромных библиотекаршах в российской прессе! Вот насладись, целый заголовок в твою честь: *«В конкурсе на самую обаятельную собаку побеждает такса Родион»*, это в газете «Медведочка» пишут.

— Так не про меня ж, а про Родиона, — уязвленно вздохнула Надежда.

— Есть и про тебя лично, — утешил Дима. — Аж в «Московском курьере». Целых две строчки: *«А еще, — вздыхает младший библиотекарь Митрофанова, — читатели книги воруют. Подчеркивают в них строчки. Пишут на полях. Вырывают страницы. И компенсировать ущерб приходится нам, рядовым сотрудникам».*

— Господи, когда это было?! — наморщила лоб Митрофанова. — Я и имени не помню того журналистика... Года четыре назад приходил. Не меньше...

— А она свое досье давно ведет. Тщательно. И подробно, — кивнул Полуянов. — Пожалуйста, вашему вниманию свежачок. Из районной прессы... — Он снова щелкнул кнопкой мобильника, показал заголовок и начало статьи: — «*ОПЯТЬ ВЗОРВАЛСЯ ГАЗ. Жительница нашего микрорайона едва не погибла в кухне собственной квартиры. На днях молодая сотрудница историко-архивной библиотеки Надежда Митрофанова, проживающая на проезде Шокальского, вернулась с работы, прошла на кухню и включила под чайником газ...*»

— А сама Сладкова, прошу заметить, притворялась, что ничего про взрыв не знает, — задумчиво произнесла Надя.

А Степан воскликнул:

— Послушайте! Нормальный человек такие досье вести не будет!..

— Да, — согласился Полуянов. — У Сладковой явно с головой не все в порядке, это будем считать доказанным. А вот убийства...

— Но ведь убивает не она, а наемник, — заметила Надежда. — И я, и Ирка мужчину видели. А Сладкова богатая наследница! Уж на киллера денег у нее хватит...

Дима недовольно взглянул на подругу — ему явно не понравилось, что перебили. Буркнул:

— Я тоже об этом подумал. Но, увы, никаких *доказательств*, что Сладкова действительно наняла киллера, я в ее квартире не нашел.

— А какие могут быть доказательства? — пожал плечами Степан. — Письменный контракт, что ли?

— Или заказала нас не она, — откликнулась Надя.

А Дима задумчиво произнес:

— Надо бы с ее соседями потолковать. Как девушка живет, бывают ли гости... С водителем поговорить. В салоны съездить, где она бывает. А еще лучше «хвоста» к ней приставить...

— План, конечно, замечателен, — ухмыльнулась Надежда. — Особенно тем, что абсолютно невыполним. Да просто пошлют тебя ее соседи! И водитель пошлет! А хвостом кто будет ходить? Ты, что ли? Или Степка?

— Во-первых, посылают дураков, а я, извините, профессионал, — возразил Полуянов. — А во-вторых, для тех, кто не знает: я с опером, что дело Коренковой ведет, — в прекрасных отношениях. Вот и думаю: может, его загрузить?.. С его-то оперативными возможностями...

— А он согласится? — с сомнением протянул Степан.

— По крайней мере, завтра попробую, — твердо произнес журналист. И взглянул на часы: — Ого! А времени-то — два!.. Если честно, башка уже не варит. Давайте, наверно, разбегаться...

— Не возражаю, — согласился Степан и встал. — Пойду я.

— А где же ты ночевать будешь? — всполошилась Надя.

— Как — где? Тут. У Елены, — пожал плечами парень. — Мне ведь от ее квартиры ключи вернули. — Он вздохнул: — Неприятно, конечно, туда возвращаться, но свою хату-то я сдал... Еще два месяца, пока договор не истечет, придется здесь кантоваться...

Надя представила, как Степан один лежит на огромном матрасе в зеркальной, захламленной спальне — той самой, где убили Ленку, — и ее передернуло. Но предлагать ему ночевку в собственной гостиной Надя не стала. И так уже сколько ночей подряд Дима только *рядом* сидел. А вчера его и вовсе не было. Пора бы уже, хоть и поздно, пообщаться с сердечным другом. *Близко-близко*.

И она улыбнулась:

— Конечно, Степа, иди. Завтра увидимся. Наверно... часиков в одиннадцать? — Она вопросительно взглянула на Диму.

— Лучше в двенадцать, — предложил тот.

— Договорились. — Степан пожал руку Полуянову, кивнул Наде.

Митрофанова проводила его в коридор, затворила за ним дверь.

И ни сердце, ни душа, ни интуиция не подсказали, что видит она своего бывшего одноклассника в последний раз.

Глава 14

Надя

Уснула она мгновенно. Или родные стены за то следует благодарить, или Димочку рядом — такого нежного, теплого... Никакого сравнения пусть с отдельной, но больничной палатой. И даже *мысли* не мучили, хотя для Нади это обычное дело: вертеться без сна. Вспоминать, что случилось за день, продумывать, что делать завтра. Но хотя сегодня хватало, о чем подумать, в забытье она провалилась мгновенно. Может, потому, что Полуянов как мужчина оказался *чрезвычайно* на высоте? *Утомил* ее по полной программе?

Но выспаться ей все равно не удалось.

Сначала — кажется, еще даже до рассвета — мешали чьи-то возбужденные голоса, шарканье ног, звонки мобильника. Надя, не выползая из своей дремоты, никак не могла понять, на улице находятся нарушители спокойствия или в подъезде. А едва за окнами начало золотиться веселое летнее солнце, она машинально поискала рукой Полуянова. Прижаться покрепче, уснуть послаще...

Но неожиданно рядом с собой Диму не обнаружила. Курит? Или в туалет отправился?

Надежда, по-прежнему не просыпаясь, приняла соблазнительную, в духе Данаи, позу: будет Димке, когда вернется в спальню, на что посмотреть. Однако прошло пять минут, десять, пятнадцать, а сердечный друг не являлся. И тут уж поневоле пришлось стряхивать с себя остатки сна. Превращаться из беззаботной и удовлетворенной молодой жены в задерганную, недавно после контузии жертву. И думать: куда он делся? Неужели опять что-то случилось?!

Надя — голова с недосыпу трещала — накинула халатик. Быстро нацепила тапки и пошлепала на кухню. И в изумлении обнаружила, что Полуянов не только одет и уже приканчивает огромную бадью с кофе, но и вполне деловито ведет разговоры по мобильнику. А времени — как свидетельствовали чудом уцелевшие во время взрыва часы — всего-то шесть утра.

— Ладно, Мить, еще раз извини, что из постели дернул, — услышала она конец разговора. — Но сам понимаешь: ситуация нештатная. Давай. До встречи.

Журналист нажал на «отбой» и не особо приветливо — совсем не в стиле счастливого молодого мужа — взглянул на Митрофанову.

Спору нет: Дима ради нее старается, помочь хочет. Но с какой стати волком-то смотреть?!

На глазах тут же — спасибо почти бессонной ночи и недавней контузии — выступили слезы. А Димка вместо того, чтобы обнять ее и утешить, еще и цыкнул:

— Ох, Надька, только ты тут не начинай!..

Она с трудом подавила всхлип. Устало опустилась на стул. Тщетно ждала, что гражданский муж ей хотя бы кофе предложит. Но тот даже не шевельнулся. (А слезы уже ручьем текут.)

Дима же молча дохлебал из своей бадьи и, будто не видя, что она плачет, произнес:

— Надя, ты только не волнуйся... Но порадовать мне тебя нечем. Сегодня ночью Степка погиб.

Дима

Шурум-бурум в подъезде начался в три сорок. Дима вопреки теории, что мужчины после секса вырубаются мгновенно, заснуть не мог. Лежал, машинально поглаживал теплое Надюхино плечо, вспоминал, размышлял... Ему обязательно нужно было принять решение. Хотя бы для себя самого.

Да, квартира Сладковой, где он побывал нынешним вечером, оставляла странное впечатление. Не было в ней единого стиля, не было логики. Общий бардак, зато все документы — в аккуратных папочках. Одежда, белье вперемешку, на кухне — вонь, зато досье на врагов идеально оформлено. Очень подозрительно. Кажется, в квартире Чикатило подобный дисбаланс обнаруживали. Или другого изверга, Мосгаза или Головко, — Дима точно не помнил.

Одна беда: сколько ни напрягал Полуянов память, ни одного примера, чтоб в роли маньяка выступала женщина, припомнить не мог. Бабы — они из ревности убить могут. Или из-за денег. Но пестовать месть долгие годы?.. Нанимать *исполнителя*, чтоб рассчитаться за школьные обиды? Экзальтированная Людмила, на своем огромном лимузине и в туфлях на безразмерных каблуках, ведет переговоры с наемным убийцей... Обрисовывает задание. Вручает аванс... Что-то с трудом верится.

Хотя, возможно, он просто не разбирается в женской психологии. Сколько вон лет Надюху за простушку-клушу считал. А та, оказывается, и машины угоняла, и человека спасла, и Степан, хотя немало годков миновало, до сих пор на нее облизывается. Может, и Людмила — совсем другая, чем кажется на первый взгляд? И под личиной богатой простушки действительно скрывается хладнокровная убийца?!

«Утро вечера мудренее, — решил наконец Полуянов. — Завтра еще помозгую».

И только взялся внушать себе, что руки-ноги тяже-
лые, как в подъезде началось черт-те что. Сначала за-
барабанили в дверь, кажется, в соседнюю. Стук сопро-
вождался возмущенными возгласами, причем народ,
похоже, прибывал — сначала лишь пара женщин бух-
тела, потом их голоса разбавили мужские басы. Полуянов попытался подушкой закрыться, но хулиганство в
подъезде лишь нарастало.

Тогда он, чертыхнувшись, впрыгнул в джинсы и отправился разгонять дебоширов.

И явился ровнехонько в тот момент, когда сонный
и злой Петр Петрович — сосед с нижнего этажа — пытался подцепить стамеской дверь Ленкиной квартиры.
А та трещала, но пока не подавалась.

— Ты чего, сдурел? — напустился на соседа Полуянов.

И мгновенно нарвался на матерную тираду. Из которой следовало, что этот ... (сожитель, алкаш, лихо-
дей) окончательно охренел — заливает соседей снизу.
Причем краны, похоже, открыты и на кухне, и в ванной. А на звонки, такой-растакой гад, не отвечает.
И дверь не открывает. Опять, наверно, сволочь, на-
жрался до поросячьего визга, и сколько это будет про-
должаться — неизвестно, и кто будет платить за ремонт — тоже, и почему его вообще не выселили отсюда
к чертовой бабушке, раз он тут не прописан?!

Димино сердце екнуло — со Степаном они расстались всего пару часов назад. И тот был трезвым, аки
стекло, пить явно не планировал и вообще не произво-
дил впечатления алконавта.

Полуянов оттеснил бестолково мечущегося со стамеской Петровича:

— Не умеешь — не берись. Давай я.

Очень быстро — уже второй раз за эти сутки — распахнул дверь в чужую квартиру, теперь ударом ноги. И тут же отпрыгнул. Потому что оттуда хлынули потоки воды.

«Теплая», — машинально отметил Полуянов.

— Ну, козел! Что творит, изверг! Погибла моя квартира! — запричитал за его спиной сосед.

А Дима, не заботясь о Надькином недавнем подарке — роскошных пушистых тапочках, — ринулся внутрь. И нашел Степана в переполненной, вода хлещет через край, ванне.

Тот лежал недвижим, глаза бездумно уставились в потолок, правая рука сведена судорогой и вцепилась в кромку. А на полу в водовороте воды колышется полупустая бутылка.

Дима, пораженный, застыл на пороге.

А Петрович за его спиной философски протянул:

— Да-а... Хрена я теперь с него за ремонт стрясу...

Надя

Версия, которую взялись разрабатывать менты, гласила: Степан отравился некачественным алкоголем.

Надя считала, что это ерунда полная. Она, конечно, не судмедэксперт, но медициной интересовалась. И прекрасно знала, что даже самый ядреный суррогат убивает человека небыстро. Сначала общая слабость, потом — «мушки» перед глазами, перебои в сердечной деятельности и лишь через несколько часов судороги и остановка дыхания. Но в два часа ночи Степка был абсолютно здоровым и трезвым, а в пять вдруг немыслимо, безнадежно мертв. И при чем здесь спиртное?! Ведь даже в лихие девяностые подделки под «Рояль» так быстро не убивали!

— Я тоже пытался им втолковать, что вряд ли Степа сам отравился, — поддержал ее Полуянов, — но они меня и слушать не стали. Сигналы, спрашивают, раньше поступали, что в квартире притон? Поступали. В отделение в нетрезвом состоянии гражданин Ивасюхин доставлялся? Доставлялся. С разной рванью по подворотням пил? Пил. Вот мы и делаем выводы. И повод у него был: только вчера из СИЗО освободился. Вернулся домой, решил отметить, а на хорошее бухло денег не хватило. Все, мол, абсолютно логично.

— Но Степка ведь *не собирался* вчера пить! Говорил, что устал и мечтает только до постели добраться! — выкрикнула Надежда.

— Алкоголикам верить нельзя, — пожал плечами Полуянов.

Спокойно встретил гневный взгляд подруги и пояснил:

— Это мне менты так сказали.

— Но *ты-то* понимаешь, что он не пил! Тем более — в ванной! И какой-то суррогат! — продолжала возмущаться девушка.

— Ну я, в отличие от тебя, с привычками Ивасюхина не знаком... Да еще в подробностях... — пожал плечами журналист. И поспешно, едва взглянув на наливающуюся багрянцем Надежду, прижал палец к губам: — Все-все. Успокойся. Согласен, что Степан не мог. Верю. Более того — я уже Митьке позвонил. Ну, тому оперу, что дело о смерти Коренковой ведет. Из постели его выдернул. — Дима взглянул на часы и поспешно встал: — Уже опаздываю. Мы с ним через сорок минут в отделении встречаемся.

— И о чем ты будешь с ним говорить? — требовательно поинтересовалась Надежда.

Полуянов вздохнул:

— Пока не решил. Выскажу, наверно, наши подозрения в адрес Сладковой... Пусть проверят: не она ли сегодня ночью у Степана побывала?

Но уверенности в его голосе не было.

— Ты же вчера утверждал, что убийца — она, — напомнила Надя.

— А вот сейчас сомневаюсь, — признался Дима. — Да и как ты себе это представляешь? Она что, на своих каблуках к Степану среди ночи явилась с паленой водкой? Давай, мол, махнем, одноклассничек?

— Мы ведь знаем, что Людка не сама убивает. Дала своему наемнику задание... — возразила подруга.

— Когда успела?! Степана освободили утром. Людмила об этом узнала от тебя...

— Из больницы она уехала в начале двенадцатого. А со Степаном мы расстались только в два, — напомнила Надя. — Вполне могла своего убийцу нацелить.

— А по-моему, не до того ей вчера было, чтобы задания раздавать, — возразил Дима. — Не помнишь, она ведь без ключей осталась? Ей наверняка пришлось квартиру взламывать, замки менять!..

— Ну, может, она *раньше* задание дала, — не сдавалась Надя. — Сразу, как вышла из больницы. Еще до того, как обнаружила пропажу ключей.

— Короче, ты — за Сладкову, — внимательно взглянул на нее журналист.

— А знаешь... — протянула Надя. — На самом деле тоже уже нет...

— Почему? — он пытливо уставился на нее.

— Да потому! Со вчерашнего дня у меня одна пословица в голове вертится. Догадываешься, какая?

— Я, конечно, тебя близко знаю, но не до такой же степени, чтоб мысли твои читать!

— Лающая собака не кусается. Это, по-моему, как раз про Людку сказано... — задумчиво произнесла Надежда. — Вот лаяла она вчера, слюной брызгала, вся ненавистью сочилась. Ко всем нам. Но лично мне от ее нападок ни холодно, ни жарко. Что, на каждую бешеную бабку, что в трамвае орет, внимание обращать? Пусть себе бесится.

— Но мы ведь предполагаем, что она не просто бесится, а убивает, — возразил журналист.

— Тоже нестыковка, — вздохнула Надя. — Вот убила она — или по ее заказу — Ленку Коренкову. Получается, месть состоялась. Значит, ей уже не злиться, а торжествовать надо. Но Сладкова-то — не злорадствует, а продолжает злобствовать! Слышал бы ты, как она Коренкову крыла! А чего ругать, если она сама ее грохнула?! Уже смысла, по-моему, нет. И, кстати, еще одно. На нас, ну, на девчонок, она и правда была в большой обиде. А про Степку как раз куда спокойнее говорила. — Надя покраснела, смущенно опустила глаза: — Только о том, что ей горько было из-за того, что все его внимание — нам... мне... А на нее он и не смотрел. И за что его убивать — раз он ей, похоже, нравился? Разве не логично?

— Ох, Надя! — вскричал Полуянов. — Да конечно, логично! Но только кто тогда? Кто? Раз не историк, не Сладкова?!

Митрофанова потупилась:

— Не знаю.

Дима внимательно взглянул на нее:

— А по-моему, ты чего-то недоговариваешь.

Девушка склонила голову:

— Ну... возникла тут у меня одна мысль. Даже нет. Не мысль. Одна десятая, одна сотая мысли...

— Говори.

Она открыла было рот — и тут же осеклась:

— Нет. Не могу. Я не права.

— Надя, — твердо сказал он, — давай мы вместе будем решать, права ты или нет. Мы ведь команда. Правильно?

На глазах Нади снова выступили слезы.

— Димочка! — взмолилась она. — Ну не мучай меня, пожалуйста! У меня голова болит смертельно! И в ушах шум. Да еще ночь опять почти бессонная. Вот и вошел в голову какой-то бред...

— Но почему ты сказать-то не хочешь?! — воскликнул Полуянов. — Я сразу и рассужу: бред — или нет.

— Нет, не могу я человека огульно в убийцы записывать!

— Да никого ты в убийцы не записываешь! Мы всего лишь обсуждаем версии, понимаешь! И к тому же, — он снова взглянул на часы, — мне хоть будет что Митяю, ну, оперу, предъявить!

— Нет! — возмутилась Надя. — Вот уж *оперу* ничего предъявлять, пожалуйста, не надо! Я ведь сказала тебе: это полная ерунда! И ни единого доказательства! А ты уже предъявлять собрался! Чтобы человека несправедливо обвинили!

Она бессильно откинулась на стуле, прикрыла глаза.

Полуянов, чертыхнувшись, ушел в комнату. Долго там ворчал — искал чистую футболку и на что сменить мокрые до коленей джинсы.

Но когда журналист вновь появился на пороге кухни, Надя уже сумела взять себя в руки. И спокойно произнесла:

— Слушай. У меня — соломоново решение. Ты можешь свой лэп-топ оставить? Я, пока ты ездишь, кое-что в Интернете посмотрю... Проверю... И, когда вернешься, все тебе расскажу. Если мои подозрения, конечно, подтвердятся.

Он с сомнением взглянул на ее бледное, с черными тенями под глазами лицо:

— Какой тебе сейчас Интернет? Иди отсыпайся. Утро вечера мудренее.

— Нет, — печально улыбнулась она. — К тому же утро уже наступило. Давно. И я все равно сейчас не усну — нервы совсем развинтились.

— Да бери, конечно, лэп-топ, — пожал плечами

Дима. — Рыскай. Только я бы на твоем месте лучше поспал.

И неожиданно увидел в ее глазах веселые искорки:

— А мы, Димочка, с тобой *вместе* поспим. Как только убийцу вычислим. Договорились?

— Договорились, — против воли расплылся он в улыбке.

И, уже выбежав из квартиры и торопливо спускаясь по лестнице, еще раз подумал: «И почему я столько лет считал, что Надюха ни на что, кроме пирогов и уюта, не способна?!»

Надя

Интернет она не любила. Сказывалась библиотечная закалка: книга или газета должна быть живой, чтоб можно потрогать, понюхать... Никакого сравнения с текстами на экране компьютера — от одного взгляда на них и мигрень начинается, и в глазах щиплет. Да и анонимных авторов в библиотечных фондах не часто встретишь, любой почтет за честь подписать и статью, и уж тем более увидеть свою фамилию на книжной обложке. В Интернете же каждый второй текст без подписи, а уж что люди под разными *никами* на форумах несут — и вовсе читать противно.

Но иногда, следует признать, без Всемирной паутины не обойтись. Как, например, сегодня. Не тащиться же в родную историчку, когда на часах половина седьмого! К тому же хотя Надя в библиотеке в авторитете, и нужные материалы ей девочки из газетного хранилища мгновенно подберут, а в Интернете все равно получится быстрее.

Потому, едва Димка вывел из «ракушки» свою «Мазду» (она наблюдала за его отъездом в окно), Надя заварила себе в его же огромной чашке несметное количество кофе и, вздохнув, включила компьютер. Будем надеяться, что недавняя контузия и вторая бессонная ночь не помешают ей найти нужную информацию.

Но, видно, светлую голову не пропьешь. Или просто повезло — потому что все, что хотела, Надя вытащила из Интернета буквально минут за сорок.

Никаких *доказательств* у нее по-прежнему не было. Зато уверенности, что ее версия имеет право на существование, существенно прибавилось.

Она выключила компьютер. Прошлась по квартире. С отвращением взглянула в сторону развороченной кухни. Устроилась в гостиной, на диване. И что теперь прикажете делать? Звонить Димке? Рассказывать все ему? Чтоб тот начинал действовать *на свое усмотрение?*

Или же попробовать разрулить ситуацию самой?..

Немного, конечно, рискованно. Зато — если она ошибается — никто не будет над ней насмешничать. И не посмеет укорять. К тому же у нее и повод есть: она должна рассказать о смерти Степана.

И Надя, еще минуту поколебавшись, набрала знакомый номер.

Ей ответили мгновенно и, похоже, обрадовались:

— Ой, какие люди! Привет, Надюшка!

— Привет, — сдержанно откликнулась она. — Слушай. У меня тут для тебя есть кое-какие новости. Мы не можем сегодня встретиться?

— Вау... Боюсь, что нет. Если только... Но ты все равно не успеешь.

— Не успею куда?

— Ну, я дома буду еще час. Может быть, час пятнадцать. А потом ухожу, и весь день забит.

— Нет, я приеду, — поспешно произнесла Митрофанова. — Ты точно не против?

— А чего мне возражать? — хмыкнули ей в ответ. — Приезжай. Только если не успеешь — не обессудь. Ждать тебя я не буду.

И в трубке запищали гудки.

А Надя отшвырнула телефон и пулей ринулась в спальню. Белье, летние брючки, футболка... Полуянов хотя и ворчит, что она зануда, но насколько удобней, когда все вещи выстираны, выглажены и под рукой! Одеваешься буквально за секунду. Только неряхи вроде него, когда порядок, ворчат, что «дома ничего не найдешь».

Теперь — документы. Из шкатулки достаем давно похороненные водительские права. Техпаспорт, кажется, валяется в Димкином ящике письменного стола. Ключи от гаража и от машины нашлись там же. Оттуда же Надя, минуту поколебавшись, извлекла стодолларовую купюру. Если полуяновская раздолбайка не заведется, придется бросаться в ноги первому же таксисту. Хотя не хотелось бы — обратно-то она точно машину не поймает... Если, конечно, ей *доведется* ехать обратно.

Все, собралась. Доверенность писать уже некогда — придется рисковать и ехать так. И надеяться, что древняя, вся в подпалинах ржавчины «шестерка» со скромно одетой девушкой за рулем вряд ли заинтересует гаишников.

И Надя еще быстрее, чем часом ранее Дима, выскочила из квартиры. Как хорошо, что свою старую «шестерку» Полуянов продать не успел! И держит в гараже рядом с ее домом!

Дима

Полуянов вернулся из милиции в девять утра — голодный, с тяжелой головой и весьма не в духе. Понятно, конечно, что *мужчинам* жалеть себя не положено, но ведь он тоже провел бессонную ночь. И чертовски устал. Плюс встреча с опером прошла совсем не так, как хотелось бы. В ушах до сих пор звучали слова Митяя — как ни пытался Дима заглушить их быстрой, со свистом ветра, ездой и громкой музыкой: «И это все, что ты мне можешь предложить?! Я-то думал, ты правда чего серьезного накопал...»

Потому, когда от Надькиного подъезда ему наперерез двинулся сосед снизу, Полуянов был настроен решительно: никакой праздной болтовни. Сухо поздороваться, но ночное происшествие не обсуждать. Не до дядь-Петиных сейчас причитаний о том, что у него квартира затоплена, а ремонт, буде верхний жилец мертв, теперь оплачивать некому.

Но оказалось, сосед тему для беседы выбрал иную. Не поздоровался, а немедленно напустился на Диму:

— Как ты ей только это позволяешь?!

— Кому позволяю? Чего?! — изумился журналист.

— Да Надьке твоей! Она девка, не спорю, хорошая. Но на хрена ты за руль ее сажаешь?

— Я? Надьку? За руль?!

Полуянов по-прежнему ничего не понимал.

— «Шестерка» красная в наших гаражах стоит — твоя? — уточнил дядя Петя.

— Ну.

— Вот те и ну. Твоя Надька на ней час назад укатила. Мне, конечно, не жаль, дело ваше... И стукачить я не люблю... Но ты тачилу-то свою на яму загони. Проверь. Видел бы, как она в яму долбанулась!

— Надька?.. Уехала на моей «шахе»?! — тупо переспросил Дима. — Но она же не водит!..

— Не водит. Сразу видно, — кивнул дядя Петя. — Они, козы, все не умеют. Но ведь гоняют!..

Впрочем, Дима уже его не слушал. Выхватил мобильный, одним щелчком по автодозвону набрал Надькин номер... Сейчас он ей устроит! У нее ведь контузия, сотрясение, надо лежать, не уезжать неизвестно куда за рулем! Да еще — на его машине!!

Однако вместо виноватой Надьки ему ответил механический женский голос: «Аппарат абонента выключен или находится вне зоны действия сети». Специально, что ли, вырубила, чтобы он ее не ругал?

Дима машинально набрал домашний — и тоже нарвался на длинные гудки. Вот наглость!

Или, вдруг осенило его, она не просто прокатиться поехала? Намекала ведь с утра, что у нее какие-то идеи касательно убийцы появились. Неужели отправилась проверять?! В одиночку?!

Дядя Петя все еще топтался рядом, посматривал сочувственно.

— А Надька не сказала, куда поехала? — безнадежно спросил его Полуянов.

— Да я пытался узнать, — развел руками дядя Петя. — Спросил. И когда она в яму грохнулась, крикнул ей, что с такой ездой — лучше б на метро ездила. А она меня, — он обиженно шмыгнул носом, — между прочим, послала...

— Понятно, — перебил его Полуянов.

Ох, Надька, Надька. Самостоятельная ты моя...

И он, не обращая более внимания на дядю Петю, поспешил в квартиру. Может, Надежда хотя бы записку додумалась оставить?!

Надя

Поездка по утренней столице прошла, прямо скажем, на «троечку». Хорошо хоть против потока ехала — сначала в сторону Кольцевой, а потом по Ярославке, в область. Навстречу — сплошная пробка, а отдельные лихачи и вовсе по ее полосе мчатся, никакие штрафы их не пугают. Надя и фарами им помаргивала, и «фак», как Полуянов часто делает, демонстрировала, но хамам — хоть бы что. Мчатся тебе прямо в лоб да еще и сигналят.

Впрочем, с соседями по потоку особой дружбы тоже не получилось. Попутные машины постоянно норовили то подрезать, то прижаться к заднему бамперу. Надя не поняла: или за те годы, что она не ездила, на дорогах начался тотальный беспредел, или опытные автомобилисты просто чувствовали, что в их ряды затесался новичок. И, по законам улицы, учили его жизни. А может, просто важничали, что сами на иномарках, а девушка на позорных «Жигулях» передвигается. Народ стал жить лучше, отметила Надя, ржавчин типа той, на которой она ехала, нынче на дороге почти не встречалось.

«К черту гордость. Надо у Димки «Мазду» требовать, — думала Митрофанова. — И рулить при каждой возможности. А то я как дура: права сто лет имею, а практики — никакой. Так совсем разучусь... Полуянов, правда, зудеть будет. Жалеть свою тачку. Ну и пусть зудит. А если «Мазды» ему жаль — пускай какой-нибудь «Матис» мне купит. Или «Гец».

Она, в очередной раз уворачиваясь от бешеной «Тойоты», одновременно нажала на тормоз и на сигнал. «Шестерка» откликнулась визгом шин, при торможении ее слегка повело. Нет, ну что за раздолбайка! На такой в элитный поселок и въезжать-то стыдно.

Впрочем, еще позорнее входить туда пешком, протопав четыре километра от ближайшего перекрестка, где останавливается автобус. К тому же отправься она своим ходом, точно бы опоздала. А так всего час прошел с момента, как она из квартиры выскочила. Значит, пятнадцать минут у нее в запасе точно есть. Ирка — девушка пунктуальная. Раз сказала, что через час с четвертью уедет, так и будет.

Надя притормозила перед КПП. Твердо выдержала презрительный взгляд охранника, устремленный на ее автомобиль. И сообщила ему, что приехала на семнадцатый участок. В коттедж Ирины Ишутиной.

— У вас есть предварительная договоренность? — важно осведомился халдей.

— Да. Хозяйка будет рада меня видеть, — ответила Митрофанова.

А про себя подумала: «Или, наоборот, не рада. Если я вдруг окажусь права».

* * *

Надя не сомневалась: Ирина встретит ее при полном параде. То бишь уже в костюме, с макияжем, нервно притопывая обутой в офисный башмачок ногой. А как иначе, если через пару минут на работу выезжать?

Однако, к ее немалому удивлению, Ишутина отворила ей в халате. Босиком. С неприбранными волосами, небрежно стянутыми грошовой резинкой.

— Ты ж говорила, что уезжаешь! — удивилась Надежда.

Та пожала плечами:

— Я отменила встречу.

И пригласила:

— Проходи.

Было что-то странное в ее немногословности и растерянной, совсем не хозяйской улыбке.

— Ты... ты не заболела? — осторожно поинтересовалась Надежда.

— Я?.. — Та продолжала отрешенно, будто инопланетянка, улыбаться. — Нет...

Но все же взяла себя в руки, уколола:

— Зато ты, я смотрю, совсем поправилась. Деловая такая... Хотя и бледная еще. Ладно. Шагай в гостиную. Кофейком тебя напою. Или, — опять этот странный, виноватый и рассеянный взгляд, — ты со мной теперь за один стол и не сядешь?

— С какой стати? — изумилась Надежда.

— А испугаешься, что отравлю, — хмыкнула Ишутина.

И неожиданно резким движением выхватила из Надиных рук ее сумку. По-хозяйски ее распахнула. Извлекла оттуда мобильный телефон. Выключила. И положила в карман своего халата.

— Эй... Ты чего делаешь? — тихо спросила Митрофанова.

— Да так... Ограждаю себя от твоих глупостей, — снова усмехнулась та.

Взгляд — ледяной. Губы — поджаты. Но Надя до сих пор не верила. Просто не могла поверить!..

Но за ручку входной двери — она до сих пор стояла на пороге — попробовала дернуть.

Однако та даже не шелохнулась. А Ирина, снова неприятно улыбнувшись, продемонстрировала гостье пульт дистанционного управления. Объяснила:

— «Умный дом». Чтоб дать любую команду, даже с дивана вставать не нужно. Заперто. И не пытайся.

Она протянула к Митрофановой руку, и та против воли вздрогнула.

— Да не дергайся ты! — презрительно произнесла хозяйка. — Если я говорю: будем пить кофе — значит, пока только кофе.

Она повернулась и, больше не глядя на Надежду, двинулась в гостиную. Митрофанова поплелась следом. И, пока шагала, успела отметить: а шансов-то выбраться у нее нет. Входная дверь заперта. Окна — тройные стеклопакеты, да еще и зарешечены. И явно никого больше в доме нет. А Димке — единственному, на чью помощь можно надеяться, она даже не намекнула, куда поехала...

Ирка тем временем махнула гостье на широченный, белой кожи диван:

— Садись. Кофе щаз сделаю. Ты мне только сначала скажи: как ты догадалась?!

— Ир... — тихо произнесла Надежда. — Я... я на самом деле ни о чем еще не догадалась... Только заподозрила...

— Ладно, заподозрила она! — фыркнула Ирина. — Раз ни свет ни заря ко мне приперлась — значит, точно поняла!.. Говори: как? Где я прокололась?!

— Да я просто случайно узнала... — промямлила Надя, — что ты замуж собираешься. За влиятельного человека. И тогда еще подумала: влиятельные — они невест придирчиво выбирают... А сегодня в Интернете прочитала, что ты за самого Тимофея Милюкова, оказывается, выходишь. Это ведь, если не ошибаюсь, сын известного олигарха? Того самого, кто весь газ в стране держит?

— Да, Митрофанова. Ты не ошибаешься, — поджала губы Ирина.

— Ну вот я и решила, — поникла Надя, — что такой человек... обязательно захочет, чтобы невеста его сына была безупречной. Абсолютно безупречной. Во всем. И ты на самом деле... ты — такая и есть. Молодая, красивая, самостоятельная, умная. — Она взглянула в глаза подруге.

— Слушай, Митрофанова, — поморщилась хозяйка. — Не надо тут рассыпаться в комплиментах! Тебе это не идет. Да и поздно ко мне подлизываться.

— А я к тебе и не подлизываюсь, — возмутилась Надежда. — Я действительно считаю, что ты... ты — в общем, мой идеал. Единственный человек, который всего сам своим трудом достиг. А та ошибка, что ты — нет, мы все, все трое! — совершили тогда, — с кем не бывает?!

— Думаю, папашка Милюков с тобой бы не согласился, — вздохнула Ирина.

— Значит, я угадала... — потупилась Надя.

— Угадала, — кивнула подруга. — Узнай старик, как мы развлекались, точно меня бы под зад коленом... — И задумчиво, все с той же отрешенной улыбкой добавила: — А согласись, тогда мы и подумать не могли, что эта история нам когда-нибудь аукнется!.. Просто прикалывались...

ДЕСЯТЬ ЛЕТ НАЗАД

Наступил май, зашумели праздники, добрая половина москвичей отвалила в пригороды сажать картошку и анютины глазки. Дачная неволя светила и Коренковой, и Степану — но, к счастью, им удалось отбиться. Сослались на грядущие экзамены и массированную подготовку, которая якобы лишь в компании возможна. «У нас, мам, каждый за свою тему отвечает. Вызубривает ее и рассказывает остальным. Так быстрей и удобней. А если я с тобой на дачу поеду — получается, друзей подведу».

Родители, простаки, купились. Хотя на самом деле нужно полным дураком быть, чтобы в теплые, почти летние деньки париться над учебниками, когда в столице столько соблазнов: и фонтаны включили, и уличные кафешки пооткрывали. А новые фильмы, а очередные компьютерные бродилки, а распродажи зимних коллекций в магазинах?

Отдельные фанаты, вроде Семки Зыкина или Людки Сладковой, земные развлечения игнорируют. Отращивают горбы над учебниками — не школьными, конечно, а уже институтскими. Будто другого времени не будет — когда, например, погода испортится. Или родаки со своих дач в Москву подвалят.

А Надя, Лена, Ирина и Степан по взаимной договорённости на учебу забили. Как сказала Елена, «нужно насладиться последней халявой! А то после праздников как навалится: и выпускные, и вступительные...»

Одна беда: все весенние развлечения требовали денег, денег и денег. Что самая паршивая карусель в парке Горького, что билет в киношку на голимый утренний сеанс. А пиво, а входной билет в то же Коломенское, а несчастное фруктовое мороженое в кафешке?..

С финансами у всех четверых оказалось негусто. Одной Елене мамаша благородно отбашляла карманных денег — считалось, что на развитие, будто дочь на них приобретает диски классиков и билеты в консерваторию. Ирка у своих родаков презренный металл изымала незаконно. Они, говорила, такие бардачники, что сотню туда, сотню сюда — и не замечают. А вот Наде со Степаном похвастаться было нечем. У него семья пьющая, у нее — неполная и категорически малообеспеченная. Но если Надю, дочь медсестры, в их компании жалели, опекали и угощали, то Степану, какому-никакому, а мужчине, приходилось несладко. Каждым глотком пива его попрекали, каждой чипсиной.

— Что вы к нему цепляетесь? — упрекала подруг Надежда.

А Лена с Ирой в один голос начинали кричать, что, мол, если он такой бедный, то пусть ходит трезвым. А лакать пенное за счет девчонок не по-мужски.

— Ну, тогда давайте и звать его не будем! — предлагала Митрофанова. — Зачем издеваться-то над человеком?!

Однако этот вариант подруг тоже не устраивал.

— Да ну, тогда совсем с тоски помрешь! Три девчонки, шерочка с машерочкой! А он — хоть *подобие* мужика...

Надя всегда удивлялась, как Степка только терпит. Все наезды, упреки и то, что он всего лишь *подобие*.

Даже однажды, когда они вдвоем по району шатались, Надя спросила:

— Неужели тебе не обидно?..

Ивасюхин в ответ лишь улыбнулся. И, начитанный, привел в пример кавалера де Грие, героя романа «Манон Леско». Который был готов терпеть любые унижения — лишь бы находиться при своей обожаемой королеве.

— Но у него-то любовь была, — пожала плечами не менее начитанная Надя. — Он от своей Манонки с ума сходил. Конкретно. А ты кого из нас любишь?

— А всех! — расплылся в улыбке Степан. — Вы, именно когда вместе, такие классные! Я с вами рядом просто преображаюсь! Другим себя чувствую. Взрослым и сильным. Понимаешь?

— Не понимаю, — вздохнула она. — Какой, на фиг, сильный? Ирка тебя доходягой в глаза зовет. А Ленка говорит, что ты годишься только страницы переворачивать, когда она по нотам играет.

— Да они просто болтают, — заверил ее Степан. И ухмыльнулся: — А на самом деле знают, что без меня пропадут! И ты — пропадешь. Я же вас спас уже однажды — когда вы с машиной вляпались? Спас. И еще когда-нибудь, вот увидишь, спасу! И Ленка с Иркой это тоже понимают.

Крыть ей было нечем. Да Надю и саму устраивал верный и безответный Степан рядом. Всегда и с математикой подскажет, и сумку тяжелую поднесет, и домой его можно звать, если вдруг телик забарахлил — починит. К тому же на вечерних улицах удобно. Если трое девчонок одни вечером шарашатся — тут же начинают разные хулиганы подгребать. А если вместе с каким-никаким, а парнем, то не каждый сунется.

...И на те майские они хоть и вздыхали, что вечно денег не хватает и толком даже не тусанешься, а жили все четверо дружно. Наскребали на пиво, волокли бутылки в парк, душевненько, на только что взошедшей

324

травке распивали. Или, если вдруг дождик, собирались у Ленки — благо маман у Коренковой отсутствовала, на все праздники отбыла на фазенду отдышаться после загазованной московской зимы.

Сидели, болтали, прикалывались, глазели в телик, брали напрокат видеокассеты. Елена, если была в духе, садилась за рояль, баловала одноклассников прикольными попурри или просто аккомпанировала, а они дурными голосами завывали что-нибудь из Шевчука или «Алисы». Резались в «дурачка». Однажды, по приколу, позвонили в телефон доверия. И Ленка, самая артистичная, изобразила несчастную любовь — да так удачно, что у нее адрес начали спрашивать, чтобы спасателей прислать, уберечь ее от суицида.

А в последний день майских каникул случилось непредвиденное.

Виной тому стала то ли «Эммануэль», которую компания дружно пересмотрела чуть ли не в сотый раз, то ли роскошная трехлитровая бутылка мартини, которую притащила Ишутина (Иркины родители в тот день неразумно бросили в ящике кухонного стола очень крупную сумму денег). То ли ленивый дождик за окном — под его стук так и хотелось забраться под плед и прижаться к теплому дружескому плечу...

Скорее же причина оказалась в том, что из закуски был единственный лимон. Вот и захмелели быстро, буквально после первого литра.

Надя — ее алкоголь всегда утихомиривал — начала клевать носом. А Ирка с Леной — те от спиртного, наоборот, становились агрессивными — взялись цепляться к Степану. С неизменной претензией: «Ах ты, халявщик!» А тот — тоже захмелевший — вместо того, чтобы, как обычно, отшучиваться, вдруг заявил девчонкам, что «рассчитается». За все. И прямо сейчас.

— Да что ты можешь?! — захохотали те.

А Степан пьяновато заверил: мол, то и могу. За что иные бабы немалые деньги платят. В какой-нибудь

«Красной шапочке». Такое, мол, сотворю, что Камасутра отдыхает. За еще одной бутылкой тут же побежите. Да не «Мартини», а чего покруче — чтоб за неземное удовольствие заплатить.

— Степ, что ты несешь! — возмутилась Надя. — Пойди умойся! Протрезвей!

А Ленка с Ирой вдруг закричали, что трезветь как раз и не надо. Что они обе с огромным удовольствием протестируют задаваку и нахала. И если тот окажется не настолько хорош, как грозится, возьмут его в вечное рабство.

— Будешь мне тогда педикюр каждую неделю делать! — хохотала Ирина.

— А мне — бюстгальтеры стирать! И кофточки гладить! — веселилась Ленка.

И Степка в запале поклялся, что согласен. Мол, пойдет в рабство и любое желание исполнит, если госпожи вдруг его сексуальными способностями окажутся недовольны.

— Ну знаете! — возмутилась Митрофанова. — Вы, по-моему, крейзанулись все! Я ухожу.

— Да ладно, Надюха, целку из себя строить! — фыркнула Ирина.

— Лучше еще мартишки выпей! — поддержала подругу Елена.

Они чуть не силой влили в нее полный бокал. И Надя вдруг почувствовала, как ей и самой становится беззаботно, легко, тепло... А где-то внизу живота поднимается приятная, сладостная волна...

Но все же Надежда тогда взяла себя в руки. Сказала, что хочет курнуть. Вышла на лестницу. Выкурила сигарету. Еще немного подумала. Поняла, что все равно не сможет... И — ушла.

Вслед за ней, ясное дело, никто не побежал. А Надя вернулась домой, легла в постель и долго крутилась без сна. Ругала себя дурой и целомудренной клушей... Гадала: неужели Степан дока в любовных утехах? И страдала, что одна. В холодной постели. *Не-принца,* Степку, она отвергла. А принц, Димочка Полуянов, все равно не звонит...

...Правда, на следующий день подруги ее заверили: никакой восточной сказки Степан продемонстрировать не сумел. Девушки разочарованно жаловались Наде: «Какая там Камасутра? Сплошное хвастовство... Все наврал Степан. Сопляк — он и есть сопляк. Всунул-вынул — и весь разговор. Правильно ты сделала, что сбежала».

Надя девчонкам тогда не поверила. Специально, наверно, болтают, чтоб она на Степана не претендовала. Чтоб он их *одних* развлекал.

Однако, когда после майских они, все вчетвером, встретились в школе, Надя действительно не заметила, что между Ириной, Еленой и Степаном возникли особые отношения. Наоборот — все трое держались, не чета прежним временам, напряженно. И пиво все вместе пили тоже без былой легкости и веселья. А потом, очень быстро, им и вовсе стало не до тусовок. Навалились контроши, экзамены, сутолока перед выпускными...

И последний день майских каникул вместе с трехлитровой бутылкой мартини забылся, будто яркий, но мимолетный сон.

Глава 15

ДЕСЯТЬ ЛЕТ НАЗАД

Надя

Первые месяцы в институте она не замечала ничего вокруг — настолько разительным оказался контраст между школьными строгостями и студенческой вольницей, пусть только кажущейся. Между нудной, но строго обязательной химией — и интереснейшей теорией литературы. Между *очевидными*, изученными от и до одноклассниками, среди которых Надя считалась наиболее начитанной персоной, — и девочками, что учились с ней в одной группе. Митрофанова-то прежде думала, что с ранними стихами Пушкина она чуть ли не единственная в Москве знакома. Однако оказалось, что умненьких одногруппниц сим фактом не удивишь — многие, зануды, не только ранние стихи, но и переписку классика осилили.

...И Надя с восторгом ринулась в студенческую жизнь. Просиживала вместе с новыми друзьями в библиотеках. Ходила с ними же в кафешки. И даже, не откладывая до сессии, взялась за написание нескольких рефератов.

Прежняя школьная дружба казалась ей давно прошедшей. Надя, конечно, знала, что Степан пытался поступать в МГУ, на психфак, но срезался на первом же экзамене. Грустный, но предсказуемый результат. А Елена пробовала пробиться в Гнесинское музучилище и даже получила по специальности четверку, однако по конкурсу все равно не прошла. Ира — та и вовсе никуда не поступала. Сказала, что умеет смотреть правде в глаза — в приличное место соваться с ее знаниями нечего, а в какой-нибудь арбузо-литейный она сама не хочет. Вот и получилось, что самая скромница Митрофанова одна оказалась студенткой.

Наде даже слегка неудобно было, потому что немедленное поступление в институт считалось среди недавних выпускников самым главным достижением. И она, в школе ничем не блиставшая, этот приз получила. А друзья — нет.

...Хотя, конечно, и Лена, и Степан, и Ирина гордо заявляли, что из-за вузов совершенно не страдают. Коренкова продолжала кататься по музыкальным конкурсам. Степан демонстративно бил баклуши и говорил, что пока не определился с будущей профессией. А Ира трудолюбивой пчелкой уже в июле начала работать на полный день агентом по недвижимости в риелторской фирме. Общаться-видеться у школьных друзей не складывалось — Надя с Ирой были вечно заняты, Лена — в постоянных разъездах, а со Степаном вроде и говорить уже было не о чем, общих интересов не осталось... К тому же они все при деле, а бывший одноклассник — тунеядец.

Так и получилось, что впервые все четверо встретились аж на ноябрьские. Собрались, как бывало и раньше, в пустой квартире Лены Коренковой. И, в изумлении, увидели, что Ира Ишутина — беременна. Причем весьма ощутимо, месяце на седьмом. Но, несмотря на интересное положение, по-прежнему резка, активна, весела. А на свой огромный живот не обращает абсолютно никакого внимания. Знай рассказывает о новой, среди взрослых людей, жизни. О том, что риелторский бизнес дьявольски интересен и что она вот-вот проведет первую самостоятельную сделку. С личного благословения директора агентства — умнейшего и деловитейшего дядьки.

— Но послушай, Ир!.. — мягко укорила ее Надежда. — У тебя же срок какой! Через пару месяцев рожать!.. Какая, на фиг, самостоятельная сделка?!

А Ленка и вовсе бестактно поинтересовалась:

— Давай, подруга, колись! Кто счастливый папаша? Не твой ли тот самый деловитейший директор?!

И лишь Степан вопросов не задавал. Потупил голову и поглядывал на одноклассницу виновато.

Иринка же, беспечно улыбаясь, ответила сначала Наде:

— Ну, родить — дело одних суток. Не тот срок, чтоб нельзя было сделку передвинуть!

А Ленке сделала страшные глаза:

— Ты, Коренкова, думай, что говоришь! Мой директор — это святое, на него копытце не поднимай. А папашка... папашка у моего ребенка, прямо скажем, так себе. На три с минусом. Кстати, радуйся, что тебя, везучую, пронесло!

Ленка удивленно захлопала глазами:

— Пронесло?.. Меня?!

— Ну ты тупая! — пригвоздила ее Ирина. — Еще не догадалась, что ли? Вот он, папашка! Перед тобой стоит. — Она указала на Степана и презрительно добавила: — Впрочем, у тебя всегда с математикой было плохо. Подумаешь, бином Ньютона: срок подсчитать!.. Хорошо мы тогда, в мае, повеселились. И Степа наш хоть в Камасутре и полный ноль, а кое на что оказался способен. Немалый, — она усмешливо ткнула в свой живот, — след оставил!!

Елена округлила глаза:

— Ты гонишь!

— А чего мне гнать? — хмыкнула Ирина. — Степан вон и не отказывается. Он благородный. Даже жениться мне предлагал.

— А чего ж вы не женитесь?! — выкрикнула Надя.

— Да что я, больная?! — возмутилась Ирина. — В семнадцать лет замуж? Когда у меня карьера только начинается?! Да еще и за Степку?!

— А что — лучше ребенка без отца оставить? — пожала плечами Митрофанова.

— Не знаю, как ребенку такой отец, а мне Степка в мужьях на фиг не нужен, — отрезала Ирина. — И вообще, семью создавать только после тридцати нужно. А может, вообще к сорока.

А Степка понурил голову и промолчал...

— Но малышу-то как объяснить? — не сдавалась Надя. — Он ведь, когда подрастет, спрашивать начнет, кто его папа.

— А я ему ничего объяснять не буду, — хмыкнула Ирина. — Его, когда родится, мои предки обещали взять. И даже оформить как собственного сына. Ну, усыновить или, может, даже получится притвориться, будто мамахен сама родила... А я буду предкам каждый месяц баблос откидывать. И сама — карьеру делать. Вот такой план. И вы, кстати, тоже молчите. Никому про мое пузо ни слова. Ясно?

НАШИ ДНИ

Надя

— Ира... Я все равно никогда не поверю, — Надя умоляюще прижала руки к груди. — Ты боялась, что мы проболтаемся? Что Милюков-старший от нас об этом узнает?! И убивала, только чтоб сохранить свою тайну?!

Ирина усмехнулась:

— А что тебя удивляет, Митрофанова? Я в бизнесе уже почти десять лет. Давно поняла, что именно информация — дороже всего.

— Нет. — Надя бессильно откинулась на диване. — Пусть я полная дура. Наивная идиотка... Но ты все врешь. Ты не такая.

— Ох уж мне эти наивные, сентиментальные библиотекарши... — вздохнула Ишутина. И вполне миролюбиво предложила: — Налить тебе еще кофе?

— Если ты меня собираешься убивать — тогда не надо, — отрезала Митрофанова.

Ирина лишь улыбнулась. Молча плеснула из кофейника в Надину чашку. И задумчиво произнесла:

— Хотя, на самом деле, ты права. Мне бы сроду в голову не пришло, что из-за той давней истории на такие меры пойти придется. Я ведь вам доверяла. Всем троим.

— Лично я всегда о твоем сыне молчала. И молчу, — твердо произнесла Надя.

— Может быть, — устало усмехнулась Ирина. — Может быть, ты и молчала. Хотя своему кобелю-то точно рассказала...

Она внимательно взглянула на подругу.

— Я клянусь тебе! Нет! — горячо заговорила Надежда.

Однако Ирина лишь отмахнулась. И сказала:

— А уж Ленка... Ты ведь видела ее на встрече выпускников. Видела, какой она стала...

— Помню. Грустное зрелище, — согласилась Надежда.

— В том-то и дело, что не просто грустное, — гневно возразила Ишутина. — Коренкова полностью деградировала. Это не человек — слизь. Ничтожество. Полный ноль.

— Быть нолем — личное право каждого, — пожала плечами Митрофанова.

— Не согласна, — усмехнулась Ирина. — Если ты ноль — сиди и не рыпайся. Знай свое место. А Ленка наша вразнос пошла... Короче, слушай. Все на той встрече выпускников и случилось. Ты с нее раньше ушла, сказала, тебе завтра на работу в первую смену. А мы еще долго сидели, часов, наверно, до трех. Ленка — водка-то у нее кончилась, а за новой бутылкой Степан идти отказался — почти протрезвела. И то ли просветление у нее наступило, то ли меня на ностальгию по школьным годам пробило, но так мы с ней хорошо посидели! Трепались и остановиться не могли. Даже Степке — и тому надоело, он ушел. А мы болтали обо всем на свете. Ржали, как Сладкову удалось подколоть. Прикалывались. — Ирина вздохнула. — И я — дура, идиотка, клуша — посчитала ее за подружку. Думаю: все последние годы я ведь сама по себе, поговорить абсолютно не с кем, а хочется же поделиться! Поплакаться!.. Ну и рассказала ей, как самого Тимку Милюкова удалось подцепить. Как сложно его охомутать было. И что замуж за него собираюсь. Ленка, мне казалось, так за меня порадовалась! — Лицо Ишутиной закаменело. — А на следующий день вдруг звонит мне на мобильный. Говорит, что срочное дело. Выдергивает меня с важной встречи. Я еще, наивная, испугалась: вдруг случилось что, вдруг помочь надо?! А Ленка ехидненько так заявляет, что да, случилось. Только не у нее, а у меня. И говорит, что все расскажет про давнюю идиотскую историю со Степкой и с его Камасутрой. Про то, что у меня после той оргии сын родился. И что я его от всех скрываю. Да не самому Тимке расскажет, а его отцу. Лихо подруженька решила?

— Она чего... совсем больная? — пробормотала Надежда.

— Скорей не больная, а хитрая, расчетливая, подлая тварь, — отрезала Ишутина. — Потому что ее предложение звучало вполне конкретно: я даю ей пятьсот тысяч долларов — и она обо всем молчит.

— Господи, зачем?! — простонала Надежда.

Она, наивная библиотекарша, имела в виду: разве можно, хоть и в обмен на немалые тысячи, предавать старую дружбу? Однако Ира, бизнесвумен, истолковала ее восклицание по-своему.

— Зачем столько денег? Сказала, что хочет в какую-то суперклинику лечь. В Швейцарии. Полностью мозги прочистить, с алкоголем напрочь завязать. А потом опять попробовать с музыкой. С чистого листа жизнь начать. Чушь на самом деле полная, — отмахнулась Ишутина. — Если уж человек алкоголик — вылечить его невозможно... Ну и что мне оставалось делать? — Она с вызовом взглянула на Надежду.

Та потрясенно молчала, и собеседница, бледная от волнения, продолжала:

— Платить, сама понимаешь, это не выход. Заплатила раз — кабала на всю жизнь. Ленка — она такая, не отвязалась бы. Или Тимкиному папашке во всем признаваться?! Сына — которому уже девять лет — предъявлять? Да он бы меня тут же как паршивого котенка вышвырнул! И это после того, как я долбаную семейку больше года обхаживала! Задницы им лизала, унижалась по-всякому!

Она залпом допила свой кофе. Тот все еще был горячим — Ирина явно обожглась, захлебнулась, на глазах выступили слезы. Но героическая женщина даже не охнула.

— И тогда ты решила ее убить, — спокойно констатировала Надежда.

— А что мне еще оставалось? — пожала плечами подруга. — Я ей позвонила. Сказала, что все обдумала и согласна. Спросила, когда можно прийти — обсудить, каким образом ей деньги передавать, сумма-то немалая. Она, дура, явно обрадовалась и ничего не заподозрила. Прямо, говорит, сегодня и приходи — Степки как раз не будет, он куда-то по делам отчаливает. Ну, — Ирина усмехнулась, — я и отправилась. А по пути тормознула у магазина. Купила ей сидюшник и диск с ее любимой «Колыбельной». Специально, чтобы мозги запудрить. Пусть сразу увидит: старая подружка к ней с добром, с подарком... Ну а веревку и покупать не надо было, — Ишутина снова хмыкнула, — дома у меня нашлась. Сама видишь: хозяйство большое, все необходимое есть...

Надя в ужасе смотрела на Иру. А та спокойно продолжала:

— Знаешь... Я боялась, что в последний момент не смогу. Рука дрогнет, или жалость взыграет, или просто перетрушу. Но нет. Даже близко ничего подобного не было. Сердце даже не ворохнулось — хотя она и хрипела, и ногтями себя царапала... Уничтожила тварь и ни на секунду об этом не пожалела. Волноваться стала потом — когда поняла, сколько наделала глупостей. Я ведь к ее дому на своей машине поехала! И припарковалась в соседнем дворе. И кто угодно мог видеть, как я в Ленкину квартиру звоню. И алиби никакого у меня, разумеется, не было... Ну, я и решила тогда: надо подстраховаться. А что есть лучшая страховка? Правильно. На себя саму покушение организовать. И, по-моему, получилось правдоподобно! — Она весело взглянула на Митрофанову.

— Вполне, — сухо согласилась Надежда. — По крайней мере, я за тебя и вправду переживала. А кто он, тот мужик, что в тебя стрелял?

— Ох, ну откуда я знаю — кто? — фыркнула Ишутина. — Называть себя просил Никоном, но ты ведь понимаешь — это ничего не значит. Как на него выйти, мне давно рассказали, с полгода назад. Тогда как раз проблемы возникли с одним из заказчиков. Я боялась, что мирным путем их не урегулирую, вот и попросила, чтоб посоветовали толкового *исполнителя*. На всякий случай. Та рабочая проблема, к счастью, без помощи киллера разрешилась, а координаты остались. И, как видишь, пригодились. Кстати, — она снова улыбнулась, — за покушение на меня он по полному тарифу взял. Как за полноценное убийство — сказал, что разницы нет. Но все равно: получилось куда дешевле, чем если б я Ленке те пол-лимона баксов отсыпала.

— Значит, того маляра звали Никон... — задумчиво произнесла Митрофанова.

— Маляра?

— Ну, я ведь рассказывала тебе... Пришла с работы. В подъезде жутко воняет краской. И мужик в бандане и в темных очках малюет стену как раз возле моей квартиры. Оказалось, он специально вонь разводил — чтобы я запаха газа не почувствовала. Из труб, что он перепилил...

— А, вот он как! — абсолютно не смутилась Ирина. — Ну я про детали не в курсе. Я в них не вникала. Сказала только, что с тобой нужно не покушение, а несчастный случай. А всю операцию Никон сам разрабатывал.

— Но меня-то — зачем? — Надя жалобно взглянула на подругу. — Я ведь про Ленкин шантаж ни сном ни духом!.. Да и предложи она мне поучаствовать — никогда бы не согласилась! Это твой, Ир, был секрет. Только твой... И я бы никому его не выдала. Никогда. Ни за какие деньги.

— Ну, допустим, Ленка тоже мне много хорошего говорила. На той же встрече выпускников: «Какая ты, Ишутина, молодец! Жизнь тебя мордой об стол возит — а ты будто птица Феникс!» — горько произнесла подруга. — Я аж заважничала: вот, мол, какая я классная. А на следующий день подруженька пол-лимона потребовала...

— Еще раз тебе говорю: я бы никогда так не поступила, — твердо сказала Надя.

— А вдруг? — философски произнесла Ирина. — Ты ведь библиотекарь, зарплата грошовая. Тоже, может, когда-нибудь надумаешь свое материальное положение поправить. — Она вздохнула и призналась: — Хотя сначала я тебя трогать и не собиралась. Я ж не какая-то на самом деле матерая убийца. Меня Никон на эту идею натолкнул. Случайно. Обронил вроде как между делом: «Что знают двое, знает каждая свинья...» Вот я и решила: пока есть возможность, зачистить, как говорится, все хвосты. Но ты, Надька, — она тепло улыбнулась подруге, — оказалась живучая. И — везучая. Или просто мой Никон дурак. Перемудрил с этим газом, с краской... Я-то ему по-простецки советовала: сшибить тебя машиной — и всех делов. Но он сказал, что все аккуратнее сделает. Только лоханулся.

— А ты явилась в больницу! С фруктами! — упрекнула Надя. — Ахала. Сочувствовала...

— Ничего я тебе не сочувствовала! — не согласилась подруга. — Помнишь, мы с тобой рядом на кровати сидели? Болтали? А в палату медсестра заглянула, начала выступать, что я явилась во внеурочное время?..

— Помню. Ты еще на нее наорала.

— Потому и наорала, что она мне все карты спутала. Влезла не вовремя, — спокойно призналась Ирина. — Я ведь хотела тебя тогда... Сама... Так что скажи ей спасибо. Спасла она тебя.

— Ох, Ирка... — простонала Надя. — Ну, не верю я тебе! Не верю! Ты? Собиралась меня убить?! Своими руками?!

— Хотя, может, ты и права, — задумчиво протянула одноклассница. — Может, и не смогла бы. Это на Ленку у меня дикая злость была. Я ее ненавидела, ты просто не представляешь как... А тебя мне было жаль. Лежишь вся такая несчастная, клуша клушей... В общем, два раза тебе повезло! — весело заключила подруга.

— Спасибо, конечно... — простонала Надя. И спросила: — А Степана... Его тоже ты убила?

— Нет, — покачала головой Ирина. — Уж его-то я бы точно не смогла. В смысле, своими руками. Все-таки какой-никакой, а отец моего ребенка. Тут опять Никон. И снова он намудрил: отравление суррогатом, потоп в квартире... Говорила я ему: будь проще...

— Менты поверили, — заметила Надя.

— Но ты-то — нет! — вздохнула Ирина.

— А зачем тебе вообще понадобилось его убивать?! — воскликнула Митрофанова.

— Ну а что мне делать оставалось? — возмутилась Ирина. — Если он мне вчера позвонил и начал всякие скользкие вопросы задавать. Типа: выходила ли на меня Ленка со своим *предложением*? И я так поняла, — задумчиво продолжала Ишутина, — Коренкова его не то что в долю звала, но советовалась. По крайней мере, дала понять, что шантажировать меня собирается...

Значит, Степка тоже стал опасен. Понятен ход моих мыслей?

— Понятен, Ир, — кивнула Надежда.

— Сволочь я? — слегка даже рисуясь, поинтересовалась подруга.

— Сволочь — это безусловно, — кивнула Митрофанова. И задумчиво произнесла: — Но знаешь... У меня такое ощущение... что ты эти все убийства, покушения как какую-то игру воспринимаешь... Ты ведь всегда такой была. Помнишь, когда мы «девятку» угнали? Ты тоже тогда играла. В лихую угонщицу. В Никиту... А когда поняла, что все серьезно, — забыла, как рыдала?..

Ира, потупившись, молчала.

А Надя добивала ее:

— Но тогда-то тебя... всех нас Степан выручил. А сейчас — ты и его... Пожертвовала им, как шахматной фигурой. Не подумала, кто теперь-то тебя спасать будет?..

— Ох, Митрофанова! — наконец прервала свое молчание Ира. — Тоже мне проповедница!..

И в этот момент пульт от «Умного дома» — он по-прежнему лежал на журнальном столике перед Ишутиной — замигал. А гостиная огласилась приятной музыкой.

В лице Ирины не дрогнул ни единый мускул.

— К нам, кажется, гости, — спокойно объявила она.

Дима

У него был единственный шанс ее найти. Шанс ничем, кроме собственной интуиции, не подкрепленный.

Надька за все годы их совместной жизни *реально*, с чисто бабским занудством, упрекала его единственный раз. В тот самый день, когда ей пришлось ехать в понтовый коттеджный поселок на своих двоих — то бишь на маршрутке, метро и автобусе.

«И от остановки еще четыре километра пешком! — горестно причитала подруга. — А мимо «мерсы» на полной скорости летят. Я себя полной дурой чувствовала!..»

И вот сегодня Надя опять уехала. Куда — неизвестно. Но впервые за все то время, что они ведут совместное хозяйство, она отправилась на машине. На *его* машине. Оставалось допустить, что она поехала в тот же самый подмосковный особняк. Тем более что он просто не представлял, куда она может еще поехать.

Установить местоположение особняка для аса журналистики оказалось половиной дела. Даже не половиной — четвертью, одной восьмой, одним микроном. Дима управился за десять минут. Послал в налоговую сверхсрочный запрос о собственности г-жи Ирины Ишутиной, покопался в базе данных Мытищинского БТИ — и вся частная жизнь новоявленной богачки предстала как на ладони, включая площадь ее особняка и наличие долга по оплате газа, начиная с апреля месяца сего года.

И теперь оставалось самое главное — как в особняк попасть? Без скандала, элегантно и, главное, безопасно для бесшабашной Надюхи, опрометчиво ринувшейся в самое пекло?

Судя по названию, коттеджный поселок «Маяково» был местечком более чем понтовым.

Диме прежде приходилось бывать во всяких «Золотых ключах» и «Новых берегах», и он прекрасно знал, что уже на подступах к логову богатеев его встретит так называемая вооруженная охрана. И пусть в кобурах у скучающих мужичков, охраняющих въезд в «Маяково», всего лишь газовые пистолеты, но миновать сей кордон человеку стороннему будет совсем непросто. Новые русские в последние годы просто помешались на безопасности. Теперь даже узбеки, что работают в элитных поселках, проходят на территорию исключительно по пропускам с фотографиями, Полуянов своими глазами это видел.

Но даже если ему удастся проникнуть на территорию — госпожа Ишутина его ведь в свой дом впускать совсем не обязана! Более того: если в своих догадках он прав и бестолковая Надюшка как раз в это время осыпает бывшую одноклассницу обвинениями, то его неожиданный приход может и вовсе оказаться роковым.

Будь законопослушная Надя сейчас с ним рядом, она бы непременно посоветовала позвонить в милицию. Но Митрофановой рядом не было. Ее телефон уже второй час подряд не отвечал, и происходить с ней могло что угодно. Терять время и рисковать — поверят ли ему менты, придут ли на помощь?! — Дима не имел права. К тому же всегда оставался шанс, что Надька — как положено бабам — *просто* взбрыкнула. Вильнула хвостом. И отправилась к давней подруге без всякой задней мысли, а всего лишь на чашечку кофе. Хорош же он будет, если прервет мирную дамскую болтовню *всамделишным* штурмом!

Потому приходилось рисковать и надеяться на собственный артистизм. На то, что фортуна ему *благоволит*. И главное, что ни один охранник не откажется присовокупить к своим ежемесячным пятистам у. е. еще пару зеленых сотен за разовую услугу.

* * *

— Опять двадцать пять... — раздраженно буркнула Ирина.

Она встала. Сердито щелкнула кнопкой пульта. Надя со своего места на белом кожаном диване увидела: экран монитора, расположенного справа от входной двери, засветился, на нем проступила фигура мужчины, облаченного в синюю униформу.

— Задолбали уже свою систему проверять! — пробурчала себе под нос Ишутина. И громко (видно, микрофон в ее «Умном доме» был не шибко чувствительный) выкрикнула: — Что еще в сто первый раз?! Опять сигнализация сработала?!!

«А если сейчас вскочить? Подбежать к монитору, оттолкнуть Ирку, крикнуть мужику, чтоб помог?..» — мелькнуло у Нади.

Но подруга будто прочла ее мысли.

Обернулась и пригрозила: «Сиди тихо».

Надю от ее ледяного тона аж холодный пот прошиб.

— Простите великодушно, Ирина Евгеньевна, — раздался в ответ виноватый мужской голос. — Но пищит, зараза! Опять пищит, будто взлом у вас. В третьем секторе, где кухня. Вы не могли бы открыть? Мне контакты надо проверить.

— Слушай, хватит придуриваться! — возмутилась в ответ Ишутина. — Или ты совсем без мозгов?! Сколько раз уже говорила: когда я дома, я сигнализацию вообще не включаю! Так что пищать там нечему. Все, не мешай. Отваливай.

Она подошла к монитору, гневно вдавила прямо под ним какую-то кнопку. Экран погас. Шанс был упущен. Надя сжалась на своем диванчике.

А Ирина неторопливо вернулась в гостиную. Встала, нависла прямо над подругой. Внимательно всмотрелась в ее испуганные глаза. Задумчиво произнесла:

— Ну и что мне с тобой теперь делать?..

— Хочешь — убивай, — хладнокровие в голосе далось Наде нелегко. — А хочешь — на слово поверь. Что я твоему Тимофею Милюкову сплетни продавать не собираюсь.

— Да, да, подруженька... конечно, — насмешливо и

печально откликнулась Ишутина. — Я тебе верю. Просто как себе!..

— Я, в отличие от Ленки, не пью, — пожала плечами Митрофанова. — Безумных поступков в алкогольной горячке не совершаю. И вообще считаю, что шантаж — это низко.

— Ох, Надька, — поморщилась Ишутина. — Ты совсем, что ли, дурочка? Предлагаешь поверить тебе на слово?.. А дальше всю жизнь ходить под дамокловым мечом?!

— Я тебе предлагаю... просто еще один грех на душу не брать, — вздохнула Надя. — Ты ведь на самом деле совсем не такая...

— Ладно, не проповедуй. Я на красивые слова уже давно не ведусь, — фыркнула подруга. И очень буднично поинтересовалась: — Ты как сюда добралась? На машине?

— На машине.

— Такси? Частник? — продолжала пытать ее Ирина.

— Нет, на своей, — пожала плечами Надя. — За воротами стоит.

Ирина взяла в руки пульт «Умного дома». Экран в холле снова вспыхнул, изобразил кособокую полуяновскую «шестерку». Ишутина презрительно поинтересовалась:

— Эта, что ли, твоя тачка? Ну и уродство!

— Какая уж есть, — не смутилась Надежда. И недрогнувшим голосом добавила: — На посту охраны, кстати, знают, что я к тебе ехала. Они мой номер записали. И мой друг, Димка, тоже знает, где я. Он, если что, меня искать будет.

— Что ж. Искать ему тебя придется долго... — задумчиво откликнулась Ирина.

И в этот момент пульт «Умного дома» вдруг разразился тревожной трелью.

— Ах, дьявол! — вскрикнула Ирина. — Ну какой гад эту сигнализацию спроектировал?!.

Она ринулась, как могла быстро, в прихожую, но не успела. Входная дверь распахнулась. На пороге показался давешний, виноватого вида охранник.

— Извините, — пробормотал он. — Сигнализация опять сработала, и, по условиям договора, нам пришлось вскрыть дверь своими ключами...

— Послушайте... — зловещим тоном начала Ирина.

Но договорить не успела. Потому что Надя увидела: за спиной охранника маячит такая родная и такая неожиданная здесь фигура. Полуянов. Он догадался! Он нашел ее!!

— Ди-имочка! — с радостным криком кинулась она к другу.

Тот просиял. Тоже бросился к ней, обнял, тревожно вгляделся в лицо:

— Надька! Ты тут! Господи!..

— Ди-има! Ди-има! — на одной ноте повторяла девушка.

А в голове вертелось: «Ирка — слишком умна. И расчетлива. И сейчас, когда нас тут трое, рисковать точно не станет!»

Надя обернулась к подруге, широко улыбнулась:

— Ирочка! Давай я вас познакомлю! Это Дима, мой друг.

Полуянов настороженно взглянул на Ишутину. Хотел что-то сказать. Но Надя не позволила. Она с видом собственницы подхватила журналиста под локоток и медовым голосом произнесла:

— И мы... мы, между прочим, скоро поженимся!

Дима посмотрел на нее удивленно — Надя прежде никогда не выпячивала своих чувств. Тем более перед посторонними и столь нелепо.

А у Нади в голове билось: «Отвлечь ее. Сбить с толку. Заинтриговать!..»

Она испытующе взглянула на Ирину. Прочитала в ее лице и растерянность... и гнев... и даже — легкую зависть. Видно, анонс грядущей свадьбы сработал. И, похоже, сын олигарха Тимофей Милюков оказался немногим лучше простого журналиста Дмитрия Полуянова!

Митрофанова продолжала щебетать:

— Одна беда: мой Димочка — такой ревнивец! Куда бы я ни пошла, все время за мной! Все боится, что я от него к какому-нибудь новому русскому убегу. Боишься ведь, Димулечка?..

И ощутимо ущипнула сердечного друга за локоть: подыгрывай, мол!

— Да куда ты от меня денешься? — благодушно произнес он.

Однако настороженного взгляда с Ишутиной не спускал. И тогда Надя с нажимом произнесла:

— Димуль! Но в этот раз ты совсем не угадал! Можешь сам весь дом проверить: тут только мы с Иришкой, вдвоем! И никаких мужиков. Мы просто сидим, болтаем. Пьем кофеек. Хочешь, присоединяйся! Ты ведь не возражаешь, Иришка?..

— Ладно. Я, наверно, пошел... — Охранник, до сих пор топтавшийся на пороге, неуверенно встрял в Надин судорожный монолог.

Он укоризненно взглянул на Полуянова. Дошло, видно, что из-за пары сотен халявных баксов тепленького местечка лишился.

А Ирина Ишутина просто резко повернулась и вышла из гостиной.

И только тогда Надино напряжение спало. Она повисла в объятиях Полуянова и судорожно зарыдала.

МЕСЯЦ СПУСТЯ

Надя

Везти приличную девушку в отпуск в пустыню — по меньшей мере невоспитанно. Да разве это отдых, когда ночевать приходится в продуваемой всеми ветрами палатке? И кормежка, экзотические, жаренные на открытом огне вараны и змеи, ничего, кроме отвращения, не вызывает. А уж бесформенные штаны и ботинки-говноступки с высокими голенищами, чтоб никакая тварь не укусила, и вовсе способны свести всю отпускную романтику на нет.

Только Надя все равно была счастлива. Потому что, помимо неудобств, были в пустыне и изумительные солнечные восходы, когда небо в нежном обрамлении песка сверкало золотом, а по барханам порхал легкий ветерок. И пыльные бури настигали — такие, что дух захватывало, полное ощущение, будто ты на другой планете и сейчас из песочного вихря вдруг материализуется-выйдет какой-нибудь гоблин. А безудержные, без гаишников и светофоров, гонки на джипах? А бешеные верблюды, что сопровождали их экспедицию? Никакого сравнения с теми жалкими особями, которых водят по пляжам и на потеху отдыхающим ставят на колени для фотосессий. А на *их* зверя как заберешься — только держись, сжимай зубы и внушай ему, что именно ты хозяин. И если проявишь хоть намек на слабинку — мигом с трехметровой высоты на песок полетишь.

...Плюс еще один бонус: в экспедиции, кроме нее, была одна-единственная женщина. Лошадинозубая американка Сьюзен. Лет сорока, матерая феминистка и с кривыми ногами. Короче, абсолютно ей, Наде, не конкурентка. А мужики — просто на выбор: и могучие, голубоглазые финны. И кудрявый, ласковый, как обезьянка, бразилец. И двое новых русских — с виду скромники, но у обоих столь дорогущие часы, что все иностранцы на них, как на богов, смотрят.

Димочка, конечно, тоже хорош (молод, спортивен, языкаст), но на фоне столь широкого ассортимента мужчин слегка проигрывает. Тем более что финны от

Нади в бешеном восторге: она с ними с полным знанием дела о «Калевале» поговорила. А бразилец оказался фанатичным кулинаром и просто за ней хвостом ходит, выклянчивает то рецепт настоящего салата «Оливиус», то тех восхитительных «блын-шик», что Митрофанова однажды умудрилась на костре пожарить. А новые русские, увидев, как Надежда управляется с джипом, беззастенчиво соблазняют ее собственными немалыми автопарками...

В общем, Полуянов конкретно забеспокоился, и это очень приятно. И таким сладким стал, как ни разу за долгие годы знакомства. То все «Надюха, бегом, шевелись, не канючь», а здесь она и «лапочкой» стала, и «солнышком», и даже, фантастика, однажды он в пять утра встал, фиг знает сколько ехал до ближайшего поселения, а к завтраку явился со свежими лепешками и пусть жалкими, но все же — цветами.

Надя резкую, на сто восемьдесят градусов, перемену обращения с собой приняла с достоинством. Буквально в два дня научилась и капризничать, и поджимать губы, и покрикивать, а Полуянов ничего, не фырчит, только еще больше угождать пытается...

Спрашивается, зачем она столько лет терпела? Часами бродила около телефона — ждала, пока он позвонит. Покорно сопровождала на омерзительные вечеринки в его редакцию, когда вокруг перспективного журналиста практикантки хвостами вились, а она стояла в уголочке, будто дура. Последней Золушкой драила квартиру, колдовала на кухне и считала своей недоработкой, если у Димы вдруг не находилось свежей пары носков...

А пустыня ее научила: мужикам, оказывается, вовсе не это надо. Полуянов ее и без хозяйственных подвигов любит. Точнее — любит еще больше, когда его в черном теле держишь...

Или к столь революционной перемене Диму привели недавние московские события, куда Надя волей-неволей его вовлекла?

...Статья в «Молодежных вестях» в итоге не появилась. Расследование для всех сторонних зашло в тупик.

Полуянов — в этом Надя ему отказать не могла — конечно, узнал, кто является истинным убийцей. Но творить сенсацию, публиковать громкую статью, обвиняющую самого молодого и успешного риелтора страны в убийствах, не стал.

Во-первых, потому что Надя просила этого не делать.

А во-вторых — он не первый день в журналистике. Научен уже, что раздувать сенсацию, когда на руках ни единого доказательства, себе дороже.

Тем более что Ирина Ишутина из страны уехала и, где она находится сейчас, никто не знает. Возглавляемое ею агентство перешло в руки заместителя, роскошный подмосковный особняк выставили на продажу. Не состоялась и свадьба с сыном газового олигарха.

Митрофанова полагала, что это справедливо.

Она, ей казалось, понимает Ирину. Та, конечно, не заслуживала семейного счастья и управления чужими миллиардами. Но и в тюрьме за двойное убийство и покушение на нее, Надю, Митрофанова Ирку тоже не представляла.

Нескладная жизнь. Вот и вся Иркина вина...

Зато жалость к Лене, безвременно погибшей талантливой пианистке, у Митрофановой пропала абсолютно.

Только о Степке, незаменимом, податливом и бестолковом, Надя вспоминала с глубокой грустью...

И еще, конечно, до слез жаль, что на следующей встрече выпускников она никого из них не увидит.

Литературно-художественное издание

ЗВЕЗДНЫЙ ТАНДЕМ РОССИЙСКОГО ДЕТЕКТИВА

Литвинова Анна Витальевна
Литвинов Сергей Витальевич

ОДНОКЛАССНИКИ SMERTI

Ответственный редактор *О. Рубис*
Художественный редактор *С. Груздев*
Технический редактор *Н. Носова*
Компьютерная верстка *Е. Попова*
Корректор *В. Назарова*

ООО «Издательство «Эксмо»
127299, Москва, ул. Клары Цеткин, д. 18/5. Тел. 411-68-86, 956-39-21.
Home page: **www.eksmo.ru**   E-mail: **info@eksmo.ru**

Өндіруші: Издательство «ЭКСМО» ЖШҚ, 127299, Мәскеу, Ресей, Клара Цеткин көш., үй 18/5.
Тел. 8 (495) 411-68-86, 8 (495) 956-39-21
Home page: www.eksmo.ru   E-mail: info@eksmo.ru.

Тауар белгісі: «Эксмо»
Қазақстан Республикасында дистрибьютор және өнім бойынша арыз-талаптарды
қабылдаушының
өкілі «РДЦ-Алматы» ЖШС, Алматы қ., Домбровский көш., 3-а, литер Б, офис 1.
Тел.: 8(727) 2 51 59 89,90,91,92, факс: 8 (727) 251 58 12 вн. 107; E-mail: RDC-Almaty@eksmo.kz
Өнімнің жарамдылық мерзімі шектелмеген.
Сертификация туралы ақпарат сайтта: www.eksmo.ru.certification.

Сведения о подтверждении соответствия издания
согласно законодательству РФ о техническом регулировании
можно получить по адресу: http://eksmo.ru/certification/

Өндірген мемлекет:
Сертификация қарастырылмаған

Подписано в печать 01.07.2013.
Формат 70×90 $^1/_{32}$. Гарнитура «Таймс».
Печать офсетная. Усл. печ. л. 12,83.
Тираж 6100 экз. Заказ № 3133.

Отпечатано в ОАО «Можайский полиграфический комбинат».
143200, г. Можайск, ул. Мира, 93.
www.oaompk.ru, www.оаомпк.рф тел.: (495) 745-84-28, (49638) 20-685

ISBN 978-5-699-65558-8

ЛУЧШЕЕ ЛЕКАРСТВО
ОТ СКУКИ

Авантюрные детективы
Татьяны
Поляковой

Захватывающие сюжеты и непредсказуемые развязки, обаятельные герои
и невероятные приключения, легкий стиль и яркие диалоги.

www.eksmo.ru
2011-588

ВЫСОКОЕ
ИСКУССТВО ДЕТЕКТИВА

ТАТЬЯНА ГАРМАШ-РОФФЕ отлично знает, каким должен быть настоящий детектив, и следует в своих романах законам жанра. Театральный критик, она умеет выстраивать диалоги и драматургию чувств. Неординарная личность, она дарит часть своей харизмы персонажам. Непредсказуемость сюжетных поворотов, точность в логике и деталях, психологическая достоверность в описании чувств, — таково **ВЫСОКОЕ ИСКУССТВО ДЕТЕКТИВА** Татьяны Гармаш-Роффе.

Вы можете обсудить роман и пообщаться с автором на его сайте.

Адрес сайта: www.garmash-roffe.ru

www.eksmo.ru

2012-040